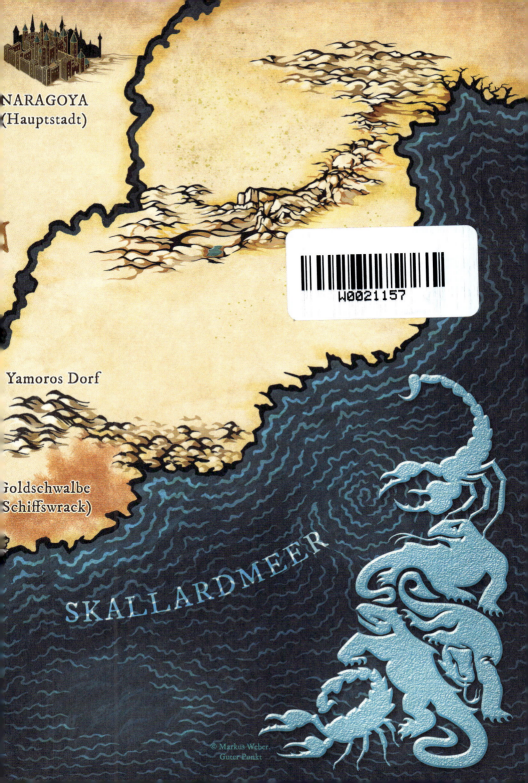

NARAGOYA
(Hauptstadt)

Yamoros Dorf

Goldschwalbe
(Schiffswrack)

SKALLARDMEER

© Markus Weber.
Guter Punkt

Isabell May

Shadow Tales – Die dunkle Seite der Sonne

Weitere Titel der Autorin:

Close to you
Shadow Tales – Das Licht der fünf Monde
Titel auch als E-Book erhältlich

Über die Autorin:

Isabell May, geb. 1985 in Österreich, studierte Germanistik, Bibliothekswesen und einige Semester Journalismus und PR. Es vergeht kein Tag, an dem sie nicht schreibt: Schon als Kind hat sie begonnen, Kurzgeschichten und ganze Romane zu schreiben. Die SHADOW TALES-Dilogie ist ihr Fantasydebüt bei ONE. Die Autorin lebt in der Nähe von Aachen.

ISABELL MAY

SHADOW

DIE DUNKLE SEITE DER SONNE

TALES

one

Dieser Titel ist auch als E-Book erschienen

Originalausgabe

Copyright © 2020 by Bastei Lübbe AG, Köln

Textredaktion: Annika Grave
Kartenillustrationen: © Markus Weber, Guter Punkt München
Umschlaggestaltung: Sandra Taufer, München
Einbandmotiv: © Pavel Chagochkin / shutterstock; faestock / shutterstock; stifos /
shutterstock; Francois Loubser / shutterstock; Suzanne Tucker / shutterstock;
Vangelis_Vassalakis / shutterstock; HS_PHOTOGRAPHY / shutterstock; IgorZh /
shutterstock; Fiore / shutterstock; Fiore / shutterstock; Zacarias Pereira da Mata /
shutterstock; Ersler Dmitry / shutterstock
Satz: 3w+p, Rimpar
Gesetzt aus der Caslon
Druck und Einband: GGP Media GmbH, Pößneck

Printed in Germany
ISBN 978-3-8466-0109-9

5 4 3 2 1

Sie finden uns im Internet unter: www.one-verlag.de
Bitte beachten Sie auch www.luebbe.de

Für dich. Mögen die fünf Monde Vaels für dich scheinen!

Prolog

Nur eine Minute trennte meine Schwester und mich voneinander. Eine Minute, die unsere Schicksale in völlig unterschiedliche Bahnen lenkte. Die mich zur Herrscherin über ein ganzes Königreich machte und sie zur ewig Zweiten.

Denke ich an sie, höre ich das Rauschen des Ozeans, der unermüdlich gegen das Schloss auf den Klippen ankämpft, als hätte er vor, es eines Tages zu stürzen und sich einzuverleiben. Das Skallardmeer ist so wild wie Serpias Herz, so zerstörerisch wie ihr Ehrgeiz und so gewaltsam wie ihre Liebe.

Das Licht der fünf Monde fließt durch unsere Adern, und jeder weiß, was das bewirkt: Seine kühle Ruhe geht auf jenen über, der es nutzt. Doch keine Magie auf der Welt konnte Serpia zähmen, denn sie kämpfte ihr Leben lang dagegen an. Manchmal tat sie mir leid: so zerrissen zwischen ihrer eigenen Leidenschaft und der mildernden Ruhe der Monde. Das Mondlicht war ein Teil von ihr, entsprach jedoch nicht ihrer Natur, und so schwankte sie haltlos zwischen diesen beiden Polen.

Ich empfand Mitleid für sie.

Sie beneidete mich.

Doch erst an dem Tag, an dem ich den Thron bestieg, begriff ich, wie tief ihre Verachtung für mich saß.

Es sollte ein großer Tag sein, der bedeutsamste meines Lebens. Voll Stolz setzte Vater das Diadem auf meinen Kopf und erklärte mich zu seiner Nachfolgerin. Ich sei bereit, sagte er, und er würde sich in sein ruhiges Landschloss zurückziehen. Die Mondlords beugten ihre Häupter, und der Applaus des Volks, das sich vor dem Schloss versammelt hatte, übertönte für einen Moment sogar das Tosen des Skallardmeeres. Der Tradition entsprechend wurde ich in weiße Seide und filigranes Silber gehüllt und tauchte in ein von den Monden beschienenes Wasserbecken ein. Als ich auftauchte, spürte ich, dass ich nicht mehr dieselbe war: Ich war Herrscherin über ein ganzes Land, schwer lastete die Verantwortung auf meinen Schultern.

Doch während der gesamten Zeremonie spürte ich Serpias Blick, der mich durchbohren und zerfleischen wollte. Sie wollte an meiner Stelle sein, wollte es besser machen als ich. Die Frage, wie mit Sonnenmagiern zu verfahren sei, entzweite nicht nur das Volk, sondern schließlich auch zwei Schwestern. Zu sanft sei ich, zu lasch im Umgang mit der Gefahr, warf Serpia mir vor. Während ich danach trachtete, Mond- und Sonnenmagier in Einklang leben zu lassen, schwebte ihr eine drastischere Maßnahme vor: das landesweite Verbot der gefährlichen Sonnenmagie und die gnadenlose Verfolgung jener, die mit dieser Gabe geboren wurden.

War es naiv von mir, davon zu träumen, Serpia und ich würden eines Tages zueinanderfinden? Es ist ironisch, dass ich es war, die schlussendlich jede Aussicht auf Versöhnung zunichtemachte und meine Schwester und mich ein für alle Mal entzweite. Der Bruch war nicht zu kitten, mein Verrat an ihr unverzeihlich.

Die Wahrsagerin, die ich zu meinem Vergnügen ins Schloss rufen ließ, sah es voraus – ein mageres Weiblein mit blinden weißen Augen, die sie zu den Monden erhob, während ihre Lippen unentwegt Wortfetzen murmelten. Die Liebe würde mein Verhängnis sein, prophezeite sie. Mit meinen Freundinnen lachte ich über ihre Worte, allzu abgedroschen und platt erschien uns die Weissagung.

Aber der Abend, an dem Lord Rowan Dalon das Schloss erreichte, besiegelte mein Schicksal. Er hatte die Nachfolge seines Vaters als Mondlord angetreten und war zum ersten Mal aus der Provinz Dalon angereist, um an einer Besprechung teilzunehmen. Nie zuvor hatte ich ihn gesehen, doch Serpia kannte ihn, denn er war dazu bestimmt, ihr Gemahl zu werden. Mein Vater hatte noch zu Zeiten seiner Regentschaft diese Heirat in die Wege geleitet. Seine Erstgeborene sollte auf dem Thron sitzen, die Zweitgeborene mit einem der fünf mächtigsten Lords verheiratet werden. Ich hätte erwartet, dass sich Serpia dagegen auflehnte, doch dieses eine Mal fügte sie sich klaglos ihrem Schicksal, und als ich Rowan nun zum ersten Mal sah, verstand ich auch den Grund.

Er hatte eine Ausstrahlung, der man sich nicht entziehen konnte. Sein Blick fing meinen ein, tanzte mit ihm und ließ ihn für den restlichen Abend nicht mehr los. Vom ersten Moment an zog es uns zueinander hin. Wie gern hätte ich mir eingeredet, ich hätte keine Wahl gehabt, hätte mich gar nicht gegen den Sog wehren können! Doch die Wahrheit sah anders aus. Man hatte immer eine Wahl, und ich traf die meine.

Später fing er mich im Säulengang des Schlosses ab. Wir spazierten durch die mondbeschienenen Säulengänge, blickten auf die Stadt hinab, sprachen über die politische Lage des Landes und meine Haltung zur Sonnenmagie, die er unterstützte. Doch jedes Wort war nur dazu da, uns einander näherzubringen. Jeder Blick war eine Versuchung, jede Geste ein heimliches Signal.

Er brannte für mich, daraus machte er kein Geheimnis, und – bei allen fünf Monden, wie sehr ich auch für ihn brannte! Ich hätte meine Gefühle bezwingen müssen, meinen Verstand über meine Emotionen stellen sollen. Wie es sich für eine gute Herrscherin ziemte, hätte ich das Wohl aller anderen über mein eigenes stellen müssen. Doch nie zuvor wollte ich etwas so sehr wie ihn, und so schlug ich alle Bedenken in den Wind.

Es ist so viele Jahre her, aber wenn ich heute die Augen schließe, sehe ich ihn noch so deutlich vor mir, als stünde er leibhaftig dort, und ich müsste nur die Hand ausstrecken, um ihn zu berühren: seine hellen Augen, sein bernsteinfarbenes Haar, dieses unbeschwerte Lächeln, das mich jedes Mal mitten ins Herz traf. Jede Minute ohne ihn zog sich endlos in die Länge, und sobald wir einen Moment für uns hatten, warf ich mich in seine Arme, als sei er das einzig Wahrhafte in einer Welt aus bedeutungslosen Illusionen. Die Liebe erschütterte meine Seele in ihren Grundfesten und raubte mir meine sonst so feste Besonnenheit.

Heimlich, wie Verbrecher, trafen wir uns in meinem eigenen Schloss. Gestohlene Augenblicke, jeder von ihnen kostbar wie Gold. Die Verbindung zwischen ihm und meiner Schwester war rein politischer Natur, erzählte er mir. Eine reine Zweckehe, arrangiert von taktierenden Vätern. Doch für Serpia war das anders. Ihr Herz schlug tatsächlich für ihn.

Ich wusste es. Und nicht einmal dieses Wissen hielt mich von Rowan fern. Wir hielten unsere Liebschaft geheim, doch während er auf offiziellen Anlässen an Serpias Seite saß, war sein Blick auf mich gerichtet – ich spürte ihn auf meiner Haut wie eine Liebkosung.

Er hatte ein Geheimnis, das er vor der ganzen Welt bewahrte, sogar vor seiner Verlobten, denn es hätte ihn seine politische Machtposition, seine Heimat, sein Leben gekostet. Doch mir vertraute er es an: In ihm lebte die Kraft der Sonnenmagie. Es gab kein verhängnisvolleres Talent als jenes, in einem Land wie unserem, in dem die Position der Sonnenmagier auf brüchigen, wackeli-

gen Beinen stand und immer wieder Stimmen laut wurden, die nach ihrer Vertreibung verlangten.

Mehr denn je bemühte ich mich darum, das Volk davon zu überzeugen, dass ein friedvolles Miteinander möglich sei. Als High Lady konnte ich Gesetze erlassen, doch ich war keine Diktatorin, die über Leichen ging, um ihre Vorstellungen durchzusetzen. Meine politischen Gegner waren zahlreich: Drei der fünf Mondlords sprachen sich mehr oder minder offen gegen meine liberale Position aus, ganz zu schweigen von meiner eigenen Schwester, die in diesen Fragen meine erbittertste Gegnerin war. Ich wollte sanft und diplomatisch vorgehen und die Sonnenmagier und damit Rowan schützen, ohne das halbe Königreich gegen mich aufzubringen. Aber von dem Zeitpunkt an, da ich um Rowans Geheimnis wusste, setzte ich mich mit aller Macht dafür ein, dass Sonnen- neben Mondmagie geduldet wurde.

Es zog mich zu ihm hin, als sei er einer der Monde und ich das Meer, das den Gezeiten unterworfen war und sich seiner Macht nicht widersetzen konnte. Ich hätte geglaubt, ich könnte nichts und niemanden mehr lieben als ihn. Doch als ich das neue Leben in mir heranwachsen spürte, quoll mein Herz förmlich über. Nie hatte ich eine solche Liebe empfunden und zugleich niemals eine solche Angst. Denn jedermann weiß, dass sich die Gabe zur Magie vererbt. Mondmagierinnen ließen sich selten mit Sonnenmagiern ein, doch in unserem Fall hätte unser ungeborenes Kind beide Veranlagungen in sich tragen können. Was, wenn mein Baby nicht mit dem sanften Licht der Monde, sondern dem hellen Strahlen der Sonne geboren wurde? Ich musste es schützen, musste ihm den Weg bereiten, indem ich für die Gleichstellung der Sonnenmagier sorgte, wenngleich das bedeutete, dass die Unzufriedenheit wuchs und selbst unter meinen engsten Anhängern kritische Stimmen laut

11

wurden. Mein Baby sollte niemals unter seinem Erbe zu leiden haben.

Bisher war es Rowan und mir gelungen, unser Geheimnis zu wahren. Doch die wachsende Rundung meines Bauchs ließ sich bald nicht mehr verbergen. Es dauerte nicht lange, bis Serpia ahnte, was sich hinter ihrem Rücken abgespielt hatte.

Rowan war es schließlich, der ihr reinen Wein einschenkte. Er konnte nicht länger damit leben – mit der Heimlichtuerei, den Lügen, dem Versteckspiel. Er war wohl aufrichtiger als ich und hat ihr alles gebeichtet: unsere Beziehung, meine Schwangerschaft und sogar, dass er sonnenmagische Kräfte besaß.

Ich wusste nicht, welche Erkenntnis sie mehr schockierte: dass ihr Verlobter einer jener Begabten war, gegen die sie so leidenschaftlich ankämpfte, oder dass er eine Affäre mit ihrer eigenen Schwester angefangen hatte. Doch ihr Zorn loderte wie eine vernichtende, verzehrende Flamme. Und ich hatte ihn verdient.

Nie lagen für mich Glück und Angst näher beisammen als in jenen Tagen, als ich Rowan an meiner Seite und unser Baby in meinen Armen hatte. Ein Teil von mir wusste, dass Serpia erst ruhen würde, wenn ihr brennender Hass gelöscht wurde. Sie dürstete nach Rache. Doch nicht einmal ich, die sie so gut kannte, ahnte, wie weit sie dafür gehen würde.

Als der Attentäter in meinen Gemächern auftauchte, hatte ich keinen Zweifel daran, wer ihn geschickt hatte. Und ebenso war mir klar, dass nur jemand von herausragendem Talent bis in die Privaträume der Regentin vordringen konnte: ein Schattengänger. Ich wusste, mein Schicksal war besiegelt, ebenso wie das meiner großen Liebe. Einzig und allein für das Baby wagte ich zu hoffen.

Rowan kämpfte tapfer, er stellte sich schützend vor uns, doch niemand hatte je einen Schattengänger aus Kuraigan besiegt. Er schleuderte dem Meuchelmörder die geballte Macht der Sonnenma-

gie entgegen. Jetzt noch spüre ich die Hitze auf meiner Haut, wenn ich daran denke, und sehe das gleißende, blendende Licht. Ich sehe die Flammen, die mit gierigen Fingern nach Teppichen, Vorhängen und Möbeln griffen und sich rasant ausbreiteten. Doch dem Schattengänger konnte das Feuer nichts anhaben, es war aussichtslos.

Als Rowan starb, starb auch ein Teil von mir. Einen Moment lang war es eine so entsetzlich verführerische Vorstellung, mich in die Flammen zu werfen, die mein Liebster unserem Feind entgegengeschleudert hatte und die nun in den Gemächern wüteten. Doch ich durfte nicht aufgeben, mein Baby brauchte mich. Meine flehenden Worte erweichten das Herz des Assassinen, und er versprach, meine kleine Tochter zu verschonen.

Felsenfest rechnete ich damit, dass auch ich sterben musste. Doch Serpia hatte für mich wohl anderes im Sinn. Ihr Rachedurst verlangte nach mehr, so viel mehr: nach endlosem Leid.

Die Ketten aus Schwarzsilber, die sie mir anlegte, verkohlten meine Haut und bannten meine magischen Kräfte. Der Turm, in den sie mich sperrte, hatte keine Fenster. Ohne das Mondlicht verkümmerte die Magie in meinem Inneren, und es fühlte sich an, als welkte ein Teil von mir dahin. Diesen Funken in mir sterben zu spüren war schmerzhafter als alle Qualen, die mir das Schwarzsilber je zufügen könnte. Sie war noch da, und ich fühlte sie stetig – doch sie war schwach und beinahe ganz zerstört.

In dieser entsetzlichen Einsamkeit, umgeben von tiefster Dunkelheit und dem Rauschen des Meeres, hatte ich viel zu viel Zeit, um nachzudenken: Über die Dinge, die ich verloren hatte. Über den Verlust meines Liebsten. Über mein Baby, von dem ich keine Ahnung hatte, wo es war und wie es ihm ging. Über meine Schwester und mich. Immer wieder über Serpia und mich.

Ein Teil von mir weigerte sich zu glauben, dass sie zu solchen

Dingen fähig war. Ja, sie war seit jeher aufbrausend und wild, doch dass sie den Mann ermorden ließ, den auch sie liebte, überstieg mein Vorstellungsvermögen. Und was für ein Mensch ließ den Mord an einem unschuldigen Baby befehlen? In meinem Inneren breitete sich eine schreckliche Kälte aus, wann immer ich an sie dachte. Ich wusste jetzt, dass ich von ihr keine Gnade zu erwarten hatte. Wie viele Jahre auch verstrichen, ihr Hass auf mich würde niemals vergehen.

Unzählige Male habe ich den Tod herbeigesehnt, damit er meine Erinnerungen auslöscht und meinen Schmerzen ein Ende setzt. Doch Serpia achtete peinlich genau darauf, mich am Leben zu erhalten. Für immer sollte ich in ihrer Gewalt bleiben und leiden müssen.

Diener brachten mir Essen und Wasser, wuschen mich, sorgten dafür, dass ich nicht starb. Doch immer wieder sah Serpia persönlich nach mir. Nicht etwa aus Sorge, natürlich nicht, sondern weil sie es über alle Maßen genoss, mich so zu sehen.

Voll Hohn erzählte sie mir, was sich in Vael getan hatte. Es war ihr gelungen, dem gesamten Königreich eine Lüge aufzutischen: Die Sonnenmagie habe Rowan den Verstand vernebelt und ihn unberechenbar und jähzornig gemacht. Er habe die Kontrolle über sich selbst verloren und mich, seine Herrscherin, angegriffen. Die zerstörerische Macht seiner Magie habe dabei nicht nur mich getötet, sondern den gesamten Westflügel zerstört. Als Mahnmal blieben die ausgebrannten Mauern stehen, um das Volk daran zu erinnern, wie gefährlich und böse Sonnenmagie sei. Mir blieb nichts anderes übrig, als ihren Worten Glauben zu schenken.

Und auch den Bürgern erging es so, nicht zuletzt deshalb, weil die Lords aus Vael Lady Serpias Geschichte unterstützten. Sie standen hinter ihr, als sie meine Nachfolge als High Lady antrat.

Mehr denn je erbebte das Volk nach dem Vorfall vor der ohne-

hin verrufenen Sonnenmagie. Serpia war es ein Leichtes, sich als trauernde Schwester zu inszenieren, die Furcht und Empörung der Menschen geschickt zu schüren und Sonnenmagie ein für alle Mal verbieten zu lassen. Es gab nichts, was ich tun konnte, um sie daran zu hindern, die Macht an sich zu reißen und das Volk aufzuhetzen.

Die Lichtsäuberung. Ein Wort aus dem Mund meiner Schwester, das mich in meine finstersten Träume verfolgte. Nur jenes Licht, das als klar und rein galt, war nun noch erlaubt. Die heiße, unberechenbare Sonnenmagie musste ausgelöscht werden – das war ihr Plan.

Gnadenlos ließ sie Sonnenmagier verfolgen. Jene, denen die Flucht nicht gelang, wurden grausam hingerichtet. Mondmagie war die einzige, die in Vael noch existierte. Das, wogegen ich zeitlebens angekämpft hatte, war eingetreten, und ich konnte nichts – gar nichts – dagegen unternehmen.

Ich hätte aufgegeben, mein Geist wäre gebrochen, wäre da nicht noch ein letzter verbleibender Lichtblick gewesen. Mein Kind – es lebte! Und mit ihm lebte meine Hoffnung. An ihrem achtzehnten Geburtstag sollte sich das Amulett unter den fünf Monden öffnen und die Magie, die in meiner Tochter schlummerte, freisetzen. Schon bei ihrer Geburt hatte ich es vorbereitet, wohl wissend, dass es nötig sein könnte, ihr Talent zu verbergen.

Ich wusste nicht, wie es ihr erging und was sie mit ihren Kräften anfangen würde. Kümmerte sich jemand um das Mädchen? Trug sie das Amulett noch bei sich, oder war es im Laufe der Jahre verloren gegangen?

Alles, was ich tun konnte, war, in die Dunkelheit zu starren, dem Rauschen des Skallardmeeres zu lauschen, mit den Kelpies zu singen und zu warten – Stunde um Stunde, Tag um Tag, Jahr um Jahr, bis ich jegliches Gefühl für Zeit verlor.

15

Und dann spürte ich es. Dann fühlte ich, wie sich das Mondsteinamulett öffnete und all die Magie, die ich darin verschlossen hatte, explosionsartig freisetzte. Einer gewaltigen Woge gleich rauschte das Echo der Magie über ganz Vael. Und ich wusste, meine Tochter war bereit, ihr Erbe anzutreten.

ERSTER TEIL

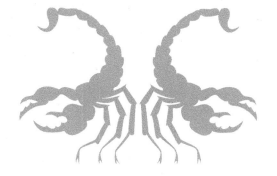

Kapitel 1
Pläne

Nachdem Lady Ashwind verstummt war, herrschte Schweigen.

Das Feuer malte schemenhafte Bilder und Szenen, die sich in den tanzenden Flammen formten und verschwanden, sobald ich den Blick darauf fokussieren wollte. Es ließ die tiefen Schatten in jeder Ecke und jedem Winkel des Raums zucken, tauchte die Gesichter aller Anwesenden in einen dämonisch roten Schein und glomm als winziges Spiegelbild in ihren Augen.

Die Worte meiner Mutter hallten in mir nach. Versonnen starrte ich in die flackernden Flammen, die mich in ihre und dann in meine eigene Vergangenheit entführten. Die Erinnerungen, die in meinem Kopf aufflammten, waren noch frisch und fühlten sich doch so fern an, als stammten sie aus einem anderen Leben.

Waren all diese Dinge wirklich geschehen? Hatte sich mein Leben tatsächlich so drastisch geändert, oder war es nichts weiter als ein verrückter Traum gewesen? Ich war nicht mehr dieselbe, und die Welt um mich herum war nicht mehr dieselbe, und in manchen Momenten glaubte ich, ich müsste mich nur kräftig kneifen, um in meinem Bett in Aphras Hütte aufzuwachen.

Das Feuer war so anders als das sanfte bleiche Licht der Monde, das durch meine Adern floss, und anders als das Gleißen der Sonne in meinem Herzen. Es zog meinen Blick magisch an, und ich konnte mich in ihm verlieren.

»Lelani.«

Haze berührte mich nicht, doch ich spürte seinen Blick ganz deutlich auf meiner Haut. Als ich mich vom Feuer losriss und in seine dunklen Augen sah, breitete sich eine kribbelnde Gänsehaut auf meinen Armen aus. Ich konnte kaum glauben, dass wir es so weit gebracht hatten, und bei jedem Schritt war er an meiner Seite gewesen. Mein bester Freund. Die zweite Hälfte meiner Seele. Mein ständiger Begleiter.

»Alles in Ordnung?«, fragte er leise.

Ich nickte. In Wirklichkeit war nichts in Ordnung: Die Soldaten der High Lady durchkämmten das Land nach uns, mehr als einmal waren wir nur knapp mit dem Leben davongekommen, und Kyran, für den ich Gefühle entwickelt hatte, die ich selbst nicht begriff, hatte versucht, mich zu töten. Schmerzhaft eng zog sich meine Kehle zusammen, als all diese Erinnerungen und Gedanken wie ein vernichtender Schneesturm durch meinen Kopf wirbelten. Doch in Selbstmitleid zu versinken, half niemandem weiter. Meine einzige Chance bestand darin, gemeinsam mit meinen Verbündeten nach Lösungen zu suchen.

»Die High Lady höchstpersönlich«, sagte Snow in dem Moment, drehte ihren breitkrempigen Hut in den Händen hin und her und schüttelte düster den Kopf. »Mit einer mächtigeren Person hättet ihr euch nicht anlegen können, was? Wie wäre es, wenn ihr beim nächsten Mal jemanden mit eurer Kragenweite gegen euch aufbringt? Ein Schmusekätzchen zum Beispiel?«

Ich verzichtete darauf, ihr ins Gedächtnis zu rufen, dass wir uns ihretwegen einer Blutwölfin gestellt hatten, die alles andere als ein Schmusekätzchen gewesen war. Snow war hart im Nehmen, aber jetzt stand selbst sie unter Schock – und ich konnte es ihr nicht verübeln.

»Keiner von uns hat sich diese Konfrontation ausgesucht. Alles, was uns bleibt, ist, auf die Ungerechtigkeit zu reagieren, die uns entgegenschlagen wird.«

Lady Ashwind saß so aufrecht da, dass sie am rustikalen Eichentisch wie ein Fremdkörper wirkte. Ihre Worte waren ruhig und gemessen. Obwohl sie geschwächt und ausgemergelt war, strahlte sie eine Eleganz und natürliche Autorität aus, die ihrem Umfeld Ehrfurcht einflößte. Die sieben Räuber begegneten ihr mit einem solchen Respekt, als sei sie die Königin höchstpersönlich – und das war auch exakt die Position, die ihr laut Geburtsrecht zustand. Die Position, die ihre Schwester ihr geraubt hatte.

Ich hatte für mich beschlossen, sie vorerst mit ihrem Namen anzusprechen, anstatt sie Mutter zu nennen. So froh ich auch war, sie wieder in meinem Leben zu haben: Sie war doch eine Fremde für mich, und manchmal spürte ich eine seltsame Scheu. Achtzehn Jahre lang hatte ich nur eine Mutter gekannt: Aphra, die Frau, bei der ich aufgewachsen war.

Snow hingegen ließ sich von nichts und niemandem beeindrucken. Sie sprang auf und ging mit großen Schritten in der Schankstube auf und ab, während sie nachdachte. Schwer hallten ihre festen Lederstiefel über den Holzdielenboden. Vor Ashwind blieb sie stehen und funkelte aus schwarzen zornigen Augen auf sie herab. »Um ehrlich zu sein, ist mir überhaupt keine Ungerechtigkeit entgegengeschlagen. Nicht vonseiten der High Lady. Das alles hier ist eine Sache, die mich nicht persönlich betrifft. Ich verstecke Euch nur, weil ich Lelani und Haze einen Gefallen schulde. Aber warum sollte ich mich und meine Männer tiefer in eine Angelegenheit hineinziehen lassen, die *jeden* von uns das Leben kosten könnte? Wieso sollte ich Euch helfen, gegen die mächtigste Person des ganzen Landes vorzugehen?«

Die sieben Räuber tauschten unbehagliche Blicke aus und wirkten in dem Moment eher wie kleine Jungen als wie gestandene Männer. Sie alle waren Snow treu ergeben, doch die Person, mit der ihre Anführerin gerade so respektlos sprach, war nun mal die rechtmäßige Herrscherin Vaels.

Ashwind ließ sich nicht aus der Ruhe bringen. Sie stand nicht auf, um mit Snow auf Augenhöhe zu sein, sondern blickte gelassen zu ihr hoch, und plötzlich schien es mir, als überragte sie die groß gewachsene Räuberin mit ihrer bloßen Haltung.

»Um das Richtige zu tun.« Obwohl ihre Stimme kaum das Heulen des Sturms übertönte, war ich sicher, dass jeder in diesem Raum ihre Worte gehört hatte.

Snow verharrte einen Moment, dann nickte sie knapp und nahm wieder ihren Platz am Tisch ein. »So simpel und auch so wahr. Die Frage ist: Was tun wir?«

Tensin strich rastlos über seinen Bart. Er erinnerte mich sonst immer an einen Schauspieler auf einer Bühne, doch jetzt ließ er alle Masken fallen, und auf seinem Gesicht zeigte sich die blanke Angst. »Was gibt es da zu überlegen? Seid vernünftig! Eure einzige Option ist die Flucht. Alle Soldaten des Königreichs sind auf der Suche nach Euch.«

»*Meine* Soldaten. Und mein Königreich«, sagte Ashwind ruhig.

Er senkte den Blick, und es kostete ihn sichtlich Mut, ihr zu widersprechen. »Verzeiht, meine High Lady. Aber selbst wenn wir versuchen, Euch zu schützen: Was sind sieben Männer und eine Frau gegen die Armee, die Eurer Schwester zur Verfügung steht? Schlagt Euch bis zur Küste durch! Heuert auf einem Schiff an, sucht Euer Glück in der Ferne. Versucht Euer Glück tief im Süden in Righa oder im fernen Osten in Dornwhire. Jenseits der Grenzen Vaels wartet ein echtes Leben auf Euch.«

»Ein Leben als Feigling, ständig auf der Hut vor den Attentätern meiner Schwester. Ich kenne Serpia. Sie würde niemals ruhen, solange sie wüsste, dass ich noch irgendwo auf dieser Welt am Leben bin. Ich war viel zu lange schwach und feige.« Ashwinds nachthimmelblaue Augen schienen plötzlich hart wie Stahl. »Ich kann mich weder vor meiner angeborenen Pflicht drücken, noch kann ich meine Schwester gewähren lassen und die Sonnenmagier im Stich lassen. Ich habe mich ihrer angenommen. Es gibt Dinge, die ich zu regeln habe, auch wenn sie möglicherweise aussichtslos sind.«

»Dann, meine High Lady«, Tensin starrte auf die Tischplatte hinab, »werdet Ihr sterben oder erneut in Gefangenschaft geraten. Und alle, die Euch folgen.«

Sie blickte in die Runde. »Keinen von euch werde ich zwingen, mich zu unterstützen.«

»*Ich* bin an deiner Seite.« Ich konnte nicht länger schweigen. Für mich gab es keine andere Wahl.

Seit sich mein Amulett an meinem Geburtstag geöffnet und meine Magie freigesetzt hatte, folgte ich unermüdlich dem Zerren und Ziehen meines Schicksals. Der Ruf der Magie hatte mich zu dem Turm geführt, in dem meine Mutter gefangen gehalten worden war, doch jetzt spürte ich, dass meine Reise noch nicht zu Ende war. Für mich gab es keine Rückkehr in mein beschauliches Leben in dem winzigen Dorf im Nirgendwo, in die vertraute Atmosphäre von Aphras kräuterduftender Hütte, in den Trubel des Marktplatzes, auf sonnige Lichtungen, auf denen Haze und ich stundenlang gelegen und von Abenteuern geträumt hatten.

Damals schien die Zeit stillzustehen, und obwohl ein Teil von mir die Sicherheit und den Frieden genossen hatte, spürte ich doch immer eine Unruhe tief in mir, die mir sagte, dass das noch nicht alles war. Dass mein Leben noch mehr für mich bereithielt. Dieses Kribbeln unter meiner Haut, diese Sehnsucht in meiner Seele hörte auch jetzt nicht auf. Wenn ich die Augen schloss, flüsterte mir mein Herz zu, dass ich nicht anhalten und nicht aufgeben durfte. Ich musste vorangehen, immer weiter vorwärts, um ein Schicksal zu erfüllen, das noch tief im Nebel verborgen lag.

»Meine Kleine.« Ein weicher Ausdruck trat in Ashwinds Augen. »Das Letzte, was ich für dich will, ist, dass du dich in Gefahr bringst. Aber ich fürchte, dafür ist es bereits zu spät. Diese ganze Situation ist inzwischen auch zu deiner Angelegenheit geworden. Du bist die Prinzessin Vaels, meine rechtmäßige Erbin und Serpia somit ein Dorn im Auge. Wenn nicht für mich selbst, dann müsste ich für dich versuchen, meiner Schwester das Handwerk zu legen. Diese Frau darf das Mondsteindiadem nicht tragen, sie gehört nicht auf den Thron.«

Kurz berührten sich unsere Hände auf der Tischplatte, und für einen Moment drang Wärme durch die eisige Angst, die sich schwer auf mich gelegt hatte, seit ich wusste, mit was für einer Gegnerin wir es zu tun hatten. Was die Zukunft auch bringen mochte: Ich hatte meine Mutter gefunden, und allein *das* war alle Risiken wert, die ich in den vergangenen Wochen auf mich genommen hatte.

Erneut tauschten Haze und ich einen Blick aus, und die Gewissheit, ihn an meiner Seite zu haben, zählte zu den wenigen Dingen, die mir Trost spendeten.

Immer lauter heulte der Sturm, bis er das Knacken der Holzscheite im Feuer übertönte. Er rüttelte an den Fensterläden und pfiff durchs Dachgebälk, als wollte er die Taverne »Zum siebten Hügel« dem Erdboden gleichmachen. Die feinen Härchen auf meinen Unterarmen stellten sich auf.

Trostlosigkeit legte sich über mich wie eine schwere Decke. Wir alle sprachen davon, dass wir etwas unternehmen wollten, doch was sollten wir tun? Etwa ins Schloss spazieren und High Lady Serpia höflich dazu auffordern, den Thron zu räumen? Je länger wir warteten, desto größer wurde die Gefahr, dass die Soldaten der Herrscherin uns entdeckten. Ich wusste nicht, welche Vorstellung mir größere Angst machte: eine lebenslange Gefangenschaft, wie Serpia sie für Ashwind vorgesehen hatte – oder der Tod.

Der Wald, der die Lichtung mit dem Haus wie eine nahezu undurchdringliche Mauer umgab, schien lebendig geworden zu sein. Der Wind trug das Knarren und Krachen der mächtigen Baumstämme und peitschenden Zweige heran – es klang wie die klagenden Schreie eines gigantischen Tieres.

Mit einem lauten Knall flog die Tür auf, so heftig, dass sie gegen die Wand krachte. Mit einem Schrei sprang ich auf und nahm aus den Augenwinkeln wahr, dass die anderen es mir gleichtaten. Eiskalt fuhr der Sturm in die Schankstube, und Regen peitschte mir ins Gesicht. Das Tosen des Unwetters war – nun nicht mehr durch die massive Holztür gedämpft – ohrenbetäubend laut.

Ein Blitz zuckte über den nächtlichen Himmel, zerriss die Schwärze. Er tauchte die gigantischen Bäume des Gitterwaldes, deren Äste im Sturm hin und her peitschten, in grelles Licht – und er offenbarte die Gestalt, die in der offenen Tür stand.

*

Mein Körper setzte sich wie von selbst in Bewegung, ich rannte los.

»Aphra!« Mein Ruf ging in einem Schluchzen unter, dann warf ich mich in ihre Arme.

Der vertraute Duft, der mich umfing, rief Hunderte Erinnerungen wach und brachte mich schlagartig nach Hause. Ich roch frische Kräuter, Erde, Baumrinde und schloss die Augen, während ich ganz tief einatmete. Ich musste nicht zurück in unsere Hütte nahe dem Dorf, um mich zu Hause zu fühlen – meine Heimat war soeben hier angekommen.

»Aphra, was bei allen Monden machst du hier? Wie ... wie bist du hierhergekommen?«, brachte ich erstickt hervor, hielt mich an ihr fest und barg mein Gesicht in ihrem rauen dicken Reiseumhang.

Sie wirkte so schmal und hager, doch der Eindruck täuschte. Meine Ziehmutter war zäh und drahtig. Ich hatte gesehen, wie sie einem flinken Eichhörnchen gleich auf die höchsten Bäume kletterte, um Misteln zu ernten, und im Morgengrauen gefühlte Ewigkeiten in unbequemen Positionen verharrte, um ihren Körper zu dehnen und geschmeidig zu halten, wie sie sagte. Jetzt umfassten mich ihre schmalen Arme so fest, als wollte sie mich erdrücken, und plötzlich hatte ich das seltsame Gefühl, nach einem endlosen Fall aufgefangen zu werden.

26

Ihre rauen Finger zerzausten mein Haar. »Mein Stern«, murmelte sie. »Rabe ist zu mir gekommen. Hat mich gefunden. Bin aufgebrochen, sofort, zu dir.«

Entsetzt und ungläubig schüttelte ich den Kopf. Ja, Snow hatte einen Raben geschickt, um meine Ziehmutter zu verständigen, doch wenngleich ich versucht hatte, das Tier mit der Magie der Monde zu leiten, waren wir unsicher gewesen, ob es den Weg zu ihrer kleinen Hütte finden würde. Und natürlich hätte ich nie im Leben gewollt, dass sie sich allein auf den Weg machte.

In der kleinen Schriftrolle hatte eine Warnung gestanden: Auch sie war möglicherweise nicht mehr sicher, denn Serpia hatte die magische Entladung wahrgenommen und geortet, als sich mein Amulett an meinem Geburtstag öffnete. Das hatte ich von Kyran erfahren – die High Lady hatte ihn mit einem Trupp ausgeschickt, um die Quelle der Entladung zu suchen: mich und mein Amulett. Serpia musste mittlerweile zumindest ungefähr wissen, wo ich aufgewachsen war. Gewiss hatte sie längst eins und eins zusammengezählt – und wenn sie auf Aphra stieß, würde sie vor nichts zurückschrecken, um an mich heranzukommen.

Doch plötzlich war sie *hier*, und ich hatte keine Ahnung, wie sie den weiten gefährlichen Weg bewältigt hatte. Zwischen der Taverne und meinem Heimatdorf lagen nicht nur mehrere Tagesritte, sondern auch der gefährliche Gitterwald, in dem man allzu leicht nicht nur die Orientierung, sondern auch das Leben lassen konnte. Dass Soldaten im gesamten Reich nach uns und gewiss auch nach ihr suchten, machte die Reise nicht weniger gefährlich.

Aphras Kichern klang wie ein Bach, der über Kiesel plätscherte. »Mein Stern, du unterschätzt mich. Wer kümmert sich um die alte Frau auf dem Eselkarren? Niemand. Niemand hat hingeschaut. Durch Straßensperren geschlüpft. Kein Mensch da, der die alte Frau anschaut«, sagte sie, als hätte sie meine Gedanken gelesen.

»Aber der Wald ... die Gefahren«, protestierte ich schwach. »Und wie bist du so schnell hierhergekommen? Wir sind doch selbst kaum eine Woche hier! Du musst sofort aufgebrochen sein, als der Rabe dich erreicht hat. Und dann warst du mit deinem Eselkarren so schnell wie ein Reiter auf einem guten Pferd? Wie ist das möglich?«

Sie löste ihre Umarmung und machte eine wegwerfende Geste. »Man muss die Natur kennen. Natur verstehen, nach ihren Regeln spielen. Und dann, dann tut sie einem kein Leid an.«

Und ich glaubte ihr. Ich dachte daran, wie sie mithilfe ihrer Sonnenmagie Pflanzen zum Wachsen gebracht hatte, und konnte mir auf einmal gut vorstellen, dass die dornenbewehrten Ranken und Äste des Gitterwaldes wie von selbst den Weg für sie freigegeben hatten und dass die wilden Tiere sie gefahrlos passieren ließen.

Sie trat einen Schritt weiter in den Raum hinein. Der Sturm ließ die Tür noch immer haltlos hin und her schlagen, und eilig schloss ich sie hinter ihr. Aphras katzenhaft gelbe Augen wurden schmal, als sie den Blick durch den Raum schweifen ließ. Dann grinste sie breit und ging auf Snow zu.

»Rob! Groß geworden. Kein kleines Kind mehr.« Sie musste sich strecken, um Snows raspelkurzes Haar zu zerzausen.

»Ihr kennt euch«, stellte ich verdattert fest, aber dann wurde mir auch schon klar, dass das gar nicht verwunderlich war: Als kleines Mädchen hatte Snow einst in unserem Dorf gelebt.

Als die Anspannung von ihr abfiel, warf Snow den Kopf in

den Nacken und lachte. »Wenn das nicht die alte Aphra ist. Du musst verrückt sein, allein den weiten Weg auf dich zu nehmen. Aber das würde die Leute im Dorf wenig wundern, nicht wahr? Die verrückte alte Aphra – das habe ich manches Mal hinter vorgehaltener Hand munkeln gehört.«

Aphras Grinsen wurde noch breiter. »Und das verrückte Mädchen namens Rob mit ihren kohlenschwarzen Augen, das sie nicht sein wollte. Mädchen, das sich die Haare kurz schnitt und Hosen trug.«

»Ich nenne mich nicht mehr Rob, ich laufe nicht mehr vor meinem echten Namen davon.« Snow zuckte mit den Schultern. »Ich fürchte, mittlerweile helfe ich anderen Leuten beim Weglaufen. Beispielsweise vor der High Lady höchstpersönlich.«

Aphras Miene ließ keine Rückschlüsse darauf zu, wie verwirrt sie von Snows Worten sein musste. Doch als ihr Blick an Ashwind hängen blieb, weiteten sich ihre Augen.

»Meine High Lady.« Sie neigte den Kopf. Ich hatte keine Ahnung, woher sie wusste, dass diese abgemagerte Frau mit der Ausstrahlung einer Königin tatsächlich unsere Herrscherin war, doch es schien ihr auf den ersten Blick klar. Längst hatte ich aufgehört, mich darüber zu wundern, wie oft Aphra Dinge wusste, die sie eigentlich nicht wissen konnte.

Ganz automatisch übernahm Ashwind die Kontrolle. Sie trat auf Aphra zu und lächelte. »Sie müssen die Frau sein, die mein Kind großgezogen hat. Ich stehe auf ewig in Ihrer Schuld.«

Sie reichten sich die Hände, und ich hatte den Eindruck, dass sich zwischen ihnen eine Art wortloser Dialog abspielte. Dann deutete Ashwind einladend auf den Tisch. »Setzen wir uns. Aphra, Sie brennen bestimmt darauf zu erfahren, was Lelani erlebt hat. Ich denke, es gibt vieles zu berichten.«

*

So saßen sie sich also gegenüber, meine beiden Mütter: die Frau, die mich geboren hatte, und jene, die mich großgezogen hatte. Snows Bande hatte sich zurückgezogen, und ich wollte gar nicht wissen, ob die Männer nur in der Taverne zu tun hatten oder auf Raubzug waren. Nur Snow selbst war hier bei uns und natürlich Haze, der mir kaum von der Seite wich.

Aphra drückte meine Hand ganz fest, als ich von den Abenteuern erzählte, die Haze und ich erlebt hatten. Ihr Blick huschte zu Snow, als ich Milja erwähnte: Snows Schwester, die mit einem Wolfsfluch belegt worden war und deren einziger Ausweg aus ihrem traurigen Schicksal in einem selbst gewählten Tod bestanden hatte. Meine Kehle wurde bei diesen Worten eng. Miljas traurigen Wunsch zu erfüllen war wohl das Schwerste gewesen, was ich je in meinem Leben tun musste.

Ich erzählte davon, wie wir Ashwind aus dem fensterlosen Turm befreiten, in den Serpia sie gesperrt hatte, und von dem Wächterwesen, das wir dafür besiegen mussten. Und dann waren wir wieder an dem Punkt, um den wir seit Tagen kreisten, ohne weiterzukommen: Wir mussten handeln, doch jede mögliche Handlung schien aussichtslos. Wir waren machtlos.

»Serpia wird mir nicht geben, was mir zusteht. Ich muss es mir nehmen«, stellte Ashwind schlicht fest.

»Und wie?«, fragte ich kopfschüttelnd. »Mit Waffengewalt? Wir paar Leute gegen alle Soldaten im Schloss? Sollen wir ihr das Diadem entreißen und dir auf den Kopf setzen, und damit ist alles erledigt?«

Pochende Kopfschmerzen kündigten sich hinter meiner Stirn an. Das alles war zu viel. Wir hatten bereits mehr vollbracht, als ich für möglich gehalten hätte, aber an dieser Stelle versagte auch meine Vorstellungskraft. Aufzugeben kam nicht infrage, aber blind und ohne klares Ziel weiterzumachen, schien auch keine Option zu sein. Das alles wuchs mir über den Kopf.

Aber Ashwind ließ sich nicht beirren. »Das Fest der schwarzen Sonne«, sagte sie ruhig. »Es wird gefeiert, wenn Monde und Sonne aufeinandertreffen. Wenn sich Umbra, der größte Mond, als dunkle Scheibe vor die Sonne schiebt und die anderen Monde ihn in perfekter Symmetrie wie die Schwingen eines Drachen flankieren. So viele Menschen aus dem Königreich werden an jenem Tag in die Hauptstadt Navalona strömen, der Rede der High Lady lauschen und sich das Spektakel ansehen: Feuerspucker, flirrende Lichter vor dem verdunkelten Himmel, Tanz und Musik. Jeder, der für das Reich von Bedeutung ist, und jeder, der die Reise auf sich nehmen kann, wird da sein, bis die Stadt aus allen Nähten platzt. Und dieser Tag steht bald bevor.«

In Haze' Augen glomm ein Licht auf, interessiert beugte er sich vor. »Und diese Aufmerksamkeit nutzen wir«, stellte er fest. »Wenn all diese Menschen die wahre Herrscherin sehen, kommt High Lady Serpia nicht länger mit ihren Lügen durch. Dann wird bekannt, dass sie keinen Anspruch auf den Thron hat.«

Ashwind nickte. »Und da sind noch die Mondlords. Sie sind verpflichtet, der Herrscherin Vaels zu dienen. Ich kenne sie von damals – sie *müssen* mich erkennen, sobald sie mich sehen! Wenn sie begreifen, dass ich ihre High Lady bin, werden sie sich auf meine Seite schlagen. Zumindest hoffe ich das aus ganzem Herzen.«

Snow kickte übellaunig gegen ein Tischbein. Ihr Stiefel hinterließ einen Matschfleck auf dem Holz. »Niemand kann einfach so ins Schloss spazieren. Geschweige denn so nah an die High Lady herankommen, dass er ihr gefährlich werden kann.«

»Einer kann es. Einer *konnte* es.« Die Kaminflammen schienen im Bernsteinbraun und Katzengelb von Aphras Augen zu tanzen.

Ashwind begriff sofort. »Der Schattengänger«, flüsterte sie.

Meine Augen weiteten sich. »Der Mann, der meinen Vater ermordet und meine Mutter gefangen genommen hat, um sie an die High Lady auszuliefern? Er ist ein Assassine! Ein Mann ohne Gewissen.«

»Und doch ist er der Mann, der dich verschont hat.« Aphras Blick bohrte sich in meinen. »Der Mann, der den letzten Befehl nicht ausgeführt hat. Der das Baby nicht getötet hat. Der es in Sicherheit gebracht hat.«

Haze runzelte die Stirn. »Und nichtsdestotrotz ein *Attentäter*. Und vergesst nicht, dass es hier so gut wie keine Schattengänger gibt. Sie leben auf Kuraigan. Bestimmt ist auch der Mann, der auf Serpias Geheiß gehandelt hat, mittlerweile wieder dorthin zurückgekehrt. Wie sollten wir ihn jemals finden?«

Kuraigan. Ein Wort, das in meinen Ohren exotisch klang. Ein anderer Kontinent, so fremdartig, dass ich mir nicht ausmalen konnte, wie es dort aussah – von Vael getrennt durch das endlos weite Skallardmeer, in dem es vor gefährlichen Wasserwesen nur so wimmelte.

In Aphras Augen glomm ein Licht auf. Sie holte etwas aus ihrer Tasche und warf es einfach vor uns auf den Tisch, wo es ein paar Mal um die eigene Achse kreiselte und schließlich liegen blieb. Mir entfuhr ein leiser Pfiff, als ich erkannte, worum es sich handelte: ein breiter silberner Ring mit einem großen schwarzen Stein. Instinktiv schnellte meine Hand nach vorne, und ich war die Erste, die das Schmuckstück zu fassen bekam. Neugierig drehte ich es in den Händen hin und her und begutachtete es.

Die silbrige Außenseite war ganz glatt geschliffen, doch ins Innere des Ringbandes waren Schriftzeichen graviert, die ich nicht entziffern konnte. Meine Fingerspitze glitt ebenso wie mein Blick über die filigrane Inschrift.

Der Stein war beinahe so groß wie mein Daumennagel, völlig glatt, rund und tiefschwarz. Er glich keinem der Mineralien, die ich aus Aphras Sammlung kannte. Ein wenig ähnelte er Obsidian, doch etwas war anders. Ich wusste zunächst nicht was, doch dann betrachtete ich das Schmuckstück genauer.

Er schien jegliches Licht in der Umgebung einzusaugen und zu absorbieren. Während sich mein Blick in ihm verlor, wurde mir bewusst, dass es Schatten gab, die viel tiefer waren, als ich bisher angenommen hatte. Diese Finsternis schien materiell zu sein, sich zu bewegen, sogar zu leben. Je länger ich den Stein anstarrte, desto mehr hatte ich das Gefühl, dass sich etwas unsagbar Dunkles unter der glatten, eiskalten Oberfläche bewegte. Etwas, das zurückstarrte.

Haze beugte sich zu mir, und seine Hand legte sich um meine, die noch immer den Ring hielt. Seine Stirn berührte meine beinahe, als er das mysteriöse Schmuckstück ebenfalls ansah. Ich spürte seinen warmen Atem, die Hitze seiner Hand und ein paar seiner Haare, die meine Stirn kitzelten.

»Wie seltsam«, murmelte er.

Aphra räusperte sich. Jetzt erst bemerkte ich, dass ich den Atem angehalten hatte. Rasch legte ich den Ring zurück auf den Tisch, sodass die anderen ihn sich ansehen konnten, atmete tief durch und sah meine Ziehmutter fragend an.

»Der Mann«, beantwortete sie meine unausgesprochene Frage. »Hat ihn mir gegeben. Hat ihn mir anvertraut. Der Mann aus den Schatten, der dich zu mir brachte.«

Ashwind griff nach dem Ring. Das Schwarz des Steins spiegelte sich im klaren Blau ihrer Augen und ließ sie noch dunkler wirken. »Ich weiß, was das ist«, sagte sie leise. »Ein Schattenring. Ich habe früher viel über Kuraigan gelesen. Ein solcher Ring ... Er ist eine Fessel, die jene bindet, die gegen die Gesetze verstoßen haben. Er macht sie zu Sklaven, bis sie die Schuld getilgt haben, die sie auf sich geladen haben.«

Snow schnaubte. »Nicht nur ein Attentäter, sondern auch in seinem eigenen Land verstoßen. Hinreißend. Und was genau wollen wir nun von ihm?«

Auf einmal erfasste mich eine fiebrige Aufregung. »Er kann uns helfen. Er hat bewiesen, dass er ins Schloss gelangen kann. Sogar in die privatesten Gemächer, die am besten bewacht werden. Warum sollte er es nicht erneut schaffen?« Diese schwache Hoffnung war so viel mehr als alles, was wir in den letzten Tagen gehabt hatten.

Haze zögerte keine Sekunde. »Ich werde ihn finden. Ganz gleich, wie. Ich werde den Ozean überqueren, nach Kuraigan reisen und diesen Mann finden.« Seine braunen Augen funkelten unternehmungslustig, und als ich ihn so sah, traute ich ihm einfach alles zu, obwohl sein Vorhaben unmöglich klang.

Die Reise über das Skallardmeer galt als lebensgefährlich, kaum jemand wagte es, sie anzutreten. Kuraigan war mehr als ein Land, es war ein gesamter Kontinent, und wie sollte Haze unter all diesen Menschen jenen geheimnisvollen Mann finden, der einst durch die Schatten von Navalonas Schloss gewandelt war? Der einzige Hinweis, den wir hatten, war ein mysteriöser Ring mit einer Inschrift, die wir nicht entziffern konnten.

Doch wenn es jemand schaffen konnte, dann er: dieser Junge, den ich mein Leben lang kannte und der zum Mann geworden war, beinahe ohne dass ich es gemerkt hatte. Haze mit seinen starken Händen, die jagen und kämpfen, doch auch zärtlich sein konnten. Haze mit der lodernden Glut im Blick, mit dem widerspenstigen schwarzen Haar und den breiten Schultern, die manchmal die Last der Welt zu tragen schienen. Ein warmes Pochen breitete sich in meinem Herzen und meinem Bauch aus, und ich zweifelte nicht daran, dass er *alles* vollbringen konnte, was er sich in seinen Sturkopf setzte.

Aber er würde nicht alleine gehen, um nichts in der Welt wollte ich mir dieses Abenteuer entgehen lassen. Die letzten Wochen hatten mich verändert – ich war nicht mehr das naive, weltfremde Dorfmädchen. In meinem Herzen spürte ich Mut und ein Selbstbewusstsein, das ich früher nicht gekannt hatte. Ich hatte das Gefühl, alles schaffen zu können. Ein grimmiges Lächeln breitete sich auf meinem Gesicht aus.

Das sehnsüchtige Feuer, das mich mein Leben lang angetrieben hatte und das in letzter Zeit durch Erschöpfung und Hoffnungslosigkeit gedämpft worden war, loderte wieder auf. Endlich gab es wieder eine Perspektive, einen Weg, der sich vor mir auftat. Und auch wenn dieser Weg schmal und verwinkelt war und vielleicht ins Nichts führen würde, war ich fest entschlossen, ihm zu folgen.

»Wann brechen wir auf?«

Ashwind sog scharf die Luft ein. »Nicht du, Lelani! Du hast dich öfter als genug in höchste Gefahr gebracht. Ich werde mein Kind nicht meine Kämpfe ausfechten lassen. Wenn jemand nach Kuraigan reist, bin ich das.«

Sie sagte das mit aller Entschlossenheit, doch ich war weder blind noch naiv. Ihre aufrechte Haltung konnte einen beinahe vergessen lassen, wie es um ihre Gesundheit bestellt war – aber nur fast. Man merkte ihr kaum an, wie lange sie sich in Gefangenschaft befunden hatte – gefesselt mit schwarzsilbernen Ketten, zur Regungslosigkeit verdammt, abgeschnitten von der Welt und jeglichem Licht. Es grenzte an ein Wunder, dass sie sich überhaupt noch bewegen konnte und ihre Muskeln nicht vollends verkümmert waren. In manch kurzen Momenten, wenn sie sich unbeobachtet fühlte, zeichnete sich der Schmerz auf ihrem Gesicht ab, den ihr jede Bewegung bereitete. Sie musste sich erholen. Dringend.

Das Letzte, was Ashwind jetzt brauchte, war eine aufopfernde Reise – und das, was Vael brauchte, war seine rechtmäßige Herrscherin auf dem Thron. Der Gedanke daran, was für eine skrupellose grausame Frau das Land regierte, jagte mir einen weiteren Schauer über den Rücken. Und all die Jahre hatte ich nichts davon geahnt!

»Ich gehe. Ich werde nach Kuraigan reisen, und ich werde diesen Schattengänger finden. Und dann werden wir ins Schloss gelangen und erobern, was dir genommen wurde«, sagte ich entschieden und wusste dabei mit absoluter Sicherheit, dass ich mich durch kein Argument von meinem Plan abbringen lassen würde.

Kapitel 2

Etwas in mir

Der Gedanke an Kyran krallte sich in meinem Kopf fest, kroch mir unter die Haut, lag wie Nebel in der Luft. Ich versuchte ihn zu verdrängen, während wir Pläne schmiedeten und die Details unserer riskanten, vielleicht sogar wahnsinnigen Reise besprachen, doch mir war überdeutlich bewusst, wie nah er mir war.

Dieser Verräter.

Der Mann, der wie aus dem Nichts in meinem Leben aufgetaucht war, ungefragt unser Begleiter wurde und mir enger ans Herz gewachsen war, als ich mir selbst eingestehen wollte.

Ich hatte ihm vertraut, hatte seine Gesellschaft genossen, und irgendwann im Verlaufe unserer gemeinsamen Reise hatte ich begonnen, ihn wirklich gernzuhaben. Ein Kribbeln breitete sich in meinem Bauch aus, als ich daran dachte, wie sich seine Lippen auf meinen anfühlten, und ich konnte überhaupt nichts dagegen tun, dass mein Körper so auf diese Erinnerung reagierte. Ganz von selbst wurde meine Atmung flacher, und ich ballte die Hände zu Fäusten.

Er hatte sich in mein Herz gestohlen – und dann versucht, es mit dem Schwert zu durchbohren. Ein Befehl der High Lady hatte ausgereicht, und Kyran hatte sich gegen mich gestellt. Nach wie vor wusste ich nicht genau, wie sie miteinander in Kontakt gestanden hatten und wie exakt der Befehl gelautet hatte, doch eines wusste ich: Kyran hatte mich angegriffen und Haze verletzt.

Seit wir wieder bei Snow waren und uns hier versteckt hielten, hatten Kyran und ich kaum ein Wort miteinander gewechselt. Er weigerte sich, offen zu sprechen, und ich konnte es kaum ertragen, ihn zu sehen. Doch jetzt gab es etwas, das ich ihm mitteilen musste, und so lief ich die Treppe hoch ins Obergeschoss. Ich nahm immer zwei Stufen gleichzeitig, doch dann wurden meine Schritte immer langsamer.

Zu meiner Rechten befanden sich die Türen zu den Gästezimmern, die jetzt aber alle leer standen. Alle, bis auf eines.

Ohnehin verirrten sich selten Reisende in die Taverne inmitten des Gitterwalds, die in erster Linie ein tarnender Unterschlupf für Snows Räuberbande war. Jetzt hatte Snow das Wirtshaus gesperrt – angeblich wegen Umbauarbeiten, in Wirklichkeit jedoch, damit wir ungestört waren. Snow, ihre sieben Männer, Haze, Ashwind und ich hatten unsere Zimmer noch ein Stockwerk höher.

Auf der linken Seite des Flurs standen die Fensterläden zur Lichtung offen. Das Unwetter hatte sich gelegt, aber die Luft roch regenschwer, nach nassem Moos und Holz. Es herrschte noch tiefe Nacht, doch die dunklen Wolken hatten sich verzogen und gaben den Blick auf die fünf Monde frei, die als schmale Sicheln am Himmel standen. Bleich und kühl fiel ihr Licht zu den Fenstern herein.

Unwillkürlich blieb ich stehen und atmete tiefer ein. Wie jede Nacht schienen die Himmelskörper wortlos zu mir zu flüstern. Ich spürte ihren sanften Schein auf meiner Haut und fühlte, wie die Magie in meinen Adern darauf reagierte. Ein sachtes Kribbeln breitete sich in meinem ganzen Körper aus.

Ich war so gebannt, dass ich im ersten Augenblick gar nicht bemerkte, dass ich nicht allein auf dem Flur war. Eine schmale Silhouette zeichnete sich vor dem Mondlicht ab. Meine Mutter, die sich vorhin schon zurückgezogen hatte, stand an einem der Fenster, starr wie eine Marmorstatue, und blickte hinaus. Das Mondlicht tauchte ihre zarten Gesichtszüge in seinen bleichen Schein und verlieh den weit geöffneten Augen einen silbrigen Glanz. Einem rabenschwarzen Wasserfall gleich fielen die langen Haare über ihre Schultern und den Rücken.

Haze hatte mich früher oft damit aufgezogen, dass ich angeblich zu den Monden hochstarrte wie ein liebeskranker Wolf. Jetzt wusste ich, was er damit gemeint hatte. Mein bester Freund hatte mich deswegen manchmal ausgelacht, doch bei meiner Mutter hatte der Anblick nichts Albernes an sich. Sie war eins mit dem Nachthimmel und sah beinahe aus wie gemalt.

»Ashwind.«

Wenn es sie verletzte, dass ich sie nicht Mutter nannte, obwohl ich das im Turm getan hatte, ließ sie es sich nicht anmerken. Ihre Miene ließ keine Regung erkennen.

»Ich kann es kaum mehr spüren«, flüsterte sie, ohne sich zu mir umzudrehen. Ihr Blick war nach wir vor empor zum Himmel gerichtet. »Das Licht der Monde. Meine Magie ... die lange Zeit, in der ich vom Licht abgeschnitten war, hat sie verkümmern lassen. Leute wie du und ich, wir brauchen das Licht der Monde wie die Luft zum Atmen. Wird es uns vorenthalten, beginnt die Kraft in unseren Adern zu verdorren. Sie ist noch da, aber schwach wie ein Echo.«

Obwohl ich das noch nie selbst erlebt hatte, konnte ich mir

vorstellen, was sie meinte. Ganz deutlich fühlte ich, wie mein Körper das Licht aufsog und meine magischen Kräften danach verlangten.

»Du wirst dich erholen. Deine Magie wird zurückkehren, ganz bestimmt«, erwiderte ich leise und meinte es auch so. Nicht nur die körperlichen, sondern auch die magischen Kräfte meiner Mutter hatten gelitten. So wie ihre Muskeln Zeit brauchten, um sich zu regenerieren, so würde auch ihre Mondkraft heilen.

Statt einer Antwort streckte sie eine Hand hinaus ins Freie. Der weite Ärmel ihres Kleides rutschte ihr bis zur Schulter, die weiße Haut ihres Arms war ganz in Mondlicht gebadet. Sie drehte die Handfläche nach oben, und der bleiche Schein verdichtete sich in ihr zu einer Kugel. Aus Licht wurde Materie: ein leuchtender Ball, in dessen Inneren flirrende Funken tanzten und den Ashwind sachte festhielt. In ihrer Geste steckte eine Sehnsucht, die mein Herz berührte. Dann löste sich die Form zwischen ihren Fingern wieder auf, und wie Schnee schwebten die Lichtfunken zu Boden. Ein tiefes Seufzen entrang sich ihrer Kehle.

»Vielleicht. Hoffentlich. Aber es stimmt: Im Moment bin ich nutzlos«, brachte sie bitter hervor. »Jeder einzelne Schritt ist eine Qual, meine Kräfte sind verkümmert. Die weite Reise nach Kuraigan? Undenkbar.«

»Na und? Du musst diese Reise nicht auf dich nehmen!«, rief ich aus. »Haze und ich haben so viel miteinander erreicht, wir werden auch das schaffen. Du kannst dich auf mich verlassen. Wir werden diesen Mann finden und mit ihm nach Vael zurückkehren.«

Jetzt erst wandte sie sich mir zu. Ihre Augen schimmerten feucht. »Ich habe dich schon einmal verloren und erst achtzehn

Jahre später wiedergefunden. Schon einmal musste ich dich gehen lassen. Die Vorstellung, dass du dieses Mal vielleicht nicht zurückkommst ...« Ihre Stimme versagte.

Meine Kehle wurde eng, und meine Augen brannten. Wir hatten nie die Gelegenheit gehabt, uns als Mutter und Tochter kennenzulernen, und nun waren uns nur wenige Tage vergönnt, bevor wir uns wieder trennen mussten. Doch eines Tages würde die Zeit kommen, um uns aneinander anzunähern. Dessen war ich mir sicher.

«Ich komme zurück, versprochen.« Ich versuchte zuversichtlich zu klingen, doch meine Stimme zitterte.

Lautlos trat Ashwind näher an mich heran. Ihre Finger waren kalt wie der Nachtwind, als sie mein Gesicht vorsichtig in beide Hände nahm und mir einen Kuss auf die Stirn gab. Schweigend verharrten wir so, ich mit geschlossenen Augen, sie mit ihren Lippen hauchzart auf meiner Haut. Ich wünschte, ich könnte die Zeit anhalten, doch schon ließ mich meine Mutter wieder los und trat einen Schritt zurück.

»Du weißt, wer er ist?«, wechselte sie so abrupt das Thema, dass ich kurz den Anschluss verlor.

Ich begriff, von wem sie sprach. Mein Blick huschte zu der Tür am Ende des Gangs, hinter der wir Kyran gefangen hielten. Seit Tagen hatte ich den Raum nicht betreten, Snow und die sieben Räuber kümmerten sich um unseren Gefangenen und versorgten ihn mit Essen und Trinken.

»Kyran? Ein Adliger. Ein Getreuer der High Lady, der ihr loyal ergeben ist und Aufträge für sie ausführt. Ein ... ein *Mistkerl*, der vor nichts zurückschreckt«, antwortete ich zögerlich.

»Das mag sein. Aber ist dir bewusst, *wer* er ist?«

Irritiert runzelte ich die Stirn und schüttelte den Kopf.

»Was meinst du? Weißt du es etwa? Aber ... du kannst ihn doch nicht kennen! Er muss damals, als du noch im Schloss gelebt hast und all diese Dinge geschehen sind, noch ein kleines Kind gewesen sein. Er ist doch gerade mal ein paar Jahre älter als ich.«

Der Nachtwind, der zum Fenster hereinfuhr, setzte Ashwinds Rabenhaar in Bewegung. Als hätte es ein Eigenleben entwickelt, tanzte es um ihr schmales filigranes Gesicht. Die einzelne weißblonde Strähne glänzte wie Silber.

»Ich bin ihm nie begegnet, und doch kenne ich ihn. Er ist seiner Mutter wie aus dem Gesicht geschnitten. Zu Lebzeiten galt sie als die schönste Frau in ganz Vael – Lady Rosebud mit dem goldenen Haar und den turmalingrünen Augen. Ihr Mann ist einer der fünf Mondlords, und wie Serpia mir berichtet hat, ist er nach meinem angeblichen Tod zu ihrem engsten Ratgeber aufgestiegen. Kyran ist der Sohn des einflussreichsten Lords in ganz Vael.«

*

Es dauerte einen Moment, bis sich meine Augen ans Halbdunkel in Kyrans Zimmer, das – wenn ich ehrlich war – eher Kyrans Zelle war, gewöhnt hatten. Das Erste, was ich sah, war ein zartrosa Funke, der hochstob, durch den Raum taumelte wie ein betrunkener Schmetterling und durch eine Ritze zwischen den Fensterläden nach draußen in die Nacht verschwand.

»Jinx«, murmelte ich enttäuscht.

Die kleine Pixie schien die Seiten gewechselt zu haben. Seit unserer halsbrecherischen Flucht vor den Schergen der High Lady bekam ich sie kaum noch zu Gesicht, schien aber plötzlich Kyrans Nähe zu suchen. Dabei hatte sie ihn anfangs nicht mal leiden können.

»Eifersüchtig? Das Flattervieh und ich sind Freunde geworden.«

Kyran saß auf seinem schmalen Bett, lehnte mit dem Rücken an der Wand und blickte mir entgegen. Seine stechenden grünen Augen funkelten aus dem Halbdunkel.

Ich zog eine verächtliche Miene. »Vielleicht hat sie sich ein Beispiel an dir genommen und ist zur Verräterin geworden.«

Die Wahrheit war, dass ich der Zwergfee eigentlich nichts vorwerfen konnte. Dass sie sich uns überhaupt angeschlossen hatte, war mehr als ungewöhnlich – nie zuvor hatte ich gehört, dass sich Pixies mit Menschen anfreundeten. Normalerweise machten sie sich höchstens einen Spaß daraus, Wanderer in die Irre zu leiten, und verschwanden danach so schnell, wie sie auftauchten waren. Sie waren als unberechenbare kleine Wesen bekannt, die sich einzig und allein um ihr eigenes Vergnügen kümmerten. Somit hatte Jinx, wie ich sie getauft hatte, eigentlich schon viel mehr getan, als ich je von einer Pixie erwartet hätte: Sie hatte uns begleitet, durch den nächtlichen Gitterwald zu Snows Taverne geführt und mir sogar geholfen, als ich in den verhängnisvollen Bann der Kelpies geraten war.

Und trotzdem kränkte es mich, dass sie sich nun ausgerechnet mit dem Kerl anfreundete, der mich verraten und angegriffen hatte. Vielleicht war das ja der Grund, warum sie ihn mochte: Er war so wankelmütig und flatterhaft wie eine Pixie. In einem Moment zog er einen ganz in seinen Bann, im nächsten Augenblick stürzte er denjenigen in den Untergang.

»Verräter? Meine Loyalität galt der High Lady. Ich *musste* ihren Befehl ausführen.«

In hilfloser Wut ballte ich die Hände zu Fäusten. »Ich habe

dir vertraut! Beim Schatten der Monde, *Kyran* – bedeutet dir das gar nichts?«, fauchte ich. »Wenn es nach Haze gegangen wäre, hätten wir uns von Anfang an von dir ferngehalten!«

»Dann hättest du mal besser auf Haze gehört, nicht wahr?« Ungerührt hielt er meinem zornigen Blick stand.

Ein bitterer Geschmack breitete sich in meinem Mund aus. Nur mühsam konnte ich mich beherrschen und ruhig bleiben. Ich verschränkte die Arme vor der Brust und lehnte mich von innen an die geschlossene Tür.

»Ja, das hätte ich. Spätestens, als mir klar wurde, dass du Geheimnisse hütest, hätte ich aufhören müssen, dir zu vertrauen. Du stammst aus einer bekannten Familie, nicht wahr? Lord Heathorn Umbra. Lady Rosebud Umbra. Und – Kyran Umbra«, zählte ich auf.

Das schwache Licht reichte nicht aus, um von seinem Gesicht abzulesen, ob er überrascht darüber war, dass ich es herausgefunden hatte. Wenngleich ich in einem entlegenen Dorf aufgewachsen war, war ich nicht völlig weltfremd und wusste genug über Vael und den Königshof, um zu begreifen, dass ihn das zu einer wichtigen Persönlichkeit machte. Er war nicht nur *irgendein* Edelmann, sondern entstammte dem höchsten Adel. Nun wunderte mich auch nicht mehr, dass er mir einmal erzählt hatte, er verkehre bei Hofe und sei der High Lady selbst begegnet. Er war kein austauschbarer Gefolgsmann, sondern wurde höchstwahrscheinlich mit den wichtigsten Aufgaben betraut. Er genoss das Vertrauen der Regentin.

»Und nun? Was werdet ihr mit dieser Erkenntnis anfangen?« Seine Stimme offenbarte, was sein Gesicht nicht verriet: Er versuchte sich nichts anmerken zu lassen – und doch war da ein Anflug von Anspannung in seinem Tonfall. »Mich als Geisel und Druckmittel benutzen? Da muss ich euch enttäuschen:

Ashwind und dich in ihre Finger zu bekommen, ist High Lady Serpia wichtiger als mein Leben. Meinem Vater übrigens auch, also rechne nicht damit, dass er sich für mich einsetzt. Oder geht es dir um Rache? Willst du mir heimzahlen, dass ich dich angegriffen habe? Was habt ihr für mich vorgesehen – den Tod? Snow ist ja alles andere als zimperlich, und du hast mittlerweile auch bewiesen, dass du nicht das zarte Blümchen bist, für das man dich auf den ersten Blick hält.«

Ich ließ ihn reden und amüsierte mich insgeheim darüber, dass er immer nervöser klang. Er versuchte so zu tun, als betrachtete er wie üblich alles als großen Scherz, aber die Tage in Gefangenschaft schienen an seinen Nerven genagt zu haben. Hier in diesem abgedunkelten Zimmer hatte er viel Zeit gehabt, darüber nachzudenken, was ihm blühen mochte.

»Nichts dergleichen«, sagte ich schließlich. »Wir unternehmen eine Reise.«

»Eine … Reise.«

Meine Augen hatten sich an das wenige Licht gewöhnt. Der Mondschein, der durch die Ritzen der Fensterläden fiel, reichte aus, um seine gerunzelte Stirn und eine hochgezogene Augenbraue zu erkennen.

Als er sich bewegte, fiel mir die Eisenkette auf, die mit einem schweren Ring um seinen Knöchel befestigt und deren anderes Ende am massiven Bettpfosten befestigt war. Kyran hatte genug Bewegungsfreiheit, um ein paar Schritte durch den Raum zu gehen, kam aber nicht bis ans Fenster oder an die Tür, an der ich noch immer mit verschränkten Armen stand. Das leise metallische Rasseln, das bei jeder seiner Bewegungen ertönte, ließ mich zusammenzucken. Es erinnerte mich an meine Mutter, die für viele Jahre so hatte leiden müssen. Kyran musste dieses Schicksal erst seit wenigen Tagen ertragen, dennoch fühlte ich mich plötzlich schlecht. Es widerstrebte mir, jemandem die Freiheit zu rauben, doch uns blieb nichts anderes übrig. Hätten wir Kyran freigelassen, hätte er schnurstracks zur High Lady laufen und uns verraten können.

Ich schüttelte die Gewissensbisse ab und konzentrierte mich aufs Wesentliche. »Du wirst uns begleiten, Haze und mich. Wir nehmen uns ein Boot und überqueren den Ozean. Unser Ziel ist Kuraigan.«

Einen Moment lang war es völlig still, dann lachte er. Es versetzte mir einen Stich, daran zu denken, wie gern ich dieses ungehemmte Was-kostet-die-Welt-Lachen noch vor Kurzem gehört hatte.

»Du musst den Verstand verloren haben, Lelani.«

Ich zuckte mit den Schultern. »Und wenn schon. Ich habe meine Gründe. Wir reisen zu dritt, du, Haze und ich. Mit dem Unterschied, dass du Ketten und keine Waffen tragen wirst. Und mach dir keine Illusionen: Wenn du uns einen Grund dafür lieferst, gehst du über Bord. Dein Vertrauensvorschuss ist so was von aufgebraucht.«

Er schnaubte leise, dann schüttelte er grinsend den Kopf. »Kuraigan. Denkst du, dort wärst du vor der High Lady sicher? Und warum bei den fünf Monden willst du mich mitnehmen? Du bekommst wohl nicht genug von meiner Gesellschaft, was? Ich kann es dir nicht verübeln, eine Menge anhänglicher Hofdamen waren da ganz ähnlicher Meinung.« Gelangweilt wandte er den Blick ab und blickte zum Fenster, wo dünne blasse Lichtstrahlen durch die Ritzen in den Holzläden fielen.

Innerlich kochte ich vor Wut. Nach allem, was geschehen war, besaß er die Unverschämtheit, sich über mich lustig zu machen?

»Du *Widerling*. Jetzt lachst du noch, aber das wird dir vergehen. Vielleicht wärst du besser bei deinen Hofdamen geblieben«, zischte ich und stapfte in den Raum, um ihm ins Gesicht zu sehen.

Dass ich einen Fehler gemacht hatte, bemerkte ich erst, als es zu spät war. So schnell, dass mir mein erschrockener Schrei in der Kehle stecken blieb, schoss er aus seiner scheinbar entspannten Position hoch und auf mich zu. Ich brachte nur noch ein ersticktes Keuchen hervor. Die Kette klirrte, als sie sich spannte. Fest wie eine Eisenklammer schloss sich Kyrans Hand um meinen Unterarm, und er zog mich mit einem Ruck näher an sich heran.

Unsere Gesichter waren sich so nah, dass ich seinen heißen Atem auf meinem Mund spürte. Und so absurd dieser Gedanke in dieser bedrohlichen Situation auch sein mochte: Einen Herzschlag lang erinnerte ich mich so deutlich an unseren Kuss, dass ich seine weichen Lippen auf meinen zu fühlen und schmecken glaubte. Die Illusion war so täuschend echt, dass mein Herz einen gewaltigen Satz in meiner Brust machte und mir schwindelig wurde. Dabei war es nicht einmal ein sonderlich romantischer Kuss gewesen, sondern ein notwendiger, um Kyran aus dem Bann der Kelpies zu befreien. Doch er hatte etwas in mir ausgelöst, was meine Seele in ihren Grundfesten erschütterte.

Mein Puls raste, mein Atem ging schnell und stoßweise. Mein Arm zitterte vor Anspannung, als ich mich gegen Kyrans Griff stemmte, doch ich hatte keine Chance. Verzweifelt schluckte ich meine Angst hinunter und zwang mich, das Kinn vorzurecken, um tapfer zu wirken. Kyrans Augen verengten sich, das klare Edelsteingrün nahm einen stechenden Ton an.

Etwas durchbrach die kühle Ruhe der Mondmagie, die ich sonst als stetigen Fluss in meinen Adern fühlte: etwas Heißes,

Grelles, das tief in meinem Inneren aufflammte und sich seinen Weg nach außen bahnen wollte. *Meine Sonnenmagie.*

Mein Herz schlug schnell, immer schneller, bis die einzelnen Schläge, die ich in meinen Ohren widerhallen hörte, zu einem einzigen großen Tosen verschmolzen. Es war wild, wollte hassen und lieben, wollte wie eine Wildkatze auf Kyran losgehen und das zerstörerische Feuer auf ihn loslassen. Überrumpelt von diesen Empfindungen schnappte ich nach Luft. Angst und Schreck zerfielen in der Glut meiner Magie zu Asche, als hätte ich sie nie gespürt. Mir wurde heiß.

»Wenn ich jemanden verraten habe, dann meine Gebieterin, die High Lady«, presste Kyran zwischen zusammengebissenen Zähnen hervor. »Und das bereue ich nicht. Ich habe dich angegriffen, ja, aber ich habe dich nicht getötet. Wir beide wissen, dass ich das gekonnt hätte, und dennoch habe ich es nicht getan.«

»Warum nicht?«, keuchte ich. Diese Frage hatte ich mir seit jenem Moment am Sonnenturm immer und immer wieder gestellt. Meine Hand war zur Faust geballt, seine war immer noch fest um meinen Unterarm geschlossen. Unsere Lippen berührten sich beinahe, so nah waren wir einander, doch die Worte, die wir hervorbrachten, klangen hart wie geschmiedeter Stahl. »Dann sag es mir, verdammt noch mal, was hat dich zurückgehalten?«

Er öffnete seinen Mund, um zu antworten, doch schließlich seufzte er nur. Sein Griff um meinen Arm löste sich so plötzlich, dass ich beinahe gestürzt wäre, weil ich mich mit aller Kraft dagegengestemmt hatte. Ich rieb über mein Handgelenk und wich ein paar Schritte zurück, sodass ich außerhalb seiner Reichweite war.

Er stand mitten im Raum, seine Schultern hingen schlaff

hinab. Die Handflächen hatte er mir in einer entwaffnenden Geste zugewandt, dann hakte er die Daumen in den Ledergürtel und biss sich auf die volle Unterlippe. Das gewellte blonde Haar, das ihm offen über die Schultern fiel, ähnelte im schwachen Mondlicht eher Silber als Gold.

»Ich will es nicht, okay? Ich will dir einfach nichts antun«, sagte er leise. »Wir sind Freunde, oder nicht? Zumindest waren wir das. Niemand kann mir befehlen, dich zu töten.«

Ich atmete tief durch und bemühte mich um einen eiskalten Tonfall. »Wir sind keine Freunde, Kyran. Du bist unser Gefangener. Haze und ich nehmen dich mit, weil wir nicht riskieren können, dass du hier entdeckt und befreit wirst. Und als Sohn Lord Umbras wirst du uns vielleicht noch nützlich werden. Ganz gleich, was du sagst: Du kannst mir nicht erzählen, dass deinem Vater nichts an dir liegt. Wenn es hart auf hart kommt, wirst du als lebender Schutzschild zwischen den Soldaten der High Lady, deines Vaters und uns stehen.«

Ohne eine Antwort abzuwarten, verließ ich den Raum und schloss die Tür hinter mir. Ich konnte ihn nicht länger ertragen. Als ich über die Treppe ins obere Stockwerk zu meinem Zimmer hastete, hörte ich Haze hinter mir: »Lelani, warte! Ich wollte noch mit dir reden.«

Doch auch ihn wollte ich jetzt nicht sehen, war zu aufgewühlt, mich mit ihm zu beschäftigen. Ich murmelte eine Entschuldigung, eilte die letzten Meter in mein Zimmer und lehnte mich schwer atmend von innen gegen die Tür. Meine Hände fuhren zu meinen Wangen, und ich erschrak darüber, wie sehr meine Haut glühte – beinahe, als hätte ich Fieber. Es war, als strahlte eine feurige Sonne aus dem Inneren meines Körpers durch meine Haut nach außen.

»Was war das denn?«, flüsterte ich und lehnte meine Stirn gegen das kühle Holz.

Noch immer konnte ich den Funken Sonnenmagie spüren, der in mir entzündet war. Alles in mir hatte danach geschrien, meinem Gegner wehzutun. Hätte ich das geschafft? Wäre ich stark genug gewesen, jemanden zu verletzen, wenn ich es wirklich gewollt hätte?

Als ich mich gegen die Kreatur im Turm zur Wehr gesetzt hatte, waren unglaubliche Mächte aus mir herausgebrochen, die ich weder verstehen noch kontrollieren konnte. Während das Monster meine Mondmagie einfach geschluckt hatte und daran noch stärker geworden war, hatte ich mit der Sonnenkraft seine Schwachstelle getroffen und es *vernichtet*. Aber sie gegen einen Menschen einzusetzen? Wäre ich dazu in der Lage, jemandem etwas so Zerstörerisches entgegenzuschleudern?

Einen winzigen Moment lang hätte ich beinahe die Kontrolle verloren – und nur die Sonne selbst wusste, wozu meine magische Kraft wirklich fähig war.

*

Ich fuhr mit den Fingern durch Haze' kräftige dunkle Haare und vermied es, auf seine nackten gebräunten Schultern hinabzublicken. Ich wollte nicht daran denken, wie es wohl wäre, seine Haut zu berühren. Und auch nicht daran, dass sich seine Haare so anders als Kyrans anfühlten, die weich und seidig wie gesponnene Seide waren.

Konzentriert kniff ich meine Augen zu schmalen Schlitzen zusammen, schloss die Schneideblätter der Schere um eine Haarsträhne und drückte zu. Lose Haare rieselten auf Haze'

Schultern hinab. Strähne für Strähne fiel der scharfen Schere zum Opfer.

»Und, wie sehe ich aus?«, fragte er skeptisch.

»Monströs.«

Er schnaubte empört, schnappte sich den Spiegel, den Tensin normalerweise nutzte, um seinen lackschwarzen Bart zu stutzen, und begutachtete sich kritisch.

»Sieht doch gut aus«, meinte er schließlich zufrieden.

Die widerspenstigen Haare, die ihm sonst immer in die Stirn fielen, waren nun sehr viel kürzer. Er hatte recht, er sah gut aus. Aber auch erwachsener, ernster, kantiger. Die neue Frisur hob die maskulinen Konturen seines Kinns und seiner Wangenknochen hervor. Haze wirkte auf einmal völlig fremd, und die Veränderung war nötig: Auf unserem Weg an die Küste wollten wir nicht erkannt werden.

»Was ist mit dir? Du hast dich noch gar nicht angesehen.« Er streckte mir den Handspiegel entgegen.

Ich verzog das Gesicht und senkte rasch den Blick. Aus den Augenwinkeln sah ich die Spitzen meiner Haare, die kaum mehr meine Schultern berührten und rötlich schimmerten. Aphra hatte es geschafft, das Rabenschwarz mithilfe von Pflanzenextrakten zu überdecken. Durch das fehlende Gewicht hatten meine Haare sogar leichte Wellen bekommen. Ich spürte es, wenn ich meinen Kopf betastete, doch irgendwie wollte ich mich so nicht sehen. Vielleicht war es albern, wir hatten wahrlich größere Probleme als eine neue Frisur, doch ich hatte Angst, mir selbst fremd zu sein.

Haze verdrehte die Augen. »Nun komm schon.«

»Na schön.« Seufzend nahm ich den Spiegel entgegen – und schluckte, als ich mich selbst sah.

Ich erkannte mich selbst kaum wieder. Doch das lag weder

an den kurzen gewellten Haaren noch an ihrem Rotschimmer. Die Beschwerlichkeiten der letzten Zeit hatten sichtbare Spuren hinterlassen. Mein Gesicht wirkte schmaler, und meine blauen Augen hatten die verträumte Naivität verloren, dafür war eine nie da gewesene Entschlossenheit in meinen Blick getreten. Wenn ich mich anschaute, sah ich kein kleines Mädchen mehr, sondern eine junge Frau, die zu allem bereit war. In diesem Moment gab ich mir und meinem Spiegelbild ein Versprechen: Ich würde nicht aufhören zu kämpfen, bis alle, die mir am Herzen lagen, in Sicherheit waren. Ganz gleich, was für Gefahren und Anstrengungen in der Zukunft auf mich lauern mochten, und völlig egal, wie das alles für mich ausgehen würde.

*

Aphras Finger zerzausten liebevoll mein Haar, bis es einem Vogelnest ähnelte. Sie tasteten unermüdlich über mein Gesicht, als wollte sie sich jedes noch so kleine Detail einprägen.

»Gerade erst wiedergesehen, und schon geht mein Stern wieder«, murmelte sie.

Ich blickte in ihre Augen, deren warmer Bernsteinglanz etwas Beruhigendes an sich hatte. »Ich werde zurückkommen, und ich bringe den Schattengänger mit. Versprochen.«

Das Lächeln verlieh den vielen Falten in ihrem sonnengebräunten Gesicht Wärme. »Ich weiß.«

»Fertig mit der Abschiedszeremonie?« Snow konnte ihre Ungeduld nicht verbergen.

Sogar das Pferd, auf dem sie saß, schien vor Tatendrang fast zu platzen: Nervös tänzelte die schneeweiße Stute auf der Stelle. Snows schwarze Augen blitzten. Der Wind ließ die Hahnenfeder auf ihrem breitkrempigen Hut wippen, der die kurzen schwarzen Haare bedeckte. Und einmal mehr dachte ich, wie schön sie doch war: nicht auf eine ladyhafte zarte Weise, sondern stark und selbstbewusst. Ihr blutrotes Cape, das die enge schwarze Lederhose, das gleichfarbige Mieder und die langärmlige schneeweiße Leinenbluse ergänzte, flatterte im Wind.

Haze runzelte unwillig die Stirn. »Mach dir nicht ins Hemd, Snow. Lelani wird Aphra eine ganze Weile nicht mehr sehen. Ist doch klar, dass sie sich in Ruhe verabschieden wollen. Die paar Minuten mehr oder weniger werden uns nicht umbringen.«

Er ritt wieder einen braun-weißen Schecken, doch diesmal konnte ich mich nicht über sein Reittier lustig machen. Anstelle des kleinen Ponys, mit dem er hier angekommen war, hatten Snows Räuber ihm ein großes schweres Kaltblutpferd mit üppiger Mähne und sanftem Blick zugewiesen.

Auch heute, nachdem ich eine Nacht darüber geschlafen hatte, fand ich seinen Anblick mit den kurzen Haaren so ungewohnt, dass ich unwillkürlich den Kopf schüttelte. Mit dem kantigen Kinn, den breiten Schultern und dem lodernden Blick erinnerte rein gar nichts mehr an den schlaksigen Jungen, der mich durch meine ganze Kindheit begleitet hatte.

Er beugte sich im Sattel vor, um Snow besser ins Gesicht sehen zu können, während er sie herausfordernd anfunkelte. Bei dieser Bewegung entging mir nicht, dass er leicht zusammenzuckte. Die Schwertwunde an seiner Seite, die Kyran ihm zugefügt hatte, verheilte dank Aphras Heilkräften unglaublich schnell, aber nicht einmal meine Ziehmutter konnte eine solche Verletzung einfach verschwinden lassen. Haze hatte Schmerzen, und allein dafür hätte ich Kyran ohrfeigen können, bis ihm das selbstgefällige Grinsen verging.

Nur, dass Kyran jetzt ausnahmsweise nicht grinste oder lächelte. Sein Blick, als ich angedroht hatte, auch seine Haare zu schneiden, hatte Bände gesprochen, und ich hatte es nicht übers Herz gebracht, meine Drohung in die Tat umzusetzen. Aber als Sohn eines mächtigen Adligen war er kein Unbekannter in Vael, und mit dem langen goldenen Haar, das er meist im Nacken zusammengefasst trug, war er eine auffallende Erscheinung.

»Warte mal, Kyran«, sagte ich kopfschüttelnd. »Das geht so nicht.«

Fragend sah er mich an und schüttelte dann empört den Kopf, als ich mich bückte und eine Handvoll Schlamm zusammenscharrte.

»Wage es nicht«, knurrte er, doch ich kannte kein Erbarmen. Es war befriedigender, als ich mir eingestehen wollte, den Matsch in seine Haare zu schmieren, um seine goldene Mähne zu überdecken. Schicksalsergeben ließ er die Prozedur über sich ergehen, aber ich war sicher, dass er mir am liebsten in diesem Moment die Hände abgebissen hätte.

Mit den dreckigen Haaren, einem grauen Schlapphut, einem gleichfarbigen Umhang aus grobem Stoff und etwas Schmutz im Gesicht hatten wir versucht, ihn unscheinbarer wirken zu lassen, aber sogar in dieser Aufmachung sah er noch gut aus: Intensiv funkelten seine hellgrünen Augen unter der Hutkrempe hervor, seine stolze Haltung verriet dem aufmerksamen Beobachter seine Herkunft, und kein Schmutz auf der Welt konnte seine edlen Gesichtszüge verbergen. Er erinnerte jetzt zwar an einen Halunken, aber einen von der Sorte, der reihenweise Frauenherzen brach. Die weite Kleidung versteckte die Ketten, die wir ihm angelegt hatten, damit er weder fliehen noch uns attackieren konnte.

Er ließ sich kaum anmerken, dass er verletzt war, obwohl ich wusste, dass auch er Schmerzen haben musste: In seinem Oberarm hatte Haze' Dolchklinge eine tiefe Wunde hinterlassen. Beide Männer litten unter den Verletzungen, die sie einander zugefügt hatten, und auch ich spürte die Blessuren der Kämpfe, die hinter mir lagen, noch deutlich.

»Die paar Minuten mehr oder weniger könnten uns sehr wohl das Leben kosten, wenn die Männer der High Lady hinter uns her sind. Oder willst du sie dann bitten, uns ein paar Minuten Vorsprung zu geben, weil Lelani doch unbedingt ihre Mami umarmen musste?«, ätzte Snow.

Haze öffnete den Mund, zweifellos um eine Antwort zu geben, die sich gewaschen hatte, doch ich kam ihm zuvor. Ich wusste es zu schätzen, dass er immer für mich einstand, aber Snow hatte recht. Sanft löste ich mich also aus Aphras Umarmung und schwang mich auf den Rücken des zierlichen schwarzen Wallachs, den Snow mir zugedacht hatte.

Mein übellauniger Maulesel Wolkenfell, Haze' Pony und Kyrans tintenschwarze Stute waren zu leicht wiederzuerkennen. Serpia hatte uns mit diesen Reittieren gesehen, darum hatten die Räuber sie versteckt und uns neue Tiere beschafft.

Und so ritten wir los: Haze und ich, Kyran, Snow und sogar Ashwind, die mit ihrem schlichten schwarzen Kleid, dem schneeweißen Teint und dem Rabenhaar eine dramatische Erscheinung war. Außerdem zwei der Räuber, Tensin und Bark, die nicht vor Waffengewalt zurückschrecken würden, falls wir entdeckt und angegriffen wurden. Wir hielten die Gruppe klein, um möglichst unauffällig zu reisen. Doch nur drei von uns hatten vor, den Weg über den Ozean anzutreten.

Ich blickte über die Schulter zurück, als wir die Lichtung in Richtung Norden verließen und in die Schatten des Gitterwaldes eintauchten. Das zauberhafte heimelige Wirtshaus, das in seiner düsteren Umgebung so deplatziert wirkte, wurde hinter uns kleiner und kleiner. Das Letzte, was ich sah, bevor ich wieder nach vorne blickte, war Aphras drahtige Gestalt. Ihr grauer geflochtener Zopf wehte im Wind und durch ihre wachen gelblichen Augen sah sie uns mit unergründlicher Miene hinterher.

Eine Bewegung im Unterholz zog meine Aufmerksamkeit auf sich. Ein schlanker geschmeidiger Schemen mit struppigem Fell schlich neben uns her. Die runden gelben Augen der Dämmerkatze funkelten aus der Dunkelheit, und es war mir, als schaute sie mir direkt in die Seele, bevor sie mit großen Sprüngen im Wald verschwand.

Kapitel 3

Fünf Lords

Die Schritte schwerer Militärstiefel hallten über den Marmorboden des Schlosses. Die dunklen Uniformen und Rüstungen, Kettenhemden und polierten Brustplatten wurden vom Mondwappen Vaels geziert, das silbrig im Licht glänzte. Mit stoischen Gesichtern stellten sich die Männer und Frauen in Reih und Glied auf, bis sie perfekt aufgereiht im Säulensaal standen.

Die High Lady schritt an ihnen vorbei, eiskalt streifte ihr Blick über jedes einzelne Gesicht. Sie wusste, dass ihr jeder dieser Soldaten treu ergeben war. Und doch konnte sie keinem von ihnen sagen, was wirklich hinter dem Auftrag steckte, für den sie alle ausgesandt wurden und der mit höchster Priorität behandelt wurde. Das Geheimnis musste um jeden Preis bewahrt werden.

»Brecht auf«, lautete ihr knapper Befehl, und das reichte aus. Jeder wusste, was zu tun war.

Wie Marionetten wandten sich die Soldaten und Soldatinnen ab und marschierten aus dem Saal. Kurz darauf wurden im Innenhof Hufgetrappel, Wiehern und Schnauben laut, dann das Rattern des Mechanismus, mit dem das große zweiflüglige Tor geöffnet wurde, das den Trupp hinausließ. Zielstrebig schwärmten sie in alle Himmelsrichtungen davon, um den Befehl ihrer Herrscherin zu befolgen.

Ihre Stiefel hatten Schlammspuren auf dem glatten Marmor hinterlassen, doch die Lady kümmerte sich nicht darum. Einen Augenblick lang blieb sie regungslos wie eine Statue stehen, so als bestünde sie ebenfalls aus Marmor, und starrte in Richtung des Lärms. Nichts hätte sie lieber getan, als augenblicklich die unpraktischen langen Gewänder in die nächste Ecke zu schleudern, eine Rüstung anzuziehen, sich auf ihr Pferd zu schwingen und die Dinge selbst in die Hand zu nehmen.

Doch sie musste ruhig bleiben und einen klaren Kopf bewahren. Das war ihre Aufgabe als Herrscherin dieses Reichs. Sie musste regieren, leiten, entscheiden und die Fäden ziehen. Wenn sie ihre Pflichten vernachlässigte, um wie eine gewöhnliche Soldatin das Land zu durchstreifen, würden die Leute sich früher oder später fragen, was in Vael im Argen lag. Das würde ihre Position schwächen. Und Schwäche war das Letzte, was sie sich erlauben durfte.

Ohnehin sprachen die Menschen bereits zu viel darüber, was die ständigen Suchtrupps in letzter Zeit zu bedeuten hatten. Sie fragten sich, welcher gefährliche Schwerverbrecher wohl flüchtig sein und die Aufmerksamkeit des Hofes derartig fesseln mochte. Gerüchte kursierten, und sie begannen Fragen zu stellen. Doch niemand durfte herausfinden, wen die Herrscherin so intensiv suchen ließ.

Also konzentrierte sich die Lady auf die besänftigende Macht der Monde und kämpfte gegen ihre Emotionen an: gegen den Zorn in ihrem Herzen. Gegen den brennenden Wunsch, ihre Schwester an den Haaren in den Sonnenturm zurückzuschleifen, der jetzt nur noch eine Ruine war, und eigenhändig Stein um Stein aufzustapeln, bis Ashwind eingemauert war –für immer. Und gegen das Verlangen, das Mädchen auszulöschen, das einer Verbindung voll Verrat und Heimtücke entsprossen war: Ashwinds und Rowans Brut.

Der Saum ihres bodenlangen schattenschwarzen Seidenkleides

58

schleifte durch den Schlamm, als sie achtlos hindurcheilte. Mit großen Schritten hielt sie auf den Saal zu, in dem die regelmäßigen Besprechungen mit den Mondlords stattfanden.

Sie waren bereits alle da und hatten sich um den runden Tisch versammelt: die fünf mächtigsten Männer des Landes. Sie trugen nicht nur die Namen der Monde, sondern verwalteten auch die gleichnamigen Provinzen und waren die engsten Vertrauten der High Lady. Zumindest offiziell. Während Lady Serpia das Protokoll wahrte, gab sie in Wirklichkeit wenig auf die Worte der meisten Anwesenden.

Lord Samuel Lua, rotgesichtig und wohlbeleibt, war wie üblich in verschwenderische Mengen aus kostbarstem Brokat in kräftigen Edelsteinfarben gehüllt. Die prachtvollen Puffärmel und die glänzende Schärpe wiesen Stickereien aus Goldfäden auf.

Gerade beugte er sich zu Lord Merion Mar hinüber, der sich kaum deutlicher von ihm hätte unterscheiden können: schlank und von so edler Blässe, dass er beinahe durchscheinend wirkte. Fließende Gewänder aus hellblauer Seide betonten seine hochgewachsene Statur, und bei jeder Bewegung klimperten die filigranen Silberkettchen an seinen Armen. Ein überraschend verschmitztes Lächeln trat auf sein sonst so hoheitsvolles Gesicht, als er Luas Scherz hörte.

Lord Wyngard Lagan machte den Eindruck, als sei er gedanklich gar nicht richtig anwesend. Er war ein gewissenhafter ernster Mann, dem das Wohl des Volkes wirklich am Herzen lag. Dennoch fiel es ihm schwer, das Wichtige vom Unwichtigen zu trennen. Höchstwahrscheinlich zerbrach er sich auch jetzt den Kopf über irgendwelche belanglosen Details, die ihn mit tiefster Sorge erfüllten, statt sich dem Wesentlichen zu widmen. Obwohl ihm die besten Schneider und hochwertigsten Stoffe des Reichs zur Verfügung standen, sah es immer ein wenig so aus, als säßen seine Gewänder nicht richtig.

59

Er seufzte und murmelte etwas vor sich hin. Das fing ihm einen Blick von Maycliff Dalon ein. Der jüngste der Mondlords schenkte ihm ein aufmunterndes Lächeln – eines, das die High Lady ungern sah, weil es sie an die schmerzhafteste Episode ihres eigenen Lebens erinnerte. Maycliff war seinem Bruder Rowan wie aus dem Gesicht geschnitten: dem Mann, der einst Serpias Liebe errungen und verspielt hatte und der durch die Hand ihres Attentäters ums Leben gekommen war.

Blickte die Lady in Mayaliffs offenes Gesicht, sah sie Rowan vor sich.

Betrachtete sie Mayaliffs bernsteinfarbenes Haar, musste sie daran denken, wie weich sich Rowans Haare zwischen ihren Fingern angefühlt hatten.

Und sah sie in seine Augen, in denen immer ein sanfter Ausdruck lag, erinnerte sie sich daran, wie zärtlich Rowans Blick auf ihrer Schwester Ashwind geruht hatte, und Übelkeit stieg in ihr empor.

Sie hätte ihn auslöschen sollen, schoss es ihr durch den Kopf, und bittere Galle stieg in ihr hoch. Ihn hinrichten, sein sanftes Lächeln auslöschen, ihn von dieser Welt tilgen. Ihr Puls beschleunigte sich.

Doch nicht einmal die High Lady konnte einen der mächtigsten Lords einfach so hinrichten, ganz ohne einen plausiblen Grund und ohne Erklärung. Natürlich war Maycliff auf Sonnenmagie untersucht worden, nachdem Rowans Ausbruch bewiesen hatte, dass im Hause Dalon derartige Mächte veranlagt waren. Doch in Maycliff schlummerte nicht der geringste magische Funke. Somit hatte sie nichts gegen ihn in der Hand, als die Lichtsäuberung begann und sämtliche Sonnenmagier aus Vael vernichtet wurden. Die fünf Häuser der Mondlords waren eine der wichtigsten Stützen Vaels, vielleicht wichtiger als die High Lady selbst. Mit Maycliff wäre das Haus Dalon untergegangen. Und das durfte nicht passieren.

60

Aber war das der einzige Grund, warum ihn die Lady in ihrer Nähe duldete? Sie schämte sich dieses Gedankens, aber da war auch eine gewisse sentimentale Rührseligkeit, die sie an Maycliff band. Auf der einen Seite konnte sie seinen Anblick nicht ertragen, weil er sie an Rowan erinnerte. Doch auf der anderen Seite konnte sie ihn nicht loslassen, weil er alles war, was sie noch von Rowan hatte.

Der Blick der High Lady wanderte weiter zum fünften Mondlord.

Er sagte nichts, beteiligte sich nicht an den Gesprächen. Auf den ersten Blick hätte man Lord Heathorn Umbra beinahe übersehen können, denn mit seinem schlichten grauen Gewand schien er mit den Schatten im Raum zu verschmelzen.

Als die High Lady weiter in den Saal trat, verstummten sämtliche Gespräche. Respektvoll erhoben sich die Mondlords und neigten die Häupter vor ihr.

Normalerweise wäre es nun an der Zeit, aktuelle Entwicklungen in Vael zu diskutieren. Reihum würde jeder der Lords über Neuigkeiten aus seiner Provinz Bericht erstatten, doch die Lady wollte heute nichts davon hören. Ihr Denken war von einem einzigen Problem beherrscht, das alles andere nichtig und bedeutungslos machte. Die einzigen Menschen, die ihr gefährlich werden konnten, waren jene, die laut Gesetz Anspruch auf den Thron hatten. Und eben jene Menschen sollten eigentlich hinter dicken Mauern verrotten, wie sie es verdient hatten, anstatt auf freiem Fuß zu sein.

»Die Flüchtigen wurden immer noch nicht gefasst.« Ihre Stimme war schneidend wie geschliffener Stahl und erstickte die sorgfältig vorbereiteten Ansprachen der Mondlords im Keim.

Der Lord von Lua räusperte sich. »Ich lasse die besten Bluthunde aus meinen Zwingern los. Ein kleines Stückchen Stoff oder irgendetwas anderes, was nach den Zielpersonen riecht, reicht ihnen aus.«

61

»Und woher sollen wir einen Gegenstand nehmen, der nach diesen Verbrechern riecht?«, fauchte sie.

Schlagartig war es totenstill, niemand wagte zu atmen. Die Wangen der Lords verloren alle Farbe, nur Heathorn Umbra erwiderte ungerührt ihren lodernden Blick. Ihre Hände umklammerten krampfhaft die marmorne Platte des runden Tisches, und ohnmächtige Wut ließ ihren Puls rasen. Es kostete sie alle Mühe, ihren Zorn zu beherrschen und sich ein dünnes Lächeln abzuringen. Etwas nervös erwiderten die Lords ihr maskenhaftes Lächeln und tauschten dabei beunruhigte Blicke aus.

Es sah ihr nicht ähnlich, die Beherrschung zu verlieren. Die kühle Ruhe, die von der Mondmagie in ihren Adern ausging, hatte viele Jahre lang alle Regungen ihres wilden Temperaments unterdrückt. Doch das war nun vorbei.

»Meine High Lady«, meldete sich nun Maycliff Dalon zu Wort. »Verzeiht die Frage, aber Ihr habt uns noch nicht mitgeteilt, wer diese Leute überhaupt sind, nach denen wir suchen. Wir wissen nichts über diese Personen, abgesehen von ihrem Aussehen: zwei Frauen mit langen schwarzen Haaren, eine erwachsen, die andere blutjung. Und ein dunkelhaariger junger Mann.«

»Es sind Verbrecher. Eine Gefahr für unser Reich. Und wenn das nicht reicht: Sie haben Lord Umbras Sohn entführt, was ein Angriff gegen uns alle ist!«, presste sie hervor.

Der junge Lord senkte den Blick. »Ich wollte die Wichtigkeit nicht anzweifeln, natürlich nicht, meine High Lady«, beeilte er sich zu versichern. »Ich hatte nur gehofft, mehr Informationen zu erhalten. Das hätte die Suche erleichtert.«

Die Lady ließ sich zu keiner Antwort herab. Düster starrte sie vor sich hin, während Lord Lagan umständlich zu beschreiben begann, nach welchem Schema man das Land am besten durchkämmen sollte, um so effektiv wie möglich vorzugehen. Sie spürte die

Unruhe wie kribbelnde Ameisen unter ihrer Haut. Sie wollte Taten sehen, keine Worte hören. All diese endlosen Besprechungen halfen nicht weiter. Plötzlich hatte sie das Gefühl, schreien zu müssen, wenn sie noch länger still sitzen blieb und Lagans einschläfernder Stimme lauschte.

Heathorn Umbra fing ihren Blick auf und nickte unauffällig. Wie immer verstand er sie auch wortlos. Er war der Einzige, der wusste, was hinter der aufwendigen Suchaktion steckte, und der Einzige, dem sie wirklich vertrauen konnte. Manchmal fragte sie sich, ob hinter seinen hellgrauen Augen überhaupt Emotionen steckten oder ob damals mit dem Tod seiner geliebten Rosebud auch all seine Gefühle mit begraben wurden. Doch eines wusste sie sicher über ihn: Er war ihr zu hundert Prozent ergeben. Das hatte er vor achtzehn Jahren eindrucksvoll bewiesen.

»Lord Umbra, ich lege die Detailplanung vertrauensvoll in Eure Hände«, sagte sie knapp und erhob sich.

Nur mühsam konnte sie sich selbst davon abhalten zu rennen, als sie den Saal verließ und auf die offene Galerie hinaustrat, die um das gesamte Schloss herumführte. Gierig atmete sie die Nachtluft ein. Das Licht der Monde umfing sie wie eine Umarmung, und einem Echo gleich reagierte die Magie in ihren Adern. Die feinen Härchen auf ihren Unterarmen stellten sich auf.

Sie trat an die Brüstung und blickte hinunter auf die Stadt. Tief unter ihr lag das Straßengewirr von Navalona, aus dem ihr die Straßenlaternen wie Sterne entgegenleuchteten.

»Ashwind, wo versteckst du dich?«, flüsterte sie in die Dunkelheit. »Du kannst nicht vor mir fliehen, begreifst du das nicht? Ich werde dich finden.«

Das allgegenwärtige Rauschen des Skallardmeeres, das sich auf der anderen Seite des Schlosses befand, verschluckte ihre Worte.

Ihr Blick schweifte über die Dächer der Hauptstadt. Verbarg

sich ihre Schwester irgendwo dort unten, direkt vor ihren Augen?
Hatte sie sich in einen weit entfernten Winkel des Reichs verkro-
chen? Oder hatte sie die Grenzen möglicherweise überwunden und
war in eines der angrenzenden Länder geflohen, nach Dornwhire
oder Righa? Die Ungewissheit machte Serpia rasend.

Fauchend rauschte der Nachtwind über das Gemäuer und wir-
belte ihre silberblonden Haare mit der einzelnen pechschwarzen
Strähne auf, die sich aus der kunstvollen Flechtfrisur gelöst hatte.
Sie schloss die Augen, lauschte dem Sturm und konzentrierte sich
auf das Gefühl des Mondlichts auf ihrer Haut, das sie in letzter
Zeit schwächer spürte als sonst.

Ihre aufgewühlten Emotionen, die sie nicht unter Kontrolle
hatte, vernebelten ihr die klare Sicht, die die Mondmagie eigentlich
erforderte. Wollte man mit den Monden sprechen und ihre Kraft
nutzen, war ein ruhiger Geist das Wichtigste. Und obwohl Serpia
genau das ihr Leben lang geübt hatte, stand sie sich nun selbst im
Weg.

»Das ist nur deine Schuld, Ashwind, alles ist deine Schuld«,
wisperte sie dem Wind zu. »Aber all das wird wieder seine Ord-
nung haben. Wenn ich dich finde, bringe ich es in Ordnung. Du
und dein Kind, ihr werdet bezahlen.«

Das kämpferische Heulen des Nachtwindes klang wie eine
wortlose Antwort. Serpias Lippen verzogen sich zu einem Grinsen,
das kälter war als der Wind.

*

Wir kamen gut voran. Es war eine verrückte Vorstellung, aber
irgendwie hatte ich das Gefühl, der Gitterwald reagierte auf die
Sonnenmagie, die in mir erwacht war. Die stacheligen Ranken
hielten uns weder fest noch zerkratzten sie uns die Haut. Die

mächtigen Baumstämme bildeten keine undurchdringlichen Gefängniswände, und die Äste und Zweige ließen sogar etwas Sonnenlicht durch. Mehr denn je erschien es mir so, als hätte der Wald ein Eigenleben, doch diesmal war er auf unserer Seite.

Aphras Worte kamen mir in den Sinn, als ich gedankenversunken hinter Ashwind her ritt und den Blick auf ihren schmalen Rücken gerichtet hielt. *Mondmagie lebt von Ruhe, Konzentration und Beherrschung.* Je besonnener der Geist, desto leichter fiel es, die Magie zu spinnen – und umgekehrt: Je mehr man die Kraft der Monde nutzte, desto ruhiger wurde der Charakter des Zauberwirkenden. Es sollte Mondmagier gegeben haben, die schlussendlich jegliche Emotionen verloren, dafür aber zu Meistern ihrer Kunst wurden. Magie war ein zweischneidiges Schwert: Mit ihrer Hilfe konnte man die Welt verändern, doch sie veränderte auch denjenigen, der sie einsetzte.

Das hatte ich zu begreifen begonnen, als ich allmählich lernte, mit den Kräften umzugehen, die in mir erwachten. Doch die gleißende Energie der Sonne, die plötzlich in meinem Inneren aufgeflammt war, hatte mich völlig überwältigt. Es war schwer vorstellbar, dass ich zwei so unterschiedliche und gegensätzliche Kräfte in mir vereinte, und doch spürte ich ohne jeden Zweifel, dass es so war. Wie war das überhaupt möglich?

»Ashwind«, sagte ich leise.

Sie antwortete nicht und hielt nicht an, sondern ritt weiter, doch ich merkte an der Neigung ihres Kopfes, dass sie mir aufmerksam zuhörte.

Ich räusperte mich. »Mein Vater.« Ich wusste selbst nicht so genau, was ich sagen sollte, nur, dass ich mehr über ihn erfahren wollte. Und über sein Erbe, das ich in meinem Herzen trug. »War er … War er so, wie die Leute sagen?«

Der Gedanke quälte mich. Ich war mit den Geschichten aufgewachsen, die sich um die vergangenen Geschehnisse rankten: Geschichten von einem berüchtigten Sonnenmagier, dem seine verhängnisvolle Kraft den Verstand geraubt hatte. Der die wichtigste Person des Landes ermordet hatte, indem er die zerstörerische Magie entfesselte. Ein Mann, der ganz Vael in einen Schockzustand versetzt hatte und der der allgegenwärtigen Angst vor Sonnenmagie ein Gesicht verlieh. Seine Tat war Auslöser für die Lichtsäuberung gewesen: der gnadenlosen Verfolgung aller Sonnenmagier.

Ashwind hatte da eine ganz andere Geschichte gezeichnet. Alles war völlig anders abgelaufen, als die Öffentlichkeit glaubte. Mondlord Rowan Dalon hatte die High Lady weder angegriffen noch umgebracht – er hatte sie geliebt, gegen einen Attentäter verteidigt und war dabei ums Leben gekommen. Das verheerende Feuer, das den gesamten Flügel des Schlosses zerstört hatte, war nur eine Folge dieses Kampfes gewesen.

Ich hatte keinerlei Zweifel an ihrer Darstellung. Und doch fragte ich mich, was für ein Mensch er gewesen war – dieser Mann, der die gleiche Sonnenmagie, die in meinem Herzen loderte, sein ganzes Leben lang in sich getragen hatte und der von einem ganzen Land gehasst worden war. Mein Vater, den ich nie kennengelernt hatte und niemals kennenlernen würde.

Der Pfad, auf dem wir uns gerade befanden, wurde jetzt breiter, sodass wir zu zweit nebeneinander reiten konnten. Ashwind wurde langsamer, sodass ich zu ihr aufschließen konnte. Ein träumerisches Lächeln erhellte ihr blasses Gesicht, und ihre Augen glänzten. Sie fuhr sich mit den Fingern gedankenverloren durchs Haar, dessen einzelne weißblonde Strähne nun schwarz gefärbt war. Sicher war sicher.

»Er hatte dieses Leuchten an sich«, sagte sie, »dem man sich einfach nicht entziehen konnte. Das hatte nichts mit seiner Magie zu tun, es war seine Persönlichkeit. Nichts tat er halbherzig. Er brannte für die Dinge, die ihm am Herzen lagen, und verfolgte zielstrebig seinen Weg. Er hatte so große Pläne für seine Provinz und unser Land, wollte so viel erreichen und verbessern. Doch niemals mit Gewalt. Bei aller Leidenschaft war er doch sanft – er hätte keiner Fliege ein Haar krümmen können, außer jemand bedrohte jene, die er liebte.« Bei den letzten Worten wurde ihre Stimme immer leiser, und ich ahnte, dass sie die Erinnerungen an den verhängnisvollen Tag vor achtzehn Jahren überrollten.

»Seine Magie«, flüsterte ich. »Die Macht der Sonne … Sie hat ihn nicht verändert, oder?«

Stille breitete sich zwischen uns aus, und eine Weile lang waren nur die vom weichen Waldboden gedämpften Huftritte unserer Pferde und das Rauschen des Windes in den Blättern zu hören. Tensin und Bark führten die Gruppe an. Haze und Snow, die Kyran in ihre Mitte genommen hatten, waren ein Stück vorangeritten, und Ashwind und ich hatten uns zurückfallen lassen, um ungestört zu reden.

Bedächtig schüttelte Ashwind schließlich den Kopf. »Ich weiß, was die Leute über Sonnenmagier sagen, und es liegt ein Funke Wahrheit darin. Magie verändert jenen, der sie wirkt, das ist kein Geheimnis. Die Monde geben ihre kühle Ruhe über kurz oder lang an Menschen wie uns weiter, jedes Mal, wenn wir sie nutzen. Wir werden gelassener, rationaler, vielleicht auch kälter. Doch es liegt in unserer Macht, an unserer Menschlichkeit festzuhalten und nicht zu verlernen, wie man *fühlt*. Und ähnlich verhält es sich mit der Sonne, deren feurige gleißende Energie Einfluss auf das Temperament der Sonnenmagier hat. Werden sie dadurch zu unberechenbaren Monstern? Verlieren sie deshalb automatisch die Kontrolle über sich selbst? Nein, natürlich nicht. Auch sie können entscheiden, wie weit sie sich auf den Einfluss der Magie einlassen. Und ist die Sonne denn etwas Schlechtes? Sie wärmt und schenkt Leben. Rowan hat seine Magie nie zerstörerisch eingesetzt, bis zu dem Tag, an dem ihm nichts anderes übrig blieb.«

Ich atmete auf. Es tat gut, diese Worte aus ihrem Mund zu hören. Nicht nur, weil sie mir bestätigte, dass mein Vater ein guter Mensch gewesen war, sondern auch, weil mich die glühende Hitze der Sonne in meinem Inneren in den letzten Tagen stärker beunruhigt hatte, als ich mir selbst eingestehen wollte.

»Ich kann so sein wie er, oder?«, flüsterte ich. »Ich kann diese Kräfte zum Guten einsetzen. So wie er und Aphra.«

Ashwinds Lächeln wurde noch etwas wärmer. »Du trägst zwei sehr gegensätzliche Gaben in dir, meine Tochter. Ich will dir nichts vormachen: Es wird nicht einfach. Früher, vor der Lichtsäuberung, kam es manchmal vor, dass Sonnen- und Mondmagier Kinder bekamen – natürlich. Und da sich magische Gaben vererben, konnte es natürlich sein, dass sich im Kind beide Kräfte bemerkbar machten – so mächtig, dass sie schon früh gegeneinander ankämpften. Die Folgen waren verheerend. Der Körper eines Menschen, noch dazu eines Babys, ist nicht dazu gemacht, dem standzuhalten.«

»Was passiert dann?«, hörte ich mich fragen. Mein Mund war trocken. »Was passiert mit den Babys, die mit beiden Kräften geboren werden?«

»Glühendes Fieber. Entsetzliche Schmerzen. Ein paar Mal

68

habe ich das mitangesehen. Die Kinder schreien, als würden sie bei lebendigem Leib zerrissen.« Sie schauderte.

Ich schluckte. »Das klingt entsetzlich.«

Ernst nickte sie. »Das ist es.«

»Gibt es nichts, was man tun kann, um ihnen zu helfen?«, fuhr ich auf.

Ashwind reckte ihr spitzes Kinn. »Kräuter, um die Schmerzen zu lindern. Ein wenig zumindest. Und doch überleben nicht alle Kinder diesen Prozess. Jene, die es tun, gehen entweder als Sonnen- oder als Mondmagier daraus hervor. Niemals beides gleichzeitig. Noch im Säuglingsalter löschte eine Kraft die andere für gewöhnlich vollständig aus.«

»Aber nicht bei mir«, murmelte ich.

Sie zuckte mit den zierlichen Schultern, eine überraschend saloppe Geste angesichts ihrer sonstigen Eleganz. »Nicht bei dir. Ich kann nur vermuten, dass es an dem Bann liegt, der dich die letzten Jahre beschützt hat. Erst als sich das Amulett öffnete, konnten deine Kräfte überhaupt erwachen. Wie es weitergeht, wird die Zeit zeigen. Aber was auch kommen mag: Ich bin sicher, du wirst damit umgehen können. Du bist stark. Du bist Rowans und mein Kind, und du wirst dich nicht unterkriegen lassen.«

Kurz schloss ich die Augen und überließ es dem Pferd, den richtigen Weg zu finden. Es war eine verrückte Vorstellung, dass ich nicht nur magisch begabt war, sondern sogar die ungewöhnliche Kombination zweier Kräfte in mir trug. Aber die Zuversicht meiner Mutter steckte mich an, und einen Moment lang glaubte ich wirklich, dass ich *alles* schaffen konnte.

Kapitel 4

Er sah sie.

Sah ihre schmale Gestalt, die so zart wirkte, als könnte er sie einfach zerbrechen, wenn er die Arme um sie legte und mit aller Kraft zudrückte. Ihre Haare, deren tiefes Schwarz neuerdings einen Rotschimmer hatte, die vor Kurzem noch aalglatt über ihren Rücken gefallen waren und jetzt nur noch dann ihre Schultern berührten, wenn sie den Kopf neigte.

Sein Blick folgte ihr, als sie sich geschmeidig vom Rücken ihres Pferdes schwang, dem Tier den Hals tätschelte und es in Richtung des kleinen Weihers führte, den sie entdeckt hatten. Ihren Reiseumhang zog sie aus und hängte ihn über den Rücken des Rappen. Die helle weite Bluse mit den geschnürten Ärmeln hatte Snow ihr geliehen, ebenso wie die schmal geschnittene Lederhose und die schwarzen Raulederstiefel. Diese Aufmachung war zum Reisen praktischer als ein Kleid. Als das Pferd an ihren Haarspitzen knabberte, lachte sie leise, und die Schatten, welche die überstandenen Gefahren in ihrem Gesicht hinterlassen hatten, verschwanden für einen Moment.

Sie war schön, schoss es ihm durch den Kopf. Ihr selbst war das gar nicht bewusst, und doch war es so. Ihm jedoch war ihr Aussehen gleichgültig, er hatte ganz andere Gründe, sie im Auge zu behalten.

Ahnte sie, was er dachte? Nein, natürlich nicht. Trotz allem, was sie in der vergangenen Zeit erlebt hatte, war sie im Grunde

70

ihres Herzens immer noch geradezu rührend naiv. Vielleicht spielte es keine große Rolle, aber womöglich konnte ihm ihre Naivität bei der Erfüllung seines Auftrags dienlich sein.

Ein Lächeln umspielte seine Lippen, während er Lelani hinterherblickte. Er blieb ihr nah, blieb in ihrer Nähe, wohin sie auch ging. Er hatte keine andere Wahl, und selbst wenn er sich dagegen hätte auflehnen können, hätte er es nicht getan. Nichts und niemand würde ihn davon abbringen, die Befehle auszuführen, die ihn an dieses Mädchen ketteten.

*

Das kalte Wasser umspülte meine Fingerspitzen. Ich fing es mit der flachen Hand auf und benetzte mein Gesicht, das vom langen Ritt erhitzt und staubig war.

Der Abend brach herein, aber noch spürte ich die Macht der Sonne, die hinter der undurchdringlichen Mauer aus Bäumen am Himmel stand. Ich fühlte das Echo, das sie in mir hervorrief – wie sich meine Sonnenmagie in ihren warmen Strahlen entfaltete und räkelte, während sich die Mondmagie in den Tiefen meines Körpers verkroch und ganz klein machte. Der Gedanke an diese so gegensätzlichen Kräfte faszinierte mich einerseits, jagte mir aber auch einen unbehaglichen Schauer über den Rücken. Würde ich mich je daran gewöhnen, solche Kräfte in mir zu tragen? Und wie lange würden sie so friedlich nebeneinander existieren? Ashwind hatte es selbst gesagt: Eine Macht gewann immer die Überhand.

Eine silbrig glänzende Bewegung im Wasser erregte meine Aufmerksamkeit. Ein kleiner Fisch schwamm herbei und knabberte an meinen Fingerspitzen.

»Na, du? Spürst du auch diese merkwürdige Sonnenmagie-

Sache?«, murmelte ich amüsiert. »Ich habe mich immer gefragt, warum Aphras Pflanzen so gut gedeihen und warum die Tiere in ihrer Nähe so zahm und friedlich sind. Es sieht so aus, als könnte ich in ihre Fußstapfen treten.«

Doch als ich die Wasseroberfläche mittels meiner Gedanken in Bewegung versetzte, war es die Kraft des Mondes, die ich dazu nutzte. Ich *wusste* es einfach. Es fühlte sich völlig anders an als die gefühlvolle Sonnenmagie – kühler und klarer. Intuitiv spürte ich, welche Kraft ich wann rufen musste.

Das trübe Nass begann sich um meine Finger zu drehen, bildete einen Strudel, und als ich meine Hand hochzog, folgte es mir, als sei es lebendig. Eine zirkulierende Wassersäule erschien vor meinen Augen, und fasziniert betrachtete ich sie.

Für jemanden, der seine magische Gabe schon seit der Kindheit kannte und in ihrem Umgang geschult wurde, mochte so etwas vielleicht nicht weiter überraschend sein. Aber für mich war das alles noch frisch und ungeheuer aufregend. Jeden Tag entdeckte ich neue Dinge, die ich auf wundersame Weise vollbringen konnte, und staunte über das fremdartige Gefühl in meinem Körper, das sich immer weiter entfaltete. Wenn ich ehrlich war, wusste ich die meiste Zeit überhaupt nicht, was ich tat – ich experimentierte nur und war immer wieder von Neuem davon überwältigt, was diese magischen Kräfte bewirken konnten.

Schweißperlen traten mir auf die Stirn, und mit meiner freien Hand wischte ich sie achtlos beiseite. Meine Mondmagie krümmte sich im Dämmerlicht, sie sträubte sich gegen meinen Willen, doch ich beherrschte sie. Tief atmete ich ein und aus, versuchte ganz ruhig zu werden und schaffte es so, das Wasser unter meiner Hand zu formen.

Der kleine Fisch schwamm ohne zu zögern hoch in die wirbelnde Wassersäule. Versonnen lächelte ich, als ich ihn näher betrachtete. *Es ist ein Wunder*, schoss es mir durch den Kopf. Ich konnte es vielleicht nicht genau verstehen, aber ich musste es als das annehmen, was es war: ein wundersames Geschenk. Und plötzlich spürte ich, dass ich nicht mehr allein war. Ich hatte keine Schritte gehört, kein Knacken im Unterholz, und doch wusste ich mit absoluter Gewissheit, dass jemand da war.

Der Wasserstrudel rotierte schneller, als sich meine Atmung beschleunigte. Der silberne Fisch huschte aufgeschreckt davon und verschwand in den Tiefen des trüben Weihers. Jemand war da, kam näher und näher – die Macht der Sonne sagte es mir. Ich spürte das Leben, das sich näherte, spürte die Wärme eines Körpers und das Pochen eines Herzens.

Ein Feind? Ein wildes Tier? Jede Faser meines Körpers war auf einmal zum Zerreißen gespannt. Beinahe verlor ich die Kontrolle über das Wasser, es wirbelte wild unter meiner Hand.

Haze.

Schon immer hatte ich instinktiv gespürt, wenn mein bester Freund in meiner Nähe war – so auch diesmal. Doch jetzt hatte ich mehr als bloß meinen eigenen Instinkt und unsere Verbindung, auf die ich mich verlassen konnte. Jetzt reagierte die Sonne in meinem Herzen auf jegliches Leben um mich herum.

Grinsend tat ich so, als hätte ich ihn nicht bemerkt. Über die Oberfläche des Weihers gebeugt, beschäftigte ich mich wieder ganz unschuldig mit dem Wasser. Inmitten all der ernsten Gefahren, mit denen wir uns herumschlagen mussten, tat es unsagbar gut, einen Moment lang einfach nur herumzualbern.

Als Sohn eines Jägers war Haze in den Wäldern aufgewachsen, er wusste, wie er sich lautlos bewegte, damit seine Beute ihn nicht bemerkte. Doch ebenso wie er die Wälder kannte, so kannte ich *ihn*, und als ich nun den Atem anhielt und ganz still war, hörte ich tatsächlich das Knacken eines brechenden Zweiges.

Ich wusste genau, was er vorhatte, sah seine Handlung voraus und kam ihm zuvor. Die Eichel, die er als Geschoss mit seiner Schleuder auf mich abfeuerte, verfehlte meine Schulter haarscharf, als ich mich im richtigen Moment zur Seite fallen ließ. Mit aller Macht konzentrierte ich mich darauf, das Wasser zu bündeln und als nasse Kugel dorthin zu schleudern, wo ich Haze' Präsenz spürte. Ich musste dazu keinen Finger rühren, das alles bewerkstelligte die Kraft meiner Gedanken.

»Das ist so unfair!«, ertönte ein empörter Ruf hinter mir.

Kichernd drehte ich mich um. Bei Haze' Anblick konnte ich nicht an mich halten und musste schallend lachen. Ich hatte ihn direkt ins Gesicht getroffen, Wasser tropfte von seinen dunklen Augenbrauen, und er zog eine finstere Grimasse, als wollte er mich fressen.

»So was von verdient!«, japste ich atemlos und hielt mir den Bauch, der vor lauter Lachen schmerzte. So oft, wie er mich schon überrumpelt hatte, gönnte ich ihm die kalte Dusche von Herzen.

Er warf mir eine Nuss an den Kopf, doch ich lachte zu heftig, um die Attacke abzuwehren.

»Aua.« Ich rieb mir die Stirn, prustete aber gleich wieder los.

»Du bist doch bescheuert«, murrte er, ließ sich neben mich ins weiche Gras fallen und fiel schließlich in mein Lachen mit ein.

Einen Moment lang fühlte ich mich beinahe wie damals als Kind, als wir miteinander gespielt und einander geärgert hatten. Damals, in einer Zeit ohne größere Sorgen. Haze gab mir einen Schubser, sodass ich fast in den Ufermatsch fiel, und ich revanchierte mich mit einem Fausthieb gegen seine breite Schulter, der mir wohl mehr wehtat als ihm. Doch das hätte ich nie im Leben zugegeben.

»Du wirst stärker«, stellte Haze fest.

Ich hob meinen Arm und ließ die wenig beeindruckenden Muskeln spielen, die ohnehin unter dem weiten Ärmel meiner Bluse verborgen waren. »Schön, dass es dir aufgefallen ist«, prahlte ich ironisch. Doch als ich ihm nun in seine dunklen Augen blickte, war da wieder dieser ernste Ausdruck, den ich in letzter Zeit viel zu oft an ihm gesehen hatte. »Deine Magie«, sprach er das aus, was wohl auf der Hand lag.

Mein Lachen blieb mir in der Kehle stecken. »Ja. Ja, sie wird stärker. Oder ... eigentlich nicht«, murmelte ich. »Vermutlich war sie immer schon so stark in mir, ich hatte nur keine Ahnung davon. Und jetzt entdecke ich, was sie kann. Was *ich* kann.«

Während ich auf den Weiher blickte, spürte ich Haze' Blick auf meinem Gesicht. »Das, was du kannst, ist jedenfalls eine Menge. Das merke sogar ich, und ich bin nun wirklich kein Experte. Sieh nur Aphra an. Ich habe mit ihr geredet, Lelani. Sie ist Sonnenmagierin, aber sie sagt selbst, wenn das Licht in dir ein loderndes Feuer ist, dann ist ihres ein Flämmchen. Du hättest es weit bringen können damit, wenn nicht ...«

Ich wusste, was er meinte. *Wenn ich nicht durch meine bloße Geburt den Groll der mächtigsten Person des Reichs auf mich gezogen hätte.* Wenn ich mir nicht durch meine pure Existenz die High Lady selbst zur Feindin gemacht hätte. Aber selbst wenn mir alle Optionen offenstünden, hätte es mich nicht an einen der Höfe oder zum Militär gezogen. Ich hatte kein Interesse an Ansehen und Wohlstand.

»Kyran hatte so etwas auch schon vorgeschlagen«, fiel mir auf einmal wieder ein.

Sobald ich diesen Namen aussprach, spürte ich, dass sich Haze neben mir anspannte. Sogar sein Tonfall hatte sich verändert, klang kühl und abweisend.

»Du hast mit ihm darüber gesprochen?«

Ich zuckte mit den Schultern. »Vor einer Weile. Bevor ... sich alles geändert hat.« Bevor ich herausfand, wer ich war, und bevor Kyran sich gegen Haze und mich gestellt hatte.

»Ich finde nicht gut, dass wir ihn dabeihaben. Ich traue ihm kein Stück weit mehr über den Weg. Von Anfang an hatte ich meine Einwände – und er hat bewiesen, dass ich damit recht hatte.« Haze hob einen flachen Stein auf und ließ ihn über die Wasseroberfläche springen. Düster starrte er ihm hinterher. Die Schatten, die die Bäume auf den Weiher warfen, wurden länger und hatten das kleine Gewässer schon fast ganz verschluckt – der Abend war hereingebrochen.

»Wir haben das doch alles besprochen. Es ist so das Sinnvollste. Wenn er mitkommt, haben wir ihn zumindest im Blick. Die Gefahr, dass er im Wald so nah dem Schloss entdeckt wird und uns verrät, ist zu hoch. Er könnte uns nützlich sein.«

»Mag sein. Oder vielleicht hast du ihn auch einfach gern in deiner Nähe? Noch immer, trotz allem? Obwohl er unser Feind ist?«

Ich hatte diese Frage nicht stellen wollen, doch sie drängte sich förmlich auf. »*Haze*. Bist du eifersüchtig?«

Die Worte waren ausgesprochen, und sie ließen sich nicht zurücknehmen, so gern ich das auch wollte. Haze schnappte neben mir nach Luft, und ich wagte kaum, ihn anzusehen. Der Gedanke war naheliegend, immerhin hatte unsere Freundschaft in letzter Zeit eine neue, seltsame Note bekommen – und das nicht erst, seit Haze mich inmitten von Moos und duftenden Beeren geküsst hatte. Meine Lippen fühlten sich auf einmal warm an, als ich daran dachte.

Ich rechnete damit, dass er es empört leugnen oder sogar wütend werden würde. Doch er blieb ganz ruhig. Nach einer halben Ewigkeit räusperte er sich.

»Vielleicht«, erwiderte er, stand mit einer einzigen fließenden Bewegung auf und ging zurück zum Lager, ohne sich noch einmal umzusehen. Verdattert blickte ich ihm hinterher, bevor auch ich mich erhob und ihm schließlich folgte.

*

Trotz unserer Angst, entdeckt zu werden, entfachten wir ein kleines Feuer. Im Gitterwald war es nachts einfach zu kalt, um darauf verzichten zu können. Außerdem konnten wir den Rasselbock, der uns unerwartet über den Weg gesprungen war und den Haze erlegt hatte, schlecht roh verzehren.

»Kann ich helfen?« Ich zückte meinen Wurfdolch mit dem Sichelmondknauf und deutete damit auf das hasenähnliche Tier mit dem spitzen Geweih.

Haze maß mich mit einem so abgrundtief entsetzten Blick, als hätte ich vorgeschlagen, seine Jagdbeute mit den bloßen Zähnen zu zerteilen.

»*Damit?* Die Klinge ist viel zu schade dafür, sie würde stumpf werden. Komm, schau zu und lerne vom Meister.« Mit diesen Worten zog er ein schlichtes, aber scharfes Jagdmesser aus seinem Gürtel.

Ich spürte Kyrans Blick in meinem Nacken. Ohne mich zu unserem Gefangenen umzudrehen, hockte ich mich neben Haze und tat, was er vorgeschlagen hatte: Ich sah zu, wie er den Bock fachmännisch häutete und in grobe Stücke schnitt.

In seinem Gesicht suchte ich nach Anzeichen dafür, dass er noch über unser Gespräch am Weiher nachdachte, aber wenn es so war, ließ er es sich nicht anmerken. Also versuchte auch ich mir nicht den Kopf zu zerbrechen, nahm die geschnittenen Fleischstücke entgegen und versenkte sie in dem Eintopf, den Bark gerade zubereitete. Nicht lange, dann stieg ein himmlisch würziger Duft aus dem kleinen Kessel auf, der über dem Feuer hing und in dem jetzt Wurzelgemüse und Fleisch vor sich hin simmerten. Einträchtig scharten wir uns um das Lagerfeuer, das mittlerweile unsere einzige Lichtquelle war. Es war wie eine behagliche, sichere Insel aus Wärme inmitten des düsteren Waldes, dessen Zweige sich wie lange Finger nach uns streckten. In der Ferne heulte eine Dämmerkatze und durchschnitt die Stille.

Ashwind half Snow, die hölzernen Schüsseln, die wir aus der Taverne mitgebracht hatten, zu füllen. Sie scheute sich nicht mitanzupacken. Dabei war sie es ihr halbes Leben lang gewohnt gewesen, dass ihr alles auf dem Silbertablett serviert wurde – und die andere Hälfte hatte sie fernab von jeglicher Zivilisation verbracht.

»Als junger Bursche spazierte ich einst mit einem Mädchen in den Wald einer jungen Gräfin«, erzählte Tensin plötzlich und strich sich über den gepflegten Bart, bevor er nach seiner Eintopf-Schüssel griff. Sein Tonfall und seine Gesten hatten etwas Geziertes an sich, als trüge er eine Ballade vor, statt eine Anekdote zum Besten zu geben. »Es war ein wunderbar sonniger Tag, sehr romantisch.«

»Romantisch«, schnaufte Snow, setzte ihre Schüssel an die Lippen und trank schlürfend einen großen Schluck von der Brühe. »Ich kann mir gut vorstellen, wie romantisch das war, als du ihr Honig ums Maul geschmiert hast, in der Absicht, ihr die Unschuld zu rauben. So ganz verstehe ich ja immer noch nicht, wie du damals all diese Frauen herumbekommen hast. Was wollten die bloß von einem wie dir?«

Bark gab einen Laut von sich, der wie eine Mischung aus Lachen und Husten klang.

»Miss Snow! Da gab es keine Unschuld, die ich ihr hätte rauben können, glaubt mir.« Tensin grinste, dann kam ein verträumtes Seufzen über seine Lippen. »Aber um die Frage zu beantworten: Diese Damen haben einfach gemerkt, wie sehr ich sie geliebt und wertgeschätzt habe. Sie alle! Oh, es waren gute Zeiten – damals, bei Hofe.«

Ich wusste nicht genau, wie Tensins Leben ausgesehen hatte, bevor Snow ihn vor dem drohenden Galgen gerettet hatte und er in ihre Räuberbande eingetreten war. Er schien irgendeinen Posten als Beamter innegehabt zu haben und war, soweit ich das verstanden hatte, an unterschiedlichen Adelshäusern beschäftigt gewesen. Mal in der Provinz Mar, dann in der Provinz Umbra und sogar in der Hauptstadt Navalona. Aber im Grunde genommen schien er seine Zeit wohl ohnehin hauptsächlich damit verbracht zu haben, den Frauen die Köpfe zu verdrehen. Dass er dabei nicht darauf geachtet hatte, ob seine angebeteten Herzdamen bereits einem anderen versprochen waren, war ihm beinahe zum Verhängnis geworden.

»Also. Du bist durch den Wald geschlendert, am Arm irgendein armes Mädchen, das auf deinen schmierigen Charme hereingefallen ist. Worauf willst du hinaus?«, hakte Haze ungeduldig nach.

Er saß im Schneidersitz auf seiner Decke. Sogar jetzt beim Essen hatte er ein Messer und seinen neuen Jagdbogen, den ihm Miss Snows Männer gegeben hatten, griffbereit neben sich liegen. Und der Grund dafür war eindeutig: Natürlich lag es an Kyran. Dieser war nach wie vor an Armen und Beinen gefesselt, und ich wollte gar nicht darüber nachdenken, dass die Seile mittlerweile mit Sicherheit seine Haut aufgescheuert hatten. Schweigsam saß er da, eines der langen Beine ausgestreckt, das andere aufgestellt, mit dem grauen Schlapphut auf dem Kopf, der ihm tief in die Stirn gerutscht war. Die Krempe verdeckte einen Teil seines Gesichts, ich konnte nur sein Kinn und seinen Mund sehen.

Ohne groß darüber nachzudenken, stand ich auf, kniete mich hinter ihn und machte mich an seinen Fesseln an seinen Handgelenken zu schaffen.

Haze sprang auf, und aus den Augenwinkeln nahm ich wahr, dass er nach dem Bogen griff. »Was wird das, Lelani?«

Ich sah ihn nicht an. »Wonach sieht es denn aus? So kann er doch nicht essen.«

Behutsam löste ich den Knoten und sog scharf die Luft ein, als ich die blauen und violetten Druckstellen und die Schürfwunden sah. Kyran zuckte nicht, aber es musste ihm schlimme Schmerzen bereiten. Wir hatten versucht, die Fesseln nicht zu fest anzulegen, doch sie durften auch nicht so locker sein, dass er sie loswerden und fliehen oder uns angreifen könnte. Als seine Hände frei waren, rieb er sich vorsichtig über die Handgelenke.

»Danke«, sagte er leise, als ich ihm eine Schüssel vom Eintopf gab, und plötzlich hatte ich das unangenehme Gefühl, *wir* wären die Bösen, obwohl wir doch allen Grund hatten, *ihn* zu fesseln.

Demonstrativ legte Snow ihren Degen griffbereit neben sich: ein deutliches Signal an Kyran. Wenn er etwas Unvernünftiges wagte, würde er damit nicht weit kommen. Doch er aß nur schweigend, und so setzte ich mich wieder zurück auf meinen Platz. Seufzend tat Haze es mir gleich, blickte aber immer wieder misstrauisch zu Kyran.

»Also. Tensin lustwandelte mit einer jungen Frau durch den Wald«, schaltete sich Ashwind freundlich ein.

Es war ein offensichtlicher Versuch, die Stimmung aufzulockern, und es funktionierte. Tensin räusperte sich. »Es war romantisch, bis uns plötzlich ein Untier über den Weg lief.«

»Ein Wolf?«, riet ich.

»Ein Rasselbock, aber der größte, den ich je sah!« Er griff nach dem Geweih, das noch neben ihm lag, und fuchtelte damit wild herum. »Na gut, der *einzige*, den ich bis dahin je sah. Ein furchteinflößendes Monster mit einem bedrohlichen Geweih sprang auf uns zu, und ich schwöre bei allen Monden, ich war sicher, es wollte uns fressen.«

»Rasselböcke fressen nur Pflanzen«, meinte Haze stirnrunzelnd.

»Also dieser sah aus, als wollte er mich mit Haut und Haar verschlingen.«

»Und dann? Hast du dich vor deine Lady gestellt und das gefährliche Häschen in die Flucht geschlagen?« Snows Tonfall machte klar, dass sie keine Sekunde lang daran glaubte.

»Mitnichten. Ich wünschte, das könnte ich behaupten.« Tensin wirkte ein bisschen beschämt, aber vor allem musste er über sich selbst grinsen. »Ich habe mich hinter ihr versteckt wie ein ängstlicher Junge.«

Als ich Haze lachen hörte, war ich froh über Tensins alberne Geschichte.

»Aber offensichtlich hat er euch nicht gefressen«, stellte ich amüsiert fest. »Dich zumindest nicht. Deine Zuhörer hoffen von Herzen, dass auch deine Begleiterin überlebt hat.«

»Hat sie. Sie war eine wahre Heldin. Hat die Kreatur mit einem beherzten ›Kusch!‹ und einem Handwedeln in die Flucht geschlagen.« Er zog eine leidende Miene. »Meinem Ruf war der Vorfall allerdings nicht zuträglich. Kaum einen Tag später wussten sämtliche Damen in der Umgebung davon. Und ich kann euch sagen, danach wollten sie nichts mehr von mir wissen.«

Snow grinste übers ganze Gesicht. »Deswegen hast du dich damals nach Umbra versetzen lassen. Bisher hast du dich über den Grund ja ausgeschwiegen. Verständlicherweise.«

»Ihr müsst mein Geheimnis mit ins Grab nehmen.« Tensin betrachtete kopfschüttelnd das Geweih und murmelte mehr zu sich selbst als zu uns: »Es war aber auch ein gewaltiges Biest.«

Seine Worte gingen im allgemeinen Lachen unter, und die bedrohlichen Schatten des Gitterwaldes schienen sich noch ein Stückchen mehr zurückzuziehen.

*

Fröstelnd rutschte ich mit meiner Decke näher an die Glut und rollte mich zusammen. Alle Gespräche waren mittlerweile verstummt, doch es war nicht leise. Das Knacken und Rascheln im Unterholz drang immer wieder durch das Feuerprasseln, und ich fragte mich, was für Tiere wohl gerade um das Lager schlichen und uns beobachteten. Ich hatte mir das Heulen der Dämmerkatzen vorhin ganz sicher nicht eingebildet. Aber Angst hatte ich keine: Snow, Tensin und Bark kannten den Wald gut genug, um die Gefahren einschätzen zu können.

Haze verstand seinen Bogen meisterlich zu führen. Und nachdem ich mich mit Kelpies und einem magischen Wächterwesen angelegt hatte, konnten mich ein paar Dämmerkatzen oder sogar Wölfe nicht mehr erschrecken. Zumindest nicht, solange ich in Begleitung meiner Gefährten war.

Ein zartrosa Funke tanzte um das Feuer: *Jinx*. Mein Blick folgte der Pixie, die durch die Nacht wirbelte und schließlich tiefer sank. Sie umschwirrte Kyran, ihr Licht tauchte sein Gesicht in einen rosigen Schein, und jetzt fiel mir auf, dass auch er noch nicht schlief. Seine Augen waren offen, sein Blick unverwandt auf mich gerichtet. Die Kapuze war ihm vom Kopf gerutscht und offenbarte seine langen Haare. Hellblonde Strähnen kamen unter dem Matsch, den ich ihm ins Haar geschmiert hatte, zum Vorschein. Das Pixielicht ließ sie zartrosa wie Kirschblüten schimmern, und es spiegelte sich in seinen Augen.

Schweigend sahen wir einander an. Zu reisen, hier an einem Feuer auf einer dünnen Decke zu liegen, den Waldgeräuschen zu lauschen und Kyran und Haze zu sehen, erinnerte mich an eine Zeit, die noch gar nicht lange her war und doch endlos weit entfernt schien: die Zeit, als wir zu dritt unterwegs gewesen waren, ohne zu wissen, wohin unser Weg uns führte. Ohne zu ahnen, wer ich in Wirklichkeit war und wer meine Mutter war. Na ja, zumindest wusste *ich* von alledem nichts. Es war die Zeit, *bevor* Kyran sein Schwert gezogen und gegen mich und Haze geschwungen hatte.

Mein Blick wanderte weiter zu Haze, dessen tiefe Atemzüge seinen Schlaf verrieten. Sogar jetzt hielt er sein Messer fest in der Hand, und plötzlich tat er mir leid. Von Anfang an hatte er mit seinem Misstrauen recht gehabt, aber ich wollte ihm ja nicht glauben. Seine Freundschaft und seine Treue mir gegenüber hatten ihn in Gefahr gebracht. In der festen Überzeugung, dass Kyran sich jederzeit gegen uns wenden könnte, war Haze an meiner Seite geblieben, um für mich da zu sein und mich zu schützen.

Und ich? Ich hatte ihm seine Loyalität vergolten, indem ich für den schönen Kyran schwärmte, seine Bedenken in den Wind schlug und unbeirrt das tat, was ich für richtig hielt. Eine tolle Freundin war ich gewesen. Hatte mich Kyrans gutes Aussehen wirklich so sehr geblendet? Ich schämte mich vor mir selbst dafür, dass ich mich sogar jetzt kaum an diesem ebenmäßigen Antlitz sattsehen konnte.

Noch einmal sah ich zu Haze. Im Schlaf waren seine Gesichtszüge weicher, aber selbst jetzt waren die Augenbrauen zusammengezogen, und Sorgenfalten gruben sich in seine Stirn. Dass er so viel erwachsener und ernster wirkte, lag nicht nur am kurzen Haar – es lag an den Dingen, die er durchgemacht hatte. Die er *für mich* durchgemacht hatte. Nicht einmal wenn er schlief, fühlte er sich sicher. Schmerzlich zog sich mein Herz bei diesem Gedanken zusammen. Haze nahm Gefahren auf sich, akzeptierte zähneknirschend einen gefährlichen Verräter in seiner Nähe und trat eine Reise an, an die sich kaum jemand in Vael je herangewagt hatte – alles für mich.

Wenn ich seine breiten Schultern und seinen geschickten Umgang mit Waffen sah, vergaß ich manchmal fast, was er in Wirklichkeit war: ein unschuldiger Junge aus einem Dorf, kaum älter als ich, gerade erwachsen. Auf einmal hatte ich das Gefühl, ich müsste ihn mindestens ebenso sehr beschützen wie er mich.

Als ich das nächste Mal zu Kyran blickte, war mein Blick wutverzerrt. *Er* war schuld an allem. Seinetwegen litt Haze.

Dass ich ihm Schlamm in die Haare geschmiert hatte, war eine viel zu milde Strafe gewesen.

»Ich wollte dir nichts tun«, formten Kyrans Lippen.

»*Ich glaube dir nicht*«, antwortete mein Blick, bevor ich mich umdrehte und die Decke bis über meine Nasenspitze hochzog.

Kapitel 5
Lorell

»Lorell«, flüsterte ich.

Staunend betrachtete ich die malerische Küstenstadt, die sich vor uns erstreckte.

Wie viele Menschen da waren! Wie viele Häuser! Es war ein unglaubliches Gewusel in all den engen Straßen und Gassen.

Wir standen auf einer Anhöhe und verschafften uns einen ersten Überblick, während wir eine letzte Verschnaufpause einlegten. Von hier aus konnten wir das Skallardmeer sehen, das sich schier endlos weit ausdehnte und gleißend hell das Sonnenlicht reflektierte. Davor zeichneten sich die bunten Häuser Lorells ab.

»Wie gigantisch! Diese Stadt muss größer als Navalona selbst sein«, murmelte ich.

Kyran hatte den ganzen Tag kaum etwas gesagt, doch meine Worte entlockten ihm ein verblüfftes Lachen. »Ich könnte dir aus dem Stegreif ein Dutzend größerer Städte nennen.«

Ich verdrehte die Augen und fragte mich, ob er sich über mich lustig machte oder die Wahrheit sagte.

»Lorell hat sich verändert.« Ashwind schirmte die Augen mit ihrer Hand gegen das Sonnenlicht ab. »Es ist in den letzten achtzehn Jahren gewachsen. Seht ihr die Mauer dort?« Sie deutete auf einen langen Wall, der durch die Stadt verlief und das Zentrum von den Außenbezirken trennte. »Das ist das Lorell, das ich kannte. Eine florierende Stadt, eine Handelsmetropole. Fast der ganze Seehandel Vaels wird über den Hafen von Lorell abgewickelt. Schon damals ließ sich erahnen, dass die Stadt wuchs und sich ausbreitete. Viele Menschen sind dorthin gezogen und haben in Lorell ihr Glück gesucht. Alles brummte vor Leben, die Aufbruchsstimmung war schier ansteckend.« Sie neigte anmutig den Kopf, senkte den Blick, und ihre Stimme wurde leiser. »Serpia hat es mir einst erzählt. Sie ist damals einfach losgegangen, hat sich in einfache Kleider gehüllt und in die Menge gemischt. Sie wollte ... das Land kennen. Die Menschen kennenlernen. Ich hätte das nie gekonnt. Ich habe immer gesagt, ich dürfe mich als Thronerbin nicht in Gefahr begeben, aber wenn ich ehrlich bin, hätte ich mich niemals getraut. Ich saß in marmornen Sälen, besprach das Schicksal meines Volks mit meinen Beratern, sah es immer nur aus der Ferne. Ich habe versucht, es vor mir selbst zu rechtfertigen, aber in den letzten Jahren hatte ich so viel Zeit, um nachzudenken ... Ich hätte einiges anders gemacht. Ich glaube, Serpia hätte tatsächlich das Zeug zu einer guten Herrscherin gehabt, wenn sie nicht ...«

Sie brach ab, aber jeder von uns wusste, was sie meinte. *Wenn Serpia sich nicht von Hass und Engstirnigkeit hätte leiten lassen.*

Snow klopfte ihr so kräftig auf die Schulter, dass Ashwind einen Schritt vorwärts stolperte. Die Scheu gegenüber jener Frau, die die rechtmäßige Regentin des Landes war, hatte die Banditin rasch abgelegt. »Ihr bekommt Eure zweite Chance. Und dann beweist Ihr jedem von uns, dass Ihr es besser ma-

87

chen könnt. Führt dieses Land in eine bessere Zukunft, in der niemand für die Magie, mit der er geboren wurde, verfolgt wird.«

Kyran schnaubte leise. »Hochtrabende Pläne, angesichts der Tatsache, dass Lelani, Haze und ich erst einmal die nächsten Tage überleben müssen, ohne zu kentern, jämmerlich zu ersaufen oder von den Kelpies geholt zu werden.« Doch in seine Augen trat ein Funke des lebhaften Feuers, das ich schon so oft in ihnen gesehen hatte. So wie ich ihn kennengelernt hatte, konnte er es kaum erwarten, sich den Gefahren zu stellen, die uns erwarteten.

Haze versetzte ihm einen Stoß in den Rücken. »Was mir viel mehr Sorgen bereitet als alle Meeresungeheuer der Welt, ist die Klinge eines Verräters in meinem Rücken. Aber keine Sorge, Kyran. Lelani und ich werden dich nicht aus den Augen lassen.«

»Hört auf, euch zu zanken wie zwei alte Waschweiber«, forderte Snow. Die Feder auf ihrem Hut wippte, als sie sich auf den Rücken ihres Pferdes schwang. »Die Sonne geht unter, die Tore werden sich bald schließen. Und mein Kontaktmann wartet schon.«

*

Menschen. Überall um mich herum waren Menschen. Ich senkte den Kopf und versuchte inmitten der Reisenden und Händler, die die letzten Sonnenstrahlen nutzten, um nach Lorell zu gelangen, unsichtbar zu werden. Der Geruch von Schweiß stieg mir in die Nase, irgendjemand rempelte mich an, und ich hielt unwillkürlich den Atem an. Stetig floss der Menschenstrom durch das große Tor, das sich gleich schließen würde, wenn die Sonne ganz untergegangen war, und ich ließ mich einfach mitreißen.

Vorsichtig blinzelte ich an meinem Vordermann vorbei, einem breitschultrigen Mann, von dem ich mir Deckung erhoffte. Wir hatten uns aufgeteilt und hielten etwas Abstand zueinander, in der Hoffnung, so weniger stark aufzufallen.

Bark und Haze hatten Kyran in ihre Mitte genommen und gingen ein Stück weit vor mir. Die Fesseln hatten wir Kyran abnehmen müssen – denn was wäre wohl verdächtiger als eine Gruppe von Leuten, die einen Gefangenen durch die Stadt bugsierten? Ein todsichereres Mittel, Aufsehen zu erregen, hätte es wohl nicht gegeben. Einen Moment lang suchte ich vergeblich nach Snow und Ashwind, doch nachdem ich mich hektisch umgeblickt hatte, entdeckte ich sie ein paar Armlängen entfernt zwischen einer Gruppe von Frauen. Tensin war nicht hier, er hatte unsere Pferde zu den Stallungen außerhalb der Stadt gebracht und wartete dort in einer Taverne auf Snow, Ashwind und Bark.

Über dem Tor standen zwei Wachen mit dem Mondsichelwappen an ihren Uniformen, die alle Passanten kontrollierten. Sonderlich motiviert schienen sie aber zum Glück nicht zu sein, vermutlich standen sie schon den ganzen Tag hier herum, den Blick auf den endlosen Strom aus Menschen gerichtet, die in die Stadt oder hinauswollten. Sie unterhielten sich miteinander, schauten aus schläfrigen Augen über die Köpfe der Passanten, hielten immer wieder nach Zufallsprinzip jemanden an und fragten, was er in Lorell wollte.

Je näher ich dem Tor kam, desto mehr begann ich zu schwitzen. Mein Gesicht fühlte sich heiß an, und ich hoffte inständig, dass ich mich nicht durch meine Nervosität verriet. Die Wächter mochten unaufmerksam wirken, aber falls sie den

Auftrag hatten, nach uns Ausschau zu halten, und unsere Gesichter zufällig in der Menge entdeckten, waren wir geliefert.

Kyran, Haze und Bark passierten das Tor, und mir stockte der Atem. Wenn Kyran sich bemerkbar machte und um Hilfe rief, war alles vorbei. Er wusste natürlich, dass er praktisch tot war, wenn er etwas Unvernünftiges tat. Haze und Bark würden keine Sekunde zögern, ihm ihre Dolchklingen in den Rücken zu jagen in der Sekunde, in der er den Wachen auch nur das kleinste Signal gab. Für Kyran gäbe es keine Rettung, doch er würde uns alle mit in den Untergang reißen. Ich konnte nur hoffen, dass er genug an seinem Leben hing, um sich unauffällig zu verhalten – doch ich kannte ihn mittlerweile gut genug, um ihm *jede* wahnsinnige Aktion zuzutrauen.

In Gedanken flehte ich die Monde um Beistand an und Kyran um Vernunft. Jeden Moment rechnete ich damit, dass er zu den Wachen schauen und ihnen etwas zurufen würde – so schnell, dass weder Haze noch Bark ihn daran hindern konnten. Alles hing von diesem einen Moment ab, unsere ganze Mission konnte in diesem Augenblick scheitern. Doch mit gesenktem Kopf passierte Kyran das Tor, ohne auch nur einen Ton von sich zu geben.

Aber noch konnte ich nicht aufatmen, denn jetzt war ich an der Reihe. Meine Schritte waren unnatürlich steif, starr blickte ich auf den breiten Rücken meines Vordermannes und vermied es, zu den Wächtern hochzuschauen. Selbst wenn ich hätte stehen bleiben wollen, hätte ich es nicht gekonnt. Wie ein Stück Treibholz wurde ich von der Flut mitgerissen.

Noch ein paar Schritte, dann war es geschafft. Ich konzentrierte mich auf meine Atmung und auf jeden einzelnen Schritt. *Nicht auffallen – nicht nach oben schauen.* Nur ein paar wenige Schritte, dann wäre ich ebenso in der Stadt wie Haze und die anderen.

»Hey! Du.«

Eine gelangweilte Stimme, die über mir erklang. Instinktiv wusste ich auf Anhieb, dass die Worte mir galten. Glühend heiß spürte ich den Blick des Wächters auf meinem Kopf, als wollte er meine Haare versengen, aber eine letzte verzweifelte Hoffnung brachte mich dazu, weiterhin stur nach vorne zu blicken und vorzugeben, ich hätte mich nicht angesprochen gefühlt.

»Hey, Mohnblume! Du da mit dem roten Haar.«

Das Herz schlug mir bis zum Hals, mir wurde gleichzeitig heiß und kalt. Ich *wusste*, dass er mich meinte. Er hatte mich erkannt. Die High Lady *musste* nach uns suchen, bestimmt hatte sie ihre Soldaten auf uns angesetzt und genaustens unterwiesen. Und naiv wie ich war, tappte ich in die erstbeste Falle, geradewegs in die Hände der Wächter.

Es war vorbei, noch bevor unsere Reise richtig begonnen hatte. Gleich würden sie mich festnehmen, ebenso wie meine Freunde, wenn sie nicht schnell genug flohen. Widerstrebend hob ich den Kopf – und sah, dass er mich anlächelte. Er war jung, vermutlich nur ein paar Jahre älter als ich, und seine Uniform saß zu locker. Bestimmt hatte er sie von einem älteren Kollegen geerbt, der größer und breiter gewesen war.

»Ja, du. Schau doch an so einem schönen Tag nicht so ernst drein. Lächle mal ein bisschen.«

Das Lächeln, zu dem ich mich zwang, verkam zur Grimasse. *Er hatte mich nicht erkannt!* Er nickte mir noch einmal zu, dann wandte er sich seinem Kollegen zu und unterhielt sich gähnend mit ihm. Meine Knie waren so weich, dass ich beinahe gestolpert wäre, als jemand ungeduldig von hinten drängelte. Hastig wankte ich weiter und wagte erst aufzuatmen, als ich es durch das Tor geschafft hatte und die beiden Wachen hinter mir ließ.

Jetzt erst sah ich, dass Haze sich zu mir umgedreht hatte. Sein Gesicht war wie versteinert und aschfahl. Er hatte mitbekommen, dass die Wache mich ansprach, und im ersten Moment dieselben Schlüsse gezogen wie ich. Als er merkte, dass mich niemand zurückhielt, kehrte die Farbe in seine Wangen zurück.

Wir hatten es geschafft: Wir waren in Lorell.

*

»Mohnblume.« Kyran gab sich gar keine Mühe, sich das Grinsen zu verkneifen.

Ich verdrehte die Augen und verkniff mir die Antwort, die mir auf der Zunge lag. Immer noch raste mein Herz. »Ich dachte, alles wäre vorbei.«

»Ich auch.« Haze legte die Hand auf meine Schulter, und alles an ihm verriet, dass er mich viel lieber in seine Arme gezogen und gedrückt hätte. »Bei den Monden ... Mir sind hundert schlimme Szenarien durch den Kopf geschossen, ich war drauf und dran, meinen Dolch zu ziehen.«

Auch Ashwind legte kurz die Arme um mich und lehnte ihre Stirn gegen meine. »Aber alles ist gut, niemand hat uns bemerkt«, flüsterte sie.

»Freut euch nicht zu früh«, knurrte Snow zwischen zusammengebissenen Zähnen. »Seht nur ... Die vielen Wachen. So viele habe ich noch nie gesehen. Das ist ungewöhnlich. Oder eigentlich nicht, wenn ich es recht bedenke.«

Wir blickten uns um und sahen immer wieder uniformierte Soldaten, die durch die Straßen patrouillierten.

»Die suchen uns«, stieß Haze hervor und nahm mir damit die Worte aus dem Mund. Natürlich war es möglich, dass die vielen Wächter aus einem anderen Grund hier waren, aber etwas sagte mir, dass sie nach *uns* Ausschau hielten. Immerhin hatte die High Lady höchstpersönlich ihr Schloss verlassen, um uns in einer wilden Hetzjagd zu verfolgen. Dass ihre Schwester auf freiem Fuß war, war ihr mit Sicherheit unerträglich.

Wir mussten hier dringend weg, mussten die große Hauptstraße, die in die Stadt führte und an deren Rand wir jetzt standen, verlassen und untertauchen. Wir standen hier wie auf dem Präsentierteller, für jedermann deutlich sichtbar. Doch wohin? Überfordert sah ich mich um.

Die Menschenmassen, die sich kurz vor Sperrstunde noch in die Stadt gedrängt hatten, verteilten sich jetzt in alle Richtungen. Jeder schien ganz genau zu wissen, wohin er wollte. Doch ich war überwältigt von der schieren Menge an Stein und Lehm, den zahlreichen Gassen und Straßen und natürlich den vielen Menschen. So viele fremde Gesichter hatte ich noch nie auf einem Haufen gesehen.

In meinem Heimatdorf standen die Häuschen so weit auseinander, dass zwischen ihnen Kinder herumtoben und Hunde spielen konnten. Die meisten hatten eigene kleine Gemüsegärten oder Hühnergatter, die sich an die Stein- und Holzfassaden schmiegten. Wildblumen blühten auf den festgetrampelten Wegen zwischen den Häusern.

Für derlei Dinge war hier kaum Platz. Dicht an dicht standen die Gebäude, nur die Farben der bunt gestrichenen Häuser wechselten sich ab. Unebene Pflastersteine bedeckten den Boden, zwischen denen sich nur ein paar magere Gräser den Weg ans Tageslicht bahnten. Von weiter weg sah die Stadt mit den farbigen Häusern hübsch und lebhaft aus, doch aus der Nähe sah ich den Schmutz an den Mauern. Ich drehte mich im Kreis und versuchte mit dem Blick dem Gewirr von Straßen und Gassen zu folgen, ohne eine Ahnung zu haben, welche Richtung wir jetzt einschlagen sollten.

Grob rempelte mich eine vorbeilaufende Frau an und lief mit gesenktem Blick weiter, ohne sich zu entschuldigen. Ein paar Häuser weiter kippte jemand einen Topf aus dem Fenster. Die Flüssigkeit platschte auf den Boden, und ein paar Leute, die unterhalb gestanden hatten, konnten gerade noch beiseite springen.

Bark hob den Kopf und hielt kurz witternd wie ein wildes Tier die Nase in den Wind, dann gab er uns einen Wink. Ohne sich noch einmal zu uns umzublicken, tauchte er in eine der schmalen Gassen ein, quetschte sich an Leuten vorbei und schubste andere einfach aus dem Weg.

»Komm.« Ashwind nahm meine Hand, zog mich mit sich und folgte Bark, den Blick stets auf seinen kahlen hellen Kopf gerichtet.

Ich hätte erwartet, dass sich die Straßen mit Anbruch der Dunkelheit leeren würden, aber das Gegenteil war der Fall. Es kam mir so vor, als tummelten sich sogar noch mehr Leute auf den Straßen. Alte Männer und Frauen schleppten kleine Tische und Stühle vor ihre Häuser, plapperten und lachten lautstark, spielten Karten und knabberten Sonnenblumenkerne, deren Schalen sie achtlos auf die Pflastersteine spuckten. Trotz der späten Stunde kickten Kinder johlend einen Lederball durch die Straßen und rannten dabei so eng an uns vorbei, dass ich ausweichen musste, um nicht in sie hineinzulaufen. Haze spielte ihnen den Ball geschickt zu, dann eilten wir weiter.

»Mein Kontaktmann wartet in einer Kneipe auf uns. Im Hafenviertel«, sagte Snow.

»Das *Klippenriff*?« Barks Stimme klang immer wie ein raues Bellen.

Snow nickte nur knapp, und wir anderen stellten keine Fragen. Das *Klippenriff* würde wohl ein Wirtshaus sein. Doch mich beunruhigte ein wenig das belustigte Zucken um Kyrans Mundwinkel, das ich sehr wohl gesehen hatte.

Je näher wir dem Meer kamen, desto ärmlicher und heruntergekommener wurden die Häuser. Der salzige Duft des Ozeans mischte sich in den Gestank von Schweiß, Unrat und anderem, worüber ich lieber gar nicht nachdenken wollte – vor allem, nachdem mein Blick einen Mann streifte, der ungeniert an eine Häuserwand pinkelte.

»*Die Schöne am Meer* nannte man Lorell einst.« Ashwind schüttelte den Kopf. »Eine florierende Stadt, im Wachstum begriffen – nun, gewachsen ist sie. Aber schön? Das ist sie wohl schon lange nicht mehr.«

Ich nickte nur und ließ die Stadt auf mich wirken. Lorell erschien mir so erschreckend fremdartig, so voller Gerüche, Lärm und Eindrücke – an vielen Ecken hässlich und doch wunderbar aufregend. Jede Gasse, in die wir einbogen, bot irgendetwas Neues, Unerwartetes.

»Lady.« Eine schwache Stimme ließ mich zusammenzucken. Ein Kind in ärmlicher Lumpenkleidung saß auf dem Boden und streckte mir bettelnd die leeren Hände entgegen. »Lady, nur eine Münze.«

Erschrocken betrachtete ich die magere Gestalt, das schmutzige Gesicht, den leeren Blick. Ohne nachzudenken, kramte ich in meinem Geldbeutel und drückte dem Jungen ein Silberstück in die Hände.

»Hier, kauf dir was zu essen«, sagte ich und überlegte fieberhaft, ob es nicht mehr gab, was ich tun konnte.

Ich hörte ein Geräusch hinter mir, ein Keuchen, und als ich erschrocken herumfuhr, sah ich ein weiteres Kind – ein kleines Mädchen – mit meinem Geldbeutel in den Händen! Kyran hielt die Kleine, die genauso mager wie der bettelnde Junge war, wie eine junge Katze am Nacken fest. Ihre Augen funkelten herausfordernd, sie hielt den Geldbeutel wie einen Schatz umklammert.

»Du hast mich beklaut!«, stieß ich ungläubig hervor. Meine Hand schnellte zu meinem Gürtel, wo der Lederbeutel gerade noch gehangen hatte und wo ich jetzt nur noch zwei abgeschnittene Bänder ertastete. Als ich mich wieder dorthin umsah, wo gerade noch das bettelnde Kind gesessen hatte, war es wie vom Erdboden verschluckt. *Der Junge hatte mich nur abgelenkt!*

»Netter Versuch. Aber nächstes Mal suchst du dir ein einsames Opfer und trampelst nicht wie ein Schlachtross«, spottete Kyran lachend.

Grob riss Haze der Kleinen den Geldbeutel aus den Händen. »Schöner Rat. Oder wie wäre es stattdessen mit einem ehrlichen Beruf?«

Geschickt wand sich das Mädchen aus Kyrans Griff und rannte mit gesenktem Kopf los. »Schlüpfrig wie ein Aal«, meinte er amüsiert.

»Warte!«

Ich hatte nicht damit gerechnet, doch Haze' Stimme ließ die Kleine tatsächlich innehalten. Blitzschnell drehte sie sich um und starrte ihn misstrauisch an.

Er warf ihr eine goldglänzende Münze zu, die sie geschickt aus der Luft fing. »Mach etwas Vernünftiges daraus«, sagte er eindringlich. »Du kannst mehr als das sein. Du kannst etwas aus deinem Leben machen.«

Ihr Blick ließ nicht erkennen, was sie dachte. Sie starrte ihn noch einen Moment lang an, dann rannte sie weiter und war sofort in den Schatten der Straßen verschwunden. Ich nahm mein Geld von Haze entgegen, knotete es mühsam mit den verbleibenden Bändern an meinem Gürtel fest und nahm mir vor, in Zukunft besser darauf aufzupassen. Allmählich begann ich zu ahnen, dass man sich an Orten, an denen viele Menschen aufeinandertrafen, wohl niemals so richtig sicher fühlen konnte.

*

»Das sind ja *wir!*« Überrumpelt starrte ich mein eigenes Gesicht an, das mir von einer Kohlezeichnung entgegenblickte.

Langsam schritt ich an der Wand entlang und ließ meine Hand über die Zettel gleiten, die auf dem rauen Holz angeschlagen waren. Ashwind war so detailgetreu getroffen, als hätte der Zeichner sie leibhaftig vor sich gehabt, während er ihr Porträt anfertigte. Auch ich war deutlich zu erkennen. Und als ich einen Schritt weiterging, sah ich ein Bild mit dunklen Augen, dichten Augenbrauen und einer kräftigen Kinnlinie: *Haze.*

›Gesucht‹ stand groß über jedem der Bilder.

Haze schnappte sich sein Porträt und riss es von der Wand.

»Wir sind gesuchte Verbrecher«, knurrte er.

Ashwinds Fingerspitzen, die in schwarzen schmalen Handschuhen steckten, wanderten über mein gezeichnetes Gesicht. »Das ist einfach nicht richtig. Mein Kind – gesucht und *verfolgt.* Das einzige Verbrechen, dessen du dich schuldig gemacht hast, ist, von mir geboren worden zu sein. Meine und Rowans

Tochter zu sein. Für meinen Fehltritt musst du büßen.« Mit einem schwachen Lächeln wandte sie sich an Haze. »Und du gleich mit, weil du ein echter Freund bist. Wir stehen in deiner Schuld.«

Er verzog den Mund zu einem schiefen Lächeln. »Ich bin froh, wenn ich helfen kann.« Die Anerkennung war ihm sichtlich unangenehm.

Ich riss auch die verbliebenen Porträts ab und knüllte sie zusammen, wohlwissend, dass das überhaupt nicht half. Die High Lady hatte uns nur einen Augenblick lang gesehen, als wir den Turm verließen. Nur kurz hatte sie mir in die Augen gesehen, ehe wir die Flucht ergriffen. Doch dieser Moment hatte ihr ausgereicht, um ihren Zeichnern eine detaillierte Beschreibung meines und Haze' Gesicht zu geben. Das Aussehen ihrer eigenen Schwester hätte sie wohl im Schlaf bis ins letzte Detail beschreiben können. Und nun mussten wir davon ausgehen, dass diese Plakate nicht nur in Lorell, sondern in *jeder* nennenswerten Stadt in ganz Vael hingen und dass die Soldaten instruiert waren, nach uns die Augen offen zu halten.

Ich fragte mich, was die High Lady wohl als Grund für die Fahndung genannt hatte. »*Haltet nach diesen Menschen Ausschau – es handelt sich um meine Schwester, die angeblich gestorben ist, die ich aber viele Jahre lang in einem Turm gefangen gehalten habe und die die rechtmäßige Herrscherin ist. Außerdem geht es um ihre Tochter, die die Zweite in der Thronfolge ist, und einen jungen Mann, der kein Verbrechen begangen hat, außer einer Gefolterten und Gefangenen zur Flucht zur verhelfen*«? Wohl kaum. Aber vielleicht konnte eine Frau von ihrer Position ja jeden beliebigen Menschen gefangen nehmen lassen, ohne irgendwelche Begründungen zu nennen.

»Keine Zeit, eure hübschen Bildchen zu bewundern.« Snow

sah sich hektisch um, das spärliche Licht der wenigen Straßenlaternen spiegelte sich rötlich im Schwarz ihrer Augen. »Ich höre Schritte. Schwere Schritte. Soldatenstiefel. Die erkenne ich auf Anhieb.«

»Los, dorthin!«

Als hätten Haze und ich uns abgesprochen, packten wir Kyran an den Schultern und zerrten ihn mit, während wir auf eine schmale Gasse zu huschten, gefolgt von unseren Gefährten. Mit aufgerissenen Augen duckte ich mich in die Schatten, verharrte reglos und lauschte. Im ersten Moment nahm ich nur das Pochen meines Herzens wahr, aber dann hörte ich sie: schwere Fußtritte, die sich näherten.

»Los, weiter!«, zischte Snow und drängte uns tiefer in die menschenleere Gasse, doch dann blieb sie wie angewurzelt stehen: auch von der anderen Seite näherten sich Schritte.

Mit rasendem Herzen drückte ich mich an die raue Mauer und versuchte mit der Dunkelheit zu verschmelzen. Wir konnten weder vor noch zurück. Und Schritt für Schritt kamen die Soldaten näher. Wir saßen in der Falle.

Kapitel 6
Klippenriff

In seiner typischen halb geduckten Haltung, die der eines Tieres ähnelte, stand Bark da. Ruckartig schnellte sein Kopf zwischen den beiden Richtungen hin und her, aus denen sich die Schritte näherten. Seine wässrigen Augen verengten sich. Der kahle Kopf glänzte im schwachen Licht der Monde und erhellte die sonst so dunkle Gasse.

Plötzlich stieß er einen Pfiff aus, so leise, dass nur wir Umstehenden ihn hören konnten, und deutete hoch zu den Dächern. Als ich seinem ausgestreckten Finger folgte, begriff ich sofort, was er meinte. Da war ein windschiefes Vordach über einer Tür. *Würden wir dort hochklettern können?* Noch ehe ich wusste, was ich tat, reagierte mein Körper. Die vielen Jahre des Kletterns und Spielens im Wald kamen mir zugute. Lautlos lief ich auf den Vorsprung zu, sprang aus dem Stand hoch und bekam die Kante zu fassen. Geschmeidig stemmte ich mich hoch, zog die Beine nach und hockte auf dem Vordach. Geduckt drehte ich mich zu den anderen um und winkte sie eilig heran. Jede Sekunde zählte, jede Bewegung musste sitzen.

»Wie eine Dämmerkatze.« Trotz der angespannten Lage grinste Haze zu mir hoch, während er für Ashwind eine Räuberleiter machte. Er drückte sie hoch, ich ergriff ihre Hände und zog sie zu mir, als das Reißen von Stoff die Stille durchschnitt. Ihr Kleid hatte sich an einer Kante verhakt, und wir hielten den Atem an. *Hatte uns jemand gehört?* Kurz verzog Ashwind schmerzlich den Mund, sie hatte sich wohl gekratzt, aber weder sie noch ich hielten uns damit auf.

So leise wie möglich versuchten wir weiter nach oben auf das Hauptdach zu gelangen.

Kyran hatte keine Probleme mit dem Aufstieg. Snow folgte etwas weniger elegant, aber fast genauso schnell. Haze war der Letzte, der hochkletterte. Ein paar rasche Handgriffe, und schon war er an meiner Seite.

»Bark«, wisperte ich.

Er blickte hoch zu uns und grinste freundlich, dann strich er den mausbraunen Rauschebart glatt, richtete sich plötzlich ganz auf und straffte die Schultern. Die veränderte Körperhaltung ließ ihn wie einen ganz anderen Menschen wirken. Alles Animalische, was mich anfangs so sehr an ihm befremdet hatte, fiel von ihm ab wie eine zweite Haut.

»Bark, nun schlag keine Wurzeln!«, drängte jetzt auch Snow im Flüsterton. Ihre Stimme stand kurz vor dem Zerreißen.

Doch Bark legte nur den Finger auf die Lippen. Verständnislos starrte ich zu ihm hinunter, doch es war zu spät. Er hätte es niemals rechtzeitig geschafft. Dieser fremd wirkende Bark wandte sich ab – und schlenderte einem der Soldaten entgegen, der in diesem Moment um die Ecke bog.

Wir reagierten blitzschnell. Mit pochenden Herzen legten wir uns flach aufs Dach und spähten angstvoll hinunter. Snows Gehör hatte sie nicht betrogen. Zwei Uniformierte waren es, mit schweren Stiefeln, die von entgegengesetzten Seiten die Gasse entlangkamen.

Ich wagte kaum zu atmen. Jeder Muskel in meinem Körper

101

war angespannt, so sehr konzentrierte ich mich darauf, mich nicht zu bewegen. Jedes Rascheln oder Kratzen, jeder fallende Stein oder zu laute Atemzug hätte unser Versteck verraten können.

»Verdammt«, flüsterte Kyran auf einmal leise.

»Was?«, wisperte ich angespannt. Konnte er denn nicht *einmal* die Klappe halten?

»Ich glaube, ich muss gleich niesen.« Er zog eine leidende Miene.

Ich legte alle Verachtung in meinen Blick und hätte ihn am liebsten gewürgt. Im Mondlicht sah ich ihn frech grinsen. Warum hatte ich je ein schlechtes Gewissen gehabt, dass wir ihn gefangen gehalten und gefesselt hatten? Jetzt hätte ich ihn liebend gern wieder in schwere Eisenketten gelegt, geknebelt und von einer Klippe baumeln lassen, unter der sich endlose Dornenbüsche erstreckten.

»Meine Herren, wie gut, dass ich Euch treffe. Ich fürchte, ich habe mich verlaufen und bin in diese unwirtliche Gegend geraten.«

Ich traute meinen Ohren kaum, als ich diese Worte aus Barks Mund hörte. Das war kein heiseres Bellen, keine unartikulierten Silben, die so klangen, als müsste er sich jedes Wort mühsam abringen. Nein, das hatte nichts mehr mit dem Bark zu tun, wie ich ihn kannte. Der Eindruck, einen völlig anderen Menschen vor mir zu haben, verstärkte sich.

Skeptisch musterten die Soldaten ihn von Kopf bis Fuß. Seine braune Kleidung war ärmlich und heruntergekommen, aber sein kultiviertes Benehmen schien die beiden dann doch zu überzeugen.

»Wie kann man Euch helfen?«, fragte der eine.

»Der Hauptplatz«, sagte Bark und lotste die Männer dabei

unauffällig von uns weg. »Könntet Ihr mir sagen, in welcher Richtung ich ihn finde?«

Bereitwillig beschrieben sie ihm den Weg, dann marschierten sie weiter, ohne uns zu bemerken. Erleichtert atmete ich auf. Ich bemerkte, wie sich meine Anspannung legte, und ich war Bark unendlich dankbar dafür. Er hatte nichts zu befürchten, immerhin wusste niemand im Königreich, dass er mit uns in Verbindung stand. High Lady Serpia und ihre Gefolgsleute hatten nur Ashwind, Haze und mich mit dem gefesselten Kyran auf der Flucht gesehen. Und ohne seine Ablenkung hätten die Soldaten möglicherweise doch bemerkt, dass sich eine Gruppe von Leuten auf dem Dach versteckte.

»Weiter.« Snow nahm ihren Hut ab und wuschelte sich mit der Hand durchs kurze ebenholzschwarze Haar. Sogar sie war ins Schwitzen geraten. »Lasst uns keine Zeit verlieren. Das *Klippenriff* ist ganz in der Nähe. Kapitän Mercier wartet sicher schon auf uns. Er ist ein Mann, der andere gerne warten lässt, aber glaubt mir: Man sollte ihn besser nicht warten lassen. Zumindest nicht, wenn man auf seine Hilfe zählt.«

*

Den Eingang zum *Klippenriff* hätte ich wohl übersehen, wenn ich ohne Snow unterwegs gewesen wäre.

Sie führte uns durch das Gewirr aus Straßen und Gassen, vorbei an Unrat und Müll, raufenden Männern und keifenden Weibern, windschiefen Häusern und abgemagerten Katzen.

Das Meeresrauschen wurde immer lauter, je weiter wir gingen. Es schien mir, als murmelte und flüsterte der Ozean unverständliche Worte in einer fremdartigen Sprache, die ich nicht verstand. Obwohl es nicht geregnet hatte, waren die

Pflastersteine von einem feuchten Film überzogen, und ich fragte mich, ob der Wind die Gischt womöglich bis hierher in die Straßen getragen hatte.

»Es gibt auch eine Prachtstraße, die vom Stadttor quer durchs Zentrum direkt bis zum Hafen führt«, erzählte Kyran und zuckte mit den Schultern. »Aber ich schätze, ihr macht euch lieber die Füße schmutzig, oder?«

Haze verdrehte die Augen. »War das ein schwacher Versuch, uns zu provozieren? Darin warst du auch schon mal besser. Muss hart für dich sein, nicht im Mittelpunkt zu stehen.«

»Meine Güte. Kerle wie ihr sind der Grund, warum ich nie Kinder wollte. Dieses ständige Gezanke ist ja unerträglich«, fauchte Snow. Es machte sie sichtlich nervös, dass Bark nicht hier und die Gruppe somit nicht komplett war.

»Er wird bald wieder zu uns stoßen«, sagte Ashwind leise, die genau denselben Gedanken wie ich gehabt hatte, und legte sanft ihre Hand auf Snows Unterarm. Keine Ahnung, woher sie diese Gewissheit nahm, aber sie brachte es mit einer solchen Zuversicht rüber, dass niemand ihre Worte anzweifelte. Selbst Snow schien sich zu entspannen.

»Gewiss«, antwortete sie. »Er kann auf sich selbst aufpassen.«

Nur wenige Schritte später blieb die Anführerin der Räuberbande abrupt stehen. »Wir sind da.«

Ich blickte auf ein unscheinbares Schild, welches über der Tür hing und quietschend im Wind baumelte. Die Buchstaben *Klippenriff* hoben sich kaum von ihrem Untergrund ab und waren im gelblich roten Flackern der einzelnen Straßenlaterne schwer zu lesen. Die schmale Holztür hing schief in den Angeln und machte definitiv keinen einladenden Eindruck.

»Ich bin nicht sicher, ob es … geöffnet hat«, wandte Ashwind zweifelnd ein und musterte den Eingang mit sichtlichem Unbehagen. Dann straffte sie die Schultern. »Mein Kind wird keinen Schritt in so eine Spelunke setzen. Keiner von euch muss das tun. Ich werde allein gehen und diesen Mercier treffen.«

Snows Grinsen hatte etwas Wölfisches an sich, und in diesem Augenblick erinnerte sie mich an ihre Schwester Milja, das Wolfsmädchen. »Die Typen da drin würden Euch mit Haut und Haar fressen, meine High Lady. Wenn einer allein geht, bin ich das.«

»Kommt nicht infrage«, schaltete ich mich entschieden ein, obwohl mich Snows Worte beunruhigten. »Wir gehen alle.« Herausfordernd funkelte ich Kyran an. »Und *du* versuchst besser keine miesen Tricks.«

Er zuckte mit den Schultern. »Ich werde sehen, ob ich mich beherrschen kann«, antwortete er gedehnt. »Mühsam. Mit aller Kraft. Wie schon den ganzen Tag.«

Meine Faust schnellte nach vorne und traf seine Schulter. Schon den ganzen Tag über staute sich die Anspannung in mir, weil ich befürchtet hatte, er würde uns verraten. Doch Kyrans Reaktionsvermögen war eindrucksvoll. Blitzschnell schnappte er sich meine Hand und hielt sie fest, bevor ich sie zurückziehen konnte. Hitze breitete sich in meinem ganzen Körper aus, ausgehend von seiner Berührung.

»Lass los«, zischte ich.

Sein Blick bohrte sich in meinen, das Grinsen entblößte seine perfekten Zähne und reichte fast von einem Ohr zum anderen. »Ach, so plötzlich? Und ich dachte, das war gerade ein Versuch, mit mir zu kuscheln.«

»Sehr niedlich, ihr beiden«, meinte Snow trocken. »Aber jetzt zur Sache. Wenn ihr alle mitkommen wollt, müsst ihr ein

105

paar Dinge wissen. Schaut niemandem zu lange in die Augen. Lasst euch auf kein Spiel ein: Ihr werdet nur verlieren, dafür sorgen eure Gegenspieler. Die Glücksspiele in Kneipen wie diesen haben rein gar nichts mit Glück zu tun. Und vor allem: Überlasst *mir* das Reden.«

»Klingt nach Spaß«, meinte Haze trocken.

Im Turmalingrün von Kyrans Augen glomm ein Licht, und seine Stimme vibrierte vor freudiger Erwartung. »Da bin ich ausnahmsweise mal deiner Meinung.«

Ich wünschte, ich würde mich nicht so leicht von ihm auf die Palme bringen lassen. Schon die ganze Zeit machte er sich einen Spaß daraus, mit meiner Nervosität zu spielen. Ein Wort oder Hilferuf von ihm würde ausreichen, um uns auffliegen zu lassen – und diese Machtposition genoss er sichtlich. Auch jetzt wurde mein Atem schneller, erbost funkelte ich ihn an.

»Nun lass den Unsinn doch endlich«, fauchte ich. »Wenn du uns wirklich ausliefern wolltest, hättest du das bereits getan. Es gab Hunderte Gelegenheiten, seit wir nach Lorell gekommen sind. Du hast nur Spaß daran, uns alle in den Wahnsinn zu treiben. Das sind doch nichts weiter als leere Provokationen. Aber weißt du was? *Keiner* von uns findet das witzig.«

Er deutete eine Verbeugung an. »Ich bitte untertänigst um Verzeihung, zauberhafte Mohnblume, wenn Ihr meine unschuldigen Worte in den falschen Hals bekommen habt.« Doch der Ausdruck auf seinem Gesicht verriet, dass er sehr zufrieden damit war, mich einmal mehr aus der Reserve gelockt zu haben.

Ich widerstand dem Drang, ihm einen Kiesel – oder besser gleich einen Pflasterstein – an den Kopf zu werfen, stolzierte an ihm vorbei und öffnete die Tür, bevor Snow mich daran hindern und uns weitere Warnungen geben konnte.

Im ersten Moment sah ich überhaupt nichts. Dicke Schwaden eines beißenden Rauchs hingen in der Luft, und die wenigen Öllampen verliehen dem Qualm einen ungesund gelben Farbton, ähnlich dem Wolkenhimmel bei einem aufziehenden Gewitter. Ich presste mir eine Hand auf den Mund, um den Husten zu unterdrücken.

»Münzblumenkraut«, murmelte Snow mir zu, die sich neben mir durch die Tür drückte.

»Münzblumen?«, wiederholte ich verwirrt. »Aphra benutzt sie manchmal. Sie macht daraus Tränke für Frauen, die unter Krämpfen leiden.«

Snow zuckte mit den Schultern. »Dafür mag es gut sein. Davon verstehe ich nichts. Man kann die krautigen Stiele und Blätter aber auch trocknen und rauchen. Es macht die Menschen benommen und entspannt – aber sie wollen mehr und mehr davon. Und dann wird es übel. Dann lässt der Rauch die Hemmungen sinken, macht den Weg frei für Zorn und Aggression. Ich kann gar nicht zählen, bei wie vielen Schlägereien, die ich in meinem Leben erlebt habe, Münzblumenkraut im Spiel war. Schlussendlich verlieren die Raucher den Bezug zur Realität. Es ist traurig mitanzusehen, wie sie sich in Trugbildern verlieren und irgendwann nicht mehr wissen, was echt ist und was nicht. Manch einer hat dabei den Verstand verloren.«

Erschrocken sah ich mich um. Viele der Männer und Frauen, die an den langen Tischen und Bänken aus dunkel gebeiztem Holz saßen, hielten Pfeifen fest umklammert, aus denen der stinkende Rauch hochstieg. Ich sah in verhärmte Gesichter, trübe Augen, schlaffe Mienen, und fragte mich, wie viel davon dem Rauchkraut zuzuschreiben war.

So oft hatte ich Münzkraut bereits gesehen, es wuchs an

verborgenen Stellen am Waldrand, säumte Bachläufe und wucherte sogar in Aphras eigenem Wildkräutergarten hinter ihrer Hütte. Die kleinen runden Blütenköpfe leuchteten in solch einem kräftigen Goldgelb auf den Wiesen, dass sie an Münzen erinnerten. Sie wirkten so harmlos, dass ich nie auf diese verheerende Wirkung gekommen wäre.

Doch so war es oft in der Natur, fiel mir ein.

›Die meisten Dinge auf der Welt haben zwei Seiten, mein Stern‹, hatte ich Aphras Stimme im Ohr. ›Nichts ist einfach nur gut oder schlecht.‹

Aphra hatte mich diese Dinge gelehrt, und meine eigene Magie hatte es bestätigt. Es kam darauf an, hinter die Fassade zu blicken und zu entdecken, was sich unter der Oberfläche verbarg. Manches konnte in einem Augenblick völlig harmlos und im nächsten Moment brandgefährlich sein, ganz davon abhängig, wie man es einsetzte. Das gelbe Blümchen konnte nicht nur Schmerzen lindern. Es konnte auch Existenzen zerstören. Die Magie der Sonne, die ich in mir fühlte, konnte Gutes tun, aber auch Leben beenden. Sogar die klare beherrschte Mondmagie hatte ich eingesetzt, um zu töten.

Der Gedanke an Milja ließ mich frösteln, aber ich hatte keine Zeit, mich von den schmerzhaften Erinnerungen überwältigen zu lassen. Snow riss mich aus meinen Gedanken, sie zögerte nicht länger. Mit großen selbstbewussten Schritten, als gehörte diese Absteige ihr höchstpersönlich, ging sie in den Schankraum. Ashwind, Haze und Kyran folgten ihr, und ich musste mich beeilen, um nicht den Anschluss zu verlieren. Um nichts in der Welt wollte ich allein in dieser Kneipe stehen.

Verstohlen schaute ich nach links und rechts und vermied es, irgendjemandem in die Augen zu sehen. Ich spürte die Blicke der Männer und Frauen, doch wann immer ich mich umdrehte und mit angehaltenem Atem nach meinem Beobachter Ausschau hielt, schien mir niemand Beachtung zu schenken. Die feinen Härchen in meinem Nacken stellten sich auf, ich fühlte mich beklommen.

Viele dieser Leute waren gefährlich. Die meisten waren Seeleute, aber nicht die Art, die ehrlicher Arbeit nachgingen, auf den großen Handelsschiffen im Hafen anheuerten oder an den Docks arbeiteten. Sondern jene, die auf Raubzug gingen, krumme Geschäfte drehten, mit Schmugglerware handelten. Sowenig ich auch über die Welt wusste: *Das* begriff sogar ich.

Beinahe alle Gäste hier besaßen schartige Messer und Dolche, die offen an Gürteln getragen wurden, obwohl es in der Stadt – wie ich mitbekommen hatte – verpönt war, Waffen mit sich zu führen. Aber noch viel aussagekräftiger waren die Gesichter, die ich unauffällig streifte: hart, roh, verlebt. Manche benebelt vom Münzblumenkraut, andere abweisend und bedrohlich – einige lachend, doch hinter dem Lachen glaubte ich etwas Lauerndes zu erkennen.

Eine schlichte Bar, hinter der ein untersetzter Mann stand, schälte sich aus dem Rauch. Er blickte uns mürrisch an, als sei unsere bloße Existenz im *Klippenriff* unerwünscht. Snow hielt nicht bei ihm an, sondern nickte ihm nur knapp zu, während sie an der Theke vorbei in einen Hinterraum ging. Ich tat es ihr gleich und versuchte ebenso selbstbewusst zu wirken, doch innerlich schlotterte ich.

Im schummrig beleuchteten Raum war die Luft zum Schneiden dick, der Rauch ließ meine Augen tränen. Ale und Schnaps wurden ausgeschenkt. An den runden Tischen wurde mit Karten und Würfeln gespielt, flink huschten Hände über die Tischplatten, mischten Karten, schoben glänzende Münzen hin und her. Gemurmel erfüllte das Zimmer, doch ich konnte kaum etwas verstehen.

Die Blicke, die uns hier trafen, waren viel weniger gleichgültig als jene im vorderen Schankraum. Hier ging es darum, eine schnelle Münze auf Kosten der Mitspieler zu verdienen. Mit allen Mitteln – und wir sahen aus wie die perfekten Opfer.

Mir war überdeutlich bewusst, wie sehr wir herausstechen mussten: Ich war so nervös und unsicher, dass man es mir mit Sicherheit ansah. Ashwinds schlichte dunkle Kleidung täuschte nicht über die elegante Körperhaltung hinweg. Mir schien es, als posaunte jede ihrer Gesten und Bewegungen ihre wahre Herkunft lautstark heraus. Konnte es irgendjemanden geben, der dieser schmalen blassen Frau mit den nachthimmelblauen Augen und den graziösen Bewegungen nicht auf den ersten Blick ansah, dass sie dem Hochadel entstammte – und mehr noch: die Herrscherin dieses Landes war?

Im Gegensatz zu mir strotzte Haze nur so von Selbstbewusstsein, während er sich umsah. Und doch wirkte er in der heruntergekommenen Kneipe wie ein Fremdkörper. Er strahlte etwas Natürliches, Aufrichtiges aus, was den meisten anderen Menschen hier fehlte. Mein bester Freund war ein offenes Buch, all seine Emotionen und Gedanken zeichneten sich ungefiltert auf seinem sonnengebräunten attraktiven Gesicht ab. Manchmal hatte ich das Gefühl, seine dunklen Augen versteckten Geheimnisse, doch jetzt war sein Blick eindeutig. Er hielt nichts von diesem Ort, wäre wohl viel lieber draußen in der Natur gewesen.

Interessanterweise passte Kyran – neben Snow, die sich hier so unbefangen bewegte, als sei das *Klippenriff* ihr Zuhause – noch am besten in die Kneipe. Ich hätte erwartet, der adlige Goldjunge – der *Schnösel*, wie Haze ihn gerne nannte – würde aus dieser schäbigen Umgebung herausleuchten wie eine polierte Münze aus einem Kohlehaufen, aber er fügte sich erstaunlich gut ein. Seine Haare waren von der Reise zerzaust und wiesen noch Reste des Schlamms auf, den ich hineingeschmiert hatte, sodass der goldene Glanz kaum durchkam. Der Zopf, den er wie üblich im Nacken gebunden hatte, verschwand im weit fallenden Kragen seines grauen Umhangs, und der Schlapphut tat sein Übriges. Er grinste so verwegen, dass man ihm jede Schandtat zutraute.

»Snow!« Von einem der hinteren Tische erhob sich ein Mann und eilte mit ausgebreiteten Armen und strahlendem Lächeln auf sie zu.

»Mercier.« Snows Lächeln fiel eine Spur dünner aus. »Wie immer ist es eine Freude, dich zu sehen.«

Er hielt sie auf Armeslänge von sich, dann zog er sie einfach in seine Arme und schlug ihr lachend auf den Rücken. »Keinen Tag älter geworden.«

»Was man von dir nicht behaupten kann, alter Mann.« Ihr Grinsen reichte von einem Ohr zum anderen, und doch lag etwas Wachsames in ihrer Haltung.

Mercier lachte herzlich. »Jedem anderen hätte ich dafür den Kopf abgerissen.«

Über ihre Schulter hinweg sah er uns an, aufmerksam huschte sein Blick über unsere Gesichter. Sein Lächeln wurde noch breiter, aber ich wurde den Eindruck nicht los, dass er uns alle nur zu genau musterte. Doch ich tat es ihm gleich und starrte auch ihn unverhohlen an.

Er war so anders, als ich mir einen Schiffskapitän vorgestellt hätte. Seine himmelblauen Augen blickten freundlich und klar in die Welt, die blonden Haare wurden an den Schläfen schütter. Seine Kinnlinie war weich, und über dem Gürtel wölbte sich ein rundlicher Bauch, über dem das gelb gemusterte Wams spannte. Das Kurzcape in derselben Farbe flatterte um seine Ellenbogen, als er eine Verbeugung andeutete. Er reichte Snow kaum bis an die Nase und war sogar etwas kleiner als ich.

»Und wen haben wir hier? Es ist immer schön, Freunde von Miss Snow kennenzulernen.« Ehe ich mich versah, hatte er meine Hand ergriffen und drückte sie fester, als ich ihm zugetraut hätte.

»Ich bin auch erfreut, Euch kennenzulernen«, stammelte ich und senkte den Blick.

»Nicht so förmlich, dazu besteht doch gar kein Grund.« Er reichte Ashwind die Hand und musterte sie einen Moment zu lang, um es noch als höflich durchgehen zu lassen. Ich hätte alles in der Welt darum gegeben zu erfahren, was hinter seiner Stirn vor sich ging. Doch bevor ich wirklich nervös werden konnte, wandte er sich Haze und Kyran zu.

Snow senkte die Stimme. »Können wir uns irgendwo in Ruhe unterhalten?«

»Wozu die Eile? Meine liebe Miss Snow, immer noch die Alte – immer noch ungeduldig wie ein junger Rasselbock. Kommt, lasst uns spielen!« Er gab den Männern an seinem Tisch einen Wink, und sofort rutschten diese zur Seite, um für uns Platz zu schaffen.

Snow öffnete den Mund, um zu widersprechen, doch Kyran kam ihr zuvor.

»Ein Spiel? Nichts lieber als das.« Spöttisch funkelten seine Augen mich und Snow an, bevor er sich auf einen Stuhl fallen ließ. Neugierig beugte er sich vor. »Was haben wir hier? Eine Partie Lyss? Wunderbar.«

Ich schnappte nach Luft.

Snow starrte ihn an, als hätte sie ihm am liebsten den Hals

umgedreht, doch dann nahm sie neben ihm Platz. Ich zögerte, ihre Warnung war mir noch deutlich im Gedächtnis.

»Ich glaube, ich warte besser draußen«, brachte ich mit dünner Stimme hervor. »Die Regeln kenne ich nicht. Spielt ohne mich.«

Ashwind umfasste meinen Unterarm. »Ja, wir schnappen solange frische Luft«, stimmte sie entschlossen zu.

Doch so leicht ließ Mercier uns nicht davonkommen, denn er stellte sich uns in den Weg. Immer noch lag das strahlende Lächeln auf seinem sympathischen weichen Gesicht. »Aber nein, es wäre doch äußerst schade, wenn ihr euch den Spaß entgehen lasst. Die Regeln sind simpel, ihr werdet sie im Handumdrehen gelernt haben.«

Hilfesuchend sah ich meine Mutter an. Ihr Gesicht war wie versteinert, sie schien die Lage abzuwägen. Mercier wirkte freundlich, aber Snows Körperhaltung ließ mich ahnen, dass Vorsicht angebracht war. Prickelnde Unruhe erfüllte mich, und mein Instinkt riet mir, nicht auf die unschuldige Miene des Mannes hereinzufallen.

Unauffällig nickte Ashwind mir zu. Sie war zu dem gleichen Schluss gelangt wie ich: Es wäre unklug, den Kapitän vor den Kopf zu stoßen. Schließlich waren wir auf seine Hilfe angewiesen. Jetzt einfach abzuhauen wäre unklug gewesen.

Ich spürte Haze' warmen Körper direkt neben mir und musste ihn gar nicht erst ansehen, um zu wissen, wie er dreinschaute. Er *hasste* diesen Ort, hasste es, mich hier zu sehen. Er würde alles tun, was nötig war, um mich und Ashwind hier rauszubringen – auch wenn das bedeutete, Mercier direkt zu widersprechen und ihn womöglich gegen uns aufzubringen. Das durfte ich nicht zulassen, auf gar keinen Fall. Wenn wir nicht über das Skallardmeer gelangten, war unser ganzer wackeliger Plan zum Scheitern verurteilt.

»Ein Spiel wäre großartig.« Ich zwang mich, Merciers Lächeln zu erwidern, und tastete unauffällig nach Haze' Fingern.

Inmitten dieser Menschen fühlte ich mich unsicherer und einsamer als in der Wildnis des Gitterwaldes, doch als Haze' Hand die meine drückte, war mir nicht mehr so beklommen zumute. Der Blick, den wir miteinander tauschten, war ein kurzes Zwiegespräch: Keiner von uns wollte hier sein, aber wir würden tun, was nötig war, um unserem gemeinsamen Ziel näher zu kommen.

Kapitel 7
Das Spiel

»Ich erhöhe den Einsatz.« Kyran fasste in seine schwarzlederne Gürteltasche und beförderte eine Handvoll Münzen zutage.

Ich riss die Augen auf, als das Geld klirrend auf der schmierigen Tischplatte landete. Wir hatten ihn seiner Waffen entledigt, nicht jedoch seiner anderen Besitztümer. Snow und ihre Männer hätten da weniger Bedenken gehabt, aber ich war keine Räuberin und wollte ihm nichts nehmen, was mir nicht zustand. Dass er als Sohn eines Mondlords über ein gewaltiges Vermögen verfügte, war klar gewesen – dass er jedoch *so* große Beträge fröhlich spazieren trug und in dubiosen Kneipen enthüllte, nicht.

»Hast du den Verstand verloren?«, zischte ich ihm zu. Das war vermutlich mehr Geld, als die meisten dieser Leute in einem ganzen Jahr verdienten. Mehr, als ich je auf einem Haufen gesehen hatte. Genug Motivation, um jemandem die Kehle durchzuschneiden.

Außer uns und Mercier saßen noch vier Männer und zwei Frauen am Tisch. Alle waren auf einmal wie elektrisiert, als sie Kyrans Einsatz sahen. Sie räusperten sich, versuchten sich nichts anmerken zu lassen, doch das Verlangen stand ihnen deutlich in die Gesichter geschrieben.

Kyran gab vor, meine Worte ebenso wenig bemerkt zu haben wie meinen bohrenden Blick und die begehrlichen Blicke der Mitspieler. Seine schlanken Finger huschten über die Taler und bildeten kleine Stapel.

»Fünfzig Goldmünzen«, verkündete er und ließ den Blick amüsiert über die gierigen Gesichter der Anwesenden schweifen. Er war weder dumm noch naiv und begriff genau, dass er mit dem Feuer spielte. Es kümmerte ihn bloß einfach nicht. Mehr noch: Er hatte *Spaß* daran. Ich kannte dieses Funkeln in seinen klaren grünen Augen, in denen die Goldsprenkel in diesem Moment wild zu tanzen schienen.

»Da bin ich raus«, entgegnete ich säuerlich, als ich an der Reihe war, schob meine wenigen Kupfermünzen in die Tischmitte und legte meine Karten verdeckt daneben. Selbst wenn ich ein gutes Blatt auf der Hand gehabt hätte, hätte ich nicht ansatzweise genug Gold besessen, um mitzugehen.

Mit neu erwachtem Interesse musterte Mercier Kyran. »Oho, dich hat die Spiellust gepackt, was? So lobe ich mir das. Ein wahrer Glücksritter. Dann wollen wir mal sehen, ob das Glück dir weiterhin hold ist. Ich gehe mit.« Sorgfältig stapelte auch er einige Goldtaler vor sich auf dem Tisch.

»Ich setze mein Boot«, platzte einer der Spieler heraus. Mercier hatte ihn uns als Bo vorgestellt. Er war ein schmächtiger Bursche mit kurz geschorenem mausbraunen Haar, dessen Alter ich nur schwer schätzen konnte. Sein wächsernes blasses Gesicht hatte jungenhafte Züge, doch die Falten um Mund und Augen ließen ihn verhärmt wirken, und der abgeklärte Blick war der eines alten Mannes, der schon viel zu viel im Leben gesehen hatte.

Mercier lachte so herzlich, als könnte er kein Wässerchen trüben. »Ach, Bo.« Kumpelhaft schlug er dem Mann auf die

Schulter. »Deine heruntergekommene Nussschale ist wohl keine fünfzig Goldmünzen wert. Es ist doch nur ein Fischerboot, das aus mehr Löchern als Holz besteht. Ist das Ding überhaupt noch seetüchtig?«

Bo ließ sich nicht beirren, starr blickte er auf das Gold, das im schummrigen Licht verheißungsvoll schimmerte. Seine Spielkarten hielt er so fest umklammert, dass sie sich bogen und seine Fingerknöchel weiß hervortraten.

»Und das Boot meines Bruders. Ich setze das Boot meines Bruders.«

Merciers Augen blitzten auf. »Ich akzeptiere den Einsatz. Du?« Er sah Kyran auffordernd an.

Dieser nickte unbeschwert. »Warum nicht?«

Unbehaglich wand ich mich, während ich den Fortgang des Spiels verfolgte. Kyran, Mercier und Bo waren die Einzigen, die diese Runde bestritten, alle anderen mussten angesichts des hohen Einsatzes passen. Angespannt verfolgte ich jeden Zug. Beim Spielen in dieser Kneipe wurde betrogen, daran hatte Snow, die das Geschehen jetzt finster beobachtete, keinen Zweifel gelassen. Hatte Kyran überhaupt eine Chance zu gewinnen?

Ich beugte mich vor, stützte die Unterarme auf den Tisch und ignorierte die klebrigen Flecken auf dem Holz, die meine Haut berührten. Unbewusst hielt ich den Atem an, ohne genau zu wissen, worauf ich eigentlich hoffte. *Wäre es nicht noch übler, wenn Kyran gewann?* Jedermann hier im Raum wusste dann, dass er gerade ein Vermögen angehäuft hatte. Genug, um manch einen zur Waffe greifen zu lassen.

Mir wurde schwindelig, als ich die raschen Spielzüge betrachtete. Jeder hatte acht Karten mit fantastischen Motiven auf der Hand, konnte welche ablegen und neue vom Stapel ziehen und damit unterschiedliche Kombinationen bilden. So simpel die Grundregeln auch waren, so komplex waren die Kombinationsmöglichkeiten, und ich wurde den Eindruck nicht los, dass Mercier die Regeln leicht abwandelte, wann immer wir verwirrt genug waren, um es nicht zu bemerken.

Aber falls Kyran überfordert war, ließ er es sich nicht anmerken. Entspannt streckte er sich, bevor er Karten mit dem Stapel tauschte und eine Augenbraue hochzog. Mercier scherzte und lachte, während er spielte. Wenn er Karten zog, ließ nichts darauf schließen, ob sie erfreulich oder unerfreulich waren. Sein Lächeln war gleichbleibend herzlich.

Bo hingegen standen die Schweißperlen auf der Stirn. Er tat mir leid. Je weiter die Partie voranschritt, desto zappeliger wurde er, und seine bleichen Wangen verloren auch noch den letzten Rest an Farbe.

»Die *Große Flotte*«, sagte Kyran schließlich zufrieden und legte seine Karten offen auf den Tisch. Acht unterschiedliche Schiffsmotive, vom Fischkutter bis zum prunkvollen Schlachtschiff, waren darauf abgebildet.

Snow stieß einen leisen Pfiff aus. Es war eines der höchsten Blätter im Spiel.

»Gut gespielt, mein Junge.« Mercier deutete eine Verbeugung an. Doch als Kyran das ganze Geld auf dem Tisch bereits an sich raffen wollte, warf der Kapitän sein eigenes Blatt dazwischen und grinste breit. »Nicht so hastig. Ich fürchte, ich kann dich übertreffen.«

»Der *Stolz von Lyss!*«, entfuhr es mir. Diese Kombination hatte ich mir gemerkt: Mercier hatte das höchste Blatt im ganzen Spiel, die vier Könige und vier Königinnen, umrankt von Rosen und wildem Wein. Wie hoch war die Wahrscheinlichkeit, dass er diese Karten ausgerechnet jetzt gezogen hatte, wo der Einsatz so immens war?

Bo schnappte keuchend nach Luft. Seine Augen waren so weit aufgerissen, als wollten sie ihm aus dem Kopf treten. Er sprang auf – und dann ging alles ganz schnell. Mit einer Hand hielt er den Geldbeutel auf, während er mit der anderen über die Tischplatte fuhr, um die funkelnden Münzen einzusacken. Klirrend landeten Taler im Beutel, andere fielen zu Boden und rollten über den alten Holzboden davon.

Schlagartig brach das Chaos aus. Von überall aus der Bar sprangen Männer und Frauen auf, stürzten den Münzen hinterher, fielen übereinander oder stießen einander aus dem Weg. Bo rannte los, mit gesenktem Kopf und mit an sich gepresstem Geldbeutel. Grob stieß er einen Mann beiseite und stürmte auf die Tür zu. Ein Schankmädchen kam gerade in den Hinterraum, in den Händen ein Tablett mit Krügen voller Ale, das sie schreiend fallen ließ, als Bo auf sie zu hetzte. Sie konnte gerade noch aus dem Weg springen, sonst hätte er sie einfach über den Haufen gerannt. Mit ohrenbetäubendem Klirren zerschellten die Krüge, und das Ale ergoss sich auf dem Holzboden.

Instinktiv war Haze aufgesprungen und hatte sich schützend vor mich gestellt, aber ich brauchte keinen Schutz. Niemand schenkte uns Beachtung, also lugte ich verstört über Haze' Schulter hinweg. Kyran betrachtete den Tumult grinsend.

Immer noch lag das herzliche Lächeln auf Merciers Gesicht, als er seine Stimme erhob. »Schluss jetzt mit diesem Unsinn.«

Seine Worte drangen durch den Lärm, und schlagartig richteten sich die Leute auf, die auf allen vieren unter den Tischen und Bänken nach Geld suchten. Die Münzen, die sie an sich gerafft hatten, verschwanden in schmutzigen Taschen und Beuteln, der Rest blieb einfach auf dem Kneipenboden liegen.

»Lassen wir uns davon nicht den Abend verderben«, sagte Mercier freundlich und deutete eine Handbewegung an. Zwei Männer verließen daraufhin die Taverne, die anderen Leute nahmen wieder an den Tischen Platz und setzten ihre Gespräche und Spiele fort, als sei nichts gewesen.

Mir brummte der Kopf, als auch ich mich wieder setzte. »Das ganze Geld«, murmelte ich und sah irritiert von Kyran zu Mercier und wieder zurück.

Kyran zuckte mit den Schultern. »Ist nur Geld. Nichts, was man nicht ersetzen könnte.«

Ich hätte schwören können, dass ihn bei dieser unbedachten Aussage mordlüsterne Blicke trafen. Machte es ihm Spaß, all diese Leute zu provozieren, von denen viele sicherlich kaum Hab und Gut besaßen? Oder war er als Adliger so abgehoben und weltfremd, dass ihm gar nicht bewusst war, wie privilegiert er überhaupt war?

»Mein Gewinn – weg.« Mercier zog eine leidende Miene. »Nun, dann müssen wir wohl weiterspielen.«

»Mercier«, drängte Snow leise. »Bitte. Wir haben etwas zu besprechen.«

Sein Lächeln wurde so breit, dass es sogar die Backenzähne entblößte. »Nichts lieber als das, meine beste Miss Snow. Nach einer weiteren Runde.«

Sie rieb sich über den Kopf. »Na schön«, murmelte sie gereizt.

Er bückte sich, um eine Münze aufzuheben, die unter seinen Stuhl gerollt war. Er drehte sie zwischen den Fingerspitzen hin und her, dann ließ er sie wie einen Kreisel auf der Tischplatte rotieren.

»Aber nicht um Geld.«

»Worum dann?«, hörte ich mich fragen.

Sein Blick bohrte sich in meinen, und ich glaubte blanken Stahl hinter dem sanften Himmelblau zu sehen. »Um *dich*, meine Liebe.«

Ich schnellte hoch. Polternd stürzte mein Stuhl hinter mir um. Starr war mein Blick auf Mercier gerichtet, und ich versuchte ihn damit zu erdolchen. Nur aus den Augenwinkeln nahm ich die anderen wahr: Haze, Kyran, Ashwind, Snow. Stuhlbeine, die über die Holzdielen schrappten, als sie sich ebenfalls erhoben.

»Zügle deine Zunge.« Ashwinds Stimme knallte wie ein Peitschenschlag durch das *Klippenriff.*

Aufrecht und mit hocherhobenem Kopf stand sie ihm gegenüber, ihre schönen Augen geweitet, das blasse Gesicht ähnelte einer Maske aus Porzellan. In ihrem Blick lag etwas, was den Kapitän zurückweichen ließ. Es war das erste Mal, dass ihn überhaupt etwas aus der Ruhe zu bringen schien.

Auch von Kyrans Miene war jedes Lächeln und jede Gleichgültigkeit verschwunden. »Das ist wohl ein übler Scherz«, presste er zwischen zusammengebissenen Zähnen hervor.

Haze ballte die Hände zu Fäusten, und an seinem Kinn zuckte ein Nerv. »Wenn das ein Scherz war, dann der geschmackloseste, den ich je gehört habe.«

Seufzend hob Mercier beide Hände abwehrend in die Luft. »Meine Güte, seid ihr empfindlich.« Er wandte sich an Snow. »Zu bedauerlich, meine Liebe. Ich habe dich als Geschäftspartnerin immer geschätzt. Aber so wie es aussieht, hat unsere Zusammenarbeit nun ein Ende.« Er deutete auf die Tür.

Meine Gedanken rasten. Er schien es tatsächlich ernst zu meinen: Er wollte um mich spielen.

»Warum?«, krächzte ich entsetzt.

Er zuckte nur mit den Schultern. »Du bist hübsch. Gefällst mir.«

Ich wollte überhaupt nicht wissen, was das nun genau zu bedeuten hatte. Meine Hände klammerten sich krampfhaft an die Tischplatte, um zu verbergen, dass sie vor Wut zitterten. Er sprach von mir, als sei ich irgendeine Ware, mit der man nach Belieben handeln konnte! Noch nie hatte sich jemand so abfällig über mich geäußert – als sei ich völlig wertlos.

Zorn vernebelte meine Sicht und ließ meinen Puls rasen, doch ich spürte das sanfte Mondlicht, das draußen auf die Stadt herabschien. Ich konzentrierte mich auf den ruhigen stetigen Strom aus Mondmagie und bemerkte, dass sich meine Atmung wieder verlangsamte.

»Du sprichst von mir, als sei ich ein Ding, ein Gegenstand«, sagte ich kühl und sah ihm dabei geradewegs in die Augen. »Aber weißt du was? Wir brauchen deine Hilfe. Ich bin bereit, dir zu verzeihen, Mercier. Ich werde selbst gegen dich spielen – um mich selbst.«

Snow sah mich an, als sei ich vollkommen übergeschnappt. »Das kommt überhaupt nicht infrage«, polterte sie. »Du bist doch kein Einsatz! Wenn jemand um dich spielen würde, dann jemand, der mit den Regeln besser vertraut ist. Aber *niemand* wird das tun!« Sie schüttelte entschieden den Kopf.

Ich nahm die Bewegung nur aus den Augenwinkeln wahr, denn ich ließ Mercier nicht aus dem Blick. Stur schaute ich ihm in die Augen, bis sein rechter Mundwinkel nervös zu zucken begann. Die Monde waren bei mir, ich spürte ihre Macht ganz deutlich. Sie würden mir helfen, meinen Weg zu verfolgen und mein Ziel zu erreichen. Wenn es das war, was nötig war, dann würde ich es tun.

Alle Blicke waren mittlerweile auf mich und Mercier gerichtet, ich spürte sie wie klebrige Berührungen auf meiner Haut. »Es ist der einzige Weg, uns deine Unterstützung zu sichern? Schön, wenn du meinst, du kannst dennoch in den Spiegel schauen – so sei es. Aber ich werde es selbst tun. Wenn jemand um mein Schicksal spielen muss, dann tue ich es selbst. Dieses bisschen Kontrolle werde ich nicht abgeben. Und ich werde nicht verlieren, *Mercier.*«

Ich wusste nicht, woher ich diese Überzeugung nahm, aber sie klang aus meinem Mund so authentisch, wie sie sich anfühlte.

Haze atmete schwer. »Das ist doch Wahnsinn«, brachte er rau hervor. »Mercier, mir ist scheißegal, ob du einflussreich bist und ob du Leute hast, die sich auf deinen Befehl die Hände dreckig machen. Eines kann ich dir versprechen: Wenn du sie weiter so ansiehst, kannst du dich von deinen Schneidezähnen verabschieden.« Seine Stimme war immer leiser und bedrohlicher geworden.

Kurz herrschte absolutes Schweigen, dann lachte Mercier. »Hinreißend. Ihr müsstet eure Gesichter sehen! Allesamt fest entschlossen, es mit mir, meiner Mannschaft und sämtlichen Steinen, die ich euch in den Weg werfen könnte, aufzunehmen. Allesamt mit geballten Fäusten und diesem Feuer in den Augen. Und dabei hat ein unschuldiger Mann doch nur einen harmlosen Scherz gemacht.«

»Schluss mit den Spielchen«, knurrte Snow. »Sag uns, was du wirklich willst. Keiner von uns hat Zeit, sich zu deiner Belustigung zum Affen zu machen.«

Er lehnte sich zurück und verschränkte die Hände vor dem

Bauch. Sein Blick wanderte über unsere Gruppe hinweg – und blieb an meinem Bauch hängen.

»Was haben wir da? *Das* will ich.«

Verwirrt blickte ich an mir herunter. Als mir aufging, was er meinte, wurde mir gleichzeitig heiß und kalt. Ein zartrosa Licht schimmerte aus Kyrans Reiseumhang hervor. Jinx hatte es sich in seinen Klamotten bequem gemacht und sich ausgerechnet diesen Moment ausgesucht, um neugierig hervorzulugen. Sie zupfte einmal zart an seinen Haarspitzen, dann flatterte sie hoch.

»Eine Pixie«, murmelte Mercier fasziniert. »Habe die Dinger noch nie von so Nahem gesehen. Woher habt ihr sie? Habt ihr sie gefangen und gezähmt?«

Keiner von uns antwortete, ich presste die Lippen fest zusammen und versuchte die Zwergfee hastig aus der Luft zu schnappen und unter meinem Umhang zu verstecken, doch sie schlüpfte einfach zwischen meinen Fingern hindurch und schwirrte in den Raum, verfolgt von staunenden und verzauberten Blicken.

»Eine Fee«, hauchte jemand.

»Eine Pixie! Nehmt euch in Acht, sie wird euch die Sinne verwirren und in die Irre führen!«, brüllte ein anderer.

Ehe ich reagieren konnte, war eine Frau aufgesprungen. Sie raffte den mehrlagigen mausgrauen Rock hoch, um auf einen Tisch klettern zu können, und riss einen leeren Bierkrug hoch, mit dem sie blitzschnell nach der Fee angelte. Sobald sich Jinx darin befand, presste die Frau einen Deckel auf den Krug und stieß einen triumphierenden Laut aus. Empört surrend flog die gefangene Pixie immer wieder von innen gegen die Glaswände.

»Hab ich dich«, murmelte die Frau, hielt das dicke Glas mit beiden Händen nah vor ihr Gesicht und blickte fasziniert hinein. Jinx‹ Licht tauchte ihre ausgemergelten Gesichtszüge in einen rosigen Schein.

»Lass sie frei«, brüllte ich wütend.

Ein verächtlicher Ausdruck huschte über ihr Gesicht. »Bestimmt nicht. Ich habe das Vieh gefangen, es gehört mir.« Sie hielt den Krug an sich gedrückt.

Auf einmal verdunkelte sich Jinx‹ zartrosa Licht zu einem grellen Rot, ihr Summen und Zirpen wurde schriller. Wieder und wieder prallte sie gegen das Glas, doch außer einem leisen Pochen tat sich nichts.

»Ruhe da drin«, grollte die Frau und schüttelte die Flasche, bis Jinx benommen auf den Boden sank.

Meine Wangen fühlten sich heiß an, ich kämpfte gegen meine Empörung an.

»*Umbra, Lua, Lagan, Dalon, Mar*«, flüsterte ich die Namen der fünf Monde – so leise, dass nur Haze, der direkt neben mir stand, mich hören konnte. In seinen dunklen Augen las ich, dass er verstand, was ich tat.

Wenngleich ich sie nicht sehen konnte, spürte ich ihre allgegenwärtige Macht. Ich rief mir ihren Anblick vor Augen, dachte an die Konstellation, die sie heute am nächtlichen Himmel hatten, und rief die Monde in Gedanken um ihren Beistand an. Ich atmete ruhig durch, schloss die Augen und blendete die Kneipe mit all ihren Hintergrundgeräuschen aus. Auf einmal schien sich die Welt zu verlangsamen, alles wurde kühler, klarer. Meine aufgewühlten Gefühle beruhigten sich, und es fiel mir leichter, mich auf das Wesentliche zu konzentrieren.

Als ich die Augen wieder öffnete, trübte der Rauch des Rauschkrauts nicht mehr meinen Blick. Ich sah das Klippenriff in blasse kühle Farben getaucht vor mir, als betrachtete ich die Szenerie durch eine bläuliche Glasscheibe. Spielend leicht konnte ich meine Magie anzapfen und Formen aus ihr bilden, die für jeden außer mir selbst unsichtbar waren: ein hauchfeines Geflecht aus Lichtstrahlen, wie die Fäden eines Spinnennetzes, die ich nach Belieben manipulieren konnte.

Der Krug!

Meine Magie erreichte ihn, hüllte ihn ein, legte sich um das Glas und drang in die kleinsten Zwischenräume. Ich spürte Jinx' winziges Herz schlagen und achtete darauf, sie nicht zu verletzen, als ich dem Glas jegliche Wärme entzog.

Frost begann den Krug zu überziehen, und filigrane Eisblumen bildeten sich auf seiner Oberfläche. Zuerst bemerkte das niemand, doch plötzlich schnappte die Frau nach Luft.

»Bei den verdammten Monden«, ächzte sie. »Was ist das?«

Doch ich hielt meine Konzentration hoch, dachte an den oberschenkeltiefen Schnee in den harten Wintern meiner Kindheit, an zugefrorene Seen und Bäche, an Eiszapfen an den Hausdächern und ließ all diese Erinnerungen in das Glas fließen.

Die gerade noch so glatte Oberfläche bekam mit einem Mal Risse, die sich knackend durch das Material zogen und ausbreiteten – und mit einem lauten Knall zersprang der Krug in unzählige scharfkantige Scherben. Die Frau schrie auf und presste die blutenden Hände an ihre Brust.

Aus dem Splitterregen erhob sich ein feurig roter Funke und raste durch den Raum, sodass die Leute erschrocken auswichen. Wohlbehalten war Jinx aus der Flasche entkommen, schoss jetzt wie ein rot glühender Pfeil auf mich zu und tauchte in meinem Haar unter. Ich spürte einen Luftzug an meiner Wange, dann ein sachtes Krabbeln in meinem Nacken, und die Pixie war nicht mehr zu sehen.

Die Stimmung im Raum war schlagartig umgeschlagen. Es

war so totenstill wie im tiefsten Winter, wenn dicker Schnee das Land bedeckte und jedes Geräusch verschluckte.

»Das sind verdammte Mistviecher, ich hab's ja gesagt! Man muss sich vor ihnen in Acht nehmen«, durchbrach jemand das Schweigen.

Beklommen sah ich von Gesicht zu Gesicht. Niemand hatte gemerkt, dass ich es war, die das Glas zerstört hatte – niemand außer Mercier. Forschend starrte er mich an, und sein durchdringender Blick kroch mir unter die Haut. Alle anderen hielten die Pixie für die Schuldige. Und warum auch nicht? Kaum jemand hatte eine solche Zwergfee je aus der Nähe gesehen, die Menschen wussten wenig über sie und trauten ihnen umso mehr zu.

»Ich will sie.« Mercier hatte nichts Harmloses mehr an sich, seine Stimme duldete keine Widerrede.

»Mercier ...«, begann Snow.

Mit einer herrischen Geste schnitt er ihr das Wort ab. So selbstbewusst sie sonst auch auftrat, vor dem untersetzten Mann im gelben Wams schien sie einen gehörigen Respekt zu haben.

«Ich bekomme sie, oder unser Gespräch ist an dieser Stelle beendet.«

Das durfte nicht passieren. Er war im Moment unsere einzige Hoffnung.

»Snow«, flüsterte ich. Wir mussten Mercier dazu bewegen, uns auf seinem Schiff mitzunehmen. Doch Jinx wie ein Schaf oder einen Ochsen zu verschachern und sie im Stich zu lassen kam nicht infrage.

In Snows Blick las ich, dass sie das Gleiche dachte. Wir nickten einander leicht zu, dann funkelte sie Mercier herausfordernd an. »Schön, Mercier. Du sollst bekommen, was du willst: ein Spiel. Du gegen mich. Wenn du gewinnst, gehört die Fee dir. Und wenn ich gewinne, redest du endlich in Ruhe mit uns über die Angelegenheit, wegen der ich dich kontaktiert habe – und meine Freundin hier bekommt eine Entschuldigung von dir.« Sie deutete auf mich.

Ich schluckte. Der Einsatz war hoch – Snow durfte jetzt nicht verlieren.

*

Wie gebannt verfolgte ich das Geschehen. Vorgebeugt saß Snow am Tisch, hielt die Karten in beiden Händen und erinnerte mich an eine Raubkatze, die ihre Beute fest im Blick hielt und dabei keinen Muskel rührte – bereit, den vernichtenden Schlag auszuführen. Ihre schwarzen Augen wirkten im schwachen Licht der Kneipe wie bodenlose Abgründe. Die raspelkurzen ebenholzschwarzen Haare hoben ihre scharf geschnittenen Gesichtszüge deutlich hervor. Ihr Gesicht zeigte keine Regung. Sie bewegte lediglich ihre Hände, um Karten aufzunehmen und abzulegen.

Jetzt erst begriff ich so richtig, worum es bei Lyss ging. Nicht darum, welche Karten man zog, nicht um Glück oder Pech. Nicht um die Spielentscheidungen, die man traf. Sondern darum, wer geschickter betrog.

Der Spiegel hinter Snow war das Erste, Offensichtlichste, was ich entdeckte. Er war so geschickt platziert und so schmutzig, dass er auf den ersten Blick kaum auffiel, doch Mercier konnte damit in Snows Karten schauen. Er tat es ganz beiläufig, doch als es mir einmal aufgefallen war, erschien es mir offensichtlich.

Jeder hier musste davon wissen, ich war mit Sicherheit nicht die Erste, die diesen simplen Trick bemerkte. Warum sagte dann niemand etwas dagegen? Wieso wurde Mercier nicht des Betrugs bezichtigt? Doch eigentlich lag die Antwort auf der Hand: Er war ein einflussreicher Mann, man wollte es sich nicht mit ihm verscherzen. Und viele Besucher des *Klippenriffs* waren durch Rauschkraut und Alkohol so benebelt, dass sie wohl wirklich nicht mehr viel um sich herum mitbekamen.

Aber nicht jetzt, dachte ich entschlossen. Nicht in dieser Runde.

Umbra. Lua. Lagan. Dalon. Mar.

In Gedanken sprach ich zu ihnen, und sie antworteten mir. Ich fühlte sie und glaubte sie sogar vor mir zu sehen, obwohl mich die Decke dieses Gebäudes von ihnen trennte: bleiche Sicheln, die aus dem Schwarzblau des Himmels leuchteten. Unendlich schön und mächtig.

Die Veränderung, die ich vornahm, war subtil. Ganz langsam fing der Spiegel an zu beschlagen, erst an den Rändern, dann zur Mitte hin, bis seine Oberfläche stumpf und trüb aussah. Merciers Stirn runzelte sich, nur einen Moment lang, doch das reichte aus, um mir zu zeigen, dass er den Spiegel wirklich zum Betrügen benutzt hatte.

Ich war jetzt so auf unseren Gegenspieler fokussiert, dass ich kaum etwas anderes um mich herum wahrnahm. Die Magie schärfte meine Sinne und zeigte mir etwas, was mir sonst entgangen wäre: den winzigen weißen Rand einer Spielkarte, die aus seinem Ärmel ragte. Ich biss die Zähne so fest zusammen, dass mein Unterkiefer schmerzte, während ich die Luft in Bewegung versetzte. Die Monde flüsterten wortlos, doch ich konnte sie verstehen. Ein leichter Wind frischte gegen jede Logik im Raum auf, bündelte sich um Mercier herum – und prallte als schwacher Windstoß gegen die Karte, in dem Moment, als er sie aus dem Ärmel gleiten lassen wollte.

Ein Keuchen entfuhr ihm, beinahe hätte er die Spielkarte fallen lassen. Im letzten Moment gelang es ihm, sie aufzufangen, wieder in seiner Kleidung zu verstauen und die Bewegung mit einem Husten zu tarnen. Niemand außer mir hatte den Betrugsversuch bemerkt. Er war geschickt, das musste ich ihm lassen. Aber seine Chance war vorbei, zumindest für diesen Spielzug. Die Spielkarte steckte nun so unter seinem Wams, dass er sie unmöglich gegen eine Karte auf seiner Hand austauschen konnte, ohne dass es aufgefallen wäre. Zähneknirschend musste er mit dem Kartenstapel auf dem Tisch vorliebnehmen, um einen Tausch vorzunehmen.

Ich begann zu frösteln. Mein ganzer Körper war von Magie erfüllt, ich spürte sie, atmete sie, *sah* sie. Die Luft um mich herum war seltsam aufgeladen, und meine Haare knisterten, als ein unnatürlicher Wind durch sie hindurchfuhr. Lautlos murmelnd bewegten sich meine Lippen, bis mir siedend heiß einfiel, dass ich mich möglichst unauffällig verhalten sollte.

Dass Haze mir auch noch seinen Umhang über die Schultern hängte, weil ich vor Kälte zitterte, bemerkte ich zuerst kaum. Als ich den dicken Stoff zurechtzog, berührten sich unsere Finger für einen Moment.

»Deine Hände«, flüsterte er. »Lelani, sie sind kalt wie die einer Toten.«

Ich brachte keine Antwort zustande, nur ein schwaches Lächeln, ohne den Blick von Mercier abzuwenden. Die eisige Kälte durchdrang meinen ganzen Körper, sie war Teil der Magie, die die Monde mit sich brachten.

Mercier – er hatte etwas vor, dieser miese Halunke. Doch sosehr ich mich auch konzentrierte, ich konnte diesmal keine miesen Tricks entdecken. Keine Karten, die er aus dem Ärmel zaubern und heimlich mit seinen eigenen tauschen wollte, und auch keine weiteren Spiegel. Erst als ich bitteres Blut schmeckte, merkte ich, dass ich mir auf die Unterlippe gebissen hatte.

Und da sah ich sie: das Schankmädchen, welches neue Bierkrüge an den Tisch brachte und einen Blick mit Mercier austauschte. Kokett lächelte sie ihn an, schenkte ihm einen Augenaufschlag, streifte mit der Hand über seinen Nacken, als wollte sie mit ihm flirten – und ich *wusste* einfach, dass *sie* sein Trumpf war, sein Ass im Ärmel sein musste. Ich hielt den Atem an, mein Herzschlag wurde schleppender, die Abstände zwischen dem dumpfen Pochen vergrößerten sich, und alles ringsumher lief langsamer und langsamer ab. Mit unglaublicher Klarheit sah ich jedes Detail gestochen scharf: jede noch so kleine Bewegung, jeden Blick, jede Geste – und die Karte, die einen Herzschlag lang zwischen ihren Fingern aufblitzte.

Es musste schnell gehen, so schnell, dass ich nicht darüber nachdenken konnte. Ich tat das Erstbeste, was mir in den Sinn kam. Die Kellnerin gab ein schockiertes Quietschen von sich, als sich die Lederbänder ihres Mieders und ihrer Halskette plötzlich wie von selbst enger zogen und sie zu erwürgen drohten. Unangenehm schnitt das Leder in ihren Hals ein, das Mieder presste ihren Brustkorb zusammen. Ihre Hände fuhren hoch zu ihrem Hals, sie rang keuchend nach Luft und taumelte ein paar Schritte von uns weg.

Sofort ließ ich wieder locker, ich wollte sie nicht verletzen, doch der Schreck hatte ausgereicht: Mercier und die Karten waren vergessen, blass und mit gesenktem Blick hastete sie weiter und schien sich zu fragen, was da gerade geschehen war. Irritiert blickte ihr der Kapitän hinterher, und sein Blick verfinsterte sich.

»Es ist an der Zeit.« Snow zog die Augenbrauen hoch und legte ihre Karten verdeckt auf den Tisch, ohne sie loszulassen. »Mein Lieber, sollen wir nachsehen, was wir so auf der Hand haben?«

Sekundenlang starrten sie einander an, ohne zu blinzeln. Merciers Selbstzufriedenheit war wie weggeblasen.

»Du zuerst«, forderte er.

Mit einem breiten Grinsen deckte Snow ihr Blatt auf: eine Reihe aufeinanderfolgender Karten mit Kampfszenerien. »Die *Tränen von Lyss.* Und du?«

Um seinen Mund zuckte ein Nerv, und er steckte seine Karten zurück in den Stapel, ohne sie zu offenbaren. Er brauchte einen Moment, bevor das joviale Lächeln auf sein Gesicht zurückkehrte.

»Gut gespielt, Glückwunsch, Snow.« Er stand auf und neigte den Kopf vor mir. »Meine aufrichtige Entschuldigung, Miss. Es tut mir leid, dich gekränkt zu haben.«

Ein Wink von ihm reichte aus, und alle Spieler im Hinterzimmer standen auf, ließen ihre Karten, Würfel und Getränke stehen und liegen und ließen uns allein im Raum zurück.

Entspannt lehnte sich Mercier zurück und verschränkte die Hände hinter seinem Kopf, sodass sich die Knöpfe an seinem Wams bedrohlich spannten. »Dann kommen wir also zum Geschäftlichen.«

Kapitel 8
Von Trugbildern und goldenen Schwalben

»Ihr seid die, nach denen gesucht wird. Die von den Suchplakaten.« Schallend lachte Mercier auf. »Jetzt zieht doch nicht solche Gesichter, ich verpfeife euch schon nicht. Würde mich aber interessieren, was ihr verbrochen habt.«

Neugierig sah er uns an, doch als niemand antwortete, zuckte er mit den Schultern. »Soll mir auch recht sein. Jeder hat ein Recht auf sein eigenes kleines Geheimnis, nicht wahr? Aber, Snow – dir ist doch klar, dass es für mich ein Risiko bedeutet, mich mit Leuten einzulassen, nach denen die Wache Ausschau hält.«

»Als würde dich das stören«, antwortete Snow trocken. »Auf die Hälfte der Menschen, mit denen du verkehrst, ist ein Kopfgeld ausgesetzt.«

Ein weiteres Schulterzucken. »Ich sage nicht, dass es mich stört. Mein Versprechen gilt. Du hast mir oft genug aus der Patsche geholfen. Und ich halte mein Wort.«

»Also hilfst du uns. Du nimmst die drei mit nach Kuraigan: Haze, Kyran und ...« Ashwind schluckte schwer und fügte widerstrebend hinzu: »Und meine Tochter.« Ihr Blick sprach Bände und machte klar, dass sie mich am liebsten in Sicherheit gewusst hätte und den Gedanken hasste, mich ziehen zu lassen. Aber wäre ich in Vael unter High Lady Serpias Herrschaft sicherer gewesen als auf dem Ozean, umgeben von wilden Meereskreaturen, oder auf einem fernen Kontinent, über den keiner von uns besonders viel wusste?

Mercier breitete die Arme schwungvoll aus. »Den ganzen weiten Weg über den Ozean und wieder zurück.«

Forschend sah Ashwind ihn an. »Wie vertrauenswürdig ist deine Crew?«

Seine Antwort klang ernsthafter, als ich ihm zugetraut hätte. Da lag kein scherzhaftes Funkeln mehr in seinen blauen Augen. »Für diese Männer und Frauen lege ich meine Hand ins Feuer, jederzeit. Sie mischen sich nicht in Angelegenheiten ein, die sie nichts angehen, und stellen keine unnötigen Fragen. Ab dem Zeitpunkt, an dem sie das erste Mal mein Schiff für die Reise nach Kuraigan betreten, legen sie ihr Leben in meine Hände. Das sind Bande, die über Gold hinausgehen.«

Er hielt Ashwinds aufmerksamem Blick stand, bis sie zufrieden nickte.

»Alles in Ordnung?«, raunte Haze mir besorgt zu.

Nein, war es nicht. Ich hatte eine Frau gewürgt! Ein Gedanke von mir hatte ausgereicht, und schon hatte sie nach Luft gerungen wie ein Fisch auf dem Trockenen. Und hätte ich mich nicht gebremst, wäre es mir ein Leichtes gewesen, sie zu ermorden. Wie leicht es doch war, mit meinen Kräften Unheil anzurichten! Ich schauderte.

Aber dann nickte ich mühsam, um Haze zu beruhigen. Mein Atem ging schwer, der Einsatz meiner Magie war anstrengend gewesen. Die Kälte, die mich durchdrang, machte meine Finger steif und meine Nasenspitze taub. Trotz der bei-

den Umhänge, die ich übereinandertrug, fror ich auf einmal erbärmlich.

Zwischendurch war ich so konzentriert gewesen, dass ich
die schlechte Luft kaum mehr bemerkt hatte, doch jetzt trän-
ten meine Augen, und meine Kehle war rau. Ich wich Merciers
Blick aus und fragte mich, ob er wusste, dass ich für seine Nie-
derlage verantwortlich war.

»Wunderbar, dann steht unserer Reise ja nichts mehr im
Wege.« Unternehmungslustig grinste Kyran.

Er klang, als ginge es um einen Vergnügungsausflug. Als
wären die Strömungen des Skallardmeeres nicht unberechenbar
und als lauerten keine gefährlichen Kreaturen in jenen Tiefen.

Nicht umsonst trat kaum jemand diese Reise an. Seehandel
wurde normalerweise nur an der Küste entlang zwischen Vael,
Dornwhire und Rhaol betrieben. Die Wenigsten wagten sich
weiter hinaus. Vor Jahren hatte die High Lady einen Versuch
unternommen, den Handel zwischen Vael und Kuraigan aus-
zubauen, doch die Bemühungen waren rasch eingestellt worden, weil sie Vael zu viele teure Schiffe und gute Männer gekostet hatten.

Mercier war einer der Wenigen, die das Meer regelmäßig
überquerten, das hatte Snow uns erzählt. Ob es an seinem
Können lag oder schlichtweg Glück war, dass er noch lebte,
vermochte ich nicht zu beurteilen. Doch eines wusste ich: Ihn
dazu zu bringen, uns mitzunehmen, war nur eine von vielen
Hürden gewesen. Jetzt hieß es, die Überfahrt zu überleben.

»Nehmt es mir nicht übel, aber mit euch kann ich mich
nicht in der Stadt blicken lassen. Kommt in ein paar Stunden
zu den Docks, dort treffen wir uns. Mein Schiff ist die *Goldschwalbe*. Bis dahin treffe ich die letzten Vorkehrungen für die
Reise. Im Morgengrauen laufen wir aus.« Mercier räusperte

sich. »Letzte Chance, es sich anders zu überlegen. Was auch immer ihr auf Kuraigan sucht: Ist es das wert, euer Leben aufs Spiel zu setzen?«

Ich richtete mich aus meiner zusammengesunkenen Haltung auf. »Ja, das ist es«, erwiderte ich fest. »Für uns gibt es kein Zurück.«

*

Lorell war voller Kontraste: Gold und Aschgrau, glänzend und schmutzig, duftend und abscheulich stinkend. Es gab Prachtstraßen wie jene, von der Kyran erzählt hatte und die vom Tor geradewegs durch die Stadt bis zum Hafen führte, dorthin, wo die mächtigen Handelsschiffe lagen – und die Viertel voller Armut und Unrat, durch deren schmale Gassen wir uns geschlängelt hatten.

Auch hier draußen an den Docks existierte beides. Gerade warteten wir an einem Kai, an dem ein paar schäbige Fischkutter auf den Wellen schaukelten. Das Wasser klatschte sanft gegen den Steg. Einige der Boote machten den Eindruck, als würden sie absaufen, wenn man es wagte, sich hineinzusetzen. Mit den großen Schiffen, deren Umrisse wir von hier aus erahnen konnten, konnten sie sich nicht messen.

Der faulige Geruch alten Fischs hing in der Luft, aber das kümmerte mich nicht. Gierig atmete ich ein und aus und reckte mein Gesicht den Monden entgegen, deren Licht sofort dafür sorgte, dass es mir besser ging. Die Nachtluft war eine Wohltat, eiskalt strömte sie in meine Lunge und vertrieb den kratzigen Rauch des Münzblumenkrauts. Bestimmt würde ich nie wieder eines dieser Blümchen sehen können, ohne Brechreiz zu bekommen.

Schritte hallten über die Pflastersteine. Angespannt und mit geweiteten Augen suchten wir zwischen der Mauer eines Hafengebäudes und den davor aufgetürmten Kisten Deckung und lugten vorsichtig hervor. Das klang nicht nach den schweren eisenbeschlagenen Soldatenstiefeln, die wir vorhin gehört hatten. Doch bis zum Sonnenaufgang dauerte es noch, und so konnte es auch nicht Mercier sein.

Eine breitschultrige Gestalt trat aus einer schmalen Gasse, sah sich einen Moment lang um und kam dann zielstrebig auf uns zu. Mit angehaltenem Atem duckte ich mich tiefer in die Schatten. Doch dann schien das Mondlicht auf einen nur allzu bekannten Glatzkopf: Kahl und rund wie eine polierte Murmel leuchtete er uns entgegen.

»Miss Snow.« Bark grinste breit.

Seine Stimme war wieder so rau und abgehackt, wie ich sie kannte – als müsste er sich jedes Wort mühsam aus der Kehle zwängen. Im Gespräch mit den Wachen musste er sich unsagbar zusammengerissen haben, er hatte wie ein völlig anderer Mensch gewirkt, doch jetzt war er wieder ganz der Alte.

»Bark!« Snow sprang geschickt über die Kisten, hastete auf ihn zu und klopfte ihm kräftig auf die Schulter, dann zog sie ihn einfach in ihre Arme und drückte ihn herzlich. »Ist alles in Ordnung mit dir? Die Wachen, hattest du Probleme mit ihnen?«

Er schüttelte den Kopf. »Habe mir ... Weg zeigen lassen«, murmelte er schwerfällig und zuckte mit den Schultern.

Sie zog eine ihrer markanten Augenbrauen hoch. »Was hat denn dann so lang gedauert? Warum bist du nicht direkt zu uns zurückgekehrt? Du wusstest doch, wo du uns findest.«

Sein Grinsen wurde noch breiter, als er eine Geste machte, als würde er trinken.

137

Snow schnaubte. »Du bist in aller Seelenruhe etwas trinken gegangen, während ich mich um dich gesorgt habe? *Mistkerl*«, polterte sie lachend.

Ashwind ignorierte die Wiedersehensszene. Sie schlug die Kapuze zurück, sodass das Licht der Monde auf ihr schönes Gesicht und das pechschwarze, aalglatte Haar fiel. Langsam schritt sie zwischen den Stapeln schwerer Holzkisten hindurch und auf einen schmalen Steg hinaus. Der Wind blähte das schlichte schwarze Kleid auf, das ihre schmale Gestalt umspielte. Ihre aufrechte Haltung und die eleganten Schritte zeigten einmal mehr, wo sie aufgewachsen war. Wenn ich sie so sah, verblassten die windschiefen Boote und der wackelige Holzsteg, und man konnte sie sich nur zu gut in einem Ballsaal mit marmornem Boden vorstellen – in seidenen Röcken, mit einem silbernen Diadem auf dem Haupt und dem Thron entgegenschreitend.

»Was macht sie?« Kyran runzelte die Stirn.

»Still«, flüsterte ich und legte einen Finger auf meine Lippen.

Am Ende des Stegs kniete Ashwind nieder und beugte sich vor, bis ihre Fingerspitzen in das schäumende Meer eintauchten. Ihr Gesang war erst so leise, dass man ihn kaum hörte, doch dann erhob sich die geheimnisvolle Melodie über das allgegenwärtige Rauschen. Ashwind sang mit dem Meer und flüsterte mit dem Wind, so hell und klar wie das Mondlicht selbst. Ihre wortlose Melodie tauchte die heruntergekommenen Docks in einen magischen Glanz.

»Das Meer«, hauchte Haze.

Ein sanftes Licht schien aus dem Wasser empor. Es war nicht bloß die Reflexion der Monde und Sterne, sondern eine andere, milchige Quelle, die aus den Tiefen emporstrahlte, ganz dezent, inmitten der Dunkelheit jedoch deutlich zu erkennen. Es ließ Ashwinds schönes Gesicht nahezu erstrahlen. Leichtfüßig lief ich über den schwankenden Steg zu meiner Mutter. Das morsche Holz knarrte unter meinen Füßen, als ich mich neben Ashwind kniete und hinunterschaute.

Ich vernahm das schwache Echo ihres Gesangs, betörend süße Klänge stiegen aus dem Meer empor – und dann traute ich meinen Augen kaum, als ich ein paar Meter weiter draußen eine Bewegung auf der Wasseroberfläche wahrnahm. Das, was ich zunächst für silbrig glänzende Wellen gehalten hatte, waren in Wirklichkeit perlmuttfarbene Wesen, die sich sanft in der Strömung bewegten. Langsam tauchte etwas aus der Tiefe auf, inmitten der vertäuten Boote, morschen Fässer und des Schmutzes, der hier im Wasser trieb: zierliche mondweiße Pferdeköpfe und überirdisch schöne Mädchengesichter. Große schillernde Augen in tiefem Petrol und durchscheinendem Türkis schauten zu uns herüber. Ihre geheimnisvollen Blicke waren unmöglich zu deuten und raubten mir den Atem. Die Luft knisterte, wie sie es manchmal kurz vor einem Gewitter tat – und über alldem schwebte die Melodie aus Ashwinds Kehle, deren Echo aus dem Meer zurückschallte.

»Sie reden miteinander«, flüsterte ich, mehr zu mir selbst als zu irgendjemandem sonst. Der Gesang war ein Gespräch zwischen Ashwind und den Kelpies, die ihrem Ruf gefolgt und hier aufgetaucht waren. Eine Unterhaltung, die niemand von uns verstehen konnte.

Ich wusste nicht, wie lange es dauerte – vielleicht Minuten, vielleicht auch Stunden. Zeit hatte auf einmal jegliche Bedeutung verloren. Alles, was zählte, war der Gesang, in dessen zarten Klängen ich mich verlor. Schließlich richtete sich Ashwind mühelos auf und lächelte. Die mystischen Gestaltwandler versanken wieder im Meer, und nachdem sich dessen Oberfläche beruhigt hatte, ließ nichts mehr darauf schließen, dass sie jemals hier gewesen waren.

»Sie werden euch begleiten.« Ihre Stimme hatte immer noch etwas von diesem melodischen Klang, der eine Gänsehaut auf meine Arme zauberte. »Sie bleiben in eurer Nähe, während ihr das Meer überquert.«

Ein schwacher rötlicher Schimmer trat am Horizont empor und kündigte die aufgehende Sonne an. Bald konnten wir uns auf den Weg zu Kapitän Mercier und seiner Crew machen. Und dann würde alles gut werden.

*

Es hätte klappen können. Alles hätte gut gehen können, und kurz wagte ich zu hoffen, dass es tatsächlich so reibungslos ablaufen würde.

Doch zu spät fielen mir die schweren Schritte auf, die sich näherten, in exakt dem Moment, in dem auch Haze erschrocken zusammenzuckte. Das Wiedersehen mit Bark und die Begegnung mit den Kelpies hatte uns abgelenkt und unserer Wachsamkeit beraubt.

Zwei Wachen, ein Mann und eine Frau, bogen um die Ecke und schlenderten an den Docks entlang. Ihre Haltung war nachlässig, ihre Gesichter müde – sie waren gewiss am Ende ihrer Nachtschicht angelangt und freuten sich darauf, nach Hause oder in ihre Kaserne zurückzukehren. Als sie an uns vorbeikamen, nickten sie uns grüßend zu. Mit erstarrten Gesichtern erwiderten wir das Nicken.

Und dann geschah, was ich befürchtet hatte: Erkennen flammte im Blick der Frau auf. Sofort zog sie ihr Langschwert.

»Was …?«, keuchte ihr Kollege überrumpelt.

»Sieht doch hin, du Blindfisch«, knurrte sie zwischen zusammengebissenen Zähnen. »Erkennst du sie nicht? Das sind die Typen von den Fahndungsplakaten! Und jetzt setz deinen Hintern in Bewegung und hol Verstärkung.«

»Lauft«, murmelte Haze rau, und dann lauter: »Lauft!«

Und das taten wir. Blindlings preschten wir los, ohne nach links und rechts zu blicken. Unsere Schritte hallten über den glatt getrampelten Stein, Schreie verfolgten uns. Ein eiskalter Schauer lief mir über den Rücken.

Die *Goldschwalbe* – sie war nicht weit von hier, dort, wo die etwas größeren Schiffe vor Anker lagen. Ich senkte den Kopf, hielt die Arme eng am Körper, stieß mich bei jedem Schritt kraftvoll ab und rannte, bis meine Lunge brannte. Neben mir hörte ich die keuchenden Atemzüge meiner Gefährten.

Das Läuten einer Glocke schallte durch die Nacht und schreckte Vögel auf, die sich daraufhin kreischend in den dunklen Himmel erhoben. Mehr und mehr metallbeschlagene Stiefel knallten hinter uns über den Boden. Die Verstärkung musste rasch eingetroffen sein. Ich hielt mich nicht damit auf, über die Schulter zurückzublicken und nachzusehen, wie viele es waren und wie nah sie waren. Es waren *zu viele*, und sie waren *zu nah*, so viel war mir klar.

Ein Armbrustbolzen schoss an mir vorbei, so knapp, dass ich den Windhauch an meiner Wange spürte. Vor Schreck machte ich einen Satz zur Seite, stolperte beinahe, ruderte kurz mit den Armen, bevor ich mich fangen konnte und weiterhastete. *Sie schossen auf uns! Wie sollten wir aus dieser Lage nur wieder herauskommen?*

Eine Hand kam wie aus dem Nichts herangeschnellt, packte meinen Unterarm, riss mich zur Seite und brachte mich erneut aus dem Tritt. Ich schrie auf und wollte nach dem Unbekannten schlagen, doch dann sah ich, dass es Mercier war, der den Zeigefinger seiner freien Hand auf seine Lippen legte und meine Freunde dann heranwinkte. Er manövrierte uns durch ein Labyrinth aus Containern, Kisten und Fässern, die auf den Docks darauf warteten, auf die Schiffe verladen zu werden.

»Wo sind sie hin?«, hörte ich jemanden aus der Ferne rufen. »Sie müssen hier irgendwo sein. Schwärmt aus! Das sind gesuchte Verbrecher.«

Gesuchte Verbrecher?

»Los, los, los!«, brüllte Mercier und deutete auf ein mittelgroßes schlankes Schiff.

Ich hatte keine Zeit, die *Goldschwalbe* näher zu betrachten. Nur ein Detail stach hervor: die schmale Landungsbrücke, die vom Schiffsanleger an Bord führte. Das war unser Ziel. Da mussten wir hoch.

Ich dachte nicht darüber nach, ob ich es schaffen konnte – ich *musste* einfach! So hielt ich mich dicht hinter Mercier, verließ die Deckung der Kistenstapel und rannte das letzte Stück auf das Schiff zu. Merciers Leute waren bereit, die Taue zu kappen und abzulegen, sobald wir an Bord waren, doch überall wimmelte es inzwischen von unseren Verfolgern. Es konnte nicht mehr lange dauern, bis sie uns erneut entdeckten!

Eine Hand schloss sich um meine, und ein warmer Körper war direkt neben meinem. *Haze*, dachte ich und merkte noch im selben Moment, dass er es nicht war. Ich hielt nicht die Hand meines besten Freundes und engsten Vertrauten, sondern die des Mannes, der versucht hatte, mich zu ermorden.

Und es machte mir nichts aus. Es fühlte sich gut an.

Ich schob es auf meine Angst, auf die brenzlige Situation und darauf, dass ich in dem Moment wohl jede Hand auf der

Welt gehalten hätte, wenn es mir geholfen hätte, die letzten Schritte zum Schiff zu überwinden. Doch tief in meinem Herzen war mir bewusst, dass ich mich selbst belog. Ich wollte mich an Kyran festhalten, wollte seine Hand halten und mich von ihm vorwärtsziehen lassen.

Der schmale Holzsteg schwankte gefährlich unter unseren Schritten, doch ich hatte gar nicht die Chance zu fallen. Kyran schob mich vor sich her, versetzte mir einen Stoß, und schon ergriffen Merciers Leute meine Hände. Mit einem großen Ruck wurde ich an Bord gezogen und flog förmlich hoch aufs Schiff.

Ohne zu verschnaufen, drehte ich mich um und blickte aus angstgeweiteten Augen zurück. Haze und Kyran hatten es ebenfalls auf die *Goldschwalbe* geschafft, doch die Gefahr war noch nicht überstanden.

Eine Schar von uniformierten Soldaten hatte uns inzwischen wieder entdeckt und ins Visier genommen. Pfeile wurde auf uns abgeschossen, und ein Mann aus Merciers Crew schrie plötzlich neben mir auf, als ihn ein Bolzen an der Schulter streifte. Einige Soldaten versuchten über die Landungsbrücke zu uns zu gelangen, die die Crew gerade hastig aufs Schiff zu ziehen versuchte, während ein paar andere in kleine Boote kletterten, um die Verfolgung aufzunehmen. *Es waren so viele!* Und das Schlimmste: Ein paar der Soldaten trieben Ashwind, Snow und Bark in die Enge.

»Ashwind«, murmelte ich entsetzt.

Wenn sie festgenommen und der High Lady vorgeführt wurde, war sie verloren. Serpia war schon einmal nicht davor zurückgeschreckt, ihre eigene Schwester jahrelang zu foltern und einzusperren. Wie weit würde sie beim nächsten Mal gehen, um sicherzustellen, dass Ashwind endlose Qualen erlitt?

Entsetzliche Bilder flackerten vor meinem inneren Auge auf: meine eigene Mutter im fensterlosen Turmzimmer, kraftlos in sich zusammengesunken auf dem blanken Steinboden. Die schweren Schwarzsilberketten, die sich wie Säure in ihre Haut fraßen und ihre Magie verbrannten. Tiefste Finsternis, Tag für Tag, Jahr für Jahr, bis Ashwind beinahe den Verstand verlor. Und der monströse Wächter, der einzig und allein dazu erschaffen worden war, sie im Sonnenturm festzuhalten, damit sie nie wieder den Himmel erblickte.

Haltlos begann ich zu zittern, als die Erinnerungen an das magische Wächterwesen auf mich einstürmten, das ich bekämpft hatte, um meine Mutter zu befreien. Ich bemerkte kaum, dass ich mich instinktiv an die Reling klammerte, weil meine Beine sonst unter mir nachgegeben hätten. Das Monster verfolgte mich Nacht für Nacht in meinen Träumen, und jetzt sah ich es so deutlich vor mir, als sei es wahrhaftig zurückgekehrt.

Moment. Das war es. Das war unsere Rettung.

Die magische Kreatur, die Haze und mich beinahe zerfleischt hätte, war jetzt meine letzte Hoffnung.

»Steht mir bei«, flüsterte ich, hob den Blick zu den Monden, die noch blass vor dem rosigen Morgenhimmel zu sehen waren, und erhob die Arme.

Ihr kühles Licht streichelte meine Hände und mein Gesicht, und einen Moment lang staunte ich einfach nur über ihre Schönheit. Wie vollkommen sie waren! Atemberaubend schöne Sicheln, die aus dem verwaschenen Zartrosa leuchteten, das sich ins Schwarzblau des Himmels mischte. Das Morgengrauen raubte ihnen nichts von ihrer majestätischen Ausstrahlung. Einen Herzschlag lang nahm meine Verbindung zu ihnen überhand und verdrängte alles andere, beinahe vergaß ich sogar, wo ich war und in welcher Gefahr wir alle schwebten.

Ohne es zu wollen, versank ich in der Betrachtung des Himmels, studierte die Konstellation der Monde, erfreute mich an dem komplexen Geflecht aus Linien, das entstand, wenn ich die Himmelskörper gedanklich miteinander verband. Ein Teil von mir wusste, dass es gerade Drängenderes gab als das geometrische Muster am Himmel, doch ich konnte mich nicht dagegen wehren. Die Monde verlangten danach, und ich musste mich darauf einlassen. Mondlicht war Klarheit, Logik, Verstand, Symmetrie, und all das musste ich in mich aufnehmen, wenn ich ihre Macht nutzen wollte.

Etwas störte meine Konzentration: Die Sonne, die ihre ersten wärmenden Strahlen über den Hafen warf, wollte meine Verbindung zu den Monden blockieren. Doch ich konzentrierte mich umso stärker. Noch war die Sonne nicht stark genug, sich in die Harmonie zwischen meinen geliebten Monden und mir zu drängen.

Wie von selbst klappte mein Amulett auf. Der Mondstein darin leuchtete milchig blass wie ein sechster Mond, er erstrahlte vor meiner Brust und bündelte meine Macht. Ich fühlte, wie meine Magie durch ihn hindurchfloss und mich stärker machte.

Ich atmete pures Mondlicht ein und spürte, wie es jede Zelle meines Körpers prickelnd durchdrang. Es gehorchte mir. Ich konnte es bündeln, formen, als Werkzeug nutzen. Sorgfältig nahm ich all die feinen Lichtlinien, arrangierte sie neu, schuf ein gewaltiges Bild aus ihnen. Ein entsetzliches Bild, so furchterregend, dass ich selbst davor zurückschreckte. Ich sah, was ich im Sonnenturm gesehen hatte – und ich zeigte es allen.

145

»Bei den Monden – seht da!«, gellte ein Schrei über die Docks. Die Stimme überschlug sich vor Entsetzen.

Und in diesem Moment brach das pure Chaos aus. Ein gigantisches Monster war am Himmel erschienen, eine abstoßende Kreatur mit unzähligen Fratzen, blinden Augen und klaffenden Mäulern, in denen nadelspitze Zähne funkelten. Ein riesiger schlangenartiger Körper wand sich über den Himmel und leuchtete gleißend hell aus den warmen pastelligen Farben des Morgengrauens. Stoßartig fuhren die Mäuler vom Firmament herab, rauschten auf die Soldaten zu und schnappten nach ihnen.

Panische Schreie wurden laut, die Menschen schreckten zurück, stolperten in ihrer Angst übereinander und starrten aus angstvoll aufgerissenen Augen empor. Niemand dachte mehr an uns oder das auslaufende Schiff, jetzt ging es um das blanke Überleben. Zumindest war es das, was ich die Soldaten glauben ließ.

Es war eine Illusion, geboren aus meiner Erinnerung und Magie – doch es wirkte so täuschend echt, dass diese Menschen keine Sekunde lang daran zweifelten. Ich sah sie wimmern, schluchzen und kreischen, als sie vom Pier flohen. Mit hocherhobenen Armen blieb ich stehen und spürte die Kraft der Monde, die in mich und durch mich floss und mich ebenso benutzte wie ich sie. Sie war mein Werkzeug, und ich war ihr Medium.

Nach einer Weile merkte ich, wie alles vor meinem Blick verschwamm. Die Formen des Monsters wurden unscharf, bis es sich vollends auflöste. Als ich mich schwer atmend an die Reling klammerte und mich vorbeugte, fand ich die ganze Hafengegend menschenleer vor bis auf Ashwind, Snow und Bark, die uns hinterhersahen, als das Schiff langsam aus dem Hafen auslief. Ich hatte es geschafft: Die Soldaten waren tatsächlich geflohen.

»Lelani!«

Erst, als sich Haze' Arme fest um mich schlossen, begriff ich, dass meine Beine unter mir nachgegeben hatten. Jegliche Kraft hatte meinen Körper verlassen, ich fühlte mich leer und ausgebrannt. Klappernd schlugen meine Zähne aufeinander, ich fror erbärmlich.

»Deine Haut.« Kyran, der ebenfalls zu mir geeilt war, streckte eine Hand nach mir aus und ließ seine Fingerspitzen hauchzart über meine Wange gleiten.

Ich zuckte zusammen, als die Berührung meine Haut zu verbrennen schien, so sehr glühte seine Hand. Oder fühlte sich das nur so an, weil mein Körper so eiskalt war?

»Nimm deine dreckigen Pfoten von ihr«, knurrte Haze, doch Kyran kümmerte sich gar nicht um ihn, und Haze konnte ihn nicht wegstoßen, ohne mich loszulassen. Ich hörte die rauen Atemzüge meines besten Freundes und spürte seine starken Arme um meinen Körper, während Kyran nach meiner Hand griff und sie fasziniert betrachtete. Ich folgte seinem Blick und erschrak, als ich das blasse Leuchten sah, das von meinem Körper ausging. Ich war so sehr erfüllt von Mondmagie, dass sie durch meine Haut schien und mich schimmern ließ.

»Und deine Augen«, murmelte Kyran. »Sie sind so hell wie Perlmutt.«

»Ich bringe dich unter Deck, du musst dich ausruhen«, beschloss Haze.

Schwach schüttelte ich den Kopf. »Ich will hierbleiben, nur noch für einen Moment.«

Er hinterfragte meinen Wunsch nicht, sondern hob mich behutsam auf seine Arme und hielt mich weiterhin fest, sodass

147

ich zurück zur Stadt blicken konnte, die immer mehr in Sonnenlicht getaucht war, und auf unsere Gefährten, die nun immer kleiner wurden.

Ashwind war schon die zweite Mutter, die ich hinter mir zurücklassen musste, um diese Reise anzutreten. Obwohl ich schon zu weit entfernt war, um ihr Gesicht zu erkennen, erahnte ich den sorgenvollen Ausdruck, der darauf lag. Sanft streichelte der Nachtwind über meine Wangen, und ich wusste, dass es ein Abschiedsgruß meiner Mutter war.

Die aufgehende Sonne tauchte die Küste in blendend helles Licht. Vor Staunen blieb mir der Mund offen stehen. Noch nie hatte ich Vael aus dieser Perspektive gesehen. Je weiter wir hinausfuhren, desto mehr konnte ich von der Küstenlinie sehen: die bunten Häuser Lorells, die aus der Ferne fröhlich und einladend wirkten. Die Skallarden: schroffe, schwindelerregend hohe Klippen, die die Küste Vaels einfassten und nur an wenigen Stellen durch sanfter abfallende Strände unterbrochen wurden.

Und dann erblickte ich in weiter Ferne etwas, das mir das Atmen schwer machte und mich so heftig zittern ließ, dass Haze mir über den Rücken strich und beruhigende Worte murmelte: die zerklüftete Ruine des Sonnenturms – dieses zerstörte, geborstene Gefängnis, in dem Ashwind dahinvegetiert hatte.

Ein Stückchen weiter westlich ragte das Schloss von Navalona in den Himmel und glänzte im Licht der aufgehenden Sonne wie eine polierte Perle. Von dort stammte meine Mutter. Dort war ich geboren worden. Dort wäre ich aufgewachsen, wenn das gnadenlose Schicksal nicht zugeschlagen hätte. Dort lebte Serpia, die vor keiner Grausamkeit zurückschrecken würde, um uns zu vernichten.

Irgendwo dort, in diesem weißen Marmorschloss auf der höchsten Klippe, hielt sie sich auf. Und obwohl es verrückt war, glaubte ich, ihren stechenden, brennenden Blick auf mir zu spüren.

ZWEITER
TEIL

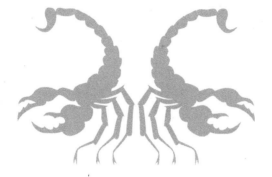

Kapitel 9
Die Spinne

Die Spinne saß in ihrem Netz und wartete. Geduldig beobachtete sie all die kleinen Insekten, die sich ringsumher tummelten und nicht ahnten, in welcher Gefahr sie schwebten. Bemerkten nicht die kalten Augen, die jede ihrer Regungen verfolgten.

Manche blieben an den klebrigen Fäden hängen, ohne es überhaupt zu merken, bis sie auf einmal zu keiner Bewegung mehr fähig waren – doch dann war es bereits zu spät.

Geduldig spann die Spinne Faden um Faden, wob hauchzarte Konstrukte, arbeitete akribisch an ihrem Netz. Alles war unter ihrer Kontrolle. Nichts entging ihr.

Mehr und mehr Kreaturen verfingen sich im Netz. Mit ihrem süßen Gift betäubte die Spinne sie, eine nach der anderen, sodass sie nicht begriffen, in welcher Lage sie sich befanden. Mechanisch tanzten sie weiter – wie Marionetten, an Schnüren hängend, die die Spinne steuerte. Geschickt führte sie all die Fäden, lenkte die Insekten und beobachtete mit Befriedigung, wie ihr mehr und mehr ins Netz gingen.

*

Die *Goldschwalbe* besaß Flügel. Gewaltige weiße Flügel, die sie ausbreitete und mit denen sie über das tiefblaue Meer flog. Zumindest wirkten die Segel so auf mich, die sich im Wind aufblähten und uns über den Ozean trugen, unserem Ziel entgegen.

Die Dunkelheit der Kabine fühlte sich erstickend an, weshalb ich jede freie Minute auf Deck verbrachte. Mein Lieblingsplatz war auf der Reling, obwohl Kapitän Mercier prophezeit hatte, dass ich früher oder später ins Meer fallen und von Haien oder Schlimmerem gefressen werden würde. Doch wenn es so kommen sollte, war das Letzte, was ich erlebte, wenigstens traumhaft schön und unfassbar aufregend: Wir segelten über die Meeresoberfläche, als seien wir völlig schwerelos. Manchmal, wenn ich die Arme ausbreitete und die Augen schloss, hatte ich das Gefühl, wirklich zu fliegen.

Funkelnd sprühte das Wasser vor dem Bug hoch. Ich roch die salzige Luft nicht nur, ich schmeckte sie auf meinen Lippen und sog sie mit jedem Atemzug gierig ein. Die Schreie der Möwen, die am wolkenlosen Himmel im Wind taumelten und immer wieder auf Fische herniederstießen, klangen wie Gelächter, als seien sie in ein endloses Spiel vertieft.

Gleißend schien die Sonne auf mich herab, doch trotzdem fröstelte ich. Ich hatte Haze seinen Umhang zurückgegeben und trug nur meinen eigenen, dazu hatte ich mir eine der Decken von meiner Pritsche um die Schultern geschlungen, aber nichts half gegen die Kälte, die aus meinem Inneren kroch. Während alle anderen auf dem Schiff mit hochgekrempelten Ärmeln herumliefen und die Halsschnürungen ihrer Hemden bis zur Brust geöffnet hatten, zitterte ich wie Espenlaub. Meine Hände und Füße schmerzten wie im tiefsten Winter, und ich konnte die Finger kaum strecken.

Der Blick in den angelaufenen Spiegel, den Haze für mich

aufgetrieben hatte, schockierte mich. Allmählich ließ der bleiche Lichtschein meiner Haut nach, doch noch immer war er leicht zu sehen, und mein Teint hatte jegliche Natürlichkeit verloren.

Das Auffälligste aber waren meine Augen. Das klare Blau, das sie sonst hatten, war viel heller und blasser geworden. Den Perlmuttschimmer, den Kyran erwähnt hatte, konnte auch ich sehen. Es war ein unheimlicher Anblick, der mich dazu bewog, die Kapuze tief in mein Gesicht zu ziehen, um niemanden zu erschrecken.

Schritte näherten sich, und jemand setzte sich. Die unnatürliche Kälte, die von mir Besitz ergriffen hatte, ließ mich die Wärme seines Körpers noch deutlicher spüren.

Ich musste den Kopf nicht drehen, um zu wissen, wer es war. Mittlerweile erkannte ich Kyrans Nähe ebenso blind, wie es mir bei Haze immer gelang. Mein Körper reagierte förmlich auf seinen. Seine Anwesenheit fühlte sich an wie ein sachter Windhauch, der meine Haut prickeln ließ.

»Was willst du hier?«, murmelte ich und versteckte meine Hände unter der Decke, als mir einfiel, wie Kyran sie bei unserer Flucht aufs Schiff gehalten hatte.

»Immer noch so feindselig?«

Jetzt wandte ich mich doch zu ihm um und funkelte ihn an. »Warum bloß?«

Bildete ich es mir nur ein, oder lag da eine Spur von Traurigkeit in seinem Blick? Ich schluckte das schlechte Gewissen herunter, das mir wie ein bitterer Geschmack im Mund lag. Nach allem, was geschehen war, hatte ich jedes Recht, wütend auf ihn zu sein.

Er antwortete nicht, sondern schaute mich nur mit diesem betrübten Blick an, dann wechselte er abrupt das Thema. »Sie verändert dich – die Magie. Ich habe davon gehört, ein paar Mal habe ich es sogar gesehen, aber nie so stark. Auf der anderen Seite ... ich habe auch noch nie mit eigenen Augen gesehen, dass jemand solche Dinge vollbracht hat wie du. Das, was du da getan hast ...«

»Es war nur eine Illusion«, fiel ich ihm ins Wort. »Nicht echt.«

»Eine so realistische Illusion, dass ich mir beinahe in die Hose gemacht hätte«, meinte er trocken. »Bei allen fünf Monden, Lelani – der ganze Himmel war erfüllt von diesem ... diesem Ding! Keine Ahnung, ob wir entkommen wären, wenn du das nicht getan hättest. Du bist unglaublich.«

Ich wusste nicht, was ich antworten sollte, also sagte ich gar nichts. Mein Mund wurde auf einmal trocken, und ich spürte, dass ein winziges bisschen Wärme in meine Wangen zurückkehrte. Verlegen schaute ich aufs Meer.

Ich spürte Kyrans Blick und hörte praktisch, dass er grinste. »Andererseits wäre mir natürlich auch noch etwas eingefallen, ich hätte das schon hingekriegt.«

»Hat dir schon mal jemand gesagt, dass du ein unerträglicher Angeber bist?«

»Das ein oder andere Mal«, verkündete er ungerührt.

Ich schnaubte nur leise und starrte über den endlos weiten Ozean. *Warum ging er nicht endlich?* Ich sollte nicht mit ihm reden: Er war ein verdammter Verräter, und Haze wäre außerdem bestimmt verletzt, wenn er mich hier mit Kyran sähe. Doch er blieb eisern neben mir sitzen.

»Wie knapp sie uns wohl auf den Fersen sind?« Er blickte zurück, doch um uns herum war nur Meer, soweit das Auge reichte. Das Land hatten wir längst hinter uns gelassen. Das

Einzige, was das Tiefblau unterbrach, war die Spur aus schäumendem Kielwasser, die die *Goldschwalbe* hinterließ.

»Du meinst, sie *folgen* uns?«

Er zuckte mit den Schultern. »Sicher. Serpia muss längst erfahren haben, dass wir das Land verlassen haben.« Er sagte *wir*, als sei er auf unserer Seite und nicht bloß ein Gefangener, den wir gegen seinen Willen mitschleppten. »Die Reise über den Ozean mag gefährlich sein, aber meinst du, das hält sie davon ab, uns ihre Soldaten hinterherzuhetzen? Es geht immerhin um ihre Schwester und ihre Nichte: die Menschen, die Anspruch auf den Thron haben, auf dem sie sitzt. Und was meinst du, wie die Öffentlichkeit reagiert, wenn sie erfährt, dass Serpia all die Jahre gelogen hat? Dass die wahre Herrscherin gar nicht auf tragische Weise umgekommen ist, sondern von ihrer Schwester gefangen gehalten wurde? Nein, das kann sich nicht einmal Serpia erlauben. Ashwind und du – ihr habt die Macht, ihr *alles* zu nehmen. Das wird sie niemals zulassen.«

Ich nickte langsam. Natürlich war mir das klar, auch wenn ich es vermied, darüber nachzudenken. Mit Sicherheit waren Schiffe losgeschickt worden, um die Verfolgung aufzunehmen. Unser Vorteil war, dass uns wohl nicht einmal Serpia zutrauen würde, Kuraigan oder einen der anderen Kontinente anzusteuern. Vermutlich würde man erst auf den Inseln nahe der Küste nach uns suchen, im Glauben, wir hielten uns dort versteckt.

Und noch einen Vorteil hatten wir: »Wir kommen gut voran. So gut, dass Mercier es kaum glauben kann. Die Winde sind uns wohlgesinnt«, murmelte ich nachdenklich.

Aber vielleicht war es viel mehr als das. In all seinen Jahren auf See hatte unser Kapitän noch nicht erlebt, dass die *Goldschwalbe* so rasant dahinschoss. Das widersprach allem, was er über Wind und Strömungen wusste, und grenzte an ein Wunder. Zumindest waren das seine Worte, die er immer wieder kopfschüttelnd vor sich hin gemurmelt hatte, seit wir in See gestochen waren. Ich musste an die Kelpies denken. Waren sie wirklich bei uns, so wie Ashwind gesagt hatte?

Unsere Verfolger mochten uns auf den Fersen sein, irgendwo da draußen, aber wir hatten sie weit hinter uns gelassen. Daran glaubte ich fest.

»Hast du Angst?«, fragte er unvermittelt.

Automatisch schüttelte ich den Kopf, doch dann musste ich schlucken. Meine Hände gruben sich in die dicke Decke, die mich nicht zu wärmen vermochte. Gedankenverloren nestelte ich an meinem Mondsteinamulett herum, das mich auf meiner bisherigen Reise geleitet hatte. Mittlerweile diente es mir nur noch als Erinnerungsstück und als eine Art magischer Fokus: Der Mondstein half mir, meine Magie zu bündeln. Doch seine Aufgabe, mich zu meiner Mutter zu führen, hatte es erfüllt. Da war kein Sog mehr, der mich vorantrieb und mir die Richtung vorgab.

Und trotzdem hatte ich mein Ziel weiterhin klar vor Augen, folgte meinem Weg immer weiter und weiter, tat alles, was nötig war, und blickte dabei kaum nach links und rechts. Ich vermied es, darüber nachzudenken, was das alles mit mir machte. Es musste sein, ich durfte mich nicht von meiner Angst vom Pfad abbringen lassen. Es war mein Schicksal.

Und doch war sie da, saß wie ein Eisklumpen in meinem Magen und lauerte in einem finsteren Winkel tief in meinem Kopf. Ich hatte Angst vor dem Unbekannten, Angst vor Serpia, Angst um meine Freunde.

»Ein bisschen«, flüsterte ich und klang dabei kläglicher als beabsichtigt.

»Ich auch«, erwiderte Kyran ruhig.

»*Du?*« Ungläubig sah ich ihn an. Manchmal hatte ich das Gefühl, er könnte überhaupt keine Furcht empfinden. Je brenzliger die Situation, desto breiter wurde sein Lächeln und desto forscher stellte er sich jeder Gefahr. Er schien für den Nervenkitzel zu leben und Risiken wie die Luft zum Atmen zu brauchen. Erst ein einziges Mal hatte ich echte Angst in seinem Gesicht gesehen: Als die mächtigen Zähne des Blutwolfs kaum eine Handbreit vor seinem Gesicht zusammenschlugen und die Bestie drauf und dran war, ihn zu zerfleischen.

»Natürlich, Lelani. Was glaubst du denn? Hältst du mich für wahnsinnig?«

»Der Gedanke ist mir das ein oder andere Mal gekommen, ja«, versetzte ich spitz.

Er warf den Kopf in den Nacken und lachte – dieses unglaublich unbeschwerte Lachen, als gehörte ihm die ganze Welt, und das mich von Anfang an fasziniert hatte. »Vielleicht hast du recht, Mohnblume.«

»Nenn mich nicht so. Schnösel!«

Er zupfte vorsichtig an einer meiner rötlich gefärbten Haarsträhnen.

»Das Einzige, was ich daran bedaure, ist, dass mir dieser passende Name nicht selbst eingefallen ist«, sagte er, und ein Schmunzeln umspielte seine Mundwinkel. »Diesem Wächter müsste man einen Orden verleihen.«

Den grauen Schlapphut trug er nicht mehr, hier auf dem Schiff hatte er keinen Grund, sich zu tarnen. Die letzten Schmutzreste hatte er sich aus dem Haar gewaschen, und die Sonne ließ es wieder wie pures Gold glänzen. Der raue Wind löste ein paar Strähnen aus seinem Zopf und trug einen Hauch seines Duftes zu mir, der sich mit dem Salzgeruch des Meeres vermischte: Nuancen von Zitrusfrüchten und frisch gefallenem

Schnee. Und dann war da noch etwas anderes, Metallisches, was ich schwer zuordnen konnte. Unwillkürlich atmete ich tiefer ein und öffnete leicht meinen Mund. Eine Erinnerung blitzte in meinem Kopf auf, die ich hastig verdrängte: eine Erinnerung an weiche Lippen auf meinen.

Bitterkeit stieg in mir hoch. Ich hatte ihn viel zu nah an mich herangelassen, war unvorsichtig gewesen, hatte ihm mein Vertrauen geschenkt. Vielleicht war das der Hauptgrund, warum ich so zornig auf ihn war: Weil ich ihn in Wahrheit viel zu gernhatte.

»Ich glaube, du bist nicht nur wahnsinnig«, flüsterte ich erstickt. »Sondern vor allem skrupellos und bösartig.«

Kurz schwieg er. Stur blickte ich geradeaus, während er leise antwortete: »Und vielleicht hast du auch damit recht.«

»Natürlich hat sie recht. Sie ist eine Frau, Junge, die haben immer recht. Je früher du das lernst, desto besser«, mischte sich eine Stimme hinter uns in das Gespräch ein.

Mercier nickte uns grinsend zu, als wir uns zu ihm umdrehten, dann lief er auch schon weiter. Hier auf seiner geliebten *Goldschwalbe* war er ganz in seinem Element. Man merkte ihm an, dass das Schiff und die See sein Leben waren. Auch heute trug er sein goldgelbes Wams, doch das ellenbogenkurze Cape hatte er gegen einen wetterfesten Mantel getauscht, für den es eigentlich viel zu warm war.

»Er hat betrogen. Zuerst im Spiel gegen dich, Kyran, und dann gegen Snow«, murmelte ich, während ich dem Kapitän hinterherschaute, der mit großen Schritten über das Deck eilte und Kommandos brüllte. »Er hatte lauter miese Tricks auf Lager.«

Leichtherzig strahlte Kyran mich an. Der bedrückte Tonfall war so schnell aus seiner Stimme verschwunden, wie er aufgetaucht war. Jetzt war er wieder der Glücksritter, der Schnösel, den nichts und niemand erschüttern konnte, weil er nichts und niemanden ernst nahm. »Natürlich hatte er das. Ich doch auch. Ich habe mich nur nicht so geschickt angestellt wie er.«

Ich verdrehte die Augen. »*Natürlich*«, murmelte ich. Das hätte ich mir eigentlich denken können.

Seufzend betrachtete ich ihn von der Seite. Es war so verrückt. Nicht mal jetzt, nach all dem, was geschehen war, verfehlten seine Schönheit und sein Charme ihre Wirkung auf mich. Ich sollte ihn hassen, und ein Teil von mir tat das auch, doch da war auch ein kleiner Teil, der Kyrans Nähe genoss, ihm noch näher sein und alles über ihn erfahren wollte.

Neben ihm zu sitzen und mit ihm zu sprechen fühlte sich fast wie früher an – solange ich die vergangenen Geschehnisse ausblendete. Aber jetzt wusste ich, ihm war nicht zu trauen. Das durfte ich auf keinen Fall vergessen. Keine Sekunde lang.

Mercier hatte nicht zu viel versprochen, seine Crew stellte keine Fragen: weder über die Monstrosität, die am Himmel erschienen war, noch über meine leuchtende Haut und die unheimlich blassen Augen. Vielleicht hatten sie einfach schon wesentlich verrücktere Dinge gesehen oder vielleicht waren sie irgendwann zu dem Schluss gelangt, dass es besser war, nicht zu neugierig zu sein.

Ich schaute seine Handgelenke an, die bis vor Kurzem noch gefesselt gewesen waren. Erst auf dem Schiff, wo er wenig Unheil anrichten konnte, hatten wir ihm die Fesseln abgenommen. Kyrans Blick folgte meinem, und er schien meine Gedanken zu lesen. Er hob die Hände und hielt sie so eng zusammen, als seien sie noch immer gefesselt.

»Ich werde es dir beweisen«, sagte er leise, aber entschlos-

sen, und sein Blick brannte wie Feuer auf meinem Gesicht.
»Ich werde dir beweisen, dass du mir vertrauen kannst.«

*

»Komm hoch! Na los, Dämmerkatze, nicht einschlafen! Hier
oben bin ich.«

Wann hatte ich Haze' Stimme das letzte Mal so unbeschwert gehört? Die vergangenen Wochen hatten einen Schatten auf seinen Gesichtszügen und in seinem Tonfall hinterlassen. Die jungenhafte Leichtigkeit, die er sonst immer
ausgestrahlt hatte, war beinahe gänzlich verschwunden. Außer
jetzt gerade.

Ich schirmte meine Augen mit der Hand gegen die grelle
Sonne ab und spähte hoch in das Gewirr aus Tauen, Netzen
und Strickleitern. Haze hatte sich schnell mit den Seemännern
angefreundet, ließ sich die Kunst des Segelns erklären und saß
nachts oft lange mit ihnen beisammen, um Karten zu spielen
und abenteuerlichen Geschichten zu lauschen, von denen bestimmt die Hälfte erstunken und erlogen war. Vom ersten Tag
an hatte er Aufgaben übernommen, komplizierte Knoten ein-
studiert, half mit der Takelage und hielt Ausschau vom Mast-
korb. Er hätte einen guten Seemann abgegeben, dachte ich
grinsend, während ich zusah, wie er in schwindelerregenden
Höhen herumkletterte.

»Pass auf, wenn du dich weiterhin so gut anstellst, nehme
ich dich noch in meine Crew auf«, hatte Mercier gestern erst
verkündet.

Haze hatte gelacht. »Danke für dies verlockende Angebot,
aber ich will höher hinaus. Noch höher als da rauf«, hatte er
geantwortet und auf das Krähennest am Hauptmast gedeutet.

162

»Ich will dir etwas zeigen«, drängte er jetzt in meine Richtung.

Ich blinzelte ins Licht. »Wieder so einen Seemannsknoten?«, fragte ich gedehnt.

Er schüttelte den Kopf. »Nun komm schon, sei kein Angsthase!« Er hielt sich nur mit einer Hand fest und winkte mir mit der anderen. »Zeig mir, dass du noch die Dämmerkatze bist, die ich kenne.«

Das ließ ich mir nicht zweimal sagen. Ich schob die Ärmel der hellen Leinenbluse hoch. Meine weichen schwarzen Lederstiefel, die bis zu den Oberschenkeln reichten, waren bequem genug zum Klettern. Ich war noch geschwächt, aber die Takelage zu erklimmen war für mich nicht anstrengender als ein Spaziergang. Meine ganze Kindheit hatte ich damit verbracht, durch den Wald zu streifen und auf Bäume zu steigen.

Je höher ich kam, desto stärker zerrte der Wind an mir. Ein fröhliches Lachen entrang sich meiner Kehle, ich fühlte mich so federleicht und unbesorgt wie zuletzt als kleines Mädchen. Alle Probleme waren für einen Moment ganz weit weg.

Das geknüpfte Netz aus Hanfseilen schwang im Wind, doch ich befürchtete keine Sekunde lang abzustürzen. Auf meinen Körper konnte ich mich verlassen, zumindest wenn es ums Klettern ging.

Haze streckte mir die Hand entgegen und zog mich mit einem Ruck zu sich ins Krähennest. »Immer noch eine Dämmerkatze.« Er grinste, und ich glaubte das Flügelschlagen der Möwen in meinem Bauch zu spüren.

Vorsichtig, um das Schwanken des Schiffs auszugleichen, richtete ich mich auf. Der Sturm blies hier oben so stark, dass er mir Tränen in die Augen trieb. Er blähte mein Kleid wie ein Segel und peitschte mir die Haare ins Gesicht. Die Möwen, die unser Schiff begleiteten, Essensreste stahlen und nachts auf den Quermasten schliefen, ließen sich von den Böen herumschleudern. Immer wieder fielen sie ein Stück weit wie Steine in die Tiefe, um sich gleich darauf wieder emporheben zu lassen. Ihr Kreischen schien Geschichten zu erzählen. Lächelnd breitete ich die Arme aus und sog die raue Meeresluft ein, bevor ich mich neugierig umsah.

Als mir die Holzspäne auffielen, musste ich schmunzeln. Haze hatte die Zeit genutzt, um mal wieder etwas zu schnitzen.

»Ist es das, was du mir zeigen wolltest?« Ich deutete auf die Späne. »Was hast du geschnitzt?«

Er schüttelte den Kopf und machte eine wegwerfende Geste. Als ich nach seiner Tasche greifen wollte, in der er die kleinen Holzfiguren, die er anfertigte, normalerweise aufbewahrte, hielt er sie sogar aus meiner Reichweite. Fragend zog ich eine Augenbraue hoch: Haze hatte mir bisher immer all die kleinen Kunstwerke gezeigt, die er schuf. Stattdessen deutete er jetzt nach unten. Einen Moment lang zögerte ich, den Blick weiterhin verwirrt auf seine Tasche gerichtet, dann folgte ich seinem ausgestreckten Zeigefinger. Der schlanke hölzerne Rumpf der *Goldschwalbe* erstreckte sich unter mir, der Bug durchschnitt das tiefblaue Meer. Schaumkronen tanzten auf den Wellen. Soweit mein Auge reichte, sah ich nur Wasser. Endlose, unglaubliche Massen an Wasser, bis zum Horizont, wo das Blau des Ozeans in jenes des Himmels überging. Der Anblick dieser unfassbaren Weite war eindrucksvoll und beängstigend zugleich. Sosehr ich mich auch anstrengte, nirgends konnte ich Land ausmachen.

Ich sah unter mir auf Deck die Männer und Frauen, die zu Merciers Crew zählten. Der Kapitän unterhielt sich gerade mit dem Koch und einem Jungen, an dem scheinbar all die Tätigkeiten hängen blieben, die sonst niemand übernehmen wollte, und andere Leute liefen herum, um ihren Aufgaben nachzugehen. Ich erblickte Kyran, der am Bug stand und über den Ozean blickte, und wünschte wie so oft, ich könnte seine Gedanken lesen.

Haze schnaufte ungeduldig neben mir. »Nein, nicht ihn. Ich meine etwas anderes. Siehst du es nicht?«

Ich beugte mich vor, und er tat es mir gleich. Durch den kalten Wind spürte ich die Wärme seines Körpers.

»Da unten, direkt neben dem Boot. Unter uns«, sagte er leise.

Und da sah ich sie: helle Schemen, die in den Fluten dahinglitten, immer wieder zwischen den Schaumkronen aufblitzten und wieder verschwanden, ehe man sicher sein konnte, ob man überhaupt etwas gesehen hatte. Das Sonnenlicht traf auf blasse schlanke Leiber, die manchmal fast bis zur Oberfläche hochkamen. Doch dann wieder reflektierte es so funkelnd auf dem Wasser, dass man nichts außer gleißendem Glitzern sah. Mal erahnte ich die Umrisse eines schneeweißen Pferdes, das so schwerelos galoppierte, als würde es unter Wasser fliegen, mal blitzte eine anmutige schlanke Frauengestalt zwischen den Wellen auf. Der Anblick war atemberaubend und so surreal, dass ich beinahe glaubte zu träumen, wenn ich es nicht besser gewusst hätte.

»Die Kelpies«, flüsterte ich so leise, dass ich nicht wusste, ob Haze es über dem Tosen der Wellen überhaupt hören konnte. »Sie sind wirklich bei uns. Haze ... Was für ein Abenteuer! Manchmal kann ich kaum glauben, dass das alles geschieht. Es ist gar nicht lange her, da waren wir zu Hause im Dorf, und das Spannendste, was passiert ist, war der Markt im Nachbarsort. Geschichten haben wir uns lediglich erzählt, aber jetzt *erleben* wir sie.«

Er schwieg, und seine Atemzüge mischten sich mit der stürmischen See. Ich sah sein Gesicht nur von der Seite und staunte einmal mehr darüber, wie sehr er sich verändert hatte. Sein kantiges Kinn, die scharf geschnittene Habichtsnase und die markanten Wangenknochen waren die eines Mannes, nicht eines Jungen. Die sonnengebräunte Haut, die breiten Schultern und starken Hände verrieten, dass er kein verweichlichtes Pflänzchen war, sondern von klein auf gelernt hatte, wie man anpackte und sich in der Natur zurechtfand. In seinen Augen, die manchmal beinahe schwarz wirkten, fing sich jetzt das Sonnenlicht und verlieh ihnen einen warmen nussbraunen Schimmer.

»Wenn sie mich hier sehen könnte«, stieß er so unvermittelt hervor, dass ich zusammenzuckte.

»Was? Wer?« Ich begriff nichts, doch ich bemerkte das Feuer, das im Braun seiner Augen loderte.

»Lady Tulip. Wenn sie sehen könnte, was ich erlebt habe – dann würde sie mich wahrnehmen. Dann wäre ich nicht nur ein beliebiger Dorfjunge in der Menge.«

Sein plötzlicher Gedankensprung überrumpelte mich, ich konnte ihm kaum folgen, doch dann begriff ich, dass er sie die ganze Zeit im Kopf gehabt hatte. Haze' Schwärmerei für die schöne Lady hatte ich nie so ganz ernst genommen – wie konnte man Gefühle für jemanden entwickeln, den man gar nicht kannte? Aber als ich jetzt diesen Ausdruck auf seinem Gesicht sah, war mir klar, dass er nicht scherzte. Meine Gedanken folgten seinen. Ich stellte mir die goldhaarige Lady vor und fragte mich, was sie wohl über Haze denken würde. Das eine Mal, als er sie gesehen hatte, war er einer von vielen gewe-

166

sen. Ein beliebiges Gesicht in der Menschenmenge, das bewundernd zu ihr hochblickte. Nur ein Junge aus dem Dorf. Aber wenn sie ihn nun sehen könnte, so wie ich ihn sah, an Bord dieses Schiffes, umgeben von tosenden Wellen, mit seinen funkelnden dunklen Augen ... könnte sie ihn dann ignorieren? Bestimmt würde sie ihn als den erkennen, der er war: jemand, der sich Wölfen und Monstern stellte. Der die Welt bereiste. Der keine Risiken scheute, um für die einzustehen, die ihm am Herzen lagen.

Es versetzte mir einen Stich, mir Haze und Lady Tulip Seite an Seite vorzustellen, und vergeblich versuchte ich zu ergründen, woher dieses Unwohlsein kam. Die Wahrscheinlichkeit, dass mein bester Freund dieser Adligen überhaupt je begegnete, war unglaublich gering.

Sie wird ihn mir nicht wegnehmen, flüsterte ein Stimmchen in meinem Hinterkopf, das ich eilig zum Schweigen brachte. *Wie peinlich!*

Aber hatte sie das nicht schon ein Stück weit, ohne davon zu wissen – und ohne ihn überhaupt zu kennen? Er war bei mir, stand hier direkt neben mir, doch seine Gedanken galten *ihr*.

Und wer war ich, mich darüber zu beklagen? Wir hatten uns geküsst, und da war ein seltsames Prickeln zwischen uns, ja. Aber ich wagte trotzdem nicht, ihn darauf anzusprechen, aus Angst davor, wozu das vielleicht führen würde. Wir gaben vor, nur Freunde zu sein, aber diese Sache zwischen uns ging über reine Freundschaft hinaus. Und außerdem – und das war vielleicht das Schlimmste –, sosehr ich Kyran auch zürnte, spürte ich doch nach wie vor die Anziehungskraft, die auch von *ihm* ausging. Ich hatte keinerlei Anspruch auf Haze, solange ich selbst nicht wusste, was ich wollte und erwartete.

«Sie ist Kyrans Schwester.« Das war mir in dem Moment bewusst geworden, als ich erkannt hatte, dass Mondlord Heathorn Umbra Kyrans Vater war – genauso wie Lady Tulips Vater. Doch jetzt sprach ich es zum ersten Mal laut aus. Die goldhaarige Lady, die in ganz Vael für ihre Schönheit bekannt war, und der goldhaarige adlige Kyran mit dem attraktiven Gesicht und der adligen Abstammung – mich wunderte nicht wirklich, dass die beiden verwandt sein sollten.

Haze' Miene verschloss sich. »Die meisten Familien haben ein schwarzes Schaf«, murmelte er und sagte nichts mehr, bis ich schließlich das Krähennest verließ und hinabkletterte.

Kapitel 10
In der Tiefe

»Ihr seid euch ganz sicher? Ihr seid euch sicher, dass es sich um die Personen auf den Suchplakaten gehandelt hat?« Jedes Wort aus dem Mund der High Lady knallte wie ein Peitschenschlag und hallte über den eiskalten Boden des Schlosses.

Die Soldaten und Soldatinnen aus Lorell, die vor ihr im Thronsaal knieten, zuckten zusammen, als hätte ein eisiger Windstoß sie alle gleichzeitig geohrfeigt. Sie alle schienen am liebsten im Boden versinken zu wollen. Als sie dem diensthabenden Offizier über die Ereignisse am Hafen Bericht erstattet hatten, hätten sie nicht im Traum erwartet, kurz darauf vor der Herrscherin persönlich vorsprechen zu müssen. Doch die Lady musste es aus ihren Mündern hören. Sie musste ihnen in die verängstigten Gesichter sehen und die Wahrheit von ihnen erfahren – von den Augenzeugen.

»Sprecht!« Ein weiterer scharfer Peitschenknall.

Eine Soldatin hob angstvoll den Blick zur Herrscherin Vaels. »Sie waren es, meine High Lady.« Ihre Stimme klang heiser und gebrochen. Sie musste ihre Lippen mit der Zunge befeuchten und sich räuspern, bevor sie weitersprechen konnte. »Sie trugen ihre Haare anders und kleideten sich unauffällig, daher konnte man sie auf den ersten Blick leicht übersehen, aber es waren eindeutig die

Personen von den Plakaten: die Frau, das Mädchen und der Junge.«

»Und ihr habt sie entwischen lassen.«

Die junge Soldatin bebte heftig. Vor Kurzem noch, in ihrer Ausbildung, hatte sie sich unbesiegbar gefühlt und geglaubt, nichts auf der Welt könnte ihr Angst einjagen. Sie hatte den Umgang mit dem Schwert gelernt, ihre Uniform mit dem Mondsichelwappen angezogen und war fest entschlossen gewesen, in ihrer Heimat für Sicherheit zu sorgen. Sie war sich sicher: Wer an sich selbst und seine Fähigkeiten glaubte, bräuchte niemals Angst zu haben. Und so war sie furchtlos und zielstrebig durch alle Prüfungen marschiert. Der Dienst in Lorell hatte sie bisher gelangweilt, sie hatte sich mehr von einem Leben als Soldatin erwartet, als nur durch die Straßen zu patrouillieren. Sie hatte mehr Spannung erwartet, mehr Aufregung, mehr Gefahren, um sich selbst und ihren Mut zu beweisen.

Doch jetzt, Angesicht zu Angesicht mit der High Lady, zitterte Roswen wie Espenlaub. Sie spürte den Blick der mächtigsten Frau des Landes wie kalten Stahl auf ihrem Gesicht. Wie unheimlich High Lady Serpia aussah, schoss es ihr durch den Kopf, und gleich darauf verfluchte sie sich für diese Überlegung – es hätte sie nicht gewundert, wenn die Herrscherin ihr jeden einzelnen Gedanken vom Gesicht ablesen könnte.

Obwohl der Thronsaal ein geschlossener Raum mit dicken Marmorwänden war, schien ein unsichtbarer Wind die silberblonden Haare mit der pechschwarzen Strähne zu bewegen. Die Haut der High Lady war weiß wie Alabaster, die Augen so hell und milchig wie Mondstein. Ein deutlich wahrnehmbarer blasser Schein ging von ihr aus.

Das war die Mondmagie, wusste Roswen. Sie hatte davon gehört, dass Magie Spuren in jedem hinterließ, der sie wirkte, doch so stark hätte sie sich diesen Effekt niemals vorgestellt. Die High Lady schien ganz von der Kraft der Monde durchdrungen, so als bestehe sie mehr aus Magie als aus Fleisch und Blut.

Sie hatte die Regentin einst gesehen, aus der Ferne: auf einer Feierlichkeit vom Schlossplatz aus, auf der offenen Galerie stehend und der jubelnden Menschenmenge hoheitsvoll zuwinkend. Damals hatte Serpia nicht so unheimlich ausgesehen. Sie hatte ein opulentes Kleid mit ausladendem Rock, silbern schimmernden Stickereien und Edelsteinbesatz getragen; die hellen Haare waren eingedreht und zu einer kunstvollen Frisur hochgesteckt gewesen, Silberschmuck hatte ihren schlanken Hals und ihre Arme geziert. Heute hielt sie sich nicht mit derlei Details auf. Das tiefschwarze Kleid war schlicht, hochgeschlossen und schnörkellos, das Auffälligste daran waren die Ärmel, die ab den Ellenbogen geschlitzt waren und wie zarte Schleier bis zum Boden reichten. Der einzige Schmuck war das zierliche Silberdiadem auf ihrem Haupt. An jenem längst vergangenen Tag hatte Roswen ihr ebenso wie der Rest des Volkes applaudiert und zugejubelt, statt so wie jetzt vor ihr zu erzittern.

»Es tut uns leid, meine High Lady, wir haben versagt.« Die Stimme der jungen Soldatin war nur noch ein schwacher Hauch. »Diese Monstrosität, dieses Wesen, das uns attackiert hat …«

Ihr war bewusst, wie unglaubwürdig die Geschichte klang, von denen die Wächter am Hafen erzählten – so als hätten sie eine Gruppenhalluzination erlitten oder, schlimmer, sich abgesprochen. Eine schlangenhafte Kreatur mit unzähligen aufgerissenen Mäulern, die am nächtlichen Himmel erschienen war? Das klang zu verrückt, um wahr zu sein. In blinder Panik waren sie alle geflohen, fest davon überzeugt, die klaffenden Münder würden jeden Augenblick auf sie herniederfahren und sie verschlingen – doch nichts war geschehen, und als sich später jemand wieder an den Ort

171

des Geschehens gewagt hatte, war das Monster spurlos verschwunden.

Dachte die High Lady, sie würden ihr erfundene Geschichten auftischen? Bei dieser Vorstellung begann Roswen zu schwitzen. Die Herrscherin zu belügen könnte sie alle das Leben kosten – und die Tatsache, dass die Gesuchten entkommen waren, war unverzeihlich. Sie alle hatten versagt. Schlotternd senkte die Soldatin den Blick und wartete auf das vernichtende Urteil.

Doch die High Lady wandte sich abrupt ab. Eine kurze Geste, dann waren die Soldaten entlassen. Ein Aufatmen war zu hören. Roswen befürchtete, über ihre eigenen Füße zu stolpern, so steifbeinig war sie. Sie musste sich zusammenreißen, um nicht im Laufschritt aus dem Thronsaal zu fliehen, als seien reißende Blutwölfe hinter ihr her, und sie merkte, dass es ihren Kollegen genauso ging.

Einen Moment lang blieb High Lady Serpia regungslos stehen und starrte ins Nichts. Sie wusste, dass die Soldaten eine fatale Strafe befürchtet hatten, doch diese Leute waren ihr den Aufwand nicht wert. Alles hatte an Bedeutung verloren – alles, außer Ashwind und der Prinzessin.

Sie waren geflohen, hatten die Stadt verlassen. Serpias Atmung beschleunigte sich. All ihre Leute hatte sie losgeschickt, überall hingen Plakate, und dennoch war ihnen die Flucht geglückt. Ob sich Ashwind auf dem ablegenden Schiff befunden hatte, hatten ihr die Soldaten nicht sagen können, beim Erscheinen der magischen Illusion – die Lady ging davon aus, dass es sich um ein Trugbild gehandelt hatte – war alles drunter und drüber gegangen, und niemand hatte mehr genau mitbekommen, was überhaupt geschah. Doch das Mädchen hatte sich an Bord befunden, darüber herrschte Einigkeit.

Ein Schrei bahnte sich den Weg aus der Kehle der High Lady, rau und ungezügelt. Ein einzelner Schrei, der durch die kalten

Gänge des Schlosses hallte und Adlige sowie Bedienstete furchtsam zusammenzucken ließ.

Nur einer wagte es, sich ihr zu nähern. Mondlord Heathorn Umbra trat auf sie zu, verbeugte sich und setzte zum Sprechen an. Doch nicht einmal mit ihm, ihrem engsten Vertrauten und Berater, wollte sie jetzt reden. Was konnte er ihr schon zu sagen haben? Es kümmerte sie nicht, dass sich sein Sohn in Ashwinds Gewalt befand. Kümmerte es ihn selbst überhaupt? Manchmal zweifelte sie daran, dass der blasse Mann im unscheinbaren Grau überhaupt Gefühle hatte. Und auch über die geplante Verheiratung seiner Tochter Tulip mit dem Prinzen aus Righa wollte sie keine Unterredung halten. Sollte er sich doch selbst um die Details kümmern. Nichts, was er zu sagen hatte, konnte sie jetzt interessieren.

»Aus dem Weg«, fauchte sie und stieß ihn grob beiseite, als sie aus dem Thronsaal stürmte. Ihre Hände stießen gegen seine knochige Brust, die sie durch sein graues Gewand spürte. Er beschwerte sich nicht, sagte überhaupt nichts, doch sie spürte den Blick seiner hellen Augen in ihrem Rücken.

Ihre Schritte beschleunigten sich, bis sie rannte, beinahe flog. Die Absätze der nachtschwarzen Raulederstiefel hallten über den Marmor. Sie kümmerte sich nicht um die verstohlenen Blicke ihrer Untertanen, die hastig auswichen und demütig die Köpfe senkten, als sie an ihnen vorbeistürmte. Sollten sie doch denken, was sie wollten.

Das Herz der Lady schlug lauter, immer lauter, bis das Getöse in ihrer Brust jedes andere Geräusch übertönte. Ihr wurde schwindelig, sie taumelte, hielt sich an einem Türrahmen fest und rannte weiter. Die Zähne hatte sie so fest zusammengebissen, dass ihr Unterkiefer schmerzte, doch auch das spielte keine Rolle.

Sie war im Schloss aufgewachsen, kannte jeden Winkel und all die schmalen Gänge, die sonst nur die Dienstboten nutzten.

173

Die schmale Tür, die sie aufriss, lag im hinteren Bereich des Schlosses, ganz im Norden. Nicht auf jener Seite, die der Stadt zugewandt war, sondern auf der Meeresseite. Der Sturm empfing sie wie eine Umarmung, peitschte die Gischt hoch zu ihr und heulte wie ein wildes Tier um das Schloss herum. In endloser Wut stürmte der Ozean gegen die Skallarden an, die Klippen, auf deren höchstem Punkt das Schloss über dem Meer aufragte. Serpia erschien es wie ein Echo ihrer eigenen Wut, die sie im Herzen trug.

Ein weiterer rauer Schrei grub sich gewaltsam den Weg aus ihrer Kehle und verhallte ungehört im Tosen des Meeres. Die Magie der Monde pulsierte durch ihre Adern, erfüllte sie bis in die Haarspitzen, durchdrang sie wie ein kraftvoller Strom, doch sie war machtlos. Diese unglaublich starke Magie konnte so vieles bewirken, doch nicht das, worauf es ihr ankam. Sie konnte ihre Kraft nicht nutzen, um ihre Gegner einzufangen, zu fesseln und zu zermalmen.

Zu ihrer Linken wand sich eine schmale Treppe mit morschem Geländer in die Tiefe. Die Konstruktion hatte einst als Fluchtweg gedient: Auf diesem Wege ließ sich das Schloss unbemerkt verlassen, um an der Plattform am Fuße der Treppe in ein Boot zu steigen. Doch der Meeresspiegel war im Laufe der Zeit gestiegen und hatte die Plattform längst verschlungen, die Treppe führte ins Nichts. Irgendwann würde der Ozean siegen und sich das ganze Schloss einverleiben, schoss es Serpia durch den Kopf, doch das würde lange nach ihrer Zeit, in einer fernen Zukunft sein.

Die Stufen waren glitschig und angegriffen von Meer und Wetter, die Treppe schwankte unter den Schritten der Lady. Ihre Hand umklammerte das Geländer, während sie unerschrocken in die Tiefe stieg, bis die Gischt ihr Kleid und ihre Haare völlig durchnässte und neben ihr nicht mehr war als die zerklüfteten knochenbleichen Felsen der Skallarden.

Sie wusste, dass jederzeit eine große Welle hochpeitschen und sie gegen die schroffen Klippen schleudern konnte. Doch das Risiko kümmerte sie nicht. Sie verschwendete keinen Gedanken an die Todesgefahr, nur Ashwind und das Mädchen hatten in ihrem Kopf Platz.

Geflohen waren sie, und nur die Monde wussten, wohin. Vielleicht hatten sie es zu einer der Inseln vor dem Festland geschafft, vielleicht waren sie längst gekentert und den Kreaturen des Meeres zum Opfer gefallen. Die Ungewissheit machte die Lady rasend. Sie hatte keine Ahnung, ob ihre verhasste Schwester noch lebte, gerade auf einem Schiff davonsegelte, sich auf einer Insel verbarg oder auf dem Meeresboden lag, wo die Fische an ihren bleichen Knochen nagten.

Und das Mädchen, Ashwinds Kind, Rowans Kind ... Es war Serpia unmöglich, den Gedanken weiterzuverfolgen. Nach all den Jahren trieb ihr die Erinnerung an Rowan immer noch Tränen in die Augen. Tränen des Hasses und des Schmerzes.

«Sucht sie.» Der Sturm und das Meer zerfetzten ihre Worte zur Unkenntlichkeit, doch die Lady wusste, dass ihre Nachricht jene erreichte, für die sie bestimmt war: finstere Kreaturen, die tief unter der schäumenden Oberfläche des Skallardmeeres hausten. Dort, wohin sich die Lichtstrahlen der Sonne niemals verirrten, in den dunkelsten Tiefen, begann sich etwas zu regen. »Sucht nach der Frau mit dem Rabenhaar, die ihre Schwester verraten und betrogen hat. Sucht nach dem Mädchen, das der lebende Beweis dieses Verrats ist. Schwärmt aus, durchforstet das Meer. Richtet euren Blick zur Oberfläche. Sucht sie – und verschlingt sie.«

*

Nacht für Nacht schaukelte mich das Schiff in den Schlaf.

Zwei Wochen mochten mittlerweile vergangen sein, doch die Tage gingen fließend ineinander über. Ich lauschte dem Rauschen der Wellen, und manchmal hatte ich das Gefühl, das Holz sei lebendig und spräche in einer fremden Sprache, so wie es ächzte und knarzte.

Verschlafen blinzelte ich in die Dunkelheit. Irgendetwas hatte mich geweckt, doch es war nicht wie so oft der Ruf der Monde gewesen, die mich magnetisch anzogen.

Ein rosa Funke taumelte durch die Finsternis: Jinx. Ich hatte gar nicht bemerkt, dass sie sich in meiner Kajüte befand. Ihr schwaches Glimmen reichte nicht aus, um die Umgebung zu erhellen.

Ich tastete nach dem Päckchen mit den Zunderhölzchen. Ein leises Zischen, dann flackerte eine Flamme auf, mit der ich den Docht der Kerze entzündete. Vermutlich war ich ohne besonderen Grund wach geworden. Durch einen betrunkenen Seemann vielleicht, der über das Schiff getrampelt war, oder ein besonders lautes Knacken im Holz. Oder durch das Krächzen einer Albdrossel: Die kuriosen Vögel mit den ledrigen Fledermausschwingen, dem schattengrauen Gefieder und den langen schlanken Schnäbeln konnten unter Wasser atmen. Dort lebten sie auch tagsüber, doch nachts stiegen sie aus den Fluten empor, flatterten über den Himmel und zankten sich um erbeutete Fische.

Aber da war plötzlich diese Unruhe in mir, wie krabbelnde Ameisen unter meiner Haut, die ich nicht ignorieren konnte. Mein Atem ging flacher, und ich lauschte angestrengt in die Stille hinein. Doch nichts. Nur die allgegenwärtigen Geräusche des Meeres und des Schiffs waren zu hören. Trotzdem blieb ich aufrecht sitzen und blickte eine Weile angespannt in meiner kleinen Kajüte umher. Mein Blick wanderte über die Tru-

176

he vor der schmalen Pritsche, in der ich meine wenigen Habseligkeiten verstaut hatte, vom Tisch zu den rauen Holzwänden. Es war ein winziger Raum, doch für die tanzenden Schatten der Kerzenflamme bot er genügend Platz.

Etwas stimmte nicht.

Ich konnte nicht genau festmachen, was es war, doch ich spürte es in der Atmosphäre, als sei die Luft seltsam aufgeladen. Alarmiert lauschte ich in die Nacht, starrte in die flackernden Schatten in den Ecken und wartete. Kurz dachte ich darüber nach, aufzustehen und überall auf dem Schiff nach dem Rechten zu sehen, doch dann verdrehte ich die Augen über mich selbst. Übertrieb ich gerade nicht maßlos? Ich sah wohl schon Gespenster!

Aber genau in dem Moment, als ich die Kerze auspusten und mich wieder hinlegen wollte, hörte ich es – und ich wusste sofort, dass es sich um das Geräusch handelte, das mich aus dem Schlaf gerissen hatte.

Ein Kratzen am Schiffsrumpf.

Ein Schaben, das mir das Blut in den Adern stocken und meine Gesichtszüge einfrieren ließ.

Und dann gellte ein markerschütternder Schrei durch die Nacht.

Kapitel 11
Gelbe Augen

Wir waren auf Grund gelaufen – das war der erste Gedanke, der mir durch den Kopf schoss. Scharfkantige Felsen rissen den Schiffsrumpf auf, es begann zu sinken, wir würden jämmerlich ertrinken!

Tagsüber noch hatte Mercier behauptet, wir seien Kuraigan so nah, dass er das Festland bereits als feine dunkle Linie am Horizont erkennen könne, und obwohl ich selbst nichts dergleichen sah, glaubte ich ihm. Waren wir sogar noch näher am Festland als angenommen und auf dem felsigen Boden in Ufernähe gestrandet?

Ich sprang aus dem Bett, verfing mich dabei in der Decke und stolperte fast über meine eigenen Füße. Instinktiv schnappte ich mir den Dolch, den Haze mir einst geschenkt hatte, und stürmte aus der Tür. Orientierungslos sah ich mich um. Die Männer und Frauen aus Merciers Crew stürzten aus dem Mannschaftsdeck hervor, jemand stieß mich beiseite, und ich taumelte gegen die Wand.

»Haze!« Mein Ruf ging im Tumult unter.

Jinx schwirrte vor mir her, als ich hoch aufs Oberdeck rannte. Im ersten Moment sah ich nichts, rein gar nichts. Meine Augen, an das schwache Licht der Kerze gewöhnt, nahmen nur völlige Dunkelheit wahr, in der Menschen panisch durcheinanderliefen. Mit heftig pochendem Herzen bewegte ich mich vorwärts und begriff nicht, was los war. Die Mannschaft war in Panik, stürmte hin und her, griff zu ihren Waffen – und die Angst klammerte sich wie eine kalte Klaue um mein Herz.

»Haze«, brachte ich noch einmal hervor, diesmal kläglicher. Dann atmete ich durch, gab mir einen Ruck und versuchte die Furcht vor dem Unbekannten niederzukämpfen. »Was ist los? Hey, was ist passiert?« Ich versuchte jemanden festzuhalten, doch er beachtete mich gar nicht, sondern riss sich los und hetzte mit weit aufgerissenen Augen weiter.

Die *Goldschwalbe* hob sich, ich spürte das Holz unter meinen Füßen erzittern. Mit einem ohrenbetäubenden Klatschen landete das Schiff wieder auf der Oberfläche, schwankte bedrohlich von einer Seite auf die andere. Salziges Wasser spritzte hoch und ergoss sich auf das Deck. Mein Magen verkrampfte sich: Das hier war nicht wie der übliche Wellengang, der das Schiff sonst schwanken ließ. Diese Bewegungen waren *anders.* Aber was hatte das zu bedeuten?

Eine kräftige Hand packte meine Schulter und riss mich herum. »Runter – bleib unter Deck!«, brüllte Kapitän Mercier. Auf seinem Gesicht stand nicht der Hauch eines Lächelns – es war wie versteinert und schien plötzlich um Jahre gealtert zu sein.

Er meinte es ernst, aber um nichts in der Welt hätte ich seinem Befehl Folge leisten können. Ich konnte mich nicht feige verstecken, wenn alle anderen verzweifelt gegen irgendeine Gefahr – welche auch immer – ankämpften. Und schon gar nicht, solange ich nicht wusste, wo Haze und Kyran waren.

»Mercier!« Die Angst machte meinen Tonfall schärfer als geplant, aber er nahm das gar nicht wahr. »Was ist passiert?«

Und in diesem Moment sah auch ich es: den gigantischen schwarzen Umriss am Sternenhimmel, der höher als unser höchster Mast aufragte. Benommen starrte ich zu ihm empor und fragte mich, was bei allen fünf Monden diese Dunkelheit zu bedeuten hatte – als sich der Umriss auf einmal bewegte und schwankend näher kam.

»Aus dem Weg!« Merciers Stimme überschlug sich, grob stieß er mich zur Seite, so kräftig, dass ich fiel und hart auf dem Deck aufschlug. Schwer atmend drehte ich mich um und erstarrte. Da, wo ich gerade noch gestanden hatte, kräuselte sich ein riesiger Tentakel auf dem Schiff.

*

Das Mondlicht fiel auf feuchte ledrige Haut, die von einem dickflüssigen Schleim bedeckt schien. Es war ein Anblick wie aus einem Albtraum, aber was auch immer dieses Wesen war – es war echt. Dick wie ein Baumstamm und völlig reglos lag nun der Fangarm auf dem Deck ausgestreckt.

»Was ... ist das?« Meine Stimme war nichts weiter als ein Wimmern. »Was ... bei allen fünf Monden, was *ist* das?«

Eine Bewegung ging durch den Tentakel, ein Zucken. Mein Blick fiel auf die unzähligen Saugnäpfe an der Unterseite, die sich auf den Holzplanken festhielten und mit denen er sich langsam vorwärtsschob. Schwer atmend krabbelte ich rückwärts, ohne das Ding aus den Augen zu lassen, bis ich mit dem Rücken gegen etwas Hartes prallte – eine Wand, einen Mast, was auch immer.

»Lelani! Geht es dir gut?«, keuchte Haze, der auf einmal neben mir aufgetaucht war. Er umfasste meine Schultern, sah mir ins Gesicht und schüttelte mich leicht, als ich nicht sofort antwortete. Über dem Heulen des Sturms, dem Tosen des aufgewühlten Meeres und dem Geschrei der Mannschaft konnte ich ihn kaum verstehen.

»Was ist das für eine Kreatur?«, schrie ich.

»Keine Ahnung.« Seine dunklen Augenbrauen waren zusammengezogen, die Augen glänzten fast schwarz, seine Miene war angespannt. »Nicht die geringste Ahnung.«

Aus weit aufgerissenen Augen starrten wir hoch zum Nachthimmel, vor dem weitere Tentakel emporragten und durch die Luft schwangen. Krachend splitterte Holz, als ein weiterer Fangarm auf das Deck niederraste und dann noch einer.

»Was auch immer das ist, es hält das Schiff fest«, stieß ich entsetzt hervor, als ich begriff, dass die baumstammdicken Arme die *Goldschwalbe* umklammerten.

Ein Lachen, das ich unter Tausenden erkannt hätte, drang durch das Getöse der Nacht. Kyran ging auf die Greifarme los, die immer wieder durch die Luft peitschten. Statt eines Schwerts hatte er von irgendwoher ein simples Beil organisiert, das er auf die feuchte Lederhaut niedersausen ließ. Einer der Fangarme löste sich vom Deck und schwang in Kyrans Richtung, doch erneut lachte er, sprang zurück und fand sein Gleichgewicht wieder. Er beugte sich blitzschnell rückwärts, als der Tentakel nach seinem Gesicht peitschte, und konnte haarscharf ausweichen. Erneut schlug er mit dem Beil zu.

Seine Haare hatten sich aus dem Zopf gelöst und flatterten ungezähmt im Wind. Jede seiner Bewegungen war so kraftvoll und geschmeidig, dass ich einen Moment lang ihn anstarrte und nicht die riesigen dunklen Umrisse, die über den Himmel

181

schwankten und das Schiff umklammerten. Trotz der Dunkelheit schien er zu leuchten, und das hatte nichts mit Magie zu tun, sondern lag einzig und allein an ihm selbst.

»Komm schon, du widerwärtige Kreatur«, spottete er. »Wenn du uns willst, musst du dir schon etwas mehr Mühe geben.«

»Kyran«, hauchte ich und empfand auf einmal Angst um ihn, die er selbst nicht zu kennen schien.

Andere taten es ihm gleich. Ich sah die rot gelockte Matrosin Keeli, die ihren Säbel gegen den fleischigen Arm der Kreatur schwang, und ihren schweigsamen Kollegen Rafe mit seinem Breitmesser. Wann immer eine Klinge auf die schleimige Haut traf, quoll eine dunkle Flüssigkeit hervor, doch das schien das Tier gar nicht zu stören. Nur wenige der besonders tiefen Hiebe ließen die Tentakel überhaupt erst leicht zucken.

Der durchdringende Gestank verfaulten Fisches hing in der Luft und ließ mich würgen. Das Krachen des strapazierten Holzes der *Goldschwalbe* klang wie der Schrei eines verletzten Tieres. Wie eine Nussschale wurde das Schiff gebeutelt, nicht nur von mächtigen Wogen, sondern auch von der verhängnisvollen Umklammerung des Wesens. Ich musste mich mit aller Macht festklammern, um nicht das Gleichgewicht zu verlieren, als das Schiff unter mir erbebte und durchgeschüttelt wurde. Ein ohrenbetäubendes Krachen brach durch das Getöse, ein Stück der Reling war herausgebrochen, als seien die massiven Holzbretter nichts weiter als dünne Zahnstocher. Der Tentakel, der die Reling zerstört hatte, zog sich kurz zurück und schnellte gleich darauf wieder vor, schlängelte sich über das Deck, wickelte sich um den Hauptmast.

Haze war nicht mehr neben mir, und ich spürte seine Abwesenheit wie einen körperlichen Schmerz. Verstört suchte ich

182

nach ihm und fand ihn schließlich: Mit einem Fuß stand er auf der Reling, beugte sich vor und spannte seinen Bogen. Er brüllte etwas, was im Lärm unterging.

»Ein Riesenkrake«, stammelte Mercier fassungslos. Ich hatte gar nicht gemerkt, dass er neben mich getreten war. Seine Stimme klang so fremd, dass ich sie beinahe nicht erkannt hätte. »Das – das kann nicht sein. Sie leben nur in den Tiefen des Meeres, kommen niemals so nah an die Oberfläche und erst recht nicht so nah an die Küste. Dass es sie überhaupt gibt, weiß man nur, weil hin und wieder ein Exemplar an den Strand getrieben wird. Selten, sehr selten. Als Kind habe ich zuletzt so ein Vieh gesehen, als verwesende gallertartige Masse lag es am Ufer, schon so zersetzt, dass man seine ursprüngliche Form kaum mehr erkennen konnte.« Dann schrie er aus Leibeskräften, sodass ich neben ihm zusammenzuckte: »Ein Riesenkrake, verdammt!«

Und die Art, wie er die Worte ausspie, jagte mir Angst ein.

»Wenn er sich die Goldschwalbe holt, gehe ich mit ihr unter«, knurrte er, hob seinen Krummsäbel und stürmte mit einem weiteren Schrei los. Auf seinem Gesicht lag ein Ausdruck, der mir durch Mark und Bein fuhr: der Ausdruck eines Mannes, der innerhalb weniger Augenblicke mit seinem Leben abgeschlossen hatte, aber fest entschlossen war, nicht kampflos unterzugehen.

Der Schreck hatte mich zunächst gelähmt, doch jetzt kehrte das Leben in meine Glieder zurück. Ich hetzte auf Haze zu, schlitterte über das rutschige Deck und schrie auf, als ein Tentakel behäbig in meine Richtung schwang. Doch ich konnte problemlos ausweichen – wo auch immer das Tier seine Augen haben mochte, es konnte uns offenbar nicht sehen. Seine Bewegungen waren willkürlich und unkoordiniert, sein eigentliches Ziel schien das Schiff zu sein, und wir Menschen waren nur ein lästiger Nebeneffekt.

Ich hielt den Griff meines Dolchs so fest umklammert, als wollte ich ihn zerdrücken. Wie von selbst schnellte meine Hand nach vorne. Bilder blitzten in meinem Kopf auf: Erinnerungen an die Trainingsstunden mit Kyran, der mir zeigen wollte, wie ich mich mit meiner Waffe verteidigen konnte. Meine Energie entlud sich in einem Schrei, als ich mit dem Dolch nach dem Wesen stach. Die scharfe Klinge traf auf feuchte Haut. Ich hatte all meine Kraft in den Schlag gelegt, doch ich hatte nicht einmal einen Kratzer hinterlassen – die von zähem Schleim bedeckte Haut musste dick wie gegerbtes Leder sein.

Unmöglich, schoss es mir durch den Kopf. Auf diese Weise konnten wir das Tier nicht abwehren. Wir waren ihm hoffnungslos unterlegen, unsere Angriffe verpufften ohne jegliche Wirkung.

Ein weiterer Schrei voll Frust und Verzweiflung entfuhr mir, und wider besseres Wissen hackte ich erneut mit meiner Waffe los. Diesmal kratzte ich nicht einmal an der Haut, nutzlos glitt meine Klinge daran ab, schabte nur etwas von der schleimigen Schicht ab, die den Greifarm bedeckte. Doch die Wucht meines Schlags trug mich vorwärts, und ich stolperte ein paar Schritte weiter, ruderte mit den Armen, fand mein Gleichgewicht wieder. Der fischige Gestank war unerträglich, schien wie schmieriges Öl meine Atemwege hinabzurinnen und ließ meine Augen brennen.

Immer wieder fiel ich fast, weil das Schiff unter mir bockte und sich aufbäumte wie ein wildes Pferd. Schlitternd rannte ich über das Deck, steckte den Dolch in meinen Gürtel und schnappte mir eine längere Waffe: einen Speer, den die Crew manchmal in einem kleinen Beiboot zum Fischen benutzte. Ich dachte gar nicht lange darüber nach, wie man mit so etwas umging. Fest umfasste ich das glatte Holz, kniff ein Auge zu und holte aus. Mit aller Macht stach ich auf den Greifarm ein.

Und diesmal durchdrang ich die Haut! Die schlanke Spitze bohrte sich ins Fleisch, und der Gestank ließ mich würgen. Das Zucken des Wesens riss mich fast von den Füßen, aber verbissen klammerte ich mich an den Speer, hängte mich mit meinem ganzen Gewicht darauf und versuchte, ihn noch tiefer in den Tentakel zu rammen. Die wuchtigen Rucke rissen an meinen Armen und Schultern, doch ich schluckte den Schmerz herunter.

Erschrocken keuchte ich, als meine Füße plötzlich den Bodenkontakt verloren. Der Tentakel hob sich, aber ich ließ die Waffe nicht los und hing schließlich mit ihr in der Luft. Panik wallte in mir auf, doch bevor ich eine Entscheidung treffen konnte, raste der Greifarm wieder hinab.

Ich schrie auf, doch mein Schrei riss abrupt ab, als ich aufs Deck knallte. Der Speer glitt mir aus den Händen. Die Wucht des Aufpralls war so heftig, dass mir kurz schwarz vor Augen wurde.

»Lelani! Hier herüber«, brüllte Haze über den Kampflärm.

Ächzend rappelte ich mich auf. Mein ganzer Körper fühlte sich wund an, doch nichts schien gebrochen zu sein. Also rannte ich los, so gut ich es auf dem schwankenden Schiff vermochte. Erst als ich meinen besten Freund erreicht hatte, konnte ich wieder freier atmen.

Aus weit aufgerissenen Augen starrte ich über die Reling in die Tiefe und folgte so dem Blick von Haze. Im ersten Moment sah ich gar nichts außer pure Dunkelheit. *Doch da war etwas!*

Eine Bewegung in der Tiefe.

Ein düsteres Wabern, in dem sich nur schwer klare Konturen erkennen ließen.

Ein Schatten unter der Oberfläche, größer als unser gesamtes Schiff.

»Mögen die Monde uns beistehen«, entfuhr es mir wimmernd, und beinahe wünschte ich, ich hätte gar nichts gesehen.

Die Tentakel, die das Schiff attackierten, mündeten in einen aufgequollenen riesigen Leib.

Ein Krake.

Die Wolken, die am Himmel standen, zogen weiter, und die Monde zeigten ihr sanftes Gesicht. Ihr Licht offenbarte mir weitere Details des Riesenkraken. Ich sah im Zentrum des aufgedunsenen Leibs einen kräftigen Schnabel, ähnlich dem eines Papageis, doch so groß, dass er einen Menschen am Stück hätte verschlingen können. Ich sah Muscheln und Korallen, die den Körper des Kraken überwucherten. Und vor allem sah ich zwei kreisrunde gelbe Augen mit Schlitzpupillen, die mich plötzlich fixierten.

Er kam höher, durchbrach die Oberfläche, ragte wie eine Insel aus dem Meer, das in der Nacht schwarz wie Teer wirkte. Silbrig schimmerte der massige nasse Leib im Mondlicht.

Er sieht mich gar nicht, redete ich mir ein, *für ihn bin ich nur eine von vielen winzigen Gestalten auf diesem Schiff, auf das er es abgesehen hat. Er nimmt mich überhaupt nicht wahr.*

Aber etwas sagte mir, dass diese lumineszierenden, schwefelgelben Augen mich sehr wohl wahrnahmen. Es fühlte sich an, als gieße jemand eiskaltes Wasser über meinen Nacken und meinen Rücken. Sein Blick fing mich ein, bohrte sich in meinen. Und so verrückt es auch sein mochte: Auf einmal wusste ich, dass das hier alles andere als Zufall war. Der Krake war *meinetwegen* hier.

*

Der Pfeil, den Haze auf die Bogensehne gelegt hatte, zitterte kein bisschen, obwohl ich wusste, welche Kraft nötig war, um die Spannung zu halten. Kein einziger Muskel zuckte an seinen Armen, seine Brust hob und senkte sich gleichmäßig unter seinen ruhigen Atemzügen. Ohne zu blinzeln, fixierte er den Kraken mit seinem Blick.

»Tu es, Haze«, flüsterte ich. Ich glaubte an ihn. Mit angehaltenem Atem schaute ich zu.

Er war hier ganz in seinem Element, war ganz der Jäger, zu dem ihn sein Vater erzogen hatte. Von klein auf war er durch die Wildnis gezogen, hatte Spuren von Tieren verfolgt und sie dann erlegt, so wie er es auch jetzt vorhatte. Denn nichts anderes war dieser Krake: ein Tier. Ein bedrohliches, erschreckendes, riesenhaftes Tier, aber auch nicht mehr als das. Keine magische Kreatur. Kein unbesiegbares Monster. Sondern ein Wesen aus Fleisch und Blut, das man verletzen und töten konnte.

Haze ließ los. Mit einem Sirren schoss der Pfeil los, schnellte durch die Luft und fand mit unglaublicher Präzision sein Ziel. Exakt zwischen den Augen bohrte er sich in die dunkle Haut. Scharf sog ich die Luft ein, doch der Laut ging im dumpfen Wehklagen des Wesens unter. Es war ein Geräusch, als heulte der Sturm durch ein altes Gemäuer. Ein heftiges Beben ging durch seinen Körper.

»Aus dem Weg!«, kreischte ich voll Entsetzen und warf

mich mit meinem ganzen Gewicht gegen Haze, schlang die Arme um ihn, sodass wir hart auf die Holzplanken knallten.

Gerade noch rechtzeitig: Direkt hinter uns krachte ein Greifarm hernieder, genau da, wo wir gerade noch gestanden hatten. Holz splitterte, scharfkantige Fragmente und eiskalte Wassertropfen regneten auf uns herab. Erneut hallte dieses unheimliche Geräusch über den Ozean, das mir das Blut in den Adern gefrieren ließ. Kurz lockerten die Tentakel ihren Griff um die *Goldschwalbe*, bevor sie umso unerbittlicher zuschnappten. Das Knacken des Holzes ging mir durch Mark und Bein. Dieses Schiff war alles, was uns am Leben hielt!

»Wir haben es verletzt!«, brüllte Haze gegen den tobenden Sturm an. »Vergesst die Arme, attackiert den Kopf! Das ist unsere einzige Chance.«

Im selben Moment schnappte ich schockiert nach Luft. Der Krake erhob sich weiter aus dem Wasser, ganz langsam, Stück für Stück. Seine Augen mochten groß wie Menschenköpfe sein, doch im gigantischen, unförmigen Schädel des Tieres wirkten sie winzig. Sie waren das Einzige, was aus der Schwärze herausfunkelte. Es waren die Augen eines Tieres, doch ich las eine Intelligenz in ihnen, die weit über die der meisten anderen Tiere hinausging und die mir einen Schauer über den Rücken jagte. Oder war es ein uralter Instinkt? Und das Schlimmste: Noch immer war ich felsenfest davon überzeugt, dass der Krake mich ganz genau im Blick hatte.

Ich schüttelte die Schockstarre ab. Irgendetwas musste ich doch tun, auch wenn alles vergebens schien! In blindem Eifer griff ich nach allem, was sich werfen ließ, und schleuderte Holzplanken und scharfkantige Teile der Ladung auf das Tier. Doch es reagierte überhaupt nicht, meine Angriffe kümmerten es weniger als eine nervende Mücke.

Haze schlang die Arme um mich. »Komm, das bringt nichts!«, keuchte er.

Mein Kleid war ebenso durchnässt wie sein Hemd, die Haare klebten mir patschnass am Kopf, und die beißende Kälte ließ meine Bewegungen erlahmen, doch ich spürte Haze' Wärme und die Lebendigkeit seines Körpers durch den klammen Stoff hindurch. Er zog mich hoch, zerrte mich weg von dem Kraken, doch auf dem kleinen Schiff hatten wir keinerlei Möglichkeit zu entkommen. Wie auf dem Präsentierteller saßen wir vor diesem Wesen, das der Schmerz nun erst richtig zornig gemacht hatte.

Das schnabelartige Maul öffnete sich, und einen Moment lang sah ich alles gestochen scharf: die Kruste aus Muscheltieren, die sich auf der schartigen Oberfläche gebildet hatte. Den scharfkantigen Rand. Und die Pupillen, die sich zusammenzogen und noch schmäler wurden.

Mit einer Geschwindigkeit, die ich der gigantischen Kreatur nicht zugetraut hätte, stieß das Maul auf das Schiff nieder und grub sich tief in den Bug. Der scharfe Schnabel glitt durch das Holz wie durch Butter, und für einen Augenblick übertönte das Knacken alle anderen Geräusche. Die letzten Sekunden hatten sich wie Stunden angefühlt.

Doch der Ruck, der jetzt durch die *Goldschwalbe* ging, riss Haze und mich von den Beinen und ließ mich erneut im Hier und Jetzt ankommen. Hart schlug ich mit den Knien auf dem Deck auf, ohne Haze loszulassen.

Er umfasste meine Schultern und sah mir eindringlich in die Augen. Die Hitze seiner Hände drang durch mein eiskaltes nasses Kleid. »Wir schaffen das! Wir haben so vieles überlebt, da werden wir jetzt nicht sterben! Nicht so.«

»Was hast du vor?«, rief ich, doch er hatte sich schon abge-

189

wandt. Einhändig erklomm er die Takelage, in der anderen Hand hielt er den Bogen.

Merciers Schrei mischte sich in das Krachen seines sterbenden Schiffes, so als erlitte er den Schmerz, der seiner geliebten *Goldschwalbe* zugefügt wurde. Er riss das Steuerrad herum, und die *Goldschwalbe* vollführte eine Drehung, tanzte auf den hohen Wellen. Doch den Kraken vermochte der Kapitän so nicht abzuschütteln.

Flehend richtete ich den Blick zum Himmel, wo die Monde immer wieder zwischen den dunklen Wolken hervorblitzten. Irgendetwas musste ich doch tun können! Ich hatte ihre Macht erlebt und wusste, wozu sie fähig waren. Ich wusste, dass ihre Magie nicht nur sanft und mild, sondern auch hart und zerstörerisch sein konnte. Ich wollte sie nehmen, sie bündeln, sie diesem Wesen entgegenschleudern, das mich und meine Verbündeten bedrohte.

Doch ... in mir rührte sich nichts. Ein frustrierter Schrei entkam mir. Ich fühlte mich leer und ausgebrannt. Je mehr ich mich bemühte, die Magie zu nutzen, desto weniger konnte ich sie spüren. Ich versuchte danach zu greifen, an ihr zu zerren, doch sie entglitt mir immer wieder. Sosehr ich mich auch auf die Monde konzentrierte, ich konnte ihre Macht kaum spüren.

Mit einem Mal war mir zum Weinen zumute. Das, wovor ich wirklich Angst haben sollte, war der Krake, der mein Leben bedrohte, aber wider alle Vernunft graute mir vor etwas anderem viel mehr: davor, meine Verbindung zu den Monden zu verlieren. Sie waren schließlich ein Teil von mir! Mein ganzes Leben – noch lange, bevor ich von der Magie in mir erfahren hatte – hatte ich mich mit ihnen verbunden gefühlt. Doch jetzt schien dieses unsichtbare Band zu bröckeln. Die Einsamkeit schlug zu wie ein Fausthieb, mitten in meinen Magen, und unwillkürlich krümmte ich mich zusammen und schlang wimmernd die Arme um mich.

Lelani, beruhige dich. Du bist nur ausgebrannt. Sobald ich mich erholte, würde ich die Magie der Monde wieder stark durch meine Adern fließen spüren. Vorausgesetzt, ich überlebte diese Horrornacht.

Kapitel 12
Kein Oben und kein Unten

«Die Harpune», gellte ein Ruf durch das Tosen an mein Ohr.

Harpune? Als Kind hatte ich manchmal den jungen Männern aus dem Dorf zugesehen, die im nahe gelegenen See mit widerhakenbesetzten Speeren nach Fischen jagten. Mit einem Stock, den Haze für mich angespitzt hatte, versuchte ich es damals sogar selbst und war unsagbar stolz auf meine Beute gewesen, die Aphra abends über dem Kaminfeuer grillte.

Während ich mich noch fragte, was ein kleiner Spieß gegen ein so großes Wesen ausrichten sollte, löschte ein durchdringendes metallisches Scharren und Quietschen für einen Moment alle anderen Geräusche aus. Ich fuhr herum und riss die Augen auf. Zwei Männer drehten an einer Kurbel, die so unauffällig an der Schiffswand befestigt war, dass ich sie bisher gar nicht bemerkt hatte. Die Mechanik, die hinter dieser Konstruktion stand, musste atemberaubend sein. Ein hölzernes Dach klappte auf, gleichzeitig hob sich eine Plattform mit einer halbkreisförmigen Kuppel aus dem Inneren des Schiffs empor und fuhr ruckelnd in die Höhe. Klackend griffen Zahnräder ineinander, und im Inneren kam etwas zum Vorschein, was an eine überdimensionale Armbrust erinnerte. Statt des üblichen Bolzens lag ein Speer in der Konstruktion, der so dick wie ein

192

Unterarm und so lang wie ein Mensch groß sein mochte. Die Spitze aus geschliffenem Metall glänzte im Mondlicht.

In diesem Moment stürmte Mercier über das glitschige Deck, übergab das Steuerrad einem seiner Männer und stellte sich an die Waffe. Sogar aus der Entfernung sah ich die Entschlossenheit auf seinem Gesicht. Hoffnung flammte in mir auf: Wenn ich schon nicht in der Lage war, uns zu retten, dann konnte es vielleicht der Kapitän tun.

Ein Rattern ging durch das Getriebe, als er an der Kurbel der Harpune drehte und sich Stück für Stück die Armbrust spannte. Konzentriert spähte Mercier durch das Zielkreuz und drehte die Waffe langsam in Richtung des Kraken.

Ich wagte kaum zu atmen, von der irrationalen Angst getrieben, Mercier abzulenken und seinen Schuss zu verderben. Einen winzigen Moment lang verharrte er ganz still, starrte das dunkle Wesen an – dann griff er nach dem Hebel am Boden und zog ihn mit einem großen Ruck an sich heran.

Krach.

Der Bolzen löste sich, wurde mit unglaublicher Kraft nach vorne geschossen – und das dumpfe Heulen des Tieres rauschte wie eine Sturmböe über das Schiff. Ein Zucken ging durch seinen gigantischen Leib, und etwas Unheilverkündendes flackerte in den gelben Augen auf.

»Passt auf!«, schrie ich entsetzt, als mir klar wurde, was das ohrenbetäubende Knacken zu bedeuten hatte, das ich auf einmal hörte.

Doch mein Ruf ging im Lärm unter. Ich stürzte los, ruderte wild mit den Armen, versuchte auf die Gefahr aufmerksam zu machen. Langsam neigte sich der Hauptmast, erst fast wie in Zeitlupe, dann ging es plötzlich unglaublich schnell. Wie ein mächtiger Baum fiel der Mast, um den sich noch immer zwei starke dicke Tentakel geschlungen hatten. Das Holz barst, und dunkles Wasser schwappte an Bord. Es umspülte meine Knöchel so eiskalt, dass ich einen Herzschlag lang glaubte, etwas hätte mich mit nadelspitzen Zähnen gebissen.

Nicht jeder hatte es geschafft, dem umstürzenden Mast, der eine klaffende Wunde in den Schiffsrumpf geschlagen hatte, auszuweichen. Ich hörte Schmerzensschreie und Schluchzen, sah Keeli, deren Lockenhaar nass und dunkel vor Blut an ihrem Kopf klebte und deren Beine unter dem bleischweren Mast eingeklemmt waren. Ich brauchte keine Fantasie, um zu begreifen, dass sie nie wieder laufen würde – falls sie die schwere Verletzung überhaupt überlebte. Ihr Gesicht war vor Qual so verzerrt, dass sie wie ein fremder Mensch wirkte, ihr Mund zu einem stummen Schrei aufgerissen, die aschfahle Haut von einem Film aus Schweiß und Meerwasser bedeckt.

Mein Blick wanderte weiter, zu dem Jungen mit dem freundlichen Lächeln und dem mausbraunen Haar, der dem Koch zur Hand ging und an dem stets sämtliche unliebsame Aufgaben hängen zu bleiben schienen. Jetzt lag er zusammengekrümmt auf den nassen Planken und schien bewusstlos. Oder war er bereits tot? Langsam rutschte sein regloser Körper auf den klaffenden Spalt zu, den der gefällte Mast in die *Goldschwalbe* gerissen hatte und durch den jetzt das eisige Wasser hereinströmte.

Schmerzlich zog sich mein Herz zusammen. Ich hastete los, geradewegs auf ihn zu, doch ich hatte keine Chance, er war zu weit weg.

Etwas raste durch die Dunkelheit auf mich zu, im allerletzten Moment bemerkte ich es und warf mich keuchend zur Seite – aber ich war nicht schnell genug. Etwas Schleimiges, Hartes prallte so fest gegen mich, dass es mir schmerzhaft die Luft aus der Lunge trieb und mich von den Beinen riss. Ich wurde durch die Luft geschleudert, prallte hart auf den Boden, japste vergeblich nach Luft und blieb einen Moment lang wie betäubt liegen. Wieder wurde mir schwarz vor Augen. Ich schmeckte Salz und irgendetwas, das mich entfernt an Eisen erinnerte.

Da schoss Jinx wie aus dem Nichts auf mich zu. Ich hatte keine Ahnung, wo sie bisher gewesen war, aber hier und jetzt war auch sie machtlos. Wir waren dem Untergang geweiht. Tränen verschleierten mir die Sicht. Noch immer konnte ich kaum atmen, und meine Rippen schmerzten höllisch.

»Flieg weg«, flüsterte ich rau. »Bring dich in Sicherheit.«

Doch Jinx reagierte gar nicht darauf, und noch immer wusste ich nicht, ob sie meine Worte überhaupt verstehen konnte. Sie flitzte vor meinem Gesicht hin und her und zerrte an einer meiner Haarsträhnen, als wollte sie mir hochhelfen. Und auch wenn die winzige Fee natürlich viel zu schwach war, um mir wirklich eine Stütze zu sein, half sie mir wieder auf die Beine. Mühsam rappelte ich mich hoch, hielt verzweifelt nach dem Küchenjungen Ausschau und sah gerade noch, wie sein lebloser Körper ins aufgewühlte Meer rutschte und in den Tiefen versank.

»Nein«, wimmerte ich entsetzt, »nein, nein!«

Axis, fiel mir sein Name wieder ein. Er hieß Axis. Er hatte Träume, Wünsche, eine Zukunft gehabt. Und jetzt war es vorbei. Sein viel zu junges Leben war vorüber. Nur allzu gern hätte ich gehofft, dass er wie durch ein Wunder überlebte, doch das wäre naiv gewesen. Und ich war nicht mehr das naive Mädchen, das ich vor nicht allzu langer Zeit noch gewesen war. Der Gedanke an Axis‹ Ableben verursachte mir Übelkeit und ließ weitere bittere Tränen über meine Wangen strömen.

Mühsam schluckte ich sie hinunter, schüttelte meinen Kopf und versuchte, die Lage zu überblicken.

Wild peitschten die Tentakel des Kraken über das Deck, zerschlugen Kisten und Fässer, zerrten am Schiff, das immer weiter voll Wasser lief. Tief steckte die Harpune im Fleisch des Kraken und tiefschwarzes, dickflüssiges Blut strömte aus der Wunde. Der Gestank nach verfaultem Fisch wurde immer unerträglicher. Keine Sekunde lang gab ich mich der Illusion hin, wir hätten ihn geschwächt. Der Schmerz machte ein wildes Tier oft nur noch gefährlicher und ließ seine Angriffslust aufflammen.

»Kyran!« Meine Stimme überschlug sich.

Ich hatte ihn am anderen Ende der *Goldschwalbe* entdeckt. Sein Grinsen hatte etwas Verbissenes bekommen, die hellen Haare peitschten offen und nass im Sturm. Immer wieder wagte er Angriffe mit dem Beil und sprang geschickt zurück, wenn die Tentakel in seine Richtung schlugen.

Wie lange wollte er das noch durchhalten? Und gerade, als ich das dachte, geriet er ins Straucheln und verlor das Gleichgewicht.

»Kyran, pass auf!«, kreischte ich.

Es war unausweichlich. Der Arm des Kraken raste genau auf Kyran zu. Im letzten Moment sah er zu mir, unsere Blicke begegneten sich, und sogar bei fast völliger Dunkelheit funkelte das klare Grün seiner Augen wie Kristall. Dann schleuderte ihn die Wucht des Aufpralls gegen einen der Masten, und benommen sank er zu Boden.

»Nein«, schluchzte ich und rannte auf ihn zu, doch Kisten von der Ladung schlitterten über das schiefe Deck und rissen mich von den Füßen. Die Wucht raubte mir den Atem.

Wut flammte in mir auf, als ich sah, dass Kyran wackelig

196

auf die Beine zu kommen versuchte und sofort wieder fiel, als der Krake zornig am Schiff riss. Ein rot glühender heißer Zorn, den ich genau da spürte, wo sonst meine Sonnenmagie aufgeleuchtet hätte. Doch nichts. Ich war schwach, machtlos, ein Nichtsnutz.

Nur meiner Magie hatte ich es zu verdanken, dass ich es überhaupt so weit geschafft hatte, und jetzt ließ sie mich im Stich. Was war ich schon ohne diese übernatürlichen Kräfte? *Wer* war ich? Nur ein Mädchen aus dem Dorf, das nicht stark genug war, um die zu schützen, die ihm wichtig waren. Ein Mädchen mit dem Blut einer Prinzessin, ein Mädchen, das Anspruch auf die Krone gehabt hätte, wenn alles anders gelaufen wäre. Ich schrie meinen Zorn und meine Verzweiflung in den Sturm, brüllte sie dem Kraken entgegen, heulte meine Gefühle heraus, bis ich mich noch leerer als zuvor fühlte und nur noch trockenes Schluchzen hervorbrachte.

Es waren nur Minuten gewesen. Momente, in denen dieses Vieh alles zerstört und uns dem Untergang geweiht hatte.

Doch dann erwachte etwas in mir. Ein winziger letzter Funke Kampfeswille, der noch übrig war. Ich konnte nicht aufgeben. Ich durfte nicht. Und in diesem Moment wurde mir eines klar: Ich war kein Mensch, der einfach kapitulierte, selbst wenn die Hoffnung verschwindend gering war. Verbissen verfolgte ich mein Ziel, solange ich eines vor Augen hatte, sogar dann, wenn das Licht am Horizont kaum mehr zu sehen war.

Also mobilisierte ich meine letzten Kräfte, rannte auf Kyran zu und duckte mich unter dem Tentakel hinweg, der im selben Augenblick auf mich zuraste. Kyran hatte sich soeben wieder aufgerappelt, schüttelte benommen den Kopf und bemerkte gar nicht, dass der Greifarm des Kraken erneut auf ihn zusteuerte. Das Tier war außer sich vor Schmerz und Zorn, unkontrolliert peitschte es seine Tentakel über das Deck, um die kleinen Wesen auszuschalten, die ihm wehgetan hatten.

Kyran.

Ganz gleich, wie die Dinge zwischen uns standen: Der Riesenkrake durfte Kyran nichts antun, das konnte ich nicht zulassen. Ich schlitterte auf ihn zu, warf mich einfach gegen ihn und beförderte ihn aus der Reichweite des Tentakels, der direkt hinter uns aufs Deck krachte, so nah, dass ich den Luftzug spüren konnte.

Kyran landete auf dem Rücken, ich lag über ihm und stützte mich links und rechts von seinem Gesicht mit den Händen ab. Atemlos blickte ich in sein Gesicht. Meerwasser umspülte seinen Kopf und breitete seine Haare aus. Er verzog das Gesicht zu einer schiefen Grimasse und blinzelte hoch zu mir. Um uns herum tobte der Ozean.

»Meine Güte, du bist aber stürmisch. Wenn du dich nach mir sehnst, hättest du das auch einfach sagen können.«

Ich schnaubte empört und versuchte hastig aufzustehen, nicht nur, um mich weiter vom Kraken zu entfernen, sondern auch, um Distanz zwischen mich und Kyran zu bringen. Wie konnte man nur so bescheuert sein? Wir schwebten in Lebensgefahr, und er hatte nichts Besseres zu tun, als einen dummen Spruch zu bringen! Das Ausmaß seiner Dreistigkeit erstaunte mich immer wieder aufs Neue.

Seine Hände ergriffen meine und hielten sie fest, sodass ich nicht von ihm herunterklettern konnte. Unsere Finger verschränkten sich ineinander, und in seinen Augen flammte ein Funke auf. Aus den Augenwinkeln sah ich, dass der Krake eine Holzkiste traf und mit einem einzigen Hieb zerschmetterte. Das war keine zwei Armeslängen von uns entfernt passiert, und trotzdem gelang es mir nicht, den Blick von Kyrans Gesicht abzuwenden.

»Lass los«, knurrte ich zwischen zusammengebissenen Zähnen.

Es war ein stummer Zweikampf, ausgetragen von unseren Blicken und vorzeitig unterbrochen durch einen weiteren zornigen Laut des Kraken. Bei dem ohrenbetäubenden Geräusch zuckten wir zusammen, ich riss mich endlich los, rollte mich von Kyran herunter und fuhr herum.

Ein weiterer Pfeil steckte im Fleisch des Tieres. Mein Blick peitschte zwischen Haze und dem Kraken hin und her. Haze hatte die Takelage, die seit dem Sturz des Hauptmastes nur noch ein heilloses Gewirr war, so weit erklommen, dass er Auge in Auge mit der bedrohlichen Kreatur war. Nur mit den Beinen, die er um die Seile geschlungen hatte, hielt er sich fest. Gerade legte er einen neuen Pfeil auf die Sehne und spannte den Bogen.

Die Sturmböen zerrten mit aller Macht an den geknüpften Seilen und schleuderten Haze herum. Eigentlich unmöglich, so einen kontrollierten Schuss abzugeben, aber wenn es einer schaffen konnte, dann Haze. Mit angehaltenem Atem sah ich ihm zu, und als ich die Anspannung kaum mehr aushielt, schnellte der Pfeil los.

Eines der lumineszierenden gelben Augen erlosch. Das Heulen des Kraken ging mir durch Mark und Bein und ließ mich beben. Ich wusste nicht, woher das Gefühl kam, aber auf einmal hatte ich Mitleid mit dem Tier. Es folgte schließlich nur seinen Instinkten. *Aber es ist auch ein Tier, das uns alle töten wird, wenn wir es nicht besiegen, Lelani.*

Und etwas sagte mir, dass er nicht nur von seinem Instinkt geleitet wurde. Ich wusste nicht, woher dieses Gefühl kam, aber es schien mir so, als sei er nicht zufällig auf uns gestoßen. Das verbleibende Auge, das vor Zorn und Schmerz loderte, fand mich wieder und fesselte mich, und erneut glaubte ich eine Intelligenz wahrzunehmen, welche die der meisten Tiere bei Weitem überstieg. Ich war wie gelähmt.

Die verbliebenen Greifarme wanden und ringelten sich wie Schlangen, peitschten über das Deck und zerstörten alles, was sie trafen. Holz zerbarst in alle Richtungen. Ich hörte das entsetzliche Geräusch brechender Knochen, als einer der Seemänner erwischt und über Bord der Schiffsüberreste geschleudert wurde.

Instinktiv lehnte ich mich an Kyran, der mittlerweile auch wieder auf die Beine gekommen war. Wie gern hätte ich meine Augen vor dem Grauen verschlossen, das sich mir bot! Doch ich konnte den Blick nicht abwenden. Ein raues Schluchzen bahnte sich den Weg aus meiner Kehle.

»Ich weiß«, murmelte Kyran neben mir so leise, dass ich ihn kaum hörte, »ich weiß.«

Eine weitere Harpune wurde von Mercier abgefeuert. Alles hing davon ab. Nicht mehr lange, und das ganze Schiff würde zerlegt sein. Mercier schrie triumphierend auf, und sein Siegesruf mischte sich in das Kreischen des Kraken. Tief bohrte sich die Harpune in den Leib des Tieres. Das tiefschwarze, dickflüssige Blut, das aus der Wunde strömte, mengte sich in das Meerwasser. Silbrig schien das Mondlicht auf die Szenerie, ließ Blut und Meer zu einer schimmernden Masse verschwimmen und spiegelte sich im einzelnen verbleibenden Auge des Riesenkraken.

»Er stirbt«, flüsterte ich so leise, dass ich mich nicht einmal selbst hören konnte.

Das Meer schien zu kochen und zu brodeln, als der Krake

tobend seinen Todeskampf ausfocht. Zuckend krampften sich die Tentakel noch fester um das Schiff. Die letzten dicken, massiven Holzplanken und Masten zersplitterten wie Zahnstocher. Die *Goldschwalbe* starb, und wir starben mit ihr. Der Riesenkrake schien zu spüren, dass es mit ihm zu Ende ging, dass seine Verletzungen selbst für ein gigantisches Tier wie ihn zu schwer waren, um sich davon zu erholen. Doch sein Wille war nicht gebrochen. Sein Wille, uns mit sich in die Tiefe zu reißen.

Das lodernde schwefelgelbe Auge fixierte mich erneut, unheilverkündend leuchtete es aus der Finsternis. Die Schlitzpupille verengte sich, und diesmal bildete ich es mir ganz bestimmt nicht nur ein. Diesmal war ich absolut sicher, dass der Krake mich ansah.

»Lelani, nein«, keuchte Kyran neben mir.

Ich fuhr zu ihm herum, sah ihm in die Augen und fragte mich, was er meinte – was er bemerkt hatte und mir bisher entgangen war. Es ging so schnell, dass ich nicht reagieren konnte. Etwas Eiskaltes, Nasses, von dickflüssigem Sekret Überzogenes berührte mich, glitt über meine Haut und wickelte sich um mich. Meine Augen weiteten sich, und mein Mund öffnete sich zu einem Schrei, doch bevor ich auch nur einen Laut von mir geben konnte, wurde ich von den Füßen gerissen.

*

Der Krake drückte so fest zu, dass mir jegliche Luft aus der Lunge gepresst wurde und ich nur ein ersticktes Japsen von mir geben konnte. Meine Rippen knackten, und kurz wurde mir schwarz vor Augen. Als ich wieder zu mir kam, wusste ich nicht, wo oben und unten war. Es tat weh, so weh, als ich vergeblich nach Atem rang. Einen endlos scheinenden Moment lang wurde ich durch die Luft geschleudert und sah die Überreste eines Mastes näherrasen. Gleich würde ich mit unglaublicher Wucht dagegenprallen! Doch um Haaresbreite raste der Tentakel daran vorbei.

Alles verschwamm vor meinem Blick: Holz, zerbrochene Planken, Gesichter, die Sterne und Monde – und dann nur noch Wasser. Gestochen scharf nahm ich die aufgetürmten Wellen wahr – und dann sah ich gar nichts mehr.

Die Wucht des Aufpralls auf der Meeresoberfläche ließ Punkte vor meinen Augen tanzen. Es war kalt, so unglaublich kalt, dass mein Herz einen Moment lang aussetzte. Salziges Wasser drang in meinen aufgerissenen Mund, brannte in meinen Augen, schien mit eiskalten Zähnen nach mir zu beißen.

Noch ein weiteres Mal wurde ich vom Greifarm aus dem Wasser gerissen. Keuchend würgte ich Meerwasser aus und sog gierig die Luft ein, soweit meine zusammengepresste Lunge das zuließ.

Ein Atemzug, mehr war mir nicht vergönnt. Ein letzter Blick auf das Schiff, das Meer, die Sterne, die Monde. Ein zartrosa Funke, der kurz aufblitzte und ebenso schnell wieder verschwand. Ein Blick auf den Kraken, der allmählich untertauchte, aber ohne die Goldschwalbe loszulassen, die er mit sich in die Tiefe reißen wollte – mitsamt ihrer Besatzung. Sollte das das Letzte sein, was ich sah?

Mein Messer! Ich hielt es noch immer fest umklammert! Instinktiv stach ich zu, hackte wie besessen immer wieder auf den Tentakel ein, der so fest um meine Taille geschlungen war, dass ich Angst bekam, er würde mich zerquetschen.

Wieder klatschte ich auf die Oberfläche und wurde brutal nach unten gedrückt. Ich konnte gerade noch die Luft anhalten und war diesmal zumindest geistesgegenwärtig genug, um den Mund zuzumachen.

Und in dem Moment, als ich untertauchte, nahm ich etwas wahr. Etwas, das nicht ins übrige Bild passte. Ein heller Schimmer in der Brandung, eine rasche Bewegung. Ein strahlend weißes Huschen zwischen den aufgewühlten Wogen, das verschwunden war, bevor ich es richtig erkennen konnte. Die Kälte traf mich wie eine gigantische Faust und lähmte mich erneut. Meine Gegenwehr erlosch. Ein letztes Mal suchte ich nach dem Echo der Magie aus meinem Inneren, doch nichts rührte sich. Mein Mund öffnete sich zu einem stummen Schrei, Salzwasser strömte in meine Kehle, und erbarmungslos zog mich der Krake mit sich in die Tiefe.

Der Druck um meine Taille verstärkte sich, doch das nahm ich kaum mehr wahr. Immer fester zog sich der Muskelstrang um mich zusammen. *Ein Knacken.* Meine Rippen, meine Eingeweide, alles würde gleich zerdrückt werden. Zumindest würde es schneller gehen, als zu ertrinken, dachte ich benommen.

Doch plötzlich ließ der Druck nach. Fühlte sich so der Tod an?

Kalte Hände glitten über meine Haut und griffen nach meinen Armen und wirbelten mich durch die eisige Kälte. Eine dicke Decke schien sich um mein Bewusstsein zu legen, und ich nahm alles gedämpft und unscharf wahr. Sogar die Kälte verlor langsam an Kraft. Etwas schob sich unter mich und hob mich empor. Und dann durchbrach ich die Wasseroberfläche. Kühles Mondlicht schien auf meine Haut, ich konnte es ganz eindeutig spüren.

Langsam bemerkte ich weitere Details. *Lag ich auf einem Pferderücken?* Ich hatte nicht einmal die Kraft, den Kopf zu heben. Mein Gesicht lag auf glattem nassem Fell. Seidiges Haar und Meerschaum streichelten meine Wange. Mit einem leisen Pfeifen, das ich selbst über dem Rauschen des Ozeans kaum hörte, strömte frostige Luft in meine Lunge.

Haze, Kyran! Der Gedanke an sie bohrte sich durch die Lethargie, die meinen Geist befallen hatte, und verlieh mir genug Energie, um kurz meine Augen zu öffnen.

Kelpies.

Unzählige Kelpies waren aus dem Meer aufgetaucht und über den Kraken hergefallen. Als Pferde galoppierten sie durch die Fluten auf ihn zu, als wunderschöne junge Frauen stürzten sie sich auf ihn. Perlweißes Fell und schneeweiße Haut schimmerten im Mondlicht. Ich sah nadelspitze Zähne in bezaubernden Mädchengesichtern und Speere, die an die gedrehten Hörner der Narwale erinnerten, die unser Schiff eine Weile begleitet hatten. Ein letztes Mal sah ich das kreisrunde gelbe Auge des Kraken, dessen Leuchten sich unheimlich auf dem Meer spiegelte, dann versank das riesige Tier endgültig im Meer.

Die *Goldschwalbe* hing in Schräglage im Wasser, zerklüftet wie eine schwimmende Ruine, doch sie ging nicht unter. Das, was ich zuerst für Meerschaum unter dem Schiff gehalten hatte, war in Wirklichkeit eine Vielzahl an hellen Leibern. *Die Kelpies trugen die Goldschwalbe!*

Die Szene verschwamm vor meinen Augen. Ich grub meine Finger in die Meerschaummähne des Wasserpferdes und blinzelte erschöpft. Ich wusste nicht, wie die Kelpies sich mit mir fortbewegten. Und es spielte auch keine Rolle. Wichtig war nur, dass uns die Kelpies gerettet hatten. Das war mein letzter Gedanke, bevor eine tiefe Dunkelheit meinen Geist umfing.

Kapitel 13
Yamoro

»Sie ist am Leben. Trotz allem, was geschehen ist. Noch immer am Leben.«

Leise Worte, über dem endlosen Tosen des Meeres kaum verständlich und zerrissen von den schrillen Schreien der Möwen. Er musste die Stimme senken, durfte keine Aufmerksamkeit auf sich ziehen. Das Wasser in der Silberschale kräuselte sich leicht unter seinem Atem, so tief beugte er sich über die Oberfläche.

Doch nicht nur deswegen war die Flüssigkeit in Bewegung. Silbrig schimmernde Schlieren zogen sich durch das Wasser und schienen ein Eigenleben zu besitzen. Sah man genauer hin, glaubte man ein Gesicht zu sehen, das sich darin formte und langsam Gestalt annahm.

Das Gesicht aus dem Silber nickte, blasse Lippen pressten sich zu einem schmalen Strich zusammen. Ein nachdenklicher Ausdruck trat in die Augen im Wasser, dann verschwamm das Bild. Der raue Küstenwind peitschte über die Flüssigkeit und versetzte sie in Wellen.

Hastig kippte er die Schale aus, blickte sich noch einmal verstohlen um und verstaute sie dann wieder bei seinen Sachen.

*

»Lelani! Verdammt noch mal. Wenn du nicht sofort aufwachst, ertränke ich dich höchstpersönlich, hier und jetzt.«
Eine vertraute Stimme drang in mein Bewusstsein. Ich versuchte die Augen zu öffnen, doch ich fand den Weg nicht aus der Dunkelheit, die mich einhüllte. Zu Tode erschöpft, ließ ich mich einfach tiefer in ihre Schwärze sinken.

Ein Wasserschwall ergoss sich über mich. Schlagartig war ich wieder da, riss die Augen auf und schnappte nach Luft. Das Salzwasser, das ich in den Mund bekam, brannte in meiner Kehle. Hustend und würgend fuhr ich hoch und schaute mich erschrocken um.

Im ersten Moment sah ich gar nichts. Alles ringsumher war so grell, dass ich geblendet die Augen zukniff.

»Großartig. Du hast sie tatsächlich fast ersäuft. Noch so ein Eimer, und du hast dein Ziel erreicht. Sie sieht aus wie ein nasses Frettchen.« Die spöttische Stimme gehörte Kyran.

»Hey. Lelani. Kannst du mich hören?« Haze' Gesicht schälte sich aus dem gleißenden Licht. Besorgt schauten seine dunklen Augen auf mich hinab.

Seine Stimme war es auch gewesen, die mich geweckt hatte. Und er war der Mistkerl, der mir die Meerwasserdusche verpasst hatte.

»Geht schon«, murmelte ich, wischte mir die patschnassen Haare aus der Stirn und schaute mich benommen um.

Ich saß am Strand. Vor mir erstreckte sich rötlicher Sand, dahinter lag das glitzernde Meer. Kyran, Haze und die Mannschaft hatten sich in den Schatten einer skurril geformten Felswand zurückgezogen und auch mich hierher geschleift.

Mein Blick blieb an Kyrans Händen hängen. Sie waren wieder gefesselt, tief schnitten die Seile in seine Handgelenke ein. Haze wollte wohl auf Nummer sicher gehen. Hier an Land hatte Kyran viel mehr Möglichkeiten abzuhauen oder uns erneut anzugreifen. Und irgendwie konnte ich Haze verstehen. So gingen wir kein unnötiges Risiko ein. Trotzdem tat es mir leid, Kyran so zu sehen.

Vor uns lag die Goldschwalbe – oder das, was von ihr übrig geblieben war. Ein zerklüftetes Schiffswrack, umgeben von Treibholz und zerstörten Überresten unserer Ladung.

»Was ist passiert?« Ich setzte mich vorsichtig auf und griff dankbar nach dem Wasserschlauch, den Haze mir reichte. Bruchstückhafte Erinnerungen an schleimige Tentakel, glühende Augen und schneeweiße Meerschaummähnen blitzten in meinem Gedächtnis auf, und im ersten Moment fiel es mir schwer zu differenzieren, was Traum und was Realität war.

»Die Kelpies. Wir verdanken ihnen unser Leben«, erzählte Haze. »Sie haben uns bis ans Ufer gebracht. Zumindest die unter uns, die der Krake nicht auf dem Gewissen hat. Eines von ihnen hat dich getragen, Lelani.«

»Du hattest deinen Dolch sogar dann noch fest umklammert, als du auf dem Kelpie-Rücken ohnmächtig geworden bist«, schaltete sich Kyran amüsiert ein. »Nicht schlecht. Aus dir wird noch eine echte Kämpferin.«

Das erklärte, warum sich meine rechte Hand so zerstört anfühlte. Seufzend betrachtete ich sie und drehte sie hin und her. Meine Finger waren übersät von schmerzhaften Blasen, Druckstellen und Abschürfungen.

»Wo sind sie jetzt?«, fragte ich leise. »Die Kelpies?« Zwischen den weißen Schaumkronen konnte ich nichts von ihnen entdecken.

Haze zuckte mit den Schultern. »Fort. Wir waren letzte Nacht alle am Ende unserer Kräfte. Haben uns ans Ufer geschleppt und sind im Sand zusammengebrochen. Und als uns

207

die aufgehende Sonne geweckt hat, waren die Kelpies verschwunden, als seien sie nie da gewesen.«

Ich wandte den Blick hoch zum Himmel. Die Sonne hatte ihren höchsten Punkt erreicht. Schmerzhaft brannte sich ihr Licht in meine Augen.

»Du warst nicht lange weg«, beantwortete Haze meine unausgesprochene Frage. »Ein paar Stunden warst du bewusstlos.«

Ich atmete tief durch. Wir waren mit dem Leben davongekommen.

»Und jetzt?« Im Grunde genommen wusste ich die Antwort auf meine eigene Frage schon.

Entschlossen zog Haze die dunklen Augenbrauen zusammen. »Jetzt geht es weiter. Keine Zeit, unsere Wunden zu lecken. Wir müssen unsere Reise fortsetzen.«

*

»So trennen sich unsere Wege also. Vorerst.«

»Vorerst«, bestätigte ich, ergriff Merciers ausgestreckte Hand und versuchte nicht zusammenzuzucken, als er die meine kräftig drückte.

»Ich wünsche euch viel Erfolg«, sagte der Kapitän ernst. »Denkt daran: Goka heißt die Stadt. Etwa drei Wochen, dann hoffe ich, dass wir wieder aufbrechen können. Das heißt, falls ...« Seufzend schaute er zur *Goldschwalbe*. »Falls wir diese Schönheit bis dahin wieder seetauglich bekommen.«

Mein Blick folgte seinem. Wie das Skelett eines gigantischen Tieres, das im roten Sand Kuraigans verendet war, lag das Schiff auf dem Strand.

»Es tut mir so leid, was mit ihr passiert ist.« Ein Kloß bildete sich in meiner Kehle, und ich hatte das Bedürfnis, mich zu entschuldigen. Ich wusste, was ihm sein Schiff bedeutete.

Er maß mich mit einem komischen Blick. »Das war wohl kaum deine Schuld, nicht wahr? Wir kannten die Risiken. Jeder, der über das Skallardmeer segelt, kennt sie. In seinen Tiefen hausen hungrige Kreaturen, das weiß jedes Kind.«

Und trotzdem hatte ich das unbestimmte Gefühl, es sei meine Schuld. Den Blick des Kraken konnte ich einfach nicht vergessen. Er war nur ein Tier, ja, aber er hatte mich ganz genau angesehen. So als hätte er es nicht auf ein beliebiges Schiff abgesehen, sondern ganz gezielt auf mich. Mich allein.

»Kelpies«, murmelte Mercier und unterbrach damit meine Gedanken. »Bei den verdammten Monden – das glaubt mir niemand. So etwas hat es noch nie gegeben. Kelpies, die Menschen helfen …« Er schüttelte den Kopf. »Verrückt, völlig verrückt. Wenn *mir* das jemand erzählt hätte, hätte ich gedacht, er lügt. Oder hat einen über den Durst getrunken. Oder den Verstand verloren. Wer weiß, vielleicht haben wir das auch getan. Klingt wahrscheinlicher, als dass die verdammten Viecher für uns den Rettungstrupp gespielt haben.«

Ich sah es in den Gesichtern der Seemänner: Sie alle fragten sich, ob sie letzte Nacht halluziniert hatten, und keiner wollte sich die Blöße geben, das scheinbar Absurde als Erster anzusprechen. Kelpies zählten zu den gefährlichsten Kreaturen, die sich im Meer tummelten. Menschen waren für sie nichts weiter als leichte Beute – eigentlich. Und doch hatten sie uns gerettet. Sogar Axis, den Küchenjungen, hatten sie aus dem Meer gezogen, bevor er ertrinken konnte. Er war schwer verletzt, doch er würde es schaffen. Im Gegensatz zu Keeli und vielen anderen. Für sie war jede Hilfe zu spät gekommen.

Mercier und seine Crew brauchten etwas Zeit, um sich zu

erholen, bevor sie weiterzogen. Viele der übrigen Männer und Frauen waren zu verwundet und geschwächt, um einen weiteren Marsch auf sich zu nehmen. Die *Goldschwalbe* hatte Reparaturen bitter nötig, bevor man sie wieder zu Wasser lassen konnte. Eigentlich musste sie fast von Grund auf neu aufgebaut werden.

Zumindest hatten Merciers Karten ihm verraten, wo auf Kuraigan wir uns ungefähr befinden mussten. Der Vorfall mit dem Kraken hatte uns weiter nach Osten verschlagen als geplant. Doch die Felsformationen, die man in der Ferne sah und die Mercier mit seinen Karten abglich, legten nahe, dass es keine allzu weite Reise bis zur nächstgelegenen Stadt Goka sein dürfte. Das sollte unser Treffpunkt sein. Mercier und die Crew wollten dorthin aufbrechen, um die *Goldschwalbe* wieder seetüchtig zu bekommen und wie geplant Handel zu treiben.

Haze, Kyran und ich hatten jedoch keine Zeit, die Mannschaft zu begleiten. Wir hatten keine Tage und schon gar keine Wochen zu verschenken. Nicht, solange High Lady Serpia nach uns suchte und Ashwind weiterhin in Gefahr schwebte. Wir wollten tiefer ins Landesinnere vordringen, auf die Hauptstadt Naragoya zu. Dort versprachen wir uns die größten Chancen auf Hinweise, die uns zum Schattengänger führen könnten.

Meine Hand tastete in meiner Tasche nach dem Ring mit dem schwarzen Stein. Obwohl die Sonne gleißend auf uns herabschien, fühlte er sich so kalt an, dass ich fröstelte. Innerlich dankte ich dem Schicksal dafür, dass ich ihn nicht im Meer verloren hatte. Dieser kleine Gegenstand war momentan unser einziger Anhaltspunkt.

»Wir werden es schaffen, wir müssen einfach«, flüsterte ich

und fügte dann lauter hinzu: »Und dann kehren wir nach Vael zurück.«

Mercier zog eine Grimasse. »Ja. Schon. Nur, dass sämtliche in Lorell stationierten Soldaten gesehen haben, dass ich flüchtige Verbrecher auf der *Goldschwalbe* mitgenommen habe. Man würde uns bestimmt einen äußerst herzlichen Empfang bereiten, wenn wir mit wehenden Fahnen in den Hafen von Lorell zurückkehren.«

Meine Mundwinkel sanken hinab. Er hatte recht. Seine Karriere war beendet – er konnte keinesfalls so weitermachen wie bisher. Dass er sich auf uns eingelassen hatte, beeinflusste jetzt sein ganzes Leben.

Er machte eine wegwerfende Handbewegung und antwortete auf meine unausgesprochene Entschuldigung. »Geschenkt. Ich habe schon Schlimmeres überstanden, und meine Crew auch. Ich werde dafür sorgen, dass an der *Goldschwalbe* ein paar Umbauarbeiten vorgenommen werden. Mal ehrlich, von ihrer Schönheit ist ohnehin nicht mehr viel übrig. Man wird nicht erkennen, dass es sich um dasselbe Schiff handelt. Und dann halte ich mich eine Weile bedeckt, bis Gras über die Sache gewachsen ist.«

»Ich werde es wiedergutmachen«, versprach ich und meinte jedes Wort so. Wenn wir Erfolg hatten, würde ich als Ashwinds Tochter in der Position sein, Merciers Ruf wiederherzustellen. Und wenn nicht – nun, darüber wollte ich nicht nachdenken.

*

Das war also Kuraigan.

Es war ein seltsamer Kontinent, ein fremdartiges Land.

211

Selbst wenn ich nicht gewusst hätte, dass uns ein ganzer Ozean von unserer Heimat trennte, hätte ich sofort gespürt, wie weit fort ich von Vael war. Die Luft roch anders, sie schmeckte auf meiner Zunge trocken und blumig. Die Konstellation der Monde war mir aus dieser Perspektive unbekannt, und der flüsternde Wind erzählte andere Geschichten. Doch die Monde, die nachts am Himmel standen, waren immer noch dieselben, und die Sonne, die jetzt auf mich herabbrannte, ebenso. Und das reichte aus, damit ich mich nicht vollständig verloren fühlte.

Roter Sand bedeckte den Strand, an dem wir den ersten Tag damit verbracht hatten, Trümmer aus dem Wasser zu ziehen, Verwundete zu verarzten und die Geschehnisse zu verarbeiten. Rot und staubig war auch der Erdboden, als wir uns nun vom Meer entfernten und tiefer ins Landesinnere vordrangen. Die beigen hüfthohen Gräser hatten so scharfe Ränder, dass sie dünne rote Kratzer an unseren Händen und Armen hinterließen, als wir uns unseren Weg hindurchbahnten. Strich der Wind über sie, konnte man ein leises Pfeifen hören, wenn man ganz still verharrte und den Atem anhielt.

Die Sonne brannte so gnadenlos heiß vom Himmel, wie ich es in Vael selbst im Hochsommer noch nicht erlebt hatte. Die Luft flirrte, und schon bald plagte uns der Durst. Wir hatten Schläuche mit Süßwasser aus dem Schiffsrumpf retten können, aber nachdem wir nicht wussten, wann wir auf Zivilisation oder zumindest auf frische Gewässer stoßen würden, mussten wir mit unseren Vorräten haushalten. Ich trank einen Schluck, der kaum ausreichte, um meine trockene Kehle zu benetzen, dann packte ich den Wasserschlauch wieder weg.

Eine ganze Weile begegneten wir keiner Menschenseele, und auch Tiere sahen wir nur wenige. Ein paar kleine Eidechsen huschten vor unseren Füßen weg und verschwanden in Rissen im trockenen Erdreich. Winzige hellbraune Vögel hüpften vor uns her, und als ich mich schließlich fragte, ob sie überhaupt fliegen konnten, erhoben sie sich auf einmal als großer flatternder Schwarm. Ich legte die flache Hand schattenspendend über meine Augen und blickte ihnen hinterher, bis sie nur noch winzige Punkte waren, die das grelle Blau des Himmels verschluckte.

Eine Weile lang kamen wir gut voran, bis der Boden zunächst kaum merklich, dann aber immer steiler wurde. Immer wieder löste sich Geröll unter unseren Schritten, Kyran sog scharf die Luft ein, als die Steine unter ihm ins Rutschen gerieten. Hart schlug er auf die Knie. Instinktiv riss er die Arme nach vorne, um sich abzustützen, doch durch die Handfesseln fiel es ihm schwer, sein Gewicht zu halten. Mit einem dumpfen Stöhnen rollte er auf die Schulter, und die Gräser hinterließen feine Schnitte auf seinen Wangen.

Mit wenigen Schritten kniete ich neben ihm und zog meinen Dolch. Er zog eine Augenbraue hoch, als ich die Waffe auf ihn richtete.

»Halt still«, forderte ich und legte die Klinge auf die Seile.

»Was tust du?«, fragte Haze scharf.

»Das ist doch Schwachsinn. Wir können ihn nicht ewig so herumlaufen lassen. Wir sind doch keine Unmenschen!«

»Hast du vergessen, was er getan hat, Lelani?« Mein bester Freund klang ungläubig.

Ich biss mir auf die Unterlippe. »Nein, das habe ich nicht. Und das werde ich auch nie vergessen. Aber so geht das nicht weiter, Haze. Er hat auf dem Schiff an unserer Seite gekämpft, hast du das nicht gesehen?«

»Ja, weil er auch gestorben wäre, wenn der Krake das Schiff versenkt hätte!«, schnappte Haze.

Jinx, die durch das Streitgespräch aufgeschreckt worden war, schoss aus meiner Kapuze hervor, in der sie geschlafen hatte. Seit der Schiffsreise hielt sie sich wieder vermehrt bei mir auf, und ich hatte es aufgegeben, sie verstehen zu wollen. Mal war sie bei mir, mal bei Kyran, nur Haze konnte sie aus irgendeinem Grund nicht leiden. Wie eine angriffslustige Hornisse umkreiste sie ihn jetzt und knallte gegen seine Stirn, sodass ein leises *Pock* bei jedem Aufprall zu hören war. Dann ließ sie sich erschöpft auf Kyrans Schulter nieder.

»Und was ist mit dir?«, murrte Haze und rieb sich über die Stirn. »Verrückte Pixie. Hast du jetzt auch den Verstand verloren?«

Das wunderte mich in der Tat auch. Anfangs konnte Jinx Kyran nicht leiden, weil er bei ihrer ersten Begegnung wie nach einem lästigen Insekt nach ihr geschlagen hatte. Aber mittlerweile schien sie sich längst mit ihm angefreundet zu haben. Ich wurde aus Jinx nicht schlau. War es ein gutes Zeichen, dass sie ihm offenbar vertraute? Andererseits: Wie viel konnte man auf die Meinung einer unberechenbaren Zwergfee geben? Nicht umsonst hatten Pixies den Ruf, Menschen in die Irre zu führen und ihnen so zum Verhängnis zu werden.

Vielleicht war es ein Fehler, aber ich brachte es nicht länger übers Herz, Kyran gefesselt zu lassen. Die geschliffene Klinge glitt mit Leichtigkeit durch das Seil hindurch.

»Ich bin sicher, dass er sich nicht gegen uns wendet. Bitte vertrau mir«, sagte ich leise und war dabei nicht halb so sicher, wie ich es gern gewesen wäre. Haze protestierte nicht länger, aber ich spürte seinen Blick auf mir.

»Schön, Lelani. Du entscheidest. Wenn sich herausstellt,

dass du dich irrst und er uns doch angreift, werde ich mein Bestes tun, dich gegen ihn zu verteidigen«, sagte er schließlich leise. »Und glaub mir, dieser Moment wird kommen.«

Kyran räusperte sich. »Ich bin hier, ich kann euch hören. Meine Meinung scheint hier nicht von großem Interesse zu sein, aber der Vollständigkeit halber: Ich habe nicht vor, euch im Schlaf die Kehlen durchzuschneiden. Das hätte ich auf dem Schiff längst tun können.«

Erschrocken musterte ich seine Handgelenke und zupfte ganz behutsam die letzten Fasern von seiner aufgeschürften Haut. Das Seil hatte sich tief in Kyrans Handgelenke eingeschnitten. Die rauen Fasern hatten die Haut abgeschabt, sodass nun Blut auf die rote Erde tropfte. Kyran rieb sich vorsichtig über die violetten und grünen Blutergüsse. Ich hatte ein schlechtes Gewissen, brachte aber keinen Ton hervor.

»Nun kommt schon, wir haben nicht ewig Zeit«, meinte Kyran gelassen und ging einfach weiter, ohne noch ein Wort über die durchtrennten Fesseln zu verlieren, die im Staub zurückblieben.

*

Die Sonne sank bereits tiefer, als wir auf ein erstes Zeichen von Zivilisation stießen: einen Trampelpfad. Merciers Karten hatten nicht zu viel versprochen – sie waren zwar nicht allzu detailliert, aber gerade die Küstengegend war recht gut darauf verzeichnet, und hier in der Nähe sollten sich ein paar Ortschaften befinden. Statt tage- oder gar wochenlang durch die Wildnis zu stapfen, hatten wir gute Chancen, bald auf jemanden zu treffen, der uns womöglich weiterhelfen konnte.

Und als wir uns tatsächlich jemandem näherten, spürte ich es, bevor ich sie sah oder hörte.

Leben.

Ich spürte Leben.

Die Kraft in meinem Herzen reagierte auf die strahlende Sonne und erholte sich langsam, ganz langsam, nachdem ich sie so verschwenderisch verbrannt hatte. Und jetzt verriet sie mir mit einem leichten Kribbeln in meinem Hinterkopf, dass sich warme lebende Körper in der Nähe befanden. Schlagende Herzen. Durch Adern rauschendes Blut. Es war ein vages Gefühl, aber ich wusste sofort, was es bedeutete. Mein Instinkt begriff, was die Sonnenmagie mir sagen wollte. Das war etwas, was ich nicht mühsam lernen und trainieren musste. Es funktionierte ganz von selbst.

Sonnenmagie war Leben, und sie reagierte auf eben dieses. So simpel war das.

Unendliche Erleichterung durchflutete mich wie eine prickelnde Woge. Mein Verstand hatte mir die ganze Zeit gesagt, dass sich meine Magie erholen würde, aber ein nagender Zweifel war geblieben und hatte mich ganz nervös gemacht.

Was, wenn es nicht zurückkehrt? Wenn ich alles restlos aufgebraucht habe und nie wieder Magie wirken kann? Das war mir immer wieder durch den Kopf gegangen.

Jetzt schon konnte ich mir gar nicht mehr vorstellen, wie ich es die ersten achtzehn Jahre meines Lebens ohne diese Kraft ausgehalten hatte. Ohne die Macht der Monde und der Sonne fühlte ich mich, als hätte man mir einen Körperteil abgetrennt. Sie war jetzt ein Teil von mir. Ein unverzichtbarer Teil.

»Da kommen uns Menschen entgegen. Hinter der Felsformation.«

Haze und Kyran zogen die Augenbrauen hoch, stellten aber keine Fragen.

Und in diesem Moment traten sie in unser Sichtfeld: vier Männer, die einen Ochsen mit sich führten. Sie waren in schlichte weite Gewänder gehüllt: gerade geschnittene Hosen und Hemden, die gewickelt und an der Seite mit einem Band geschlossen waren. Ihre dunklen Augen waren schmal, die Haare glänzten wie schwarzer Lack. Scharfe Wangenknochen verliehen ihren sonnengebräunten Gesichtern eine forsche Ausstrahlung.

Quer über den Schultern trugen sie lange Holzstangen, an deren Enden mit Getreide gefüllte Eimer baumelten. Auch der Karren, den der Ochse zog, war mit Getreide beladen. *Waren sie Feldarbeiter?*

Misstrauisch sahen sie uns entgegen. Ich wunderte mich nicht darüber. Selbst wenn sie uns nicht angemerkt hätten, dass wir von weither kamen, wären wir mit unserer zerlumpten Kleidung auffällig gewesen. Wir sahen noch viel erbärmlicher aus, als wir uns fühlten.

Meine Bluse war schmutzig und zerschlissen, die helle Farbe war längst einem fleckigen Braun gewichen. Den gefärbten Rotschimmer hatte der Ozean fast vollständig aus meinem Haar gewaschen und nur einen stumpfen Farbstich hinterlassen. Glanzlos klebten die einzelnen Strähnen zusammen. Wenn ich sie anfasste, fühlten sie sich hart an, und ich konnte sogar ganze Salzkristalle ertasten. Meine Haut klebte von Meerwasser und Schweiß, und ich hatte mich noch nie so sehr nach einem Bad gesehnt. Meine Lippen fühlten sich trocken und rissig an. Haze und Kyran sahen nicht besser aus. War es den Bauern zu verübeln, dass sie uns so argwöhnisch von oben bis unten musterten? Wohl nicht.

Ich bemühte mich um ein freundliches Lächeln und hoffte, dass es in meinem schmutzigen Gesicht nicht allzu gruselig wirkte, als ich auf sie zutrat.

»Entschuldigt«, begann ich vorsichtig. »Wir sind Reisende und ... Könntet ihr uns den Weg zum nächsten Dorf weisen?« Einer von ihnen kam näher. Er war genauso groß wie ich, sein Blick bohrte sich in meinen. Die Miene war wie versteinert.

Nervös fragte ich mich, warum er nicht antwortete. Sein Gesichtsausdruck verriet überhaupt nichts über seine Gedanken oder Gefühle. Waren die Männer von unserer zerlumpten Erscheinung eingeschüchtert und hielten uns gar für Banditen? Oder schlimmer: Dachten sie darüber nach, uns unserer restlichen Habseligkeiten zu entledigen? Uns etwas anzutun?

Aber dann begriff ich sein Zögern: Er hatte schlicht und einfach kein Wort von dem verstanden, was ich gesagt hatte. Er antwortete, doch seine Worte ergaben für mich keinen Sinn. Harte, abgehackte Silben reihten sich aneinander, und ich hatte keine Ahnung, was er mir sagen wollte. Er sprach eine andere Sprache, die ich noch nie gehört hatte.

Bei den Monden. Wie sollte ich den Schattengänger finden, wenn ich mich nicht einmal mit den Bewohnern Kuraigans verständigen konnte?

Mein Blick suchte Haze und Kyran. Haze zuckte ratlos mit den Schultern, doch Kyran grinste. Wie üblich schien er sich bestens zu amüsieren.

Und auf einmal stellte er sich neben mich. Nie im Leben hätte ich damit gerechnet, aber die Worte aus seinem Mund klangen ganz ähnlich wie das, was der Landarbeiter von sich gegeben hatte. Kurze, abgehackte Silben. Meine Augenbrauen wanderten hoch, verblüfft starrte ich ihn von der Seite an.

»Du sprichst ihre Sprache!«, stieß ich hervor.

Sein Grinsen wurde noch breiter. »Irgendetwas Gutes muss so eine Ausbildung bei Hof doch haben. Mein Sprachenlehrer hat mich nicht umsonst ausgiebig gequält.«

»Frag, wo das nächste Dorf ist! Irgendwo müssen sie ja wohnen. Und ... und frag nach dem Schattengänger. Einem Mann, der vor vielen Jahren in Vael war.«

Ungeduldig lauschte ich dem Gespräch und wünschte, ich könnte verstehen, worüber sie sprachen. Kyran gestikulierte viel, manchmal rang er nach Worten, aber er schien sich ganz gut verständigen zu können. Sein Gegenüber behielt die stoische Miene bei, deutete aber dann in die Richtung, aus der wir gekommen waren.

»Sie sind gerade auf dem Heimweg«, übersetzte Kyran. »Bis zu ihrem Dorf ist es nicht weit. Es ist klein, aber wir können dort übernachten, essen und trinken. Vielleicht auch den öffentlichen Badezuber nutzen. Er ist wohl der Meinung, dass wir unangenehm riechen.« Er schmunzelte amüsiert.

»Der Schattengänger«, drängte ich.

Kyran zuckte mit den Schultern. »Dazu kann er uns nichts sagen. Auf Kuraigan gibt es viele Schattengänger. Es ist die Form der Magie, die hier verbreitet ist. So wie es in Vael Mondmagie gibt und früher auch Sonnenmagie. Das ist ein großes Land, Lelani. Er hat keine Ahnung, von welchem Mann wir sprechen, und ... um ganz ehrlich zu sein, habe ich ebenso wenig eine Ahnung, wie wir den Kerl finden sollen.«

Ich zog den Ring aus der Tasche und streckte ihn dem Mann entgegen. Doch mit der Reaktion, die dann folgte, hätte ich nicht gerechnet: Er zuckte zurück, als hätte ich eine Giftspinne auf der Hand. Auch die anderen wichen einen Schritt zurück.

219

Wider alle Natur reflektierte der Ring überhaupt kein Sonnenlicht. Ganz im Gegenteil, er schien auf einmal jegliches Licht in seiner Umgebung aufzusaugen und zu absorbieren. Um ihn herum wurde es dunkler, kälter. Die bloße Vorstellung, mir das Schmuckstück an den Finger zu stecken, verursachte mir Unbehagen.

Und auch die Landarbeiter wollten anscheinend nichts mit dem Ring zu tun haben. Trotzdem ging ich noch einen weiteren mutigen Schritt auf den Mann zu.

»Bitte«, sagte ich leise, obwohl ich wusste, dass er mich nicht verstand. Den flehenden Tonfall in meiner Stimme musste er doch erkennen.

Er presste die Lippen zusammen, seine dunklen Augen wurden noch schmaler, bevor er sich einen Ruck gab und den Ring näher betrachtete. Mit einer Geste gab er mir zu verstehen, dass ich das Schmuckstück so drehen sollte, dass er die filigrane Inschrift im Inneren des Ringbandes sehen konnte. Angestrengt kniff er die Augen zusammen, um die winzigen Schriftzeichen zu entziffern. Ich versuchte ihm den Ring zu überreichen, damit er die Gravur leichter begutachten konnte, doch wieder wich er zurück und gab einen Abwehrlaut von sich, ein leises Zischen zwischen zusammengebissenen Zähnen, das mich zusammenzucken ließ.

»Yamoro«, murmelte er schließlich und ließ dann einen Redeschwall los.

Er nickte uns noch einmal knapp zu, dann ging er plötzlich weiter, gefolgt von seinen drei Kollegen und dem Ochsen.

»Sie wollen nicht, dass wir ihnen folgen«, sagte Kyran leise. »Das Angebot, in ihrem Dorf unterzukommen ... Sie haben es sich anders überlegt. Ich glaube, sie wollen den Ring nicht in ihrer Nähe wissen.«

»Ist er ... gefährlich?« Ich hielt das Schmuckstück in die letzten Strahlen der untergehenden Sonne. Wieder schien es mir, als bewegte sich etwas im Inneren des schwarzen Steins. *Als krochen Schatten darin umher.*

Kyran zuckte mit den Schultern. »Keine Ahnung. Er sagt, der Ring ist ... ein schlechtes Zeichen? Ein Symbol? Offen gestanden weiß ich nicht genau, wie ich es übersetzen soll.«

Haze schnappte sich den Ring aus meiner Hand, hielt ihn sich nah vors Gesicht und betrachtete den Edelstein argwöhnisch. »Etwas ist merkwürdig daran«, murmelte er. »Irgendwie jagt er einem eine Gänsehaut über den Rücken. Dabei ist es nichts weiter als Silber und Stein. Und doch ... und doch scheint er so viel *mehr* zu sein.«

Ich schüttelte das Unbehagen ab, das mich bei seinen Worten befallen hatte. Haze sprach genau das aus, was ich auch fühlte. »Yamoro? Das hat der Mann gesagt. Was bedeutet es?«

»Das steht im Ring. Es ist ein Name. Ein Mann, der hier sehr bekannt ist ... oder es einmal war.«

Mein Herz schlug schneller. Wir hatten eine Spur! Das war mehr, als ich mir erhofft hatte.

»Er lebt in einem Dorf knapp zwei Tagesreisen von hier. Der Mann hat mir den Weg beschrieben. Wir halten geradewegs auf den Berggipfel zu, bis wir an einen Bach kommen. Dem folgen wir stromaufwärts, bis wir zu einer Siedlung kommen. Und wenn alles gut geht – wenn wir mehr Glück als Verstand haben und wenn das Schicksal auf unserer Seite ist –, dann finden wir dort vielleicht den Schattengänger, nach dem wir suchen.«

Kapitel 14

Schleichendes Gift

Ein Korridor.

Ein endlos langer Gang, der sich irgendwo weit vor mir in der Dunkelheit verlor. Schummrige Lichtflecken erhellten den glatten Marmor, doch ich konnte nicht ausmachen, wodurch sie erzeugt wurden. Es gab keine Fenster, keine Türen. Die Wände warfen ein vielfaches Echo meiner Schritte zurück. Ich ging weiter, immer weiter, ohne zu wissen, wohin. Alles war besser, als einfach stehen zu bleiben. Was blieb mir also anderes übrig, als meinen Weg fortzusetzen? Als ich über die Schulter zurückblickte, hatte die Finsternis den Korridor hinter mir längst verschluckt.

Etwas, das ich erst für einen dunklen Fleck an einer Marmorwand gehalten hatte, entpuppte sich als weiterer Gang, der von meinem Korridor abzweigte. Ich zögerte kurz, bevor ich einbog. Dieser Gang unterschied sich in nichts vom ersten. Immer wieder taten sich neue Gänge und Kreuzungen vor mir auf, und mir wurde klar, wo ich mich wirklich befand: in einem gigantischen Labyrinth.

Ich ging weiter und weiter, ohne jemals anzuhalten. Ich hatte keine Ahnung, wie lange ich schon unterwegs war, ob dieses Labyrinth ein Ende hatte oder ob ich den Rest meines Lebens in diesen Gängen verbringen würde.

Nach einer Weile schien es mir, als bewegten sich die Schatten in den Ecken. Doch ich nahm es nur aus den Augenwinkeln wahr. Wann immer ich den Kopf dorthin wandte und genauer hinsah, hörte die Bewegung auf, und ich war nicht sicher, ob ich es mir nur eingebildet hatte.

Doch eines bildete ich mir ganz sicher nicht ein: Der Boden fühlte sich seltsam klebrig an. Erst bemerkte ich es kaum, doch dann fiel es mir immer schwerer, die Füße vom Boden zu lösen. Als ich hinabsah, bemerkte ich hauchdünne Fäden, zart wie Spinnweben, die sich zwischen dem Marmor und meinen Schuhsohlen spannten und an mir kleben blieben.

Ekel und Unbehagen stiegen in mir hoch, und ich beschleunigte meine Schritte, obwohl es immer anstrengender wurde. Ich wollte weg, irgendwohin, wo der Boden nicht so seltsam war, aber je weiter ich lief, desto schlimmer wurde es. Jedes Mal, wenn ich einen Fuß vom Marmorboden löste, war ein schmatzendes Geräusch zu hören, das mir eine Gänsehaut über den Rücken jagte.

Etwas berührte meinen Arm. Ich schrie auf, stolperte einen Schritt zur Seite und sah mich erschrocken um, bis ich begriff, was es war: ein weiterer unheimlicher Spinnfaden. Doch diesmal klebte er nicht auf dem Boden, sondern hing in der Luft, sodass ich mitten hindurchgelaufen war. Hektisch wischte ich über meinen Arm und eilte weiter.

Doch ich wurde die Fäden nicht los, ganz im Gegenteil. Zart wie Schmetterlingsflügel legten sie sich auf mein Gesicht, meine Arme, meinen ganzen Körper. Jeder einzelne war so dünn, dass man ihn wohl kaum wahrgenommen hätte, aber es waren so schrecklich viele. Sie fesselten mich, legten sich auf meine Haut, hielten mich zurück.

Ich atmete immer hektischer und kämpfte mich weiter durch die Gänge, aber das Labyrinth nahm kein Ende. Nach jeder Ecke hoff-

te ich einen Ausgang zu sehen, ein Ziel, irgendetwas Bedeutsames. Stattdessen tat sich ein weiterer Korridor vor mir auf, und der nächste, und noch einer.

Mein frustrierter Schrei hallte in den Gängen wider, als ich merkte, dass ich kaum mehr vorwärtskam. Die Spinnweben bedeckten meinen Körper und umwickelten mich beinahe vollständig. Ich war bewegungsunfähig. Wild starrte ich um mich.

Die Schatten. Ich hatte es mir nicht nur eingebildet, sie kamen näher! Sie schienen ein Eigenleben zu führen, krochen wie Nebelschwaden über den Boden entlang und griffen nach mir. Ich riss die Augen auf und wollte vor ihnen zurückweichen, doch ich konnte mich nicht mehr rühren.

Die Schatten wollten mir nichts Gutes, davon war ich überzeugt. Und sie krochen unbarmherzig immer näher und näher.

*

Ich riss die Augen auf. Mein Herz raste noch von den Ängsten, die mich durch meinen Albtraum gejagt hatten. Schwer atmend starrte ich ins Halbdunkel. Einen schrecklichen Moment lang glaubte ich, ich sei noch immer bewegungsunfähig, aber es war nur die Decke, die ich zum Schlafen ganz eng um mich gewickelt hatte. Ich zitterte, und mir war kalt.

Die Nächte in Kuraigan waren ebenso kalt, wie die Tage heiß waren. Sobald die Sonne hinter den Berggipfeln versank und die Schatten länger wurden, waren die Temperaturen dramatisch gefallen.

Das Feuer, das wir entfacht hatten, war mittlerweile fast ganz heruntergebrannt, nur eine verglimmende Glut war noch übrig. Ich lag auf der Seite, mein Gesicht dem Lagerfeuer zugewandt, und spürte die schwache Wärme auf meiner Haut, die kaum etwas gegen die beißende Kälte ringsumher ausrichten konnte. Meine Zähne klapperten, jeder Muskel war angespannt und schmerzte.

Am Abend zuvor hatte ich kurz überlegt, mich einfach an Haze zu kuscheln. Seine Nähe versprach nicht nur Wärme, sondern auch Trost. Ich sehnte mich danach, doch ich wollte die Dinge zwischen uns nicht noch seltsamer und komplizierter machen. Also sagte ich nichts, wickelte mich ganz fest in meine Decke und legte mich so nah wie möglich ans Feuer, so knapp, dass ich mich gerade nicht daran verbrannte. Knackend verwandelte sich das Holz in der rötlichen Glut zu weißer Asche.

Ich schüttelte mich, als ich noch einmal an den Traum zurückdachte. Jetzt noch glaubte ich die klebrige Berührung der Spinnfäden auf meiner Haut zu spüren, und verzog angewidert das Gesicht. Die vielen Gefahren, die ich in letzter Zeit ausgestanden hatte, hinterließen Spuren. Tagsüber konnte ich vieles verdrängen und tapfer sein, doch in meinen Träumen holten mich meine Ängste ein.

Da war etwas.

Unwillkürlich atmete ich flacher. Eine Bewegung direkt neben mir, über mir, die ich nur aus den Augenwinkeln wahrnahm. Langsam drehte ich den Kopf und schnappte schockiert nach Luft.

Das durfte nicht wahr sein! Hatte ich mich so getäuscht? Bestimmt träumte ich noch, und das geschah gar nicht wirklich! Doch ein Teil von mir wusste, dass ich sehr wohl wach war.

Kyran stand neben mir, über mich gebeugt. Ich sah seinen Umriss vor dem gestirnten Himmel. Die Glut des sterbenden Feuers warf einen rötlichen Schein auf sein Gesicht und spiegelte sich in seinen Augen, deren Pupillen geweitet waren. Und nicht nur das. Es spiegelte sich auch auf der blanken Klinge in seiner Hand und ließ sie blutrot glänzen.

*

Nein, wollte ich flüstern, doch ich brachte keinen Ton heraus. Meine Kehle war wie zugeschnürt.

Eine Erinnerung bohrte sich wie ein glühendes Messer in meinen Kopf: die Erinnerung an Kyran, der mir mit gezogenem Schwert gegenüberstand, bereit, mich anzugreifen. Kyran, der Haze attackierte und verletzte, der sich schützend vor mich stellte.

Ich erkannte die Waffe in seiner Hand wieder: Es war der Wurfdolch mit der filigranen Mondsichel im Griff, den Haze mir geschenkt hatte. Kyran musste sich an mich herangeschlichen und den Dolch genommen haben, den ich auch nachts immer in Reichweite hatte.

Ich war dumm und unvorsichtig gewesen. Ihm zu vertrauen war ein Fehler gewesen, einer von der verhängnisvollen Sorte, die man nicht korrigieren konnte. Wie hatte ich nur glauben können, man könne sich auf ihn verlassen? Er hatte schon einmal bewiesen, dass ihm nicht zu trauen war, aber dieser eine Beweis hatte mir ja nicht gereicht! Und nun würde ich dafür bezahlen.

Doch nicht nur das. Denn ich war nicht die Einzige, die für meinen Fehler bezahlen würde. *Haze.* Ich musste ihn warnen, koste es, was es wolle!

›*Wenn sich herausstellt, dass du dich irrst und er uns doch angreift, werde ich mein Bestes tun, dich gegen ihn zu verteidigen. Und glaub mir, dieser Moment wird kommen*‹, hallten seine

Worte in meinem Kopf wider. Und er hatte recht behalten. Kyran hatte sich erneut gegen uns gestellt.

Haze schlief ahnungslos. Meine Gedanken rasten, meine Fantasie machte sich selbstständig. Kyran würde mir die Kehle durchschneiden und dann Haze umbringen.

Meine Magie war noch immer zu schwach, um Kyran etwas entgegenzusetzen. Sie erholte sich, aber zu langsam. Ich spürte sie, fühlte in meinem Inneren ein Echo auf das Mondlicht, aber es gelang mir einfach nicht, die Kraft zu bündeln.

Mein Mund öffnete sich zu einem Schrei. Ich konnte Kyran nicht daran hindern, mir etwas anzutun, aber vielleicht konnte ich Haze retten, indem ich ihn warnte!

In diesem Moment legte sich Kyran einen Finger auf die Lippen, und vor Überraschung erstarb der Schrei in meiner Kehle. Während ich ihn noch verständnislos anstarrte, schnellte seine Hand mit dem Dolch nach vorne, so schnell, dass alles vor meinem Blick verschwamm. Als silbriger Schemen raste der Dolch auf mich zu – und schlug direkt neben mir in den Boden ein.

Nein, nicht in den *Boden.* Kyran war zu geschickt, um ein so großes Ziel wie mich zu verfehlen. Er *hatte* getroffen, und zwar genau das, was er treffen wollte. Mir war, als hätte jemand einen Eimer mit Eiswasser über mir ausgekippt, als ich das Wesen neben mir erblickte, aus dessen Rücken der Dolchgriff ragte.

*

»Ein Skorpion«, krächzte ich atemlos.

Aber ich war nicht sicher, ob das überhaupt stimmte. Ein spinnenartiger gestreckter Körper, der von Chitinplatten bedeckt war. Vielgliedrige Beine. Imposante Greifscheren. Ein langer gebogener Schwanz mit einem Stachel am Ende, an dessen Spitze ein Tropfen einer klaren Flüssigkeit ausgetreten war und im Licht der Glut rotgolden glitzerte.

Doch sonst hatte das Tier nichts gemein mit den kleinen Skorpionen, die man in den Wäldern Vaels unter Steinen finden konnte. Er war in etwa so groß wie ein Hund. Doch das, was mir wirklich einen Schauer über den Rücken jagte, war nicht etwa die Größe des Wesens – sondern das starre, menschliche Gesicht über den Kieferklauen, das seltsam maskenhaft wirkte. *War das überhaupt ein Tier?*

»Eine Skrina«, sagte Kyran leise. »Ich selbst hab noch nie eine gesehen, aber mein Sprachenlehrer war ein viel gereister Mann und hat mir von ihnen erzählt.«

»Ihr Gesicht …« Ich schauderte.

Bläuliches Blut sickerte aus der Dolchwunde. Kyran hatte die Waffe bis zum Heft in den Leib des Tieres gerammt. Vorsichtig streckte ich die Hand nach der Skrina aus. Obwohl das Tier eindeutig tot war, rechnete ich halb damit, dass der Stachel jeden Moment vorschnellen und sich in meine Haut bohren könnte. Das, was nach einem menschlichen Gesicht aussah, fühlte sich kalt und hart wie der Rückenpanzer eines Käfers an.

«Im Laufe der Zeit nehmen sie die Gesichter der Beute an, die sie bevorzugt jagen.« Ich hörte an seinem Tonfall, dass auch ihm vor dem Tier graute. »Je nachdem, wo sie ihre Jagdgebiete haben und auf welche Beute sie dort häufig stoßen. Mein Lehrer hatte in den Bergen Kuraigans eine unerfreuliche Begegnung mit einer bärenköpfigen Skrina, die er nur knapp überlebt hat. Fiese Viecher, wenn man ihm Glauben schenkt. Und wenn ich das da so ansehe«, er stieß mit dem Fuß gegen den Kadaver, der jetzt schon einen unangenehmen Geruch zu verströmen begann, »dann glaube ich ihm jedes Wort.«

»Sie passen sich an ihre Beute an.« Ich rieb mir fröstelnd über meine Oberarme, an denen sich eine Gänsehaut gebildet hatte. »Wie unheimlich. Ob das eine Art Tarnung sein soll? Vielleicht wollen sie sich so unbemerkt nähern?«

Kyran zuckte mit den Schultern. »Mag sein. Aber eines weiß ich: Das Gift soll verdammt unangenehm sein. Mit diesen großen Zangen halten sie ihr Beutetier fest und rammen ihm den Stachel in den Leib. Das Gift lähmt die Beute und zersetzt ihr Fleisch, sodass die Skrina es trinken können.«

»Hör auf«, stöhnte ich angewidert.

Ungerührt fuhr er fort. »Mein Lehrer sagt, so schlimme Schmerzen hatte er noch nie. Sein Glück war, dass die Skrina nur sein Bein getroffen hat und dass er mit Leuten unterwegs war, die das Tier getötet und ihn so schnell wie möglich in die nächste Stadt gebracht haben. Das Bein musste abgenommen werden, das Gift hat sein Fleisch völlig zerstört. Die Wunde hatte sich immer weiter ausgebreitet. Bei einem Stich in den Rumpf, in den Kopf oder in den Hals wäre jede Hilfe zu spät gewesen. Dann hätten sie ihn niemals schnell genug zum nächsten Heiler bringen können, um ihn zu retten.«

Ich schüttelte mich bei der Vorstellung. Das Tier lag direkt neben meinem Schlafplatz, keine Handbreit von mir entfernt. Der Stachel war zum Angriff erhoben, das austretende Gift sprach eine deutliche Sprache. Mir wurde auf einmal klar, was Kyrans Erklärung bedeutete: Dieses Tier hatte schon Menschen getötet und gefressen.

»Du hast mich gerettet.«

Ein weiteres Schulterzucken. »Komm, lass uns das Vieh aus dem Lager schaffen, es stinkt bestialisch. Am Ende lockt es noch weitere Raubtiere an. Solange das hier liegt, bekommen wir kein Auge zu.«

*

Mit vereinten Kräften trugen wir die tote Skrina aus unserem Lager. Ich musste mich zunächst überwinden, um das gefährliche Tier anzufassen, aber Kyran hatte recht: das zähe Blut, das aus der Wunde austrat, stank grauenhaft.

Haze war bei all dem Lärm nicht aufgewacht. Ich musste lächeln, weil er trotz allem, was geschehen war, immer noch so friedlich schlafen konnte. Im Schlaf wirkte sein Gesicht weich und beinahe kindlich. Jetzt sah ich in ihm den Jungen, der er früher gewesen war. Damals, in unserer unbeschwerten Zeit im Dorf.

»Achtung«, wisperte Kyran.

Hastig stabilisierte ich meinen Griff. Haze' Anblick hatte mich so sehr abgelenkt, dass mir die Skrina beinahe aus den Händen gerutscht wäre. Wir schleppten das tote Tier durch das Gestrüpp abseits des Weges und ließen es unter einem Strauch liegen. Die Natur würde sich schon darum kümmern.

Ich wollte schon zum Lager zurückkehren, doch Kyran setzte sich auf einen flachen Stein und blickte gedankenverloren hoch zu den Monden. Kurz zögerte ich und stand unschlüssig da, dann setzte ich mich neben ihn, wobei ich darauf achtete, ihm nicht zu nahe zu kommen.

»Danke.«

Er seufzte. »Du musst mir nicht danken. Das ist selbstverständlich – unter Freunden.«

›Freunde gehen aber nicht mit Waffen aufeinander los‹, wollte ich ihm sagen, verkniff es mir dann aber doch. Sein resignierter

Blick verriet, dass die wortlose Anklage ihr Ziel dennoch getroffen hatte.

Die Monde zogen meinen Blick magisch an. Aus dieser Perspektive wirkten sie fremd und doch zutiefst vertraut. Ich betrachtete sie, staunte über ihre Konstellation, ließ ihre Schönheit auf mich wirken. Mein Puls verlangsamte sich. Ich spürte das angenehm kühle Mondlicht auf meinem Gesicht, es schien durch meine Haut zu sickern und mich ganz zu durchdringen. Ich sog den eisigen Nachtwind tief ein, doch es war nicht nur Luft, die ich atmete – es war Licht.

Mit jedem Atemzug strömte der milde Schein der Monde in mich, und ich genoss die Ruhe, die sich in mir ausbreitete. Doch plötzlich zuckte ein glühender Stich durch meine Brust. Etwas tief in mir, in meinem Herzen, bäumte sich gegen das kühle Mondlicht auf. Etwas Heißes, Wildes, das nicht gezähmt und beruhigt werden wollte. Die Sonnenmagie flammte heller auf und schien sich zu wehren. Ich keuchte auf, als mein Blut sich schlagartig kochend heiß anfühlte und durch meinen Körper schoss.

Ich krümmte mich zusammen und presste eine Hand flach auf meine Brust, da, wo dieser gleißende Punkt in meinem Herzen rebellierte und verrücktspielte.

»Lelani?« Sanft berührte Kyran meine Schulter. Sorge lag in seinem Blick.

Ich schüttelte den Kopf und wandte ihn dann ab, unfähig, eine Antwort zu formulieren. Ganz fest biss ich die Zähne zusammen.

Federleicht legte sich seine Hand unter mein Kinn und hob es leicht an, sodass ich gar nicht anders konnte, als ihn anzusehen. Der Nachtwind umschmeichelte uns. Er streichelte meine Haut und trug Kyrans Duft zu mir.

Meine Hand schloss sich wie automatisch um das kühle Metall meines Amuletts. Der Mondstein darin übte eine beruhigende Wirkung auf meine Seele aus.

In Kyrans hellen Augen sah ich das Spiegelbild der fünf Monde. Ich konzentrierte mich auf die Himmelskörper und darauf, meinen Herzschlag wieder zu beruhigen – und fand die Kraft, die kämpferische Sonnenmagie zurückzudrängen. Sie zog sich in einen Winkel meines Herzens zurück.

Doch ich wusste, dass sie da war. Dass sie wieder hervorbrechen würde. Vielleicht dann, wenn ich sie brauchte und rief. Möglicherweise aber auch, wenn ich sie am wenigsten gebrauchen konnte – und mich und andere Menschen damit ins Verderben stürzen würde.

Sie war ein ständiger, aber unberechenbarer Begleiter.

Immer noch berührte Kyran mein Kinn. Unwillig drehte ich den Kopf beiseite, obwohl ein Teil von mir sich wünschte, seine Finger noch länger auf meiner Haut zu spüren.

»Sagst du mir, was das gerade war?«

Ich merkte, dass Kyran mich von der Seite ansah. Obwohl mir das völlig egal sein sollte, wünschte ich plötzlich, ich würde nicht so *schrecklich* aussehen. Ich wollte nicht, dass er mich so sah.

Statt einer Antwort schüttelte ich den Kopf. Sollte er doch denken, was er wollte. Ich hatte keine Lust, es ihm zu erklären. Die Wahrheit war, ich wusste nicht einmal, *wie* ich es erklären sollte, auch wenn ich es versucht hätte. Keine Worte der Welt hätten ihm begreiflich gemacht, wie es sich anfühlte, wenn zwei so gegensätzliche Kräfte gegeneinander ankämpften und man eine Balance zwischen ihnen finden musste.

»Freunde«, wiederholte ich stattdessen das Wort, das er vorhin benutzt hatte. Ich drehte es im Mund hin und her, schmeckte seinen Klang. »Sind wir das, deiner Meinung nach?«

Das Mondlicht reichte aus, um das klare Grün seiner Augen leuchten zu lassen. »Das hoffe ich. Das *wünsche* ich mir.«

»Und wenn wir nach Vael zurückkommen, Kyran? Wirst du die erste Gelegenheit nutzen, um uns an die High Lady auszuliefern? Du hast ...« Ich beendete den Satz nicht, aber natürlich wusste er auch so, was ich meinte.

Plötzlich beugte er sich näher zu mir, so nah, dass ich seinen Atem auf meinen Lippen spürte und das Flirren der Sprenkel in seinen Augen sah. Da lag kein Hauch eines Lächelns auf seinem Gesicht, kein provokantes Grinsen. »Ich habe es dir gesagt, und ich werde es dir immer wieder sagen, bis du mir glaubst. Als ich dich angegriffen habe ... unmittelbar davor hat mich der Befehl der High Lady erreicht. Bis dahin wusste ich nicht einmal, wer du bist. Befehle der Königin befolgt man, wenn man an seinem Leben hängt, und so habe ich nach dem Schwert gegriffen. Aber ... als ich dir gegenüberstand, wusste ich, dass ich es nicht kann. Dass ich es nicht *will.* Weil ich dich *mag*, Lelani, und weil wir Freunde geworden waren. Und das werden wir auch noch sein, wenn wir nach Vael zurückkehren. Ich werde mich nicht gegen dich stellen. Ich bin auf *deiner* Seite.«

Seine Nähe irritierte mich so sehr, dass mir das Atmen schwerfiel. Auf einmal war ich froh über das Halbdunkel, in dem er nicht sehen konnte, dass mir das Blut in die Wangen schoss.

Verlegen rückte ich weiter weg, nur ein winziges Stück. »Ich habe das Gefühl, ich kenne dich überhaupt nicht. Ich weiß *nichts* über dich.«

Kurz schwieg er. »Und doch weißt du mehr über mich als die meisten Leute, die mich mein Leben lang kennen.«

Ich presste die Lippen aufeinander und schüttelte den Kopf. »Du bist mir fremd.«

»Was willst du wissen?« Seine Stimme wurde drängender. Es schien ihm wirklich wichtig zu sein, aber ich begriff nicht, warum.

»Nichts«, flüsterte ich und meinte eigentlich *alles.*

Das Schweigen hing bleiern zwischen uns. Der Wind strich durch die scharfkantigen Gräser und erzeugte damit eine pfeifende, sirrende Melodie. Jinx taumelte in weiter Ferne durch die Nacht, ein einzelner rosa Funke, der der Szenerie etwas Verzaubertes verlieh und sich einem Schwarm großer Falter anschloss, der sich flatternd in die Luft erhob.

»Wenn man es genau nimmt, weiß ich auch nicht viel über dich«, merkte er an.

»Ich mag Apfelpasteten«, warf ich ihm die erste belanglose Information, die mir in den Sinn kam, vor die Füße.

Er grinste. Seine spitzen Eckzähne, die ihm einen leicht wölfischen Ausdruck verliehen, glitzerten im Mondlicht. »Jeder, der bei klarem Verstand ist, mag Apfelpasteten.«

»Oh, ich mag sie nicht nur, ich *liebe* sie. Wenn ich könnte, würde ich nichts anderes mehr essen«, entgegnete ich mit großer Ernsthaftigkeit.

Er schmunzelte, dann revanchierte er sich bei mir. »Als Kind habe ich meiner Schwester weisgemacht, die Erdbeeren aus dem Schlossgarten seien mit Blut gefärbt. Bis heute kann sie keine essen.«

»Du bist ein grausamer Mensch, das war mir schon lange bewusst.«

»Nichts Neues an dieser Stelle. Du bist dran.«

Ich überlegte kurz und schlang die Arme um meinen Körper, um mich warm zu halten. Meine Atemluft kondensierte in weißen Wölkchen vor meinem Gesicht. Meine Nasenspitze fühlte sich an, als könnte sie sich jeden Moment in einen Eiszapfen verwandeln.

»Ich habe mal einen Fisch mit bloßen Händen gefangen, aber dann hat er mir leidgetan, also habe ich ihn wieder freigelassen. Weil ich keinen Beweis hatte, hat Haze mir nicht geglaubt. Also habe ich ihm die Nase blutig geschlagen. Aphra hat nicht geschimpft. Sie meinte nur, wenn sein männliches Ego das überlebt, würde auch der restliche Haze die Verletzung überleben. Aber dass ich den Fisch nicht mitgebracht habe, damit sie ihn über dem Feuer grillen kann, hat sie mir übel genommen.«

»Und mir sagst du, ich sei grausam. Der arme Kerl.«

Ich grinste. »Aber ein bisschen hatte er es auch verdient. Er hat mich wirklich ganz fürchterlich ausgelacht. Und Aphra hatte recht, er hat es überlebt.«

Neugierig musterte ich ihn. Zum ersten Mal seit dem Vorfall am Strand beim Sonnenturm war die Stimmung zwischen uns wieder gelöst, und beinahe hatte ich das Gefühl, ich könnte vergessen, was gewesen war.

»Du bist dran«, drängte ich, als er nicht sofort mit der nächsten Information herausrückte.

»Ich habe einen Menschen umgebracht. Da war ich gerade mal vierzehn Jahre alt.«

Kapitel 15
Goldjunge

Ich verschluckte mich an meinem eigenen Atem und hustete unkontrolliert los, bevor ich ihn einfach nur fassungslos anstarren konnte. Nichts in seinem Gesicht wies darauf hin, dass es ein Scherz gewesen war. Mit steinerner Miene erwiderte er meinen Blick.

Die unbeschwerte Stimmung war schlagartig verflogen, das Schweigen zwischen uns hatte eine neue Qualität angenommen und war drückend wie die Luft vor einem Gewitter. Ich brachte keinen Ton hervor, doch mein Blick war ein einziges Fragezeichen.

»Ich habe meine ganze Kindheit bei Hofe verbracht«, begann Kyran leise zu erzählen. »Mein Vater ist der einflussreichste Mann in ganz Vael und der höchste unter den Mondlords, weil High Lady Serpia nur auf seine Meinung wirklich Wert legt. Meine Mutter galt als die strahlendste Schönheit im ganzen Reich, eine goldhaarige Lady mit dem Auftreten einer Elfe. Sie war die Einzige, die meinem ernsten, pflichtversessenen Vater ein Lächeln auf die Lippen zaubern konnte. Wenn ich an die Vergangenheit denke, sehe ich ihr sanftes Gesicht. Die endlosen grünen Wiesen rund um Schloss Umbra, über die ich als kleiner Junge mit meinem Pony galoppiert bin. Die steinernen Gänge und Hallen im Schloss, durch die ich mit einem Holzschwert rannte, um imaginäre Monster zu bekämpfen. Und die Reisen mit der Kutsche in die Hauptstadt, wenn mein Vater zu Besprechungen nach Navalona gerufen wurde. Meine Mutter hat es immer gehasst, aber ihm war es wichtig, sie an seiner Seite zu haben. Immer. Also ist die ganze Familie gefahren. Für mich war das jedes Mal ein Abenteuer.«

»Das klingt schön«, murmelte ich, bekam jedoch nicht seine vorigen Worte aus dem Kopf. *Er hatte einen Menschen getötet.* In einem Alter, in dem ich noch mit Haze Kirschkerne um die Wette gespuckt hatte.

Und trotzdem umspielte ein schwaches Lächeln meine Lippen, als ich mir Kyran als Kind vorstellte. Ich sah ihn förmlich vor mir: einen kleinen blonden Jungen mit blitzenden hellgrünen Augen und einem Holzschwert in der Hand, für den die ganze Welt ein wunderbares magisches Abenteuer war.

Er zuckte mit den Schultern. »Ich schätze, das war es. Mir ist klar, wie privilegiert ich aufgewachsen bin. Ich hatte all das, wovon wohl viele Jungen träumen. Ein Leben in Prunk und Protz, eine unbeschwerte Kindheit, die besten Lehrer, eine glorreiche Zukunft vor mir und mehr Geld, als ich in einem Leben ausgeben kann. Und doch ...«

»Und doch warst du nie ganz glücklich«, vervollständigte ich den Satz.

Kyran seufzte tief. »Keine Ahnung, was mit mir nicht stimmt. Da war immer dieser ... dieser Hunger nach *mehr.* Mehr Aufregung, mehr Echtheit, mehr Gefühl. Nach mehr Leben. Ich kann mich daran erinnern, dass es mir schon als Kind so ging. Ich war immer zu wild, immer zu unruhig, wie von einem unsichtbaren Feuer angetrieben. Während mein

Vater meinte, ich müsste gezähmt werden, hatte meine Mutter immer Verständnis.«

»Gezähmt werden?«, wiederholte ich.

Er zuckte nur mit den Schultern.

»Vielleicht war ich einfach undankbar. Ich hatte alles, aber es war mir nichts wert. Mein ganzes Leben erschien mir wie eine Scheinwelt, die Gespräche mit den anderen Adelssöhnen waren hohl und leer, die Mädchen bei Hof gaben nur belangloses Geplapper von sich. Je größer ich wurde, desto schlimmer wurde es. Ich fühlte mich so *leer*. Da war diese Sehnsucht nach etwas, wovon ich gar nicht wusste, was es war. Irgendetwas Echtes, was dort draußen in der Welt lag und was ich nicht finden konnte, weil ich an Banketten teilnehmen und trockene Wälzer über Geschichte, Kriegskunst und Sprachen studieren musste.«

Um meine nervösen Finger zu beschäftigen, pflückte ich einen Grashalm, nestelte daran herum und bemerkte kaum, dass die scharfen Ränder meine Haut aufschnitten. Die winzigen Wunden brannten, aber ich hörte nicht auf. Die eisige Kälte, die mich vorhin hatte frösteln lassen, spürte ich nicht mehr.

»Bitte erzähl weiter«, sagte ich schließlich leise. Ich wollte es hören, wollte alles über ihn wissen. Wollte ihn *wirklich* kennenlernen.

Kyrans Blick war auf meine Fingerspitzen gerichtet. Er schien mehr zu sich selbst zu sprechen als zu mir. Seine Stimme hatte einen seltsam tonlosen Klang. »Alles hat sich geändert, als meine Mutter starb. Mein Vater war immer schon ein ernster Mann, doch an jenem Tag schienen all seine Emotionen zu verkümmern. Tulip hat einmal gesagt, sein Herz ist gemeinsam mit Mutter gestorben, und sie hat recht. Damals ist … Damals ist in Umbra die Sonne untergegangen. Besser kann ich es nicht ausdrücken. Für meinen Vater, in unserem ganzen Schloss, für Tulip und mich. Es war dort nicht mehr auszuhalten. Ich war froh, als wir von da an den größten Teil unserer Zeit in Navalona im Schloss der High Lady verbracht haben. Das Feuer in mir loderte immer wilder, ich konnte kaum eine Minute stillhalten. Und gleichzeitig war da eine Leere in meinem Inneren. Diese Leere, die ich nicht füllen konnte.« Plötzlich sah er mich an, sein Blick loderte. »Verstehst du, Lelani? Kannst du verstehen, was ich meine?«

Sein drängender Tonfall machte klar, wie wichtig ihm das war. Und ich verstand ihn tatsächlich. Ich hatte nicht das Gleiche erlebt und empfunden wie er – aber ich wusste, was er meinte. Auch ich hatte mein Leben lang eine quälende Unruhe gespürt. Eine Stimme in meinem Herzen, die mir zuflüsterte, dass das Leben noch so viel mehr für mich bereithielt, immer mehr und mehr. Die mich zwang, weiter und immer weiter zu gehen, ungeachtet aller Gefahren. Wir waren gar nicht so unterschiedlich, wie ich ganz am Anfang geglaubt hatte.

Also nickte ich, und Kyran atmete auf. Seine Erleichterung war spürbar und brachte etwas in mir zum Klingen. Normalerweise schien er nichts so richtig ernst zu nehmen, aber auf der anderen Seite gab es in seinem Inneren durchaus Dinge, die ihn beschäftigten. Der scheinbar unbeschwerte Goldjunge hatte seine eigenen Dämonen, die ihn verfolgten. Seine eigene Last, die er mit sich herumtrug.

Und ich verstand diese Dinge. Ich spürte und begriff, wie es ihm ging. Aus irgendeinem Grund war es ihm scheinbar auch unendlich wichtig, dass ich ihn verstand und kennenlernte. Warum ausgerechnet ich? Was machte meine Meinung wichtiger als die aller anderen Menschen?

»Manchmal denke ich, ich habe Tulip im Stich gelassen«,

sagte er leise. »Während ich jede Gelegenheit genutzt habe, aus der stickigen Enge des Schlosses zu fliehen, musste sie sich in ihre Rolle fügen und wurde immer stiller. Und ich wurde nur noch lauter und wilder. Ich trieb mich mit Straßenjungen herum, verbarg meine adlige Abstammung, ließ mich nur zu gerne in ihre kriminellen Machenschaften verwickeln. Mein Vater wusste davon, er wusste immer alles. Aber es interessierte ihn nicht. Ich war schlichtweg nicht relevant genug, um seine Aufmerksamkeit von den wichtigen Staatsgeschäften abzulenken. Doch als ich älter wurde, sah er sich gezwungen, meine Energie in angemessenere Bahnen zu lenken. Ich war sein Sohn, sein Erstgeborener, also muss ich eines Tages in seine Fußstapfen treten. Nach seinem Tod werde ich das Oberhaupt des Hauses Umbra sein, einer der fünf Mondlords. *Ich dürfe nicht herumlaufen wie ein tollwütiger Straßenköter*, hat er einmal gesagt. Eine militärische Karriere wäre eine standesgemäße Option gewesen oder der Pfad der Wissenschaften und der Forschung, aber nichts und niemand konnte mich dazu zwingen, mich in starre Strukturen und Regeln zu fügen. Nicht einmal Vaels mächtigster Mann.«

»Als wir uns kennengelernt haben, warst du in einer Aufklärungsmission mit Soldaten und Magiern unterwegs«, wandte ich ein.

Er nickte. »Das war der Mittelweg, den wir schließlich gefunden haben. Mein Glück war, dass die High Lady einen Narren an mir gefressen hatte. Eine starre militärische Ausbildung blieb mir erspart, trotzdem wurde ich immer wieder für Einsätze ausgewählt. Je öfter ich mich bewies, desto wichtiger wurden diese Einsätze. Mir kam das gerade recht, immerhin hat es mich raus aus den tristen Schlossmauern geführt. Raus aus dem Muff von Brokat und Parfum, aus den endlosen langweiligen Gesprächen und aus den Armen der Ladys, die auf eine gute Partie hofften. Hinaus in die Welt. Aber trotzdem konnte ich mich nicht von meinen alten Freunden losreißen. Den Straßenjungen, aus deren harmlosen Streichen mittlerweile ernst zu nehmende Verbrechen geworden waren. Offen gestanden waren sie nicht einmal gute Menschen, allesamt roh und skrupellos, aber sie waren mein Ausweg aus einem Leben, das mich erstickt hat. Ich habe sie als Freunde betrachtet. Ich fühlte mich lebendig.«

Ich schauderte. Das war es also: Kyrans wahres Leben. Der Mensch hinter der Goldfassade.

»Aber irgendwann ist es aufgeflogen«, vermutete ich beklommen.

Seine Lippen und seine Kinnlinie verhärteten sich. »Da waren Söldner, die die Familie, die wir eines Nachts überfielen, bewachen sollten. Es kam zu einem Kampf. Einer der Wächter überwältigte einen meiner Freunde. Er wollte kurzen Prozess machen. Ich werde nie das Gefühl vergessen, als meine Klinge durch seinen Brustpanzer und in sein Fleisch glitt. Und daran, wie das Leben aus seinem Blick wich. Es war so leicht, einen Menschen zu töten. Ich glaube, das erschreckte mich am meisten. Wie wenig eigentlich nötig war, um ein Leben unwiederbringlich zu beenden.«

»Ich weiß, was du meinst«, flüsterte ich. Meine Kehle fühlte sich wie zugeschnürt an. »Die Blutwölfin, die ich getötet habe … Da war noch so viel von Milja in ihr übrig. So viel Menschliches. Dieser Moment, in dem ihr Herz aufgehört hat zu schlagen – an den werde ich mich für immer erinnern, ob ich will oder nicht.«

Wir schwiegen, beide gefangen in unseren schmerzhaften Erinnerungen. Ich fühlte mich ihm näher als je zuvor.

»Wie ging es weiter?« Ich musste einfach die vollständige Geschichte kennen.

»Alles wurde vertuscht. Ein Sohn aus dem Hause Umbra durfte seinen Ruf schließlich nicht auf diese Weise verlieren. Meine Freunde, mit denen ich umherzog ...« Seine Stimme wurde bitter, sein ganzes Gesicht wirkte hart wie Stein. »Sie wurden hingerichtet. Nicht öffentlich, sondern in einer Nacht-und-Nebel-Aktion, um keine unnötige Aufmerksamkeit zu erzeugen.«

»Das tut mir leid«, brachte ich hervor.

Oft war er mir ein Rätsel, aber jetzt gerade wusste ich genau, was in ihm vor sich ging. Die Gefühle standen ihm ins Gesicht geschrieben, seine Verletzlichkeit spiegelte sich in seiner Miene wider. Sein Blick sprach von Schuldgefühlen, Selbstzweifeln, Trauer, Reue, und er hielt nichts davon vor mir zurück.

Er wollte, dass ich ihn kannte, mit allem, was dazugehörte. Dass ich alle Kapitel seiner Geschichte kannte, auch jene, die er selbst hasste. Und ich war bereit, in ihm zu lesen wie in einem Buch.

Ich rückte näher an ihn heran und setzte mich so, dass ich ihm direkt ins Gesicht blicken konnte. In diesem Moment kümmerte es mich nicht mehr, wie heruntergekommen ich aussah. Was zählte, war dieser Moment zwischen Kyran und mir, der sich so echt und bedeutsam anfühlte.

»Es war nicht deine Schuld«, flüsterte ich. »Diese Leute, mit denen du dich herumgetrieben hast, die hätten ihre Verbrechen auch ohne dich begangen. Sie kannten das Risiko. Sie wussten, worauf sie sich da einlassen und dass es jederzeit schiefgehen konnte.«

»Aber wenn sie nicht mit einem abtrünnigen Adelssohn ertappt worden wären, wäre die Strafe vielleicht milder ausgefallen«, murmelte er tonlos. »Sie wurden zum Schweigen gebracht, damit der Ruf des Goldprinzen von Umbra unantastbar blieb.«

Entschieden schüttelte ich den Kopf. »Denkst du, die hätten ein paar Straßenräuber und Wegelagerer, die sich an aristokratische Familien heranmachen, einfach davonkommen lassen? Du sagst selbst, die bezahlten Wachen hätten kurzen Prozess gemacht. Deine Freunde waren verloren, Kyran, als sie diesen Überfall beschlossen hatten.«

»Und der Mann, den ich umgebracht habe? Er hatte eine Familie! Ich habe mich danach informiert. Er hatte eine Frau und zwei Töchter.« Es war eine scharfe Anklage an sich selbst.

»Kyran«, sagte ich leise. Ich wusste, dass ich keine Worte finden konnte, die die Schuld von seinen Schultern nahmen. Er musste für immer mit den Konsequenzen seiner Entscheidungen leben. Ich hätte nur nicht geglaubt, dass er sich über derlei Dinge den Kopf zerbrach.

»Ich dachte immer ...« Ich stockte und setzte neu an. »Du wirkst immer so, als würdest du dir gar keine Gedanken über Konsequenzen machen. Du tust einfach, was dir in den Sinn kommt. Das, worauf du gerade Lust hast, ganz gleich, ob es vernünftig oder völlig wahnsinnig ist. So, als wären dir die Folgen völlig egal.«

Er grinste schief, doch gleich darauf verblasste das Grinsen wieder. »Ist auch so. Aber sogar ich bin lernfähig. Ich achte seither darauf, dass die Konsequenzen nur mich treffen. Da sind mir die Folgen tatsächlich egal. Aber nie wieder werde ich zulassen, dass mein Leichtsinn Menschen tötet.«

In seinem Tonfall schwang eine Ernsthaftigkeit mit, die mich nicht eine Sekunde an seinen Worten zweifeln ließ. Seine

243

Stimme zitterte leicht, und seine Brust hob und senkte sich unter seinen rauen heftigen Atemzügen.

Das Pfeifen der Gräser wurde lauter, beinahe so, als reagierten sie wie ein Echo auf meine Bewegung, als ich die Hand hob. Einen Herzschlag lang hing mein Arm zögernd in der Luft, eingefroren von meiner eigenen Unsicherheit. Doch dann siegte der Ruf meines Herzens, und meine Fingerspitzen berührten Kyrans Wange, die sich durch den Bartschatten rau und kratzig anfühlte.

Sein Atem beschleunigte sich, doch er wehrte die Berührung nicht ab. Er lachte oder grinste auch nicht. Einen Moment lang verharrte er ganz still, dann lehnte er das Gesicht sachte gegen meine Hand und schloss die Augen. Seine Finger tasteten nach meinen, und behutsam hielt er sie fest. Endlich beruhigte sich seine Atmung.

Noch ein winziges Stück weiter beugte ich mich zu ihm vor, bis meine Stirn die seine berührte, ebenso meine Nasenspitze. Und dann – so leicht, dass ich es kaum spürte, berührten sich unsere Lippen.

Sie streiften einander nur. Zart wie der Flügelschlag einer Pixie war die Berührung, und so flüchtig wie der Frühlingswind. Doch das reichte aus, um mein Herz so sehr zu erschüttern, dass ich glaubte, es müsste jeden Moment zerspringen. Etwas geschah mit der Welt ringsumher, sie veränderte sich, drehte sich immer schneller, bis mir schwindelig wurde. Die Farben der Nacht leuchteten mit einem Mal strahlender, die Gerüche der roten Erde und der trockenen Gräser waren intensiver. Und dann wurde mir eines klar: Es änderte sich eigentlich nichts *um mich herum* – sondern etwas *in mir*.

*

»Was genau wird das?«, fragte Haze fassungslos.

Ich wich seinem Blick aus. »Kyran und ich, wir setzen unser Training fort. Ich darf mich nicht auf meine Magie verlassen. Wir haben doch gesehen, wie schnell sie versagt. Und dann bin ich völlig nutzlos.«

»Nutzlos? Komm schon, Lelani! Du hast mich an deiner Seite, um dich zu verteidigen, wenn es auf rohe Waffengewalt ankommt. Du musst das nicht können.«

Die Bemerkung regte mich mehr auf, als sie vermutlich sollte. Haze meinte es nur gut, aber hatte er mir den Dolch nicht geschenkt, damit ich ihn *einsetzte*? Und jetzt sollte ich auf einmal wie eine wehrlose Dame zusehen, wie er den Helden spielte?

»Letzte Nacht warst du aber nicht da, als die Skrina mich angreifen wollte.«

Die Worte waren mir herausgerutscht, und sofort bereute ich es. Als ich vorsichtig zu Haze blinzelte, merkte ich ihm an, wie sehr meine Worte ihn getroffen hatten. Verdammt – schon wieder hatte ich ihm wehgetan, ohne es zu wollen. Ich hätte mich selbst ohrfeigen können. Ich wollte mich entschuldigen, doch er hatte sich bereits abgewandt.

»Komm schon, Rabenmädchen.«

Erst als Kyran mich ansprach, merkte ich, dass ich völlig weggetreten zu Boden gestarrt hatte. Der Spitzname, den ich lange nicht mehr gehört hatte, erinnerte mich daran, dass meine Haare den gefärbten Rotstich inzwischen wieder verloren hatten. Auffordernd streckte er mir jetzt die flache Hand entgegen. Das schlichte Kurzschwert, das Mercier uns mitgegeben hatte, wog in meiner linken Hand auf einmal zentnerschwer. In meiner rechten hielt ich meinen Dolch.

Kyran hatte vorgeschlagen, mir noch ein paar Kniffe zu zeigen, und ich war einverstanden gewesen. Dass in Kuraigan Gefahren lauerten, war mir spätestens seit letzter Nacht deutlich geworden. Und ich wollte Kyran beweisen, dass ich bereit war, ihm trotz allem, was geschehen war, wieder zu vertrauen.

Aber als ich ihm jetzt gegenüberstand, fragte ich mich, ob es nicht in Wirklichkeit um etwas anderes ging. Nämlich darum, *mir selbst* zu beweisen, dass ich ihm vertraute.

Ich wollte ihm das Schwert reichen, aber meine Hand bewegte sich kein Stück auf ihn zu. Ich war wie erstarrt. Etwas hielt mich zurück, und ich wollte mir nicht eingestehen, dass es *Angst* war. Angst, dass er die Klinge wieder gegen mich richten würde.

Er würde es nicht tun! Er hätte letzte Nacht die Gelegenheit gehabt, mich zu töten, und doch hatte er es nicht getan. Und als wir nachts miteinander sprachen, hatte ich das Gefühl, da sei eine echte Verbindung zwischen uns gewesen. Meine Lippen fühlten sich warm an, als ich daran dachte, wie sie die seinen berührt hatten. Es war nur eine winzige Sekunde gewesen – aber eine, die ich nicht vergessen konnte.

Ging es ihm auch so? Dachte er auch noch daran? Letzte Nacht waren wir schweigend ins Lager zurückgekehrt und hatten seither kein Wort darüber verloren. Selbst wenn wir die Gelegenheit gehabt hätten, uns ungestört zu unterhalten, hätte ich mich nicht getraut, ihn darauf anzusprechen.

Energisch verdrängte ich den Gedanken und rief mich selbst ins Hier und Jetzt zurück. Ich würde mich immer vor Kyran fürchten, wenn ich meine Furcht nicht bezwang und ins kalte Wasser sprang.

Schließlich drehte ich das Schwert in meinen Händen herum, fasste es an der Klinge und reichte ihm langsam, ganz langsam, den Griff. Er hob kurz beide Hände in einer entwaff-

246

nenden Geste, suchte meinen Blick und nickte mir zu, bevor er vorsichtig nach dem Schwert griff.

Ich hatte einen Kloß im Hals. Das Bild, das sich mir bot, war auf schreckliche Art und Weise vertraut. Genau *so* hatte er mir gegenübergestanden, bevor er mich angriff und Haze verletzt hatte. Und obwohl er uns töten sollte, hatte er es nicht getan. Und er würde es auch diesmal nicht tun, sagte ich mir.

Ich gab mir einen Ruck und stach mit dem Dolch nach ihm, vorsichtig und irgendwie halbherzig. Mit einem leisen Klirren traf Metall auf Metall, als er den Schlag parierte – seine Verteidigung war ebenso behutsam wie mein Angriff. Es war wie ein Tanz auf rohen Eiern, so bedacht, als hätte ein Zauber die Zeit verlangsamt. Kyran tat nicht viel mehr, außer mir das Schwert entgegenzuhalten, wenn ich attackierte. Und dabei brach er nie den Blickkontakt zu mir ab. Während der gesamten Zeit waren diese wunderschönen hellgrünen Augen auf mich gerichtet.

Allmählich fiel die Furcht von mir ab, und im selben Maße, wie ich selbstsicherer wurde, wurden auch meine Bewegungen schneller. Das metallische Klirren wurde lauter. Ein breites Grinsen trat auf Kyrans Gesicht, und ich konnte nicht anders, als es zu erwidern. Die goldenen Sprenkel im klaren Grün seiner Augen schienen zu flirren, und ein ganz ähnliches Flirren spürte ich in meinem Bauch.

Doch hinter Kyrans Rücken erblickte ich Haze. Seine Miene war wie versteinert, und in den Händen hielt er seinen gespannten Bogen. Die Pfeilspitze war auf Kyran gerichtet, und ich wusste, Haze war bereit, jederzeit zu schießen, um mein Leben zu retten, wenn Kyran irgendetwas tat, was mich in Gefahr brachte. Wie ein düsterer Wächter stand er da, um mich

247

zu beschützen, falls sich herausstellte, dass ich doch dem Falschen vertraute.

*

Seit Kyran in unser Leben getreten war, schien ich dazu verdammt zu sein, Haze wehzutun. Wann immer ich mit Kyran ein freundliches Wort wechselte, merkte ich, dass Haze zusammenzuckte. Er war nicht blind, er bemerkte meine Blicke und das verwirrende Prickeln, das in der Luft lag. Und er spürte, dass ich überfordert war und nicht die geringste Ahnung hatte, was ich denken und fühlen sollte.

Unsere Mission war so unsagbar wichtig. Für mich, Ashwind, für ganz Vael. Und ich tat nichts Besseres, als mir den Kopf über Küsse zu zerbrechen und darüber, wie mein Herz in Kyrans oder Haze' Gegenwart schneller schlug. Hatte ich den Verstand nun vollkommen verloren?

»Haze, es tut mir leid«, sagte ich, als wir am nächsten Abend unser Nachtlager am Ufer des Bachs aufschlugen, auf den wir zu unserer Erleichterung gestoßen waren. Das klare kalte Wasser reichte aus, um unseren Durst zu stillen und unsere Haut und Haare notdürftig von Salzkrusten, Schweiß und rotem Staub zu befreien, sodass wir zumindest wieder annähernd menschlich aussahen.

Während Haze das Feuer entzündete, füllte Kyran unsere Wasserschläuche auf. Diese Gelegenheit wollte ich nutzen, um ungestört mit Haze sprechen zu können. Das Problem war nur, dass ich keine Ahnung hatte, wie ich es anstellen sollte – und was ich eigentlich sagen wollte.

Haze schaute nicht zu mir hoch, er beugte sich nur noch tiefer über das Feuerholz, das er gerade aufstapelte. »Schon in

248

Ordnung«, murmelte er, aber ich merkte, dass nichts in Ordnung war.

»Haze …« Bekümmert starrte ich seinen dunklen Hinterkopf an.

Er reagierte nicht, sondern hantierte weiter mit dem Holz, obwohl es bereits perfekt gestapelt war. Gedankenverloren betrachtete ich seine Bewegungen, die schroff und abgehackt waren.

«Haze!« Ich schnappte mir sein Handgelenk.

Er richtete sich auf und sah mir endlich ins Gesicht. Die Erschöpfung in seiner Miene ging über bloße körperliche Müdigkeit weit hinaus. Es versetzte mir einen Stich, ihn so zu sehen und zu wissen, dass ich schuld daran war.

»Ich sagte doch, es ist in Ordnung«, sagte er leise. »Ich wollte dir nicht vorschreiben, was du … was du zu tun hast. Es ist dein Dolch. Wenn du beschließt, Kyran zu vertrauen und mit ihm zu trainieren, ist das dein gutes Recht.« Ein dünnes Lächeln trat auf seine Lippen. »Aber ich bleibe dabei. Es ist ein Wurfdolch. Wenn du schon von ihm lernen willst, sollte er dir nicht nur beibringen, stumpf damit herumzufuchteln. Mit so einer Waffe solltest du gar nicht zu nah an einen Gegner ran. Ein gut gezielter Wurf erspart dir jeglichen Nahkampf.«

Ich schluckte. »Würdest du … es mir beibringen?«

Haze presste die Lippen aufeinander. Wenn seine Augen im schwachen Licht fast schwarz wirkten, so wie jetzt, hatte ich keine Ahnung, was in ihm vor sich ging. Er beugte sich wieder über das gestapelte Holz und schlug geschickt zwei Feuersteine aneinander, sodass Funken sprühten. Behutsam schützte er die entstandene Glut mit beiden Händen und blies Luft darauf, sodass die Flammen rasch größer wurden.

»Bitte, ich meine es ernst«, sagte ich leise, als er nicht antwortete. »Es ist nicht nur so dahingesagt. Ich will es wirklich lernen.«

Die Stille zwischen uns zog sich unerträglich und wurde nur vom leisen Prasseln des Lagerfeuers durchbrochen – und vom lauten Hämmern meines nervösen Herzens, sodass ich mich fragte, ob auch Haze es hören konnte. Seit wann waren die Dinge zwischen uns bloß so kompliziert? Seit wann hatte ich das Gefühl, ein falscher Schritt oder ein falsches Wort könnte alles zwischen uns zum Einsturz bringen? Mein ganzes bisheriges Leben hatte ich geglaubt, mein bester Freund würde für immer an meiner Seite sein, mein unerschütterlicher Fels in der Brandung. Aber nun begann ich zu ahnen, dass sogar die Verbindungen, die am stärksten wirkten und allen Stürmen zu trotzen schienen, ganz plötzlich in sich zusammenstürzen konnten wie ein Kartenhaus, wenn der Wind sich drehte.

Als er mich endlich wieder ansah und die Mundwinkel leicht hochzog, machte mein Herz vor Erleichterung einen Satz.

»Ja, mache ich«, sagte er nur.

Zaghaft lächelte ich. Als ich mich dann daranmachen wollte, meine Schlafdecke auszubreiten, räusperte sich Haze, und ich schaute zu ihm auf. Er kniete noch neben dem Feuer, das warme rötliche Lichtreflexe auf seinem Gesicht tanzen ließ.

»Würdest du … noch mal kurz herkommen?«

Mit weichen Knien folgte ich seiner Bitte. Er hielt mir beide Hände entgegen, die Handflächen nach oben. Die Luft schien plötzlich dicker, und in meinem Hinterkopf spürte ich ein leichtes Prickeln. Haze' Miene war nicht mehr so angespannt wie sonst in letzter Zeit, sondern regelrecht *weich*. In seinen dunklen Augen las ich Unsicherheit.

Langsam ließ ich mich neben ihn sinken und legte meine

Hände in seine. Seine Haut war so heiß, dass ich glaubte, ich würde mich verbrennen.

»Haze«, flüsterte ich verwirrt.

Noch einmal räusperte er sich, trotzdem klang seine Stimme belegt. »Ich weiß, das alles ist ... so unendlich kompliziert. Für dich, aber für mich auch. Manchmal weiß ich überhaupt nicht, wohin mit diesen ganzen wirren Gefühlen und Gedanken. Und dann sage ich Dinge, die dich kränken. Die dich von mir wegtreiben. Dabei ist das das Letzte, was ich will. Du bist der einzige Grund, warum ich hier bin, Lelani. Ich will einfach nur bei dir sein, an deiner Seite bleiben. Als dein bester Freund, der ich immer war. Aber auch ...« Er brach ab, schüttelte den Kopf und starrte auf unsere Hände hinab, die ineinanderlagen.

«Ich ... Ich glaube, ich weiß, wovon du sprichst«, wisperte ich und musste an einen glühend heißen, drängenden Kuss inmitten von süßen Beeren denken, der noch gar nicht so lange Zeit zurücklag.

Er kaute auf seiner Unterlippe. Unruhig fuhren seine Daumen über meine Handrücken, beschrieben flammende Kreise auf meiner Haut.

»Ich weiß nicht, wie ich es ausdrücken soll. Du bist ... so viel für mich. Ich will dir näher sein. Näher, als ich es bin. Ich muss immer daran denken, wie du dich in meinen Armen angefühlt hast, als wir uns geküsst haben. Und ich weiß«, fiel er mir hastig ins Wort, als ich antworten wollte, »ich weiß, das ist der denkbar schlechteste Zeitpunkt für all diesen wirren Kram. Du musst nichts sagen. Irgendwie sind wir die ganze Zeit nur mit dem blanken Überleben beschäftigt, da müssen wir jetzt nicht über ... so etwas sprechen. Darüber, was vielleicht sein kann, wenn das alles vorbei ist. Wenn wir wieder in Sicherheit sind. Ich mag dich, Lelani. Sehr. Aber ich werde dich zu keiner Antwort drängen. Nicht zwischen Kraken und Skrinen und diesem ganzen Irrsinn. Es ist nur ...«

Er ließ meine Hände los, fuhr sich ruppig durchs kurz geschnittene Haar und seufzte frustriert. »Verdammt, ich habe einfach Angst, verstehst du? Davor, dich zu verlieren. An ihn. Während ich mich damit begnüge, in deiner Nähe zu sein, macht er sich an dich heran. Kriecht in deinen Kopf, wickelt dich mit seinem Lächeln um den kleinen Finger. Ich weiß, das haben wir hundertmal durchgekaut, und ich will keinen Streit mit dir. Wirklich nicht. Aber du weißt, dass ich ihm nicht traue. Wenn ich ihn ansehe, bekomme ich eine Gänsehaut. Er führt etwas im Schilde, etwas Übles, und es macht mich rasend, dass du das nicht siehst. Dass du ihm fröhlich ein Schwert in die Hand drückst, nachdem er dich mit einem attackiert hat. Dass du seinen einlullenden Worten lauschst. Ja, mag sein, dass er ein hübsches Gesicht hat und eleganter ist als ich und dass er sich schöner ausdrückt. Aber hinter der glänzenden Fassade, da lauert etwas Verdorbenes. Ich spüre es, und es widert mich an. Wenn ich sehe, wie naiv du in sein hinterhältiges Gesicht lächelst, wird mir übel. Ich weiß, ich kann dich nicht zwingen, dasselbe zu sehen wie ich. Das habe ich verstanden. Und bitte sei nicht wütend auf mich, weil ich dir das alles so unverblümt sage. Ich habe einfach das Gefühl, ich ...« Er rang nach Worten und stieß die letzten Worte förmlich hervor: »Ich ersticke sonst an den Dingen, die ich nicht ausspreche.«

Er hatte sich in Rage geredet, seine Hände waren zu Fäusten geballt, seine Augen funkelten. Die Härte war auf sein Gesicht zurückgekehrt, und seine Lippen waren zusammengepresst. Er schien noch etwas sagen zu wollen, ließ es dann aber, schüttelte noch einmal traurig den Kopf und ließ die Schultern hängen.

»Ich ...«, begann ich krächzend und mit trockenem Mund. Mit seinem Wortschwall hatte er mich eiskalt erwischt, und er sich selbst auch, so wie er jetzt dreinschaute. Das war so nicht geplant gewesen, seine Gefühle waren mit ihm durchgegangen und hatten uns überrumpelt.

Abrupt stand er auf und murmelte: »Du musst nichts sagen. Lass uns einfach nur vorsichtig sein, in Ordnung? Passen wir auf, dass wir einander nicht verlieren.«

Bevor ich überhaupt etwas sagen konnte, schnappte er sich seinen Bogen und bahnte sich mit großen Schritten einen Weg durchs hüfthohe Gras, um auf die Jagd zu gehen.

Aus der anderen Richtung kam Kyran vom Bach zurück, mit nassem Haar und unbeschwertem Lächeln auf den Lippen. Als er mich sah, wie ich erstarrt vor dem Feuer kniete, warf er mir einen fragenden Blick zu, doch ich schüttelte nur den Kopf und wich seinem Blick aus. Ich fragte mich, wie laut wir gerade gesprochen hatten und ob Kyran etwas von dem, was Haze gesagt hatte, mitbekommen hatte.

Kapitel 16

Die einzige Hoffnung

Der Berg, an dem wir uns auf unserer Suche nach Yamoro ori-
entierten, hatte die markante Form eines völlig symmetrischen
Kegels, der jetzt, in den frühen Morgenstunden, nur als schat-
tenhafter Umriss zu sehen war. Als wir unsere Reise fortsetz-
ten, umhüllte der Nebel ihn wie einen Schleier und hing fe-
derzart in den Spitzen der Gräser, an denen Tautropfen in den
ersten Sonnenstrahlen des Tages funkelten.

Der Bach schlängelte sich als silbernes Rinnsal durch Felsen
und Kieselsteine. Sein Plätschern begleitete uns auf unserer
Wanderung.

Keiner von uns sprach mehr als das Nötigste, wir alle schienen tief in Gedanken versunken.

Ich vermied es, über Haze und Kyran nachzudenken. Stattdessen fragte ich mich, was der Schattengänger wohl für ein
Mensch sein mochte. Wenn alles gut ging, dauerte es nicht
mehr lange, bis wir ihn sahen. Noch immer konnte ich kaum
glauben, dass wir ihn in einem völlig fremden Land so einfach
finden sollten, ohne irgendetwas über ihn zu wissen, aber der
Ring schien wirklich bedeutsam zu sein. Bei seinem Anblick
hatte der Bauer sofort Bescheid gewusst.

Ich griff während des Gehens in meine Tasche und tastete

nach dem Schmuckstück. Wie immer fühlte sich das Metall eiskalt an. *Eiskalt wie die Seele des Mannes, dessen Hilfe wir uns erhofften?* Er hatte als Auftragsmörder gehandelt, meinen Vater getötet und meine Mutter an Serpia ausgeliefert, weil es ihm befohlen worden war. Auf der anderen Seite hatte er sich durch Ashwinds flehende Worte erweichen lassen und ihr Baby, *mich*, aus dem Schloss geschafft. Das passte nicht in das Bild des gewissenlosen Assassinen, dem ein Menschenleben nichts wert war.

Schattenmagie. Noch nie war ich damit in Kontakt gekommen, und ausnahmsweise lag das nicht daran, dass ich so weltfremd aufgewachsen war. Man wusste, dass diese Form der Magie existierte. Man wusste, dass sie mächtig war. Und manch einer behauptete zu wissen, was die Schattenkräfte alles bewerkstelligen konnten. Doch kaum jemand war einem solchen Magier leibhaftig begegnet, denn soweit ich wusste, lebten Schattengänger im Verborgenen. Ihre Heimat war Kuraigan, und nur selten verirrten sie sich nach Vael.

»Yamoro«, flüsterte ich.

Nervosität machte sich in mir breit. Ich hoffte von ganzem Herzen, den Mann zu finden, auf dem all unsere Hoffnung ruhte, aber gleichzeitig fürchtete ich mich davor.

»Da. Eine Siedlung«, durchbrach Haze unser Schweigen.

Ich spähte in die Ferne und konnte hinter einer Hügelkuppe eine kleine Rauchschwade erkennen, die in die Luft aufstieg.

Wir waren fast den ganzen Tag auf den Beinen gewesen. Mein Körper hatte sich langsam an das viele Reisen und die Anstrengung gewöhnt, war stärker und ausdauernder geworden als noch vor Kurzem. Meine Oberschenkel und Füße schmerzten nicht mehr allzu sehr, wenn ich Stunde um Stunde wanderte, auf hartem Boden und einer dünnen Decke schlief und am nächsten Morgen weiterlaufen musste. Doch die Vorstellung, ein Dorf zu erreichen, und die Chance auf ein Bett, eine Mahlzeit und vielleicht sogar warmes Wasser zu haben, zauberte ein breites Lächeln auf mein Gesicht.

Ich hatte ein Dorf erwartet, aber es war beinahe eine kleine Stadt, die sich in das Tal zwischen sanft geschwungenen Hügeln schmiegte und durch die sich der Bach wie ein glänzendes Band wand. Der Stil der Häuser unterschied sich von den Gebäuden, die ich aus Vael kannte. Die Holzfassaden der schlichten kleinen Hütten glänzten dunkel. Ich kannte weder die dunkle rötliche Holzsorte noch das Öl, mit dem die Bretter offenbar behandelt waren und das ihnen einen behaglichen Kräuterduft verlieh. Die weit vorspringenden, spitz zulaufenden Dächer waren mit getrockneten Bündeln des beigen scharfkantigen Grases gedeckt, das hier in der Gegend überall wuchs.

So schmucklos die Häuser sonst auch waren: Sämtliche Türrahmen waren in einem kräftigen Rotton gestrichen, der im Licht der untergehenden Sonne regelrecht leuchtete. Und jedes der Gebäude war von einer schmalen Veranda umgeben, über die das Dach reichte.

Als wir näher kamen, bemerkte ich, dass die Hütten auf Stelzen errichtet waren. Die hüfthohen Gräser umgaben sie wie ein beigefarbenes Meer, das vom Abendwind in sachte Wellen versetzt wurde. Richtige Straßen gab es nicht, aber Trampelpfade verbanden die Gebäude miteinander und führten zu einem kreisrunden gemähten Platz im Zentrum. Kinder spielten dort mit einem Lederball und blickten uns aus neugierig funkelnden Augen entgegen.

Wir tauschten einen Blick miteinander aus. Langsam, um sie nicht zu erschrecken, gingen wir näher. Freundlich sagte

Kyran etwas in der fremden Sprache, doch bevor die Kinder antworten konnten, kam eine Frau blitzschnell aus einem der Häuser geschossen, stellte sich zwischen die Kinder und legte zweien von ihnen die Hände auf die Schultern.

Sie war klein, ein ganzes Stück kleiner als ich, und Kyran reichte sie kaum bis zur Brust, aber ohne Scheu sah sie ihn an. Nichts als Misstrauen stand in ihren schmalen dunklen Augen, die ihn ungerührt betrachteten.

Ihre Kleidung erinnerte an die der Bauern, die wir getroffen hatten: schlicht, weit und hell, um den Oberkörper gewickelt und seitlich mit einer Schleife verschlossen, die bei der Frau in einem Kirschrot leuchtete. Das Obergewand reichte bis zu den Knien, darunter ragte eine knöchellange, weit geschnittene Hose aus demselben cremefarbenen Stoff hervor. Ihre schwarzen Haare waren im Nacken zu einem praktischen Knoten zusammengefasst.

Kyran drehte nun die Handflächen nach vorne, um zu demonstrieren, dass er unbewaffnet war, und sagte erneut ein paar Sätze. Knappe, abgehackte Silben flogen hin und her, und ich wusste weder, was er sagte, noch, was die Frau antwortete. Nur ein Wort stach hervor: *Yamoro.*

Die Frau verschränkte die Arme vor der Brust, ihr Blick war schwer zu deuten. Einen nach dem anderen starrte sie uns an. Schließlich nickte sie knapp und bedeutete uns, ihr zu folgen.

*

Vor lauter Aufregung war mir ganz schwindelig. Hier lebte also Yamoro. Der Mann, der in meiner Vorstellung Bösewicht und dunkler Held zugleich war. In dessen Händen womöglich die gesamte Zukunft Vaels lag.

Ein klein gewachsener unscheinbarer Mann fegte mit einem Reisigbesen die Holzveranda, als wir der Frau zu einer der Hütten am Rande der Stadt folgten. Vielleicht jemand, der den Haushalt für den Schattengänger erledigte? Ganz bestimmt konnte er uns sagen, wo wir ihn finden konnten.

Er schaute nicht hoch, als wir uns näherten. Gleichmäßig wischte der Besen wieder und wieder über die Holzbretter, das Geräusch hatte etwas Beruhigendes an sich.

Wir blieben vor der Treppe stehen, die hoch auf die Veranda führte. Ich räusperte mich, um die Aufmerksamkeit des Mannes zu erringen, und Kyran sagte etwas, wovon ich vermutete, dass es ein Gruß war.

Der Mann hielt in seinem Tun inne, stützte sich auf seinen Besen und nickte uns zu.

»Frag ihn, wo wir Yamoro finden«, wisperte ich Kyran zu.

»Übersetzungen sind nicht nötig.« Der Akzent verlieh den Worten etwas leicht Abgehacktes, doch sie waren deutlich verständlich. »Ich spreche eure Sprache.«

Die untergehende Sonne warf lange Schatten auf das Gesicht des Mannes. Ein rötlicher Lichtstreifen lag genau über seinen Augen, die ebenso schwarz wie seine Haare waren. Es schien mir, als absorbierten sie jegliches Licht, statt es zu reflektieren.

Er war es. Er musste es sein. Wir standen ihm gegenüber.

»Yamoro?«, flüsterte ich dennoch.

Er nickte.

Haze und Kyran überließen nun mir das Sprechen. Ich atmete tief durch. »Ich bin so froh, dass wir Euch gefunden haben. Wir sind den ganzen Weg aus Vael gereist, um Euch ausfindig zu machen. Mein Name ist Lelani, das sind meine Gefährten, Haze und Kyran. Meine Mutter ...« Ein weiteres tiefes Durchatmen, gespannt schaute ich in sein Gesicht, um seine Reaktion einzuschätzen. »Meine Mutter ist High Lady Ashwind von Vael, ihr müsstet sie kennen.«

Er sagte nichts, und sein Gesicht war reglos wie ein Gemälde. Er war so ganz anders, als ich ihn mir vorgestellt hatte. In einer Menschenmenge hätte ich ihn kaum eines zweiten Blickes gewürdigt – wenn überhaupt, dann wegen seiner Gesichtszüge, die mir fremdartig erschienen. Die hohen messerscharfen Wangenknochen, die schräg gestellten Augen, die gerade Form seiner Augenbrauen. Das Schwarz seiner Haare hatte einen bläulichen Schimmer.

Auf den ersten Blick hatte ich ihn für einen alten Mann gehalten, wegen seiner langsamen Bewegungen und der Art, wie er sich über seinen Besen gebeugt hatte. Aus der Nähe merkte ich, dass er seine Jugend zwar deutlich hinter sich gelassen hatte, aber doch jünger war, als ich zunächst glaubte.

Mein Mund war plötzlich trocken. Warum sagte er nichts? Warum reagierte er nicht? Sein Gesicht zeigte überhaupt keine Emotionen.

»Yamoro, wir brauchen Eure Hilfe! Ihr ... Ihr seid es doch, nicht wahr? Ihr seid der Mann, der auf Serpias Befehl hin in Ashwinds Gemächer eingedrungen ist. Und der ...« Es fiel mir schwer weiterzusprechen. Stattdessen holte ich den Ring aus meiner Tasche und hielt ihn so hoch, dass das letzte Sonnenlicht des Tages auf den nachtschwarzen Stein traf.

Zum ersten Mal zeigte Yamoro eine Regung, aber keine, die ich mir erhofft hatte.

«Es tut mir leid, dass ihr den weiten Weg umsonst auf euch genommen habt. Worum es auch geht, ich kann euch nicht weiterhelfen.«

Sorgsam lehnte er den Besen in eine Ecke, nickte uns knapp

zu und verschwand im Haus. Krachend fiel die Tür ins Schloss, und ich hörte, dass von innen ein schwerer Riegel vorgelegt wurde.

*

Die Frau hatte unseren vergeblichen Versuch, mit Yamoro ins Gespräch zu kommen, schweigend beobachtet und konnte sich ein Grinsen nicht verkneifen. Die Vorstellung, wieder frierend unter freiem Himmel zu schlafen, während die verlockenden Häuser direkt vor uns lagen, war scheußlich, also beschlossen wir, sie um Hilfe zu bitten. So gut er konnte, fragte Kyran, ob wir hier irgendwo übernachten und eine warme Mahlzeit bekommen konnten.

Sie ließ einen Redeschwall auf ihn los, ohne Luft zu holen, und gestikulierte wild in meine und Haze' Richtung. Doch Kyran schien nicht enttäuscht zu sein über ihre Worte, sondern nickte schließlich lächelnd.

»Wir können bei ihr übernachten. Aber nicht, ohne erst zu baden und saubere Kleidung anzuziehen, das hat sie deutlich gemacht. Sehr deutlich. Das große Gebäude am runden Platz ist wohl eine Art Badehaus. Wir können es nicht verfehlen, es ist das einzige, das nicht auf Stelzen steht. Sie sagte irgendetwas von heißem Wasser, das aus dem Boden kommen soll … Keine Ahnung, jedenfalls gehen die Leute aus dem Ort nach der Arbeit dorthin, um sich zu waschen. Es ist zwar schon spät, aber wenn wir Glück haben, ist der Bader noch da, um uns einzulassen. Der Schneider hat schon geschlossen, aber dort sollten wir morgen frische Kleidung bekommen können.«

»Danke«, sagte ich und nahm mir vor, Kyran später nach

260

ein paar einfachen Phrasen zu fragen, damit ich mich halbwegs verständigen konnte.

Die Frau zog nur streng eine Augenbraue hoch, schnipste mit den Fingern und deutete in Richtung des Badehauses.

*

Warmer feuchter Dampf empfing uns. Die Frau hatte nicht übertrieben, und Kyran hatte ihre Worte auch nicht falsch übersetzt, denn das Badewasser kam tatsächlich aus dem Boden. Fasziniert schüttelte ich den Kopf. Es schien sich um eine Art natürliche Quelle zu handeln, doch das Wasser war so heiß, als hätte man es über einem Feuer erhitzt. So etwas hatte ich noch nie gesehen.

Es füllte ein Felsbecken, dessen Ränder man geglättet und in das man sogar Sitznischen gemeißelt hatte. Das Haus war einfach über diese Quelle gebaut worden. Es hätte mich nicht gewundert, wenn das das Erste gewesen wäre, was von diesem Ort existiert hatte, und die restlichen Häuser nach und nach ringsumher entstanden waren.

Kyran verständigte sich kurz mit dem rotgesichtigen, untersetzten Bader und schilderte unser Anliegen. Ein paar Münzen wechselten den Besitzer, dann konnten wir ins Wasser eintauchen.

Es war so heiß, dass ich mich fast verbrannte, aber ich genoss jede Sekunde, tauchte ganz unter und rieb den Schmutz von meiner Haut. Es gab duftende Seifen, Bürsten und Tücher, und als ich für einen Moment seufzend die Augen schloss, fragte ich mich, ob das nur ein wunderbarer Traum war. Es tat so gut, endlich wieder richtig sauber zu sein.

Mein schwarzes Haar fühlte sich nach dem Waschen wieder angenehm weich an. Wir waren um diese Zeit die einzigen Gäste im Badehaus, und der Männer- und Frauenbereich war durch einen Paravent voneinander getrennt, sodass ich alleine war. Ich genoss es, einfach nur zu entspannen und für einen kurzen Moment ganz für mich zu sein.

Als wir schließlich die Hütte der Frau erreichten, wartete eine erfreuliche Überraschung auf uns: Sie hatte uns einfache, aber saubere Klamotten von sich selbst und ihrem Mann herausgelegt, die wir ausleihen durften, bis wir uns am Morgen eigene frische Kleidung besorgen konnten.

Ihr Name war Lyri, und sie kümmerte sich um die Kinder der anderen Frauen, wenn diese bei der Arbeit waren. Eines der Mädchen, die wir vorhin gesehen hatten, war ihre Tochter Namina, die uns jetzt neugierig und schweigend beobachtete und die Flucht ergriff, als Kyran sie freundlich ansprach.

Lyri gab jedem von uns eine Schüssel Getreidebrei, und schlafen durften wir auf dünnen Strohmatratzen, die sich – verglichen mit dem nackten Erdboden draußen – himmlisch weich anfühlten. Zufrieden und erschöpft kuschelte ich mich schließlich in meine dicke Decke.

Zuversicht erfüllte mich. Yamoro hatte sich zwar geweigert, mit uns zu sprechen, aber morgen würde das bestimmt anders aussehen. Immerhin hatten wir ihn gefunden, und das war bereits ein riesiger Erfolg. Er *musste* uns einfach helfen!

»Das war also der Mann, für den wir diese Wahnsinnsreise auf uns genommen haben?« Kyran sprach die Zweifel aus, die ich schon die ganze Zeit in seinem Gesicht las, seit wir auf Yamoro getroffen waren.

Im Halblicht der Hütte sah ich zu ihm hinüber. »Er ist es«, sagte ich fest. »Und er wird uns ins Schloss bringen, wie auch immer.«

Kyran zog die Augenbrauen hoch. »Ist das dein Ernst? Lelani, komm schon. Ich verstehe ja, dass du dich an jeden Strohhalm klammern willst, aber das ... das ist doch ...« Er schüttelte den Kopf und schnaubte leise. »Er ist ein alter schmächtiger Mann!«

Haze setzte sich auf. »Er soll ja auch nicht mit purer Muskelkraft ins Schloss einbrechen«, sagte er kühl in dem Moment, als ich einwandte: »Drahtig, nicht schmächtig! Na schön, er mag klein und dünn sein, aber ich glaube, er ist durchaus kräftig.«

»Schloss hin oder her, mich würde es aber schon wundern, wenn er die Seereise überlebt, ohne an Altersschwäche zu verrecken.«

»Kyran!«, brauste ich auf. »Dieser Mann ist unsere einzige Hoffnung. *Meine* einzige Hoffnung«, korrigierte ich mich, als mir einfiel, dass er als Sohn des Lords von Umbra eigentlich genau auf der anderen Seite stand. »Das, was damals passiert ist, ist inzwischen achtzehn Jahre her. Natürlich ist er kein Jüngling mehr. Aber er *ist* Magier! Er muss unglaublich mächtig sein.«

Seufzend streckte sich Kyran auf seiner Matratze aus. »Schön, dass ihr so optimistisch seid. Wir werden sehen. Wenn wir uns morgen mit seiner verschlossenen Tür unterhalten, wissen wir vielleicht mehr. Oder auch nicht.«

Erbost tauschte ich einen Blick mit Haze aus und wälzte mich dann noch eine Weile schlaflos hin und her. Während ich Yamoro vehement verteidigte, war ich selbst nicht halb so überzeugt von meinen Worten, wie ich vorgab zu sein. Er war so *anders*, als ich ihn mir vorgestellt hatte. Kein dramatischer düsterer Held, sondern einfach nur ein älterer Mann, der einen Besen anstelle eines Schwerts schwang. Dessen Füße in klappernden Holzpantoffeln steckten. Der in einer kleinen Hütte am Dorfrand wohnte und überhaupt nicht interessiert an Neuigkeiten aus Vael schien, von dort, wo sein Handeln vor Jahren das Schicksal eines ganzen Königreichs beeinflusst hatte.

Es war, wie ich gesagt hatte: Er war unsere einzige Hoffnung. Darum durfte ich nicht beginnen, an ihm zu zweifeln. Wenn meine Hoffnung bröckelte, woran sollte ich mich dann noch festhalten? Was sollte mich dann vorantreiben? Unser Plan war so schwach und stand auf so wackligen Beinen, dass kein Zahnrädchen wegfallen durfte, weil der Rest sonst nicht mehr ineinandergriff und alles zum Scheitern verurteilt war.

Haze tastete nach meiner Hand, hielt sie warm und sicher. »Er wird uns helfen. Hab keine Angst, Lelani«, flüsterte er. »Wenn er nicht will, dann bringen wir ihn eben dazu. Wir gehen erst weg, wenn dieser alte Mann versprochen hat, uns zu helfen.«

Kapitel 17

Als wir wieder vor Yamoros Hütte standen, war die Sonne noch nicht einmal aufgegangen, die Morgenröte färbte langsam den Horizont und vertrieb das nächtliche Blauschwarz. Trotzdem war er bereits auf den Beinen und tat genau das, was er auch gestern Abend getan hatte: Er fegte die ohnehin schon saubere Veranda. Als er uns sah, nickte er freundlich und fuhr dann fort, uns zu ignorieren.

»Guten Morgen, Yamoro.« Ich hielt mich aufrecht und blickte ihn selbstbewusst an, obwohl er demonstrativ wegsah und seine ganze Aufmerksamkeit dem Reisigbesen schenkte, der mit gleichmäßigem Scharren über die Holzbretter strich. »Dass wir einfach hier auftauchen und Euch in Eurer Ruhe stören, tut uns leid. Ich bin sicher, Ihr habt … wichtige Dinge zu tun. Aber das, was wir Euch zu sagen haben, ist von allergrößter Wichtigkeit. Yamoro, wir brauchen Eure Hilfe! Ganz Vael braucht Euch.«

Keine Reaktion. Er beugte sich nur vor, um den Zustand der schmalen Stufen zu kontrollieren, die hoch auf die Veranda führten, und fegte sie dann ebenso sorgfältig wie die Veranda selbst.

Ich unterdrückte ein genervtes Stöhnen. »Ich weiß, dass Ihr mich verstehen könnt. Redet doch wenigstens mit uns.«

Bevor ich reagieren konnte, schnellte Haze' Hand nach vorne, und er entriss dem Mann den Besen. »Bist du schwerhörig? Sie redet mit dir«, grollte er.

Yamoro tat gar nichts, außer eine Augenbraue hochzuziehen. Reglos verharrte er, bis Haze einknickte und ihm den Besen zurückgab.

»Bitte«, flüsterte ich, weil ich nicht wusste, was ich sonst noch sagen sollte.

»Was auch immer der Grund eures Kommens sein mag, ihr kommt vergebens«, sagte er sanft. »Ich kann euch nicht helfen.«

Wir blieben noch eine Weile, redeten auf ihn ein, setzten uns irgendwann neben das Haus und lehnten uns an die Stelzen, auf denen es errichtet war. Als Yamoro mit dem Kehren fertig war, begann er mit einer Reihe von Sportübungen, die wir irritiert beobachteten: langsame Bewegungen und Dehnungen, wie auch Aphra sie manchmal machte, um sich beweglich zu halten. Von uns ließ er sich weiterhin nicht beirren.

»Das hat so keinen Sinn«, murmelte Kyran schließlich. »Wir versuchen es später noch einmal.«

Als wir schließlich durch die Stadt gingen, bemerkten wir, wie verwandelt sie war. Abends hatte sie an eine Geisterstadt erinnert, jetzt herrschte hier reges Leben. Männer und Frauen knieten auf dem runden Platz und verarbeiteten die scharfkantigen Gräser: flochten sie zu Seilen, woben sie ineinander, stellten Körbe und vieles mehr her. Aber noch zu etwas anderem waren die Pflanzen gut: Trotz ihrer scheinbaren Trockenheit schienen sie zähflüssigen Saft zu geben.

Immer wieder trafen uns skeptische Blicke, doch nachdem Lyri, die, umgeben von einer Kinderschar, Wasser aus einem Brunnen beförderte, uns freundlich zuwinkte, wagte auch manch ein Dorfbewohner ein zaghaftes Lächeln.

»Lyri sagt, ihr seid aus Vael«, sprach uns ein Junge an, der höchstens so alt wie ich sein musste. Mit seinem schwarzen Haar und den mandelförmigen Augen sowie der traditionellen Kleidung passte er genau ins Dorf.

»Du sprichst unsere Sprache!«, stellte ich verblüfft fest. Ich konnte ihn deutlich verstehen, wenngleich er einen starken Akzent hatte. »Warst du schon einmal in Vael?«

Sein scheues Lächeln erhellte sein rundliches Gesicht. »Yamoro hat mir eure Sprache beigebracht. Ein bisschen.«

»Offensichtlich nicht nur ein bisschen, sondern ausgesprochen gut«, meinte Kyran überrascht.

»Also kennst du Yamoro gut?«, fragte ich aufgeregt, in der Hoffnung, ihm irgendetwas zu entlocken, was uns vielleicht weiterhelfen konnte.

Doch sofort verblasste sein Lächeln. »Wenig«, sagte er nur und machte mit seinem Tonfall klar, dass er nicht über den Schattengänger sprechen wollte. Zumindest war er aber noch so freundlich, uns den Weg zum Schneider zu weisen, der mittlerweile geöffnet hatte.

Kyran dolmetschte eifrig, und so erwarben wir drei der weiten geschnürten Tuniken, die hier beinahe jeder trug. Lächelnd wickelte mir der Schneider einen breiten Stoffgürtel in leuchtendem Kirschrot um die Taille und bedeutete mir, mich umzudrehen. Es kitzelte, als er mir zusätzlich eine rote Schleife in die Haare band.

»Er sagt, du bist hübsch«, übersetzte Kyran grinsend. »Und ich muss sagen, er hat recht.«

Ich zog eine Grimasse. »Du könntest jetzt alles behaupten, ich glaube dir kein Wort«, maulte ich, um meine Verlegenheit zu überspielen. Aber ich konnte nicht vermeiden, dass mir eine feine Röte in die Wangen stieg, weil ich mich über das Kompliment aus seinem Mund freute.

»Soweit eine Dämmerkatze hübsch aussehen kann«, raunte Haze mir zu und entlockte mir ein Grinsen. »Eine Dämmerkatze mit einer Schleife im Fell.«

*

Die neue Kleidung war bequem, der weite Schnitt bot viel Bewegungsfreiheit, und der glatte kühle Stoff war angenehm auf der Haut. Dummerweise half uns das kein bisschen bei unserem Vorhaben weiter, Yamoro auf unsere Seite zu ziehen.

Als wir erneut zu seinem Haus zurückkehrten, hackte er gerade Holz. Wenn ich bis dahin noch geglaubt hätte, einen alten Mann vor mir zu haben, wäre mir spätestens jetzt klar geworden, dass ich mich geirrt hatte. Ruhig und geschmeidig schwang er die Axt, spaltete jedes Holzscheit so präzise, als hätte er die Bahn vorher genau berechnet. Der große Berg fertigen Feuerholzes neben ihm verriet, dass er schon eine ganze Weile damit beschäftigt war, doch seine Bewegungen ließen überhaupt keine Ermüdung erkennen. Sein Gesicht zeigte den einzigen Ausdruck, zu dem er fähig zu sein schien: verschlossen. Friedlich, aber abweisend.

»Sagt uns zumindest, ob wir den richtigen Mann gefunden haben«, unternahm ich einen weiteren Versuch. »Yamoro, der Schattengänger. Yamoro, der mit seiner Magie hinter die Mauern des Schlosses der High Lady gelangt ist. Seid Ihr das?«

»Das spielt keine Rolle«, lautete die freundlich vorgebrachte Antwort, während er sich auf die Axt stützte. »Was in der Vergangenheit passiert ist, spielt für das Hier und Jetzt keine Rolle mehr.«

Mein empörtes Schnauben ging in den gleichmäßigen Schlägen des Axtblattes und dem Splittern von Holz unter.

Seine demonstrative Gleichgültigkeit machte mich rasend, und auch Haze stand sichtlich kurz davor, die Geduld zu verlieren. Nur Kyran schien sich wie üblich prächtig zu amüsieren. Er setzte sich in die Sonne, pflückte vorsichtig ein paar der beigen Gräser und flocht einen Kranz daraus, den er sich wie eine Krone auf den Kopf setzte.

»Wie lustig es wäre, wenn sich die Bauern beim Anblick des Rings geirrt und uns zum falschen Yamoro geschickt hätten«, ließ er vernehmen. »Wer weiß, vielleicht heißt jeder zweite Kerl in Kuraigan so.«

»Lustig?«, schnappte Haze, und wäre er ein Hund gewesen, hätte ihm jetzt wohl das Nackenfell zu Berge gestanden. »Was bei allen Monden soll daran lustig sein? Hast du vergessen, was auf dem Spiel steht?«

»Komm schon, es wäre trotzdem auch ein bisschen witzig«, behauptete Kyran und lehnte sich entspannt zurück.

Und warum auch nicht? Für ihn stand ja überhaupt nichts auf dem Spiel, dachte ich säuerlich. Als Günstling der amtierenden High Lady und Sohn ihres engsten Vertrauten musste er insgeheim hoffen, dass wir scheiterten. Daran änderte diese seltsame Vertrautheit zwischen uns, dieses zarte Band, gar nichts. Ich verdrängte den Gedanken daran, wie es zwischen uns weitergehen sollte, wenn all das vorbei war – auf welche Weise auch immer es enden mochte.

Wieder und wieder sauste die Axt auf das Holz hinab, bis ich glaubte, das stetige Klopfen würde mir den letzten Nerv rauben. Wir waren den ganzen Weg hergereist, um einem

Mann beim Holzhacken zuzuschauen! Alles war verloren, wenn Yamoro sich weigerte, mit uns zu sprechen – und ihm war das alles völlig egal! Warum hatte er mich als Baby gerettet, wenn ihm alles so gleichgültig war? Die Vorstellung, dass Ashwind und ich keine Chance haben sollten und dass Serpia mit ihren Untaten ungestraft durchkommen würde, weil dieser verdammte Kerl nichts Wichtigeres mit seinem Leben vorhatte, als Böden zu fegen und Brennholz herzustellen, machte mich rasend.

Was sollte aus Ashwind werden? Würde sie wieder eingesperrt und gefoltert werden, wenn man sie finden würde? Oder schlimmer noch – würde man sie hinrichten? Und ich? Musste ich für immer in der Ferne untertauchen, weil mir der sichere Tod drohte, sobald ich einen Fuß zurück in meine Heimat setzte? Waren all die Anstrengungen, Entbehrungen und Gefahren völlig umsonst gewesen?

Die Sonne, die mir auf den Kopf knallte, heizte meine Sonnenenergie an und verstärkte meine Emotionen. Ich bemerkte es erst nicht, doch dann erschrak ich vor der Intensität, mit der meine Gefühle hochkochten. Wut, Frust und Verzweiflung bildeten einen Strudel, der sich schneller und schneller drehte, heißer und heißer brannte und mich von innen heraus versengte.

Ich atmete schneller und ballte die Hände zu Fäusten.

»Alles in Ordnung?«, fragte Haze beunruhigt und berührte leicht meine Schulter, doch ich schüttelte seine Hand ab. Plötzlich war in mir die irrationale Angst erwacht, er könnte sich an mir verbrennen. An der unberechenbaren Macht des Sonnenlichts, die mich durchströmte.

Sogar Kyran stand auf und zog irritiert die Augenbrauen

zusammen. Er warf mir den geflochtenen Kranz so geschickt zu, dass er wie eine Krone genau auf meinem Kopf landete.

»Hey, schau nicht so, wir kriegen das schon hin. Du und deine Mutter, ihr werdet den Thron erobern und euren rechtmäßigen Platz einnehmen.« Das schiefe Grinsen, mit dem er mich aufzumuntern versuchte, fiel etwas unsicher aus.

Ich konnte nicht antworten. In meiner Brust baute sich weiterhin dieser feurige Druck auf, und plötzlich hatte ich das Gefühl, wenn ich den Mund öffnete, würde diese explosive Glut einfach aus mir herausplatzen. Sie war stark, unglaublich stark – diese Magie, die mich erfüllte. Mit voller Kraft war sie zurückgekehrt, genährt durch die gleißende Sonne Kuraigans.

Doch auch die Mondmagie bäumte sich in mir auf. Ich keuchte vor Schmerz, als das Blut in meinen Adern zu gefrieren schien. Es war, als fließe Eiswasser durch mich hindurch, so kalt, dass mir die Luft wegblieb. Kälter, immer kälter wurde es. Waren das Eiskristalle, die sich scharfkantig von innen in meine Haut bohrten? War die Mondmacht in der Lage, mich zu vernichten? Ich versuchte die Arme wärmend um mich zu schlingen, aber jede Bewegung war so langsam und versteift, als erstarre mein ganzer Körper zu einer Statue.

Langsam, ganz langsam fielen die glühenden Sonnenstrahlen auf mich herab. Ihr Feuer schmolz die Kälte der Monde. Diesmal genoss ich ihre Hitze. Sie war berauschend und fühlte sich an wie das Natürlichste der Welt. Sie machte mich *stark*.

Doch ich durfte mich nicht von ihr mitreißen lassen, flüsterte die klare kühle Stimme meiner Vernunft. Alles in mir schrie danach, es einfach zuzulassen, die Magie zu spüren und meine Wut in die Welt zu brüllen, aber so verführerisch das auch war, sie durfte nicht vollständig von mir Besitz ergreifen! Auf einmal bekam ich Angst vor dem, was ich zu tun vermochte, wenn ich mich nicht beherrschte – doch ich spürte, wie das Feuer der Sonne meine Angst schmelzen ließ wie Eis.

Die Lust, meiner brodelnden Magie freien Lauf zu lassen, war überwältigend. Ich wollte sie freisetzen, wollte sie dem Mann entgegenschmettern, der uns nicht helfen wollte und weiterhin mit provokanter Ruhe Holz hackte.

»Deine Augen«, flüsterte Haze neben mir.

Doch ihr hörte seine Worte nur dumpf, wie durch Watte. Ich musste etwas tun, irgendetwas, um mich selbst davon abzuhalten, einen folgenschweren Fehler zu begehen. Ich riss den Ring aus meiner Tasche, dessen Kälte in meiner glühend heißen Hand schmerzte, und tat das Erste, was mir durch den Kopf schoss, um zumindest ein kleines Ventil für meine Wut zu finden. So fest ich konnte, schleuderte ich das Schmuckstück auf Yamoro.

Mit einem lauten *Pock* prallte der Ring von seiner Stirn ab.

Yamoro hielt in seiner Tätigkeit inne und hob den Kopf. Ein Zucken umspielte seine Mundwinkel, als müsste er sich ein Schmunzeln verkneifen. Der Ring kullerte über den Boden und blieb im Schatten der Hütte liegen – wo er vor unseren Augen mit einem Schlag verschwand.

Verblüfft schnappte ich nach Luft. *Hatte er sich gerade einfach in Luft aufgelöst? Wie konnte das sein?* Meine von der Sonnenmagie angeheizte Wut war verpufft.

Ich schaute wieder zu Yamoro, oder dorthin, wo er gerade noch gestanden hatte. Die Axt steckte im Holzklotz, doch da war niemand. Der Schattengänger war einfach weg, ebenso wie sein Ring.

Doch die Tür zu seiner Hütte stand offen, wie eine unausgesprochene Einladung. Und fröstelnd fragte ich mich, ob die Schatten gerade eine Spur dunkler und tiefer geworden waren.

272

»Ihr seid aus so weiter Ferne gekommen, um mit mir zu sprechen. Nun sprecht. Ich werde offen antworten, wenn ich schon sonst nichts für euch tun kann.«

Ein intensives Spiel aus Licht und Dunkelheit erfüllte die karg eingerichtete Hütte. Vor den Fenstern waren Lamellen angebracht, durch die das Licht nun gebrochen hereinfiel und ein Muster auf den Holzboden warf. Das Zentrum des Raums bildete der niedrige Tisch, um den wir auf dem Boden saßen.

Der Ring lag vor Yamoro auf der Tischplatte. Peinlich genau achtete er darauf, ihn nicht zu berühren, während er uns dampfend heißen Tee einschenkte.

»Wir sind ...«

»Ich weiß, wer du bist. Das einstige Baby, das ich aus dem brennenden Schloss trug. Die Tochter der Herrscherin.«

Ich atmete durch. »Du hast mich damals gerettet«, wechselte ich zur vertrauteren Anrede. »Warum?«

»Mitleid. Kein Mensch, der diese Bezeichnung verdient, wünscht den Tod eines unschuldigen Babys.«

Fest blickte ich ihm in die Augen. »Du hast Anteil genommen an meinem Schicksal.«

»Und nun denkst du, dieses Schicksal wäre von Bedeutung für mich.«

Ich schluckte. Ja, das hatte ich gedacht. Ich hatte geglaubt, dass dasselbe Mitgefühl, das Yamoro damals dazu bewegt hatte, Ashwinds Wunsch zu erfüllen und ihr Kind zu retten, ihn nun ebenso offen für unsere Angelegenheit machen würde. Aber da hatte ich zu viel erhofft, denn er wirkte noch immer nicht sonderlich interessiert.

»Und was ist damit, das Richtige zu tun?«, warf Haze ein. »Es geht nicht nur um uns. Nicht nur um Lelani und Ashwind, sondern um ganz Vael. Die falsche Königin sitzt auf

273

dem Thron. Eine Frau, die grausam genug ist, um den Mord an ihrem eigenen Verlobten und dessen Kind zu befehlen, und wahnsinnig genug, um ihre Schwester achtzehn Jahre lang in einem fensterlosen Turm anketten zu lassen. Das hat sie nur vollbracht, weil du für sie getötet hast. Das ist deine Chance auf Wiedergutmachung!«

Ich zuckte zusammen. Würden uns Vorwürfe weiterbringen, oder würde Yamoro nun erst recht abblocken?

»Ich verstehe, was euch antreibt«, sagte er leise. »Ich habe große Schuld auf mich geladen und Leid verursacht. Vielleicht hilft es euch, mein Handeln zu verstehen, wenn ihr euch vor Augen haltet, dass ich das nicht selbst entschieden habe. Ich war ein bloßes Werkzeug. Ein Gegenstand ohne Willen.«

Spöttisch zog Kyran eine Augenbraue hoch. Das Spiel aus Licht und Schatten im Inneren der Hütte ließ seine Augen noch heller und intensiver funkeln. Die Goldsprenkel im Turmalingrün schienen von innen heraus zu leuchten, und wieder einmal konnte ich gar nicht anders, als zu bemerken, wie schön dieser Mann war. So schön, dass es beinahe wehtat. Es fiel leicht, sich vorzustellen, dass seine Mutter, die goldhaarige Lady Rosebud Umbra, als schönste Frau Vaels bekannt gewesen war.

»Du suchst nach Entschuldigungen, alter Mann. Aber man hat immer eine Wahl. Jeder ist für seine eigenen Taten verantwortlich.«

Kurz schwieg Yamoro. »Da magst du recht haben. Es waren meine Handlungen, die mich schlussendlich in diese Lage gebracht haben.«

»Erzähl es mir. *Bitte*.« Ich musste es aus seinem Mund hören. »Was genau ist damals passiert? Und was hat es mit diesem Ring auf sich?«

274

Yamoros Blick bohrte sich in meinen, und ich glaubte
schon, er würde uns vielleicht einfach wieder vor die Tür setzen, weil er keine Lust hatte, sich mit uns auseinanderzusetzen.

Doch schließlich nickte er, und gebannt lauschten wir seinen Worten.

Kapitel 18

Schatten

»Es gibt ein Vergehen, das auf Kuraigan schwerer wiegt als alle anderen. Schwerer als Diebstahl, schwerer als Mord. Und das ist das Lügen. Kein Gut wird höher geachtet als Wahrheit und Aufrichtigkeit. Jedes Verbrechen erfordert eine angemessene Buße, und die Strafe für eine Lüge übertrifft alle anderen. Kein Gefängnis, kein körperlicher Schmerz wäre ausreichend, um eine solche Schuld zu tilgen.«

Der Blauschimmer in Yamoros schwarzem Haar erinnerte mich an das Gefieder einer Elster, seine dunklen Augen an die eines Falken. Auch wenn die Sonnenstrahlen durch die Lamellen auf sein Gesicht fielen, schienen sie seine Augen nie zu erreichen. Sein Gesicht war ernst, hatte aber etwas Sanftmütiges an sich. Die langen schlanken Finger waren auf der Tischplatte ineinander verschränkt und bewegten sich nicht, während er sprach.

»Ich habe es getan. Damals, als junger Mann, habe ich die Unwahrheit gesagt, um das zu erringen, was ich am meisten wollte. Die Schuld, die ich damit auf meine Schultern geladen habe, wog tonnenschwer. Es gab nur einen Weg, dafür zu sühnen. Den Weg, den unsere Gesellschaft vorsieht.«

»Dieser Ring«, flüsterte ich.

»Er bindet den Verbrecher, legt einen Bann auf ihn, macht ihn zum Sklaven. Fesselt ihn stärker als jede Eisenkette und raubt ihm jegliche Entscheidungsfreiheit. In dem Moment, in dem sie einem den Ring aus Geisteronyx anlegen, ist man kein Mensch mehr, sondern ein Ding. Ein Gegenstand, und als solcher wird man genutzt und eingesetzt. Und Gegenstände kann man nach Belieben verschenken oder verkaufen.«

Ungläubig schüttelte ich den Kopf. Einen Menschen wie einen Gegenstand zu benutzen? Das klang wie etwas, was in Vael seit vielen Jahren verboten war, und zwar ...

«Sklaverei«, murmelte Kyran.

»Eine selbst verschuldete Sklaverei, die man erleidet, bis man seine Schuld abgearbeitet hat«, erklärte Yamoro ruhig.

»Du sagst das, als wäre es das Normalste der Welt.« Auch Haze konnte sein Entsetzen nicht verbergen.

»Weil es so ist. Zumindest für jemanden wie mich, der mit diesen Traditionen aufgewachsen ist. Jeder Schattengänger weiß um den Kodex der Aufrichtigkeit, der uns bindet, und um die harten Strafen, die ein Verstoß mit sich zieht. Was nicht bedeutet, dass ich nicht mit meinem Schicksal gehadert habe. Doch ich hatte es mir selbst zuzuschreiben.«

»Was war das denn nun für eine Lüge?« Kyran klang ungeduldig. »Welche Unwahrheit war schlimm genug, um so eine Strafe zu rechtfertigen?«

Milde sah Yamoro ihn an. »Nicht die Schwere der Unwahrheit zählt. Auch eine kleine Lüge verdient eine solche Bestrafung. Doch bei mir war es keine Kleinigkeit. Es ... es ging um eine Frau.«

»Natürlich«, murmelte Kyran. »Manche Dinge sind wohl auf der ganzen Welt gleich.«

»Eliana war ihr Name«, fuhr Yamoro fort, als hätte Kyran

nichts gesagt. Sein Blick schien durch die Wände der Hütte hindurchzugehen, weit in die Ferne. »Und ich habe sie geliebt. Ihr Vater war ein mächtiger Mann, und ich wusste, dass er sie gut verheiraten wollte. Nicht an einen Schattengänger, sondern an einen Zaku, einen Adligen. Doch ich wusste, ich *brauchte* sie in meinem Leben. Also tat ich, was ich für nötig hielt. Baute mir eine falsche Identität auf. Gab mich als Zaku aus einer fernen Gegend aus. Kaufte kostbare Gewänder. Bezahlte Männer, die mein Gefolge spielten und meine Geschichte untermauerten. Begann um Eliana zu werben und bei ihrem Vater vorzusprechen. Mit Erfolg: Die Hand der schönen Eliana wurde mir gewährt. Doch natürlich ließ sich das Lügenkonstrukt nicht ewig aufrechterhalten. Und somit war meine Freiheit verwirkt.«

»Und Eliana?« Ich musste es einfach wissen. Wir sprachen über Yamoros Schicksal, doch mich interessierte auch jenes seiner großen Liebe.

Zum ersten Mal sah ich eine echte Regung in seiner Miene. Trauer ließ seine Gesichtszüge in sich zusammenfallen wie welkende Blätter im Herbst.

»Du musst uns nicht von ihr erzählen«, flüsterte ich, als ich begriff, wie schmerzhaft das Thema für ihn zu sein schien.

Doch er hatte sich schnell wieder unter Kontrolle, und gleichmütige Ruhe glättete sein Gesicht. »Ich habe zugesagt, eure Fragen zu beantworten. Das ist ein Versprechen, das sich nicht zurücknehmen lässt. Ihr wolltet wissen, was damals geschehen war. Und ein Teil dieser Geschichte war Eliana. Als meine Lügen aufflogen, war sie bereits meine Frau und somit an mich gebunden. Ich erwartete, sie würde mir Vorwürfe machen, mich vielleicht hassen. Doch treu stand sie zu mir, denn sie liebte mich so sehr wie ich sie. Und zu der Zeit, als mir der

Geisteronyx-Ring angelegt wurde, war sie gerade schweren Leibes.«

Es dauerte einen Moment, bis ich realisierte, was er mit dieser Formulierung meinte. »Sie erwartete ein Kind!«, stieß ich dann hervor.

Er nickte. »Ein Mädchen. Die Schatten hatten es mir geflüstert. Ich musste sie zurücklassen, denn der Ring wechselte den Besitzer, und mit ihm auch ich.«

»Wie grausam«, hauchte ich. »Die Strafe ist zu hart. Jeder sagt doch manchmal die Unwahrheit.«

Eine Lüge so hart zu bestrafen erschien mir unverhältnismäßig – sogar für einen so folgenschweren großen Betrug. Wegen eines solchen Vergehens nicht nur in die Leibeigenschaft überschrieben zu werden, sondern sogar eine schwangere Frau zurücklassen zu müssen, überstieg fast mein Vorstellungsvermögen. Eliana tat mir schrecklich leid. Ich konnte mir kaum vorstellen, wie es wäre, wenn in Vael solche Gesetze herrschen würden. Aber in Kuraigan herrschten andere Sitten. Dieses Land hatte eine vollkommen andere Kultur.

Der Ring schien auf die Stimme des Schattengängers zu reagieren. Geisteronyx hatte Yamoro den Stein genannt. Bestimmt war das nur ein Name, ganz gewiss, doch ich konnte die Vorstellung nicht abschütteln, dass tatsächlich Geister im schwarzen glatten Stein gefangen waren. Spukgestalten, die aus der Finsternis herausstarrten und jedes unserer Worte hörten. Und bildete ich es mir nur ein, oder drang ein wisperndes Echo von Yamoros Worten aus dem Onyx?

Von Anfang an hatte ich keinerlei Bedürfnis verspürt, den unheimlichen Ring anzuprobieren, doch jetzt wollte ich ihn nicht einmal mehr in meiner Nähe wissen. Der Gedanke, dass ich ihn in meiner Tasche herumgetragen und immer wieder angefasst hatte, jagte mir eine Gänsehaut über den Rücken.

Ein Ring, der seinem Träger die Menschlichkeit raubte und ihn zu einem Werkzeug machte. Zu einer Waffe, mit der man töten und vernichten konnte.

»Die Strafe ist angemessen für einen Schattengänger, der gegen den Kodex verstößt.« Obwohl das alles entsetzlich gewesen sein musste, sprach Yamoro ohne Bitterkeit davon. »Nur so kann unsere Gesellschaft funktionieren. Die Schatten verleihen uns die Macht, zu gehen, wohin es uns beliebt, und zu tun, was auch immer wir wollen. Bedenkt, welch ein Missbrauch aus einer solchen Kraft erwachsen kann, wenn ein Schattengänger beginnt, Grenzen zu überschreiten und Gesetze zu brechen. Die Strafen sind hart, weil sie es sein *müssen*.«

»Weil die Menschen Angst haben«, stellte ich fest. »Strafen und Sanktionen, um das zu kontrollieren, was man fürchtet. So wie die Menschen in Vael Sonnenmagie gefürchtet haben. Das gleiche Problem, eine andere Lösung. Während die Sonnenmagie in Vael beinahe ganz ausgerottet wurde, hält man die scheinbare Bedrohung hier mit drakonischen Strafen in Schach.«

»Der Ring wechselte den Besitzer«, griff Kyran den Faden wieder auf. »Das bedeutet, du wurdest ... verkauft?«

»Auf einem Markt für kostbare Güter. Ein onyxgebundener Schattengänger ist eine begehrte Ware für wohlhabende Kunden.« Er sagte es ohne jede Ironie. »Er muss seinem neuen Herrn dienen, bis seine Schuld abgearbeitet ist. Bis er genug Befehle erfüllt hat, um den Bann zu lösen. Fünf Befehle für die Schwere meines Verbrechens. Ein Mann aus Vael hatte mich damals erworben, ein wohlhabender Adelsmann. Er wusste mich für seine Zwecke einzusetzen.«

»Wenn man für viel Geld einen Schattengänger kauft, tut man das wohl nicht, um ihn Wasser vom Brunnen holen zu lassen oder um ihn zum Hühnerfüttern hinauszuschicken«, meinte Kyran trocken. »Die Befehle waren höchstwahrscheinlich anderer Natur.«

Yamoro nickte und griff wieder nach der Teekanne. Ich hatte seinen Worten so gebannt gelauscht, dass ich den ganzen Becher leer getrunken hatte, ohne es zu realisieren. »Das ist richtig. Einen gebundenen Schattengänger erwirbt man, um unbemerkt zu spionieren, zu stehlen, zu morden. Ein Sklave des Geisteronyx hat keine Wahl, ganz gleich, wie sehr es ihm widerstrebt. Was auch verlangt wird, er muss es ausführen. Es gibt keine Diskussionen, keine Interpretationen. Der genaue Wortlaut ist bindend. Wäre mein Herr dumm gewesen – hätte er gesagt ›Räume diesen Menschen aus dem Weg, Yamoro‹ –, hätte ich versuchen können, dem Befehl auszuweichen. Aber Lord Heathorn Umbra war nicht dumm. ›Yamoro, töte diesen Menschen‹, sagte er. Und ich tötete.«

»Lord Heathorn Umbra!«, riefen wir wie aus einem Mund.

Wenn ihn unsere heftige Reaktion überraschte, ließ Yamoro sich das nicht anmerken.

»Wusstest du das?«, fuhr ich Kyran an, in diesem Schockmoment viel wilder als gewollt.

Entwaffnend hob er die Hände. »Natürlich nicht! Das muss gewesen sein, als du ein Baby warst. Also war ich – was? Zwei Jahre alt? Drei? Ich hatte doch keine Ahnung, wie mein Vater seine Staatsgeschäfte führt. Wenn ich ehrlich bin, weiß ich es noch immer nicht und will es auch gar nicht wissen.«

Interessiert sah Yamoro Kyran an, kommentierte aber nicht weiter, was er über dessen Verwandtschaft mit seinem einstigen Besitzer dachte.

»Lord Umbra hat mich eingesetzt, um seine politische Situation zu stärken. Für mich war es ein Leichtes, an sicher verwahrte Unterlagen zu gelangen, die einen seiner Gegner ans Messer lieferten. Als ich jemanden für ihn ermorden sollte, fragte ich nicht, wer es war, und auch nicht nach dem Grund. Keine meiner Fragen und keine seiner Antworten hätte etwas daran geändert, dass ich gehorchen musste. Vier Aufträge gab er mir. Für den fünften verlieh er den Ring und somit mich.«

»An Serpia«, hauchte ich.

Der Schattengänger nickte. »Es war ein kostbares Geschenk, das er der Schwester der amtierenden High Lady machte, um in ihrem Ansehen aufzusteigen.«

Mir wurde schlecht. »Ein Geschenk, das sie dazu befähigte, ihren Plan in die Tat umzusetzen«, murmelte ich. »Selbst als Schwester der Herrscherin hätte sie nicht in deren Gemächer eindringen können. Das Verhältnis der Schwestern war zu dem Zeitpunkt schon katastrophal. Meine Mutter hat es mir erzählt. Sie kannte Serpia gut genug, um sich vor ihr in Acht zu nehmen. Da waren Wachen, verschlossene Türen, alle erdenklichen Sicherheitsvorkehrungen. Serpia hätte es nicht geschafft, Ashwind und Rowan zu attackieren. Schon gar nicht, ohne dass es in ganz Vael bekannt geworden wäre.«

»Da kam das Geschenk des Mondlords gerade recht«, knurrte Haze. »Ein Magier, der an all diesen Barrieren vorbeischlüpft und stark genug ist, um einen Sonnenmagier und eine Mondmagierin zu besiegen.«

»Und der dann ungesehen verschwindet, sodass man das ganze Chaos und das Feuer dem Sonnenmagier in die Schuhe schieben kann«, fügte ich hinzu.

Ob Lord Umbra geahnt hatte, was Serpia mit seinem Geschenk anfangen würde? Als Mondlord war er verpflichtet, seiner High

Lady zu dienen. Und das war damals Ashwind gewesen, nicht Serpia. Sich an einem Komplott gegen die Herrscherin zu beteiligen, wäre Hochverrat gewesen.

Die Schatten schienen näher zu kriechen. Verlor ich allmählich den Verstand, oder waren da wabernde Bewegungen in den finsteren Ecken des Raums, die aufhörten, wann immer ich direkt hinsah? Gaukelten die hereinfallenden Sonnenstrahlen mir Trugbilder vor, oder war etwas Seltsames an den Schatten, beinahe so, als seien sie lebendig und schlängelten sich auf den Ring zu? Reagierten sie auf jedes von Yamoros Worten?

»*Töte Rowan Dalon, nimm meine Schwester gefangen und kümmere dich um das Kind.*‹ Das waren die Worte der Frau mit dem weißblonden Haar und der pechschwarzen Strähne.«

»Kümmere dich um das Kind«, wiederholte ich als leises Echo.

Etwas, was ich nicht erwartet hätte, blitzte auf Yamoros Gesicht auf: ein Lächeln. »Das war das Schlupfloch, das ich gefunden hatte.« Das Lächeln verschwand so schnell, wie es aufgetaucht war. »Ich habe jede Sekunde davon gehasst. In die privaten Gemächer einer Dame einzudringen, in denen sie sich sicher gefühlt hat. Das Entsetzen auf ihrem Gesicht, als sie begriff, weshalb ich gekommen war. Einen jungen Mann zu töten, den ich noch nie gesehen und der mir nichts getan hatte. Die Frau an eine Person auszuliefern, die monströs genug war, um ihrer eigenen Schwester so etwas anzutun. Doch ich konnte zumindest noch eine weitere Grausamkeit vermeiden. Das, was mir das letzte bisschen Menschlichkeit geraubt hätte: den Mord an einem Baby. Ich habe mich um das Kind gekümmert. Ich habe es aus der Flammenhölle getragen und in Sicherheit gebracht.«

»Warum? Sie muss gewusst haben, dass der Wortlaut zählt.

Dass sie das Risiko eingeht, dass du ihren Befehl frei interpretierst.«

»Vielleicht ist nicht einmal Serpia so herzlos«, murmelte Kyran. »Sie scheint zu allem fähig zu sein, zu jeder Grausamkeit, aber vielleicht kennt sogar ihre Brutalität Grenzen.«

Erneut nickte Yamoro. »Ich denke, das ist wahr. Sie hat gezögert, als sie diesen Auftrag ausgesprochen hat. Nur den Bruchteil einer Sekunde lang, aber es ist mir aufgefallen.«

Ein winziger Moment der Schwäche hatte mir das Leben gerettet? Das und der Scharfsinn des Schattengängers, der Mitleid mit meiner Mutter und mir gehabt hatte.

Ein Teil von mir wollte ihn hassen, weil mein Vater durch seine Hand gestorben war, aber ich begriff, dass Yamoro tatsächlich nichts weiter als ein Werkzeug gewesen war. Doch das Töten widerstrebte ihm zutiefst.

»Bitte, Yamoro.« Ich sah ihm in die Augen. »Du bist unsere einzige Hoffnung. Wir müssen in das Schloss gelangen, um Serpia das Handwerk zu legen und endlich, nach all diesen Jahren, die Wahrheit ans Licht zu bringen.«

Die Schatten krochen näher, kletterten wie formlose Tiere am Tisch hoch, griffen nach Yamoro. Ohne eine Miene zu verziehen, strich er mit den Fingern durch sie hindurch wie durch Wasser. Er hob die Hand, und wie düstere Spinnweben hingen sie für einen Moment an seinen Fingerspitzen, bis er sachte gegen sie pustete. Sofort zerfaserten sie, zerstoben in der Luft in winzige Partikel und lösten sich auf. Mit offenem Mund sah ich zu.

»Ich kann nicht mit euch kommen.«

Mir sank der Mut. Was sollten wir tun, wenn er uns nicht half? Wie sollten wir die Mauern des Schlosses, die schweren Tore und die Wachen überwinden?

»Das Leid meiner Mutter ist dir nahegegangen«, versuchte ich es noch einmal. »Du hast Anteil an ihrem Schicksal genommen und am Schicksal ihres Babys. Nun bin ich erwachsen, sitze vor dir und bitte dich, erneut Anteil zu nehmen. Ich weiß, es ist viel, worum wir dich bitten, aber ... Es hängt so viel davon ab.«

Mit einer Heftigkeit, die mich überraschte, stand er auf. Schatten gerieten in Bewegung, umspielten seine Füße wie Wellen, als er rastlos im kleinen Zimmer hin und her ging.

»Ich denke nicht, dass ihr wisst, wie viel ihr verlangt«, murmelte er. »Ich will das, was ich immer wollte: meinen Frieden. Ich bin nicht, was ihr erhofft habt: ein Held, der euch begleitet und eure Probleme löst. Ich bin ein alter Mann, der seine Pflicht erfüllt und für seine Fehler bezahlt hat. Ich werde nicht mehr in die Ferne reisen. Und nicht mehr töten. Ich kann es nicht tun. Weil ...«

»Weil?«, wiederholte ich, als er nicht weitersprach.

»Weil es hier jemanden gibt, der mich braucht. Jemanden, den ich nicht für so lange Zeit allein auf Kuraigan zurücklassen kann.«

*

Im ersten Moment sah ich überhaupt nichts, als Yamoro die Tür zum Nebenraum öffnete. Nur Dunkelheit, so dicht und satt, dass man sie hätte mit einem Messer schneiden können. Doch nach einem Moment gewöhnten sich meine Augen an die Finsternis, und der leichte Lichtschein aus dem Nebenraum reichte aus, um zu erkennen, was sich im Zimmer befand.

Ein Sarg ohne Deckel. Oder ... ein Bett? Es war schwer zu

sagen, welchem Zweck der schmale Holzkasten diente, in dem eine Gestalt lag. Eine junge Frau, die etwa so alt wie ich sein musste.

Schlief sie? Nein, etwas an ihr erweckte den Anschein, als sei es nicht nur das. Sie schien wie *tot*.

Ein Kloß bildete sich in meiner Kehle. Mit angehaltenem Atem näherte ich mich dem Bett, ohne zu wissen, warum ich auf meinen Zehenspitzen schlich. Sie würde nicht aufwachen, auch wenn ich trampelte.

Sie wirkte unglaublich schmal und zerbrechlich. Ihre Haut und ihre Lippen waren blass. Falls sie atmete, dann so flach, dass man es nicht wahrnahm. Ich tauschte einen Blick mit Yamoro aus, um mich zu vergewissern, dass das in Ordnung war, bevor ich nach ihrer Hand griff: eiskalt und steif. Ihre Finger fühlten sich an wie die einer Porzellanstatue.

Oder eines Leichnams.

«Deine Tochter», flüsterte Kyran neben mir. Auch er schien den Drang zu verspüren, ganz leise zu sein, um niemanden zu wecken. *Um die Tote nicht zu wecken*, so verrückt das auch sein mochte. »Sie ist deine Tochter, nicht wahr, Yamoro?«

Es war still im Raum, nicht ein einziger Atemzug war zu hören. Ich hielt die Luft an und war sicher, dass die anderen dasselbe taten. Schatten erfüllten den ganzen Raum, doch das porzellanweiße Gesicht des Mädchens ließen sie wie durch Magie unberührt.

Stattdessen schienen sie sich um Yamoros Füße zu verdichten, und als ich in sein Gesicht sah, erschrak ich: Seine Augen waren ebenso schwarz wie der Geisteronyx.

»Naya.« Seine Stimme klang verändert, unheimlich dumpf und hallend. Der Schmerz, der vorhin kurz in seinem Gesicht aufgeblitzt war, zeigte sich erneut. Er war gebrochen. Auf einmal schien er um zehn Jahre gealtert. »Als ich in Vael war, dachte ich jeden Tag an meine geliebte Eliana und an das Mädchen in ihrem Leib. Das war es, was mich aufrechthielt. Die High Lady und ihr Baby zu sehen erinnerte mich an meine eigene Familie, die auf mich wartete. Das Baby, das ich ermorden sollte, ließ mich an jenes denken, das Eliana zur Welt bringen würde.«

»Das war der wahre Grund, warum du uns nichts antun wolltest«, sagte ich leise.

›Einer der Gründe‹, las ich in seinem Blick. Er war kein Mörder. Nicht, wenn man ihn nicht dazu zwang. Aber der Gedanke an seine eigene Familie musste alles noch viel schwerer für ihn gemacht haben.

»Nach meiner Heimkehr stand meine Schwägerin vor mir mit einem Baby im Arm«, fuhr er fort. »Als sie sagte, Eliana sei bei der Geburt des Kindes verstorben, zerbrach etwas in mir. Alles schien zu Ende. Wozu hatte ich das alles überstanden, wenn ich nicht in Elianas Arme zurückkehren konnte? Aber da war dieses Baby, unser Kind. Ich musste mich um Naya kümmern. Musste sie großziehen. Darum habe ich weitergemacht. Beinahe achtzehn Jahre lang. Bis ...«

In diesem Moment schwirrte Jinx aus meinem Kragen hervor, in dem sie geschlummert hatte, und zog eine Runde durch den Raum. Wortlos verfolgte Yamoros Blick die leuchtende Pixie. Federleicht landete sie auf Nayas Stirn. Ihr Licht warf Schatten von Nayas Wimpern auf ihre Wangen und tauchte das bleiche Gesicht in einen rosigen Schein. Ihr Feenlicht wurde blasser und bläulicher, während sie sich an die Wange des Mädchens schmiegte.

Die Ähnlichkeit zu Yamoro war verblüffend. Die gleichen scharfen Wangenknochen, ganz ähnliche Gesichtszüge. Naya war eine jüngere weibliche, sehr zarte Version ihres Vaters. Doch ihre Nase, kleiner und etwas flach, ähnelte der seinen nicht. Ihre Haut war weiß wie Milch, und ihre Haare waren vom gleichen Blauschwarz wie Yamoros. Ich fragte mich, wie Eliana ausgesehen hatte.

»Was ist mit ihr geschehen?«, fragte ich beklommen. »Ist sie ...«

Yamoro öffnete den Mund zu einer Antwort, aber er brachte keinen Ton hervor. Schweigend schüttelte er den Kopf und wich einen Schritt zurück. Die Dunkelheit verdichtete sich um ihn, umfing ihn wie eine samtige Umarmung. Die Schatten hüllten ihn ein und verschluckten ihn. Erschrocken streckte ich die Hand nach ihm aus, doch Yamoro trat noch einen weiteren Schritt zurück und löste sich vor meinen Augen einfach auf.

Eine Weile starrten wir wortlos auf die Stelle, an der er gerade noch gestanden hatte.

»Sieht so aus, als wäre das Gespräch für heute beendet«, stellte Kyran trocken fest und beendete damit das Schweigen, in das wir verfallen waren.

*

»Der Fluch des hundertjährigen Schlafs.«

Ich flüsterte die Worte, doch ich wusste, dass Yamoro sie hörte, obwohl er auch heute wieder damit beschäftigt war, die Veranda um sein Haus zu fegen. Mittlerweile hatte ich begriffen, dass es überhaupt nicht darum ging, dass die Holzbretter sauber waren. Sondern darum, dass er seine Hände irgendwie beschäftigen musste, um sich von seinem Kummer abzulenken. Dass ihn die alltägliche gleichförmige Bewegung beruhigte. Dass es ihm half, mit den quälenden Erinnerungen und den

Sorgen um sein Kind fertigzuwerden, über denen er sonst den Verstand verloren hätte.

Heute stützte er sich auf den Besen, als sei es ein Gehstock, der ihn aufrechthielt. Seine Hände zitterten kaum merklich, als ich ihn ansprach. Er lehnte den Besen in eine Ecke.

»Meine sanfte Eliana, die niemandem etwas zuleide tun konnte«, sagte er leise. »Wer könnte sie so sehr hassen, dass er ihr das antäte? Ihr und sogar sich selbst?«

Lyri hatte uns spät abends noch aufgeklärt. Zu unserer Erleichterung hatte sie uns für eine weitere Nacht bei sich aufgenommen. Sie warf uns zwar immer mal wieder strenge Blicke zu, doch ich vermutete, in Wirklichkeit genoss sie unsere Gesellschaft und die Aufregung, die drei Fremde in ihr Haus brachten. Seit ihr Mann in die Ferne gezogen war, um woanders sein Glück zu suchen, war sie einsam, obwohl sie tagtäglich Kinder um sich herum hatte. Kyran übersetzte für uns weiterhin die Konversationen. Er war zwar ein solcher Idiot, dass ich ihm beinahe zugetraut hätte, dass er sich einen Spaß aus seiner Aufgabe als Dolmetscher machte und allen möglichen Unsinn übersetzte, aber in dem Fall glaubte ich ihm.

Während Lyri uns neugierig über die Gepflogenheiten in Vael ausfragte, hatte sie uns im Gegenzug erzählt, was es mit Yamoros Tochter auf sich hatte. In ihrer Hütte hatten wir letzte Nacht auf dicken Kissen auf dem Boden gesessen, Schalen mit Getreidebrei in den Händen, und ihrer verschwörerisch gesenkten Stimme gelauscht. Nur das Licht einer großen Kerze erhellte den Raum mit der niedrigen Decke. Die zuckenden Schatten ließen mich an Yamoro denken, und unbehaglich fragte ich mich, ob er uns wohl gerade sehen oder belauschen konnte.

Naya war nicht tot, und sie war auch nicht von einer rätselhaften Krankheit befallen. Es war ein grausamer Fluch, mit dem jemand sie belegt hatte.

Ein Schlaf.

Ein schier ewig währender Schlaf, aus dem niemand sie erwecken konnte. Für jene, die sie liebten, war es beinahe, als sei sie gestorben, denn sie würden nie wieder ein Wort mit ihr wechseln. Nie wieder ihr Lächeln sehen. Und eines Tages, wenn Naya erwachte, würde sie ganz allein auf der Welt sein.

Einmal mehr jagte mir Kuraigan einen Schauer über den Rücken. Der Fluch des hundertjährigen Schlafs konnte von jedem Schattengänger gewirkt werden. Und es gab herumziehende Schattengänger, die ihre Dienste jedem anboten, der gut genug dafür bezahlte.

Und der Preis war hoch. Er ging weit darüber hinaus, was der Schattengänger als Bezahlung wollte. Die Schatten verlangten nach einem Opfer – und das brachte jener dar, der den Auftrag aussprach. Kein Geld, keine Waren der Welt reichten als Währung aus. Es ging um Zeit. Lebenszeit. Dreißig Jahre des eigenen Lebens mussten geopfert werden, das war der Preis.

Fassungslos schüttelte ich den Kopf, als ich an Lyris Gesichtsausdruck dachte, mit dem sie uns davon erzählte. Was für ein verrücktes Land, welch düstere Magie! Alles hatte seinen Preis – doch wer würde ihn zahlen und einen großen Teil seines eigenen Lebens opfern, um einen anderen Menschen mit einem Fluch zu belegen?

»Es gibt eine Lösung, Yamoro«, sagte Haze jetzt. Er kam direkt zur Sache. »Wir haben erfahren, dass es einen Weg zur Heilung gibt.«

Yamoro starrte uns wortlos an, und einen Augenblick lang glaubte ich, er würde einfach in Tränen ausbrechen. Doch dann begriff ich, dass er lachte. Ein freudloses ersticktes Lachen, das ihn schüttelte und das eine solche Verzweiflung ausdrückte, dass mir Tränen des Mitgefühls in die Augen traten.

»Bitte lass uns helfen«, flüsterte ich. »Lyri hat uns erzählt, dass es einen Weg gibt.«

»Der wahren Liebe Kuss«, hatte Kyran uns am gestrigen Abend zögerlich gedolmetscht. »Ich ... bin nicht ganz sicher, ob ich das richtig verstanden habe. Es ist schwierig zu übersetzen, und irgendwie weiß ich nicht, was sie uns damit sagen will.«

Doch ungeduldig hatte Lyri die Worte immer wieder wiederholt und die Augen über unsere Begriffsstutzigkeit verdreht, bis wir endlich verstanden, was sie meinte: eine *Pflanze*. Es gab eine Blume, deren Name übersetzt so viel wie ›Der wahren Liebe Kuss‹ hieß. Für jeden roch sie anders, ihr Duft ähnelte jenem des Menschen, den man am meisten liebte – so erzählte man es sich. Doch kaum jemand hätte das mit Bestimmtheit sagen können, denn es galt als nahezu unmöglich, sie zu finden.

Natürlich, dachte ich mit einem Anflug von Bitterkeit. Was war schon einfach? Das Schicksal schien die Angewohnheit zu haben, einem so viele Steine in den Weg zu legen, wie es nur konnte, bis es einen schließlich in die Knie zwang.

Das gespenstische Lachen brach ab, als hätte man es mit einer scharfen Schere abgetrennt.

»Einen Weg soll es geben«, wiederholte Yamoro nun finster. Sein zorniges Gesicht wirkte weniger bedrohlich als das verzweifelte atemlose Lachen. »Und ihr glaubt nicht, ich hätte meine Tochter längst gerettet, wenn es möglich wäre? Wenn es einen Weg gäbe?«

»*Der wahren Liebe Kuss* ...«, begann ich zögerlich.

Er stand ganz still da, seine Miene erstarrte zur Maske, doch mir entgingen die Schatten nicht, die rings um ihn herum plötzlich dunkler wurden, dichter, beinahe materiell. Die Wut, die wie finstere Wogen von ihm ausging, ließ mich frösteln. Oder war es vielmehr Verzweiflung? Ich hielt den Atem an, während er sich nicht rührte. Die Schatten wurden schwächer, zogen sich zurück, und als Yamoro den Kopf hob, war er wieder ruhig.

«Diese Blume kann man nicht einfach finden und pflücken. Ich habe es unzählige Male versucht, und immer wieder habe ich dabei beinahe mein Leben verloren. Ich würde dieses Leben sofort hingeben, wenn es bedeuten würde, Naya zu retten, aber es ist aussichtslos. Alles, was ich für sie tun kann, ist, auf sie aufzupassen, solange ich am Leben bin – und Vorkehrungen zu treffen, damit auch nach meinem Tod jemand über sie wacht.« Er sagte es ganz ruhig und beinahe abgeklärt.

»Aber *wir* haben es noch nicht versucht.«

Schlagartig wurde seine Stimme kalt. »Ihr taucht hier auf und meint, ihr könntet alle Probleme lösen? Das vollbringen, was niemandem hier gelingt? Was ich nicht tun kann, wenngleich es um mein eigenes Kind geht?«

Unerschrocken hielt ich seinem Blick stand. »Ich weiß nicht, ob uns das gelingen kann. Aber ich weiß, dass ich es versuchen *will*.«

Kyran und Haze nickten. Ausnahmsweise stimmten sogar sie miteinander überein.

»Wenn es uns gelingt, diese Pflanze zu holen und deine Tochter damit zu heilen, schuldest du uns etwas.« Kyran verschränkte die Arme vor der Brust.

»Alles. Ein Leben und mehr würde ich euch schulden. Aber das wird nicht geschehen.«

Ich atmete durch. »Das werden wir sehen. Wenn es das ist, was nötig ist, werden wir es tun. Wir werden losziehen und die Blume holen, die Naya vom Fluch befreien kann. Und dann, dann reden wir weiter.«

Yamoros schwarze Falkenaugen starrten uns an, einen nach dem anderen, bevor er nickte. »Ihr werdet bei dem Versuch euer Leben verlieren.«

Kapitel 19
Schauerbilder

Ein undurchdringlicher Nebel, der einem die Sinne verwirrte.

Ein Tor, das nur jenen passieren ließ, der reinen Herzens war.

Und die Blume selbst.

Das waren die drei Gefahren, die auf dem Berg warteten, den wir in der Ferne sehen konnten. Die drei Prüfungen, die man bestehen musste, um an den *Kuss* zu gelangen. So hatte Yamoro es uns erklärt – so erzählte man es sich in der Gegend.

Doch ich fragte mich, wie viel auf das Gerede der Leute zu geben war, denn niemand, mit dem wir sprachen, hatte den Gipfel je erklommen. Lyri riss nur erschrocken die Augen auf, als Kyran ihr von unserem Vorhaben erzählte, und machte eine rasche Geste, die uns wohl den Schutz der Geister gewähren sollte. Dann packte sie Proviant für uns ein und verabschiedete sich mit einer solch ernsthaften Feierlichkeit, als erwartete sie nicht, uns je wiederzusehen.

»Wie beruhigend«, seufzte Haze und fuhr sich mit der Hand durch die Haare, die allmählich wieder lang genug waren, um ihm wuschelig in die Stirn zu hängen.

»Kein Grund zur Panik«, entgegnete Kyran zuckersüß, zog sein Schwert, warf es hoch und fing es geschickt am Griff auf, bevor er es wieder in der Schwertscheide an seinem Gürtel verstaute. »Ich sorge dafür, dass uns etwas Nebel und ein paar Ranken nichts antun werden.«

Finster zog Haze die Augenbrauen zusammen, verkniff sich aber eine Antwort. Ich wusste auch so, was er davon hielt, dass Kyran eine Waffe anstelle von Fesseln tragen durfte. Er hatte seine Meinung darüber bisher nicht geändert. Warum auch? Ich wünschte, Kyran würde wenigstens die lästigen Provokationen unterlassen. Ich wünschte, alles wäre weniger kompliziert – wir hatten beileibe genug andere Sorgen. Ein neues Ziel hatte sich vor uns aufgetan: *Der wahren Liebe Kuss* zu finden. Nicht nur, weil wir hofften, dass Yamoro uns dann unterstützen würde, sondern auch, weil es sich richtig anfühlte.

Auf dem Gipfel des Bergs sollte die Blume wachsen. Ich wusste nicht so recht, was ich von den Warnungen halten sollte, die man uns mit auf den Weg gegeben hatte. Es klang nach dem Geschwätz, das man Kindern an Winterabenden vor dem Kaminfeuer erzählte, doch das hatte ich schon über so vieles gedacht – und letztendlich hatte sich einiges davon als wahr herausgestellt. Und Yamoro – er selbst war gescheitert. Nicht einmal seine Kräfte als Schattengänger hatten ihm geholfen, den Gipfel zu erreichen.

Wenn es nicht einmal ihm gelungen war, wie sollten wir es dann schaffen?

Aber von Zweifeln durften wir uns nicht aufhalten lassen. Den Punkt, an dem mich irgendetwas aufhalten konnte, hatte ich längst überschritten. Unbeirrt folgte ich dem Weg, der sich vor mir auftat. Ich war nicht sicher, ob ich überhaupt noch hätte anhalten können, selbst wenn ich es gewollt hätte. Mein Schicksal schien eine Eigendynamik entwickelt zu haben, und ich tat, was ich musste, um mich über Wasser zu halten. Es gab keine Umkehr und kein Stehenbleiben.

»Wartet auf mich!« Atemlos kam jemand hinter uns her gehetzt.

»Der Junge aus dem Dorf«, stellte ich verblüfft fest.

Abgehetzt erreichte er uns, stützte keuchend die Hände auf die Oberschenkel und rang einen Moment vornübergebeugt nach Atem. Sein rundliches sanftes Gesicht war gerötet. Schüchtern lächelte er uns an.

»Taro ist mein Name. Ich will euch meine Hilfe anbieten. Ich kenne mich in der Gegend aus«, sprudelte er eifrig los, sobald er wieder zu Atem gekommen war, und deutete eine Verbeugung an. Seine Kurzatmigkeit und der starke Akzent machten die Worte schwer verständlich, doch er wirkte so hoch motiviert, dass ich irgendwie gerührt war.

Auf den ersten Blick wirkte er mit seinen weichen Gesichtszügen und der unschuldigen Ausstrahlung sehr jung, aber bei genauerer Betrachtung kam ich zu dem Schluss, dass er wohl etwa in unserem Alter sein musste.

Skeptisch zog Haze die Augenbrauen hoch. »Warst du denn schon einmal auf dem Berg?«

Taro riss die Augen auf. »Nein!«

»Aber ... Wieso willst du uns denn helfen?«, fragte ich.

Er wurde rot. »Ist das nicht normal? Menschen helfen zu wollen? Es ist gut, was ihr vorhabt. Gut, dass ihr Naya helfen wollt. Und ich will euch ...«, er suchte kurz nach dem richtigen Wort, »unterstützen.«

Ich sah erst Haze an, dann Kyran. Wir alle zuckten mit den Schultern.

»Warum nicht?«, sprach Haze aus, was wir alle dachten. »Es kann nicht schaden, noch jemanden dabeizuhaben.«

Ich wusste zwar nicht so recht, wie Taro uns nützlich sein wollte, wenn er den Berg selbst noch nicht kannte, und ein wenig wunderte ich mich darüber, wie versessen er darauf war, uns zu begleiten. Aber wie Haze schon sagte: Es konnte nicht schaden.

Wir kamen gut voran, der Berg rückte rasch näher. Bewaldete Hänge ragten aus hellen Nebelschwaden hervor wie aus einem trüben See. Das musste es sein, wovon Yamoro gesprochen hatte. Der Anblick hatte etwas Unheimliches an sich. Etwas Bedrohliches ging von ihm aus, dabei lag die Landschaft doch ruhig und friedlich vor uns.

Die winzigen flugfaulen Vögel, die es hier oft zu geben schien, hüpften vor uns auf dem Weg herum, ohne sich stören zu lassen. Ein paar Mal musste ich sie sogar sanft mit dem Fuß beiseiteschieben, um nicht auf sie zu treten. Ich musste lächeln, weil sie mich mit dem hellbraunen Gefieder und der kugelförmigen Statur an die Wachteln erinnerten, die Gretin in meinem Heimatdorf im Garten hinter ihrer Backstube hielt.

Plötzlich flogen sie schlagartig auf, der ganze Schwarm erhob sich, und das Flattern unzähliger kleiner Flügel erfüllte die Luft. Während ich mich noch fragte, was sie aufgeschreckt hatte, hörte ich ein schleifendes Geräusch.

»Wartet, bleibt stehen.« Warnend hob Haze die Hand und griff mit der anderen nach seinem Bogen. »Das muss etwas Großes sein.«

Und das war es. Eine gewaltige Echse schleppte ihren massigen Leib aus dem Unterholz, keine fünf Armeslängen von uns entfernt kreuzte sie den Weg. Die ledrige Haut warf an ihren krummen Beinen Falten, als sei sie ihr zu groß, und die grüngoldenen Schuppen auf ihrem Rücken fingen schillernd das Sonnenlicht ein. Mit einem kräftigen Schlag des Schwanzes, der das schleifende Geräusch verursachte, hätte sie sicherlich einen dünnen Baum fällen oder einen Menschen von den Füßen holen können. Eine gespaltene Zunge, wie die einer Schlange, schnellte aus dem Maul, als sie unsere Witterung aufnahm.

»Nicht bewegen«, murmelte Haze mit unterdrückter Stimme. Ganz ruhig und langsam schloss er die Hand um seinen Bogen und legte einen Pfeil auf die Sehne.

Die Echse wandte uns den großen Kopf zu, noch einmal fuhr die Zunge aus dem Maul. Gleichmütig musterten uns ihre Augen, die in ihrem klaren Violett an einen geschliffenen Amethyst erinnerten. Dann ging ein Ruck durch ihren Körper, und sie setzte ihren gemächlichen Weg durch die Wildnis fort, ohne uns weiter zu beachten. Haze ließ den Bogen sinken, und ich atmete geräuschvoll auf.

»Kein Grund, so nervös zu sein«, zog Kyran Haze auf. »Nicht alles, was sich in der Wildnis tummelt, will dich fressen.«

»Aber diese Wildnis, die du bisher nur durch Schlossfenster oder vom Rücken eines Pferdes gesehen hast, hält mehr Gefahren bereit, als sich ein Schnösel wie du erträumen lässt«, schnappte Haze.

Ich beschloss, die Streithähne zu ignorieren. Taro hingegen wirkte irritiert über den aggressiven Tonfall, amüsierte sich aber auch darüber, was für eine Aufregung das Tier ausgelöst hatte.

»Ein Drakon«, sagte er grinsend. »Sie sind groß, aber nicht gefährlich, wenn man sie nicht ärgert. Fressen nur kleine Tiere und wollen ihre Ruhe.«

»Wie schön er ist«, sagte ich und sah der Echse hinterher. Kuraigan brachte mich immer wieder zum Staunen.

»Der Nebel wird dicker«, stellte Kyran fest.

»Was du nicht sagst«, knurrte Haze.

»Nun haltet doch mal die Klappe. Hört ihr das auch?«

Beide blieben stehen und lauschten. Kyran zuckte verständnislos mit den Schultern und sah sich ungeduldig um, doch Haze verstand.

»Nichts.« Ihm als Jäger wäre es vermutlich viel früher aufgefallen, wenn ihn der Ärger über Kyran nicht abgelenkt hätte.

Ich nickte. »Eben. Das ist doch ungewöhnlich, oder?«

»Keine Insekten, keine singenden Vögel ... Das ist sogar *verdammt* ungewöhnlich. Man hört nicht einmal den Wind in den Bäumen!« Er strich sich das widerspenstige Haar aus der Stirn, legte den Kopf in den Nacken und drehte sich langsam im Kreis, während er hochblickte. Der Himmel war nicht mehr zu sehen, alles verlor sich im verschwommenen Grau, das uns umgab.

«Taro. Ist das normal? Was sagst du dazu?«, wandte ich mich an den Jungen.

Sorgenfalten kräuselten seine Stirn, das freundliche runde Gesicht wirkte beunruhigt. »So weit bin ich noch nie gegangen. Muss am Nebel liegen. Er ist ... nicht gut. Nicht gesund. Die Tiere meiden ihn.«

»Umso wichtiger, dass wir weitergehen«, beschloss Kyran knapp. Sogar ihm war das Lachen vergangen.

Ein tiefes Unwohlsein hatte mich befallen, kratzte mit langen Krallen an meinem Unterbewusstsein und schnürte mir die Kehle zu. Der Nebel war nicht natürlich, er hatte etwas Krankhaftes, Aggressives an sich. Er wollte uns nicht hierhaben, und ich spürte die Feindseligkeit, die wie Fieberwellen von ihm ausging.

»Mir wird schwindelig«, murmelte ich und rieb mir erschöpft über die Stirn.

Mit einem besorgten Blick reichte mir Taro seinen Wasserschlauch. Dankbar lächelte ich ihn an, bevor ich ein paar Schlucke trank. Aber das frische Wasser half nicht gegen die Benommenheit, die sich wie ein Schleier über meinen Geist legte.

Je weiter wir gingen, desto schlechter wurde die Sicht. Erst konnte ich noch die mageren Sträucher und Gräser ein paar Meter entfernt erkennen, dann fiel es mir schwer, selbst Haze im Blick zu behalten, der direkt vor mir ging.

›Warte‹, wollte ich sagen, doch der Nebel ließ mich husten. Feucht und dick drang er bei jedem Atemzug in meine Lunge, legte sich auf meine Haut, durchdrang meine Klamotten. Es war, als sei mein Kopf auf einmal mit Watte gefüllt.

Irritiert blinzelte ich, als ich Haze' breiten Rücken plötzlich zweimal vor mir sah. Ich schüttelte den Kopf, und die Illusion verschwand.

»Wartet!«, brachte ich endlich hervor.

Haze blieb stehen und drehte sich zu mir um, doch sein Gesicht war auf grauenhafte Weise verändert und entstellt. Es war nicht mehr mein Haze, den ich da sah, nicht mein bester Freund, sondern ein blanker Totenschädel, aus dessen Augenhöhlen mich nichts weiter als Leere anstarrte.

Mit einem Aufschrei taumelte ich zurück, stolperte gegen Kyran und schnappte schockiert nach Luft: Der warme Körper, gegen den ich geprallt war, trug ein Dämonengesicht.

»Hey, ganz ruhig, alles ist gut.« Kyrans Stimme klang sanfter, als ich sie je gehört hatte, und die Dämonenfratze verschwand.

»Es war nicht echt«, brachte ich hervor. »Das ist der Nebel. Er ... Er kriecht in meinen Kopf.«

Kyran nickte finster. »Mir geht es auch so. Er lässt mich ... Dinge sehen. Vielleicht hätten wir nicht einfach blindlinks hier hineinlaufen sollen.«

»Und das aus deinem Mund? Du denkst doch auch sonst nie nach, bevor du Schwachsinn von dir gibst«, spottete Haze. Und leiser fügte er hinzu: »Kommt. Wenn wir stehen bleiben und zögern, wird es nicht besser. Wir dürfen einander nicht verlieren, das wäre eine Katastrophe. Und was ihr auch tut: Glaubt nichts, was der Nebel euch vorgaukelt.«

Er ergriff meine Hand, und ohne meine Reaktion abzuwarten, ging er weiter und zog mich einfach mit sich. Ich beeilte mich, ihm zu folgen, und schaute gleichzeitig zu Kyran zurück. Er machte ein paar große Schritte auf mich zu und nahm meine andere Hand, die ich ihm entgegenstreckte. Dass Taro sich auf diese Weise bei Kyran ebenfalls festhielt, konnte ich nur noch verschwommen erahnen. So eilten wir gemeinsam durch die dichten Schwaden, immer weiter geradeaus, den Blick gesenkt, um uns nicht mit den zerfließenden, unscharfen Bildern auseinandersetzen zu müssen, die der Nebel uns zeigte.

Die Angst ließ mein Herz flattern und meinen Puls rasen, meine Hände waren schweißnass.

Waren es die Bilder im geisterhaften Weiß, die ich fürchtete? Graute mir davor, entsetzliche Dinge zu sehen, dir mir das Blut in den Adern gefrieren ließen? Ich blinzelte vorsichtig hoch und zuckte erschrocken zusammen, als ich eine schlanke hochgewachsene Gestalt zwischen den Nebelschwaden stehen sah: eine Frau mit langem weißblonden Haar, das von einer einzelnen schwarzen Strähne durchzogen war, und mit einem eiskalten Blick, der mich verfolgte und schaudern ließ.

Serpia. Nur einmal hatte ich die High Lady bisher gesehen. Sie war schön, hasserfüllt und bedrohlich zugleich. Der Anblick hatte sich für immer in mein Gedächtnis gegraben.

»Was du auch tust, ich werde siegen. Ich lasse dich leiden, und alle, die dir am Herzen liegen. Und wenn du am Boden bist, zermalme ich, was von dir übrig ist«, sagte ihr Blick.

Es ist nicht echt, sagte ich mir in Gedanken immer wieder. *Es war nur, was der Nebel mich sehen ließ, um mich in die Flucht zu schlagen.*

Aber nein, da war noch etwas anderes.

»Der Nebel spielt mit unseren Gefühlen.« Obwohl ich flüsterte, klang meine Stimme in der uns umgebenden Stille unnatürlich laut. Der Dunst schien alle Geräusche zu schlucken, sogar unsere Schritte. »Lasst euch davon nicht verrückt machen. Er flüstert uns die Angst ein, lässt sie uns empfinden, damit wir von hier verschwinden. Er ist ein Wächter, der uns am Weitergehen hindern soll.«

Keiner meiner drei Gefährten antwortete. Als ich zu Kyran zurückschaute, merkte ich, dass er starr auf den Boden blickte und ganz blass war. Einmal zuckte er zusammen und drückte meine Hand dabei so fest, dass es wehtat. Wenn ich nur wüsste, was er im Nebel sah!

Von Haze hingegen sah ich nur den Hinterkopf. Ohne zu zögern, zog er uns immer weiter voran und bahnte sich zielstrebig einen Weg durch das trübe Grau und Weiß. Immer wieder beschleunigte er seine Schritte, und unwillkürlich fragte ich mich, ob er vor etwas Schlimmem weglief, was ihm der Nebel vorgaukelte.

Wir gingen bergauf, aber die Steigung war nicht der Grund dafür, dass ich mittlerweile keuchte. Jeder Atemzug war anstrengend. Die Luft war so dick und stickig, dass ich sie nur schwer einatmen konnte. Meine Hände sah ich kaum mehr, ab den Ellenbogen verschwanden meine Arme einfach im Nebel und wurden quasi unsichtbar. So fest ich konnte, hielt ich mich an Kyran und Haze fest. Hätte ich sie nicht an den Händen gehalten, hätte ich sie bestimmt längst verloren.

Um mich von der beklemmenden Angst abzulenken, konzentrierte ich mich auf ihre Berührungen. Haze' raue Hand war warm und sicher, und obwohl ich ihn schon so lange kannte, war es immer noch ungewohnt, ihm so nah zu sein. Und Kyran? Ohne darüber nachzudenken, fuhr ich mit dem Finger langsam über seinen Handrücken und merkte, dass er daraufhin seinen Griff verstärkte. Trotz des vielen Schwertkampfs war seine Haut glatt und kühl wie Seide.

»Da, seht doch!«, rief Haze in meine Gedanken hinein. »Wie merkwürdig.«

Die Sicht klarte mit einem Mal auf, aber das lag nicht etwa daran, dass der Nebel sich gelichtet hatte. Ein geheimnisvolles grünliches Licht ging nun von ihm aus und wurde stärker, je weiter wir gingen. Im Gegensatz zu Haze wunderte ich mich inzwischen über gar nichts mehr. Es war magischer Nebel, eine fremdartige Art von Magie – ich hielt alles für möglich.

Zumindest erklärte das mysteriöse Leuchten nun, warum Yamoro gescheitert war. Das Licht schien von überall gleichzeitig zu kommen, es war allgegenwärtig. Und das bedeutete: Es gab keinerlei Schatten. Jeder Winkel wurde von diesem eigentümlichen Glimmen ausgeleuchtet. Ich ahnte, dass auch Yamoro hier nichts weiter als ein normaler Mensch ohne magische Begabung war. Seine Kräfte waren angesichts dieses Lichts völlig wirkungslos.

»Moment. Hier waren wir schon, oder nicht?« Kyran blieb so abrupt stehen, dass meine Hand aus seiner rutschte. Er deutete auf eine markante Ansammlung von Felsbrocken. »Daran sind wir doch schon vorbeigekommen.«

Haze runzelte die Stirn. »Wir sind die ganze Zeit geradeaus gegangen.« Aber etwas unsicher fügte er hinzu: »Glaube ich.«

Taros Unterlippe zitterte leicht. Er war in unserem Alter, bestenfalls ein kleines bisschen jünger, aber in diesem Moment erschien er mir fast wie ein verängstigtes Kind. »Wir werden nie wieder hinausfinden!«

»Doch. Doch, das werden wir.« Ich versuchte meiner Stimme einen festen Klang zu verleihen, um ihn zu beruhigen, wurde aber selbst immer nervöser. Dieser verdammte Nebel machte mir das Atmen so schwer, dass ich kaum noch klar denken konnte.

Wir gingen weiter, jetzt aber langsamer. Aufmerksam sahen wir uns um. Ich war so sicher, dass wir geradeaus gingen, doch es dauerte nicht lange, bis wir wieder an den Steinen vorbeikamen. Und wieder.

Mühsam drängte ich das hysterische Schluchzen zurück, das sich einen Weg durch meine Kehle bahnen wollte. »Wir laufen im Kreis! Das ... das darf nicht wahr sein. Wie sollen wir hier je rausfinden?«

Haze umfasste meine Schultern so fest, dass es beinahe wehtat, und schaute mir in die Augen. »Verlier jetzt nicht die Nerven. Atme, Lelani. Ich werde uns hier rausbringen. Versprochen!«

»Und wie?« Ich hatte keine Ahnung, in welche Richtung wir gehen sollten. Unsere Sinne schienen uns Streiche zu spielen. Ich war ganz fest überzeugt gewesen, dass wir die ganze Zeit bergauf gegangen waren, aber scheinbar waren wir immer wieder im Kreis gegangen.

»Vertraust du mir?«, fragte er leise.

Ich sah ins warme satte Braun seiner Augen, und der Knoten in meiner Kehle löste sich. Langsam nickte ich.

Ohne ein weiteres Wort wandte er sich ab und kniete nieder. Seine Hände glitten über den Boden. Ich hatte ihn schon so oft in ähnlichen Posen gesehen: Er prüfte das Terrain, suchte nach Orientierungshilfen, ging dann zu einem der mickrigen Bäume und begutachtete die Rinde, die an manchen Stellen von Moos bewachsen war. Ich sagte nichts, um ihn nicht abzulenken. Er war ganz in seinem Element, denn von klein auf hatte er lernen müssen, in der Natur zurechtzukommen. Mit seinem Schnitzmesser brachte er Markierungen an, dann positionierte er Steine so, dass sie in eine bestimmte Richtung zeigten.

Lächelnd richtete er sich auf. »Dorthin. Da müsste es in Richtung Gipfel gehen.«

Aufatmend legte ich meine Hand wieder in seine. Wenn uns jemand hier rausholen konnte, dann Haze. Ich wusste nicht, ob es möglich war, den Nebel durch Logik und Menschenverstand zu schlagen, aber wenn es machbar war, dann würde Haze es vollbringen.

Eine Weile kamen wir gut voran, ohne erneut die markierten Steine zu passieren. Immer wieder blieb Haze stehen, um das Moos an Bäumen und Steinen zu kontrollieren und weitere Markierungen anzubringen, und jedes Mal wirkte er zuversichtlicher. Langsam begann ich, Hoffnung zu schöpfen.

Doch so einfach machte der Nebel es uns nicht. Dichter und dichter umschlang er uns, so als hätte er sich von unserem kleinen Erfolg bedroht gefühlt. Wieder raubte er uns die Sicht, kroch mir in Mund und Nase, ließ mich und meine Begleiter husten. Ich sah nichts mehr, nur das schummrige grüne Licht, das aus allen Richtungen zugleich kam.

»Nicht loslassen«, presste Haze hervor.

Als hätte irgendjemand daran gedacht, einfach loszulassen und zu riskieren, ganz allein in diesem schrecklichen Nebel zu enden! Die bloße Vorstellung war entsetzlich. Ich klammerte mich so fest an Haze und Kyran, als wollte ich ihre Finger brechen.

Haze' Schritte wurden langsamer und schleppender. Ich wagte nicht, ihn zu fragen, ob er noch wusste, in welche Richtung wir gingen, denn ich hatte Angst vor seiner Antwort. Nicht einmal ein erfahrener Jäger und Fährtenleser wie er konnte sich völlig blind zurechtfinden, während eine fremdartige Magie versuchte, ihn in die Irre zu führen.

Und gerade als Angst und Verzweiflung zurückkehren wollten, sah ich etwas im allgegenwärtigen Grün. Kurz dachte ich, der Nebel würde uns einen neuen Streich spielen. Da leuchtete etwas aus dem Grün heraus, heller und strahlender als alles in der Umgebung. Ein zartes Rosa, lieblich wie das einer Kirschblüte.

»Jinx!«, stieß ich hervor.

Eigentlich war die Pixie nicht von Naya wegzubekommen gewesen, sie schien einen Narren an der leblosen jungen Frau gefressen zu haben, hatte sich an sie gekuschelt und sanft ihre blasse Stirn gestreichelt. Ich war davon ausgegangen, dass wir dieses Abenteuer ohne sie bestritten, aber ausgerechnet jetzt, als wir sie am dringendsten brauchten, war sie aufgetaucht. Statt uns im Stich zu lassen, war sie uns gefolgt. Vor Erleichterung und Dankbarkeit hätte ich am liebsten geweint.

»Eine Shin!«, stieß Taro hervor.

Also gab es solche Zwergfeen auch hier in Kuraigan. »Bei uns nennt man sie Pixie.«

»Wir dürfen ihr nicht folgen! Sie führen Menschen auf falsche Wege«, rief er beunruhigt.

Doch ich lächelte nur, als ich es Haze und Kyran gleichtat und auf das tanzende rosafarbene Licht zuging, das uns den Weg wies. Lange hatte auch ich geglaubt, dass Pixies boshafte kleine Geschöpfe waren, die Menschen in die Irre führten, und auf viele von ihnen mochte das auch zutreffen. Aber nicht auf diese. In blindem Vertrauen legte ich mein Leben in ihre winzigen Hände, als ich mich von Jinx durch den magischen Nebel führen ließ.

Kapitel 20
Säulen aus Stein

Wie ein See aus ruhigem trübem Wasser lag der Nebel unter uns, als wir zurückblickten. Gierig atmete ich die frische Luft ein. Wir hatten es tatsächlich geschafft!

»Jinx, du bist unglaublich«, sagte ich liebevoll und bot ihr die flache Hand an, sodass sie sich darauf niederlassen konnte.

Flatternd landete sie auf meiner Haut, so leicht, dass ich sie kaum spürte, und schüttelte die zarten Flügel aus, zwischen denen Reste des grünen Nebels wie Spinnweben hingen. Erschöpft rollte sie sich dann in meiner Handfläche zusammen und breitete die Flügel wie eine Decke um sich. Vorsichtig bettete ich sie in meine Tasche.

Taro schaute aus weit aufgerissenen Augen zu. »Aber sie sind *böse!* Wenn man ihnen folgt, hat das schlimme Folgen«, stammelte er.

Ich grinste. »Lass sie das besser nicht hören. Sie kann ganz schön ungemütlich werden für so ein winziges Geschöpf.«

»Wollt ihr hier Wurzeln schlagen? Kommt schon! Ich kann es kaum erwarten, dieses Tor zu sehen, von dem die Leute reden.« Kyran war schon ein Stück bergauf gegangen. Seine Augen sprühten vor Abenteuerlust, die Schatten des Nebels schien er bereits abgeschüttelt zu haben. Nichts ließ mehr darauf schließen, wie blass und – ja, wie *verängstigt* er ausgesehen hatte. Mit großen Schritten ging er jetzt voran, wie ein Held, der keine Furcht kannte.

Und auch wir anderen fühlten uns viel besser, unsere Lebensgeister waren zurückgekehrt. Vor allem ich spürte das ganz deutlich. Der unheilvolle Nebel konnte das Licht der Abendsonne nicht länger fernhalten, und wärmend und belebend strömte es durch meinen Körper. Die Kraft in meinem Herzen strahlte stärker auf.

Im Nebel war uns jegliches Zeitgefühl abhandengekommen. »Komm, bringen wir es hinter uns. Wenn ich den Kerl heute noch lange ertragen muss, gibt es Tote.« Haze zog einen Mundwinkel hoch und stapfte weiter.

Noch einmal schaute ich zurück auf den Nebel, der ab einer bestimmten Höhe einfach endete. Er erinnerte mich an einen grünlichen wabernden See, aus dem der Rest des Berges wie eine Insel herausragte. Und ringsumher, rings um diesen See, erstreckte sich bis zum Horizont die rotgoldene Landschaft Kuraigans mit der staubigen Erde, den trockenen Gräsern und spitzen Felsformationen. Sogar Yamoros Dorf konnte ich erahnen, wenn ich die Augen zusammenkniff. Haze und Kyran hatten recht. Wir durften uns nicht zu lange aufhalten. Wir mussten weitergehen, denn es gab jemanden, der auf unsere Rückkehr wartete. Auch wenn dieser Jemand längst die Hoffnung aufgegeben hatte.

Als rot glühende Scheibe sank die Sonne dem Horizont entgegen und verschwand allmählich hinter den schroffen Felsspitzen in der Ferne. Ihr Licht tauchte den Himmel in lodernde Rot- und Pinknuancen. Gleichzeitig erschienen die Monde am Himmel, noch ganz blass, aber man konnte sie schon sehen.

Es war ein atemberaubender Anblick – Sonne und Monde gleichzeitig an diesem Himmel, an dem Tag und Nacht um die Vorherrschaft kämpften.

»Lelani, was ist los?«, fragte Haze beunruhigt.

Aber ich konnte nicht antworten. Atemlos starrte ich zum Himmel empor. Denn genauso, wie Sonne und Monde am Himmel kämpften, so brach auch in meinem Inneren ein Kampf aus.

Zeitgleich erwachten meine Mond- und meine Sonnenmagie, reagierten auf die Himmelskörper, schöpften aus ihnen Kraft und drängten an die Oberfläche. Ich biss die Zähne zusammen.

Schmerz. Etwas brodelte und stach in mir. Ruhig und kalt versuchte sich die Mondmagie über die warme Kraft der Sonne zu legen, die sich grell und jäh dagegen auflehnte.

Hitze.

Mir war so heiß. Ich verglühte langsam von innen heraus. Es fühlte sich wie ein Fieber an, doch so heftig, als würden sich alle Zellen meines Körpers selbst entzünden.

Und gleichzeitig stach die Kälte mit stechenden Nadeln in mein Fleisch. Mir blieb der Atem weg, als es sich plötzlich anfühlte, als sei ich durch die Oberfläche eines eisbedeckten Sees gebrochen. *Dass Kälte so wehtun konnte!*

Tränen schossen mir in die Augen, und ich konnte nichts dagegen tun. Ich heulte auf, schrie meine Qual in die Welt hinaus. Dumpf prallte ich auf den Boden und begriff erst jetzt, dass meine Beine unter mir nachgegeben hatten. Unsichtbare lodernde Flammen schienen auf meiner Haut zu tanzen, und Eiswasser floss durch meine Adern.

Die Kräfte, sie kämpften gegeneinander an, wollten einander auslöschen!

Ich lag auf dem Boden, zuckte im roten Sand, zitterte haltlos. Nichts konnte das verzehrende Feuer löschen oder das Eis
zum Schmelzen bringen.

Mit einem schallenden Klatschen traf etwas meine Wange,
so fest, dass mein Kopf zur Seite geschleudert wurde.

Und meine Mondmagie reagierte, bevor ich realisierte, dass
es lediglich eine Ohrfeige gewesen war. Mein Instinkt riss
mich einfach mit. Ich zuckte hoch, und *etwas in mir* attackierte
sofort.

Die Hitze baute sich weiter auf und konzentrierte sich in
meinen Fingerspitzen. Als ich die Hände hob – die Finger angespannt und zu Klauen geformt –, sah ich das gleißende
Licht, das sich darin unter meiner Haut manifestierte. Glühend heißes Licht, das hervorbrechen, zerstören, verbrennen,
verletzen wollte. Wild drängte es darauf, sich gegen das erstbeste Opfer zu richten, das sich mir entgegenstellte.

Kyran.

Auch er hielt noch eine Hand erhoben: die, mit der er mich
geohrfeigt hatte. Ein Teil von mir – der rationale Teil hinter
der Magie – wusste, warum er es getan hatte. Er wollte mir
helfen und mich aus diesem seltsamen Zustand reißen, den er
noch weniger begriff als ich selbst.

Es war schwer, so unendlich schwer, die Magie zurückzu-
halten. Schweiß trat mir auf die Stirn, ich atmete keuchend.
Mit aller Macht versuchte ich meine Finger zur Faust zu ballen
und die Sonnenenergie irgendwie in mir festzuhalten.

Denn wenn ich losließe – ich wollte gar nicht wissen, was
dann mit Kyran geschähe. Die Energie, die sich in mir aufgebaut hatte, fühlte sich gewaltig an. Zerstörend. Gefährlich.

Kyran sah mich verwirrt an. Und plötzlich, ehe ich reagieren konnte, trat er einen Schritt näher und schlang sanft die Arme um mich.

Nein! Das durfte er nicht. Ich war gefährlich. Jetzt gerade, in diesem Moment, war ich gefährlich. Für mich und für alle anderen. *Für ihn.*

»Lass ... los«, brachte ich rau hervor, gebeutelt von schweren Atemzügen. »Hau ab!«

Ich vibrierte förmlich vor Anstrengung, um die Magie in mir zu halten und mich nicht einfach explosionsartig zu entladen. Jede Faser meines Körpers war angespannt, mein Gesicht schmerzverzerrt. Ich ballte die Hände so fest zu Fäusten, dass die Knöchel spitz und weiß hervortraten. Und aus ihnen heraus leuchtete noch immer die gleißende Helligkeit.

Mein Puls raste. Kyran machte es mir so viel schwerer, mich zu beherrschen. Er war zu nah. Ein zu leichtes Opfer für die aufgewühlte Sonnenmagie.

Aber er ging nicht weg und ließ mich auch nicht los. Sanft hielt er mich in seinen Armen, während ich darum kämpfte, weder an meiner eigenen Magie zugrunde zu gehen noch jemand anderen zu verletzen.

»Rabenmädchen«, sagte er leise, und ich klammerte mich an dem Wort fest. Versuchte mich damit von dem Sturm abzulenken, der in mir tobte.

Ich hielt mein Amulett fest wie einen Rettungsanker. Sanft schien der Mondstein zu pulsieren.

Umbra, Lagan, Dalon, Lua, Mar. In Gedanken rief ich die Monde um Hilfe an, flehte um ihren Beistand.

Und dann, endlich, ließ es nach. Die Sonne war nun ganz am Horizont verschwunden, und nur die Monde standen am Himmel. Lindernd erfüllte mich ihre Macht und ließ mich aufatmen. Die Sonnenmagie zog sich zurück und ruhte. Für den Moment zumindest.

»Was war das, bei allen fünf Monden?«, flüsterte Haze mit brüchiger Stimme.

Ich schüttelte nur den Kopf. Ganz langsam löste ich mich aus Kyrans Umarmung. Ich spürte, dass alle mich anstarrten, doch ich hielt den Blick gesenkt und schaute an mir herab. Brandblasen hatten sich an meinen Fingern gebildet. Als ich sie beugte und streckte, schmerzte die Haut. Ich schob meine Ärmel hoch und sog die Luft ein, als ich die blauroten Flecken sah. *Waren das Erfrierungen?*

Noch nie hatte mich der Widerspruch meiner magischen Fähigkeiten so überwältigt. Bei keiner bisherigen Dämmerung war es mir so ergangen. Der Moment, als Sonne und Monde gleichzeitig am Himmel standen, hatte die Kräfte in mir entfesselt.

Lag es daran, dass der Nebel mich geschwächt hatte? Oder daran, dass meine Kräfte immer stärker wurden? Ich wusste es nicht. Ich wusste nur, dass ich Schlaf brauchte. Ich war völlig erschöpft.

»Es ist schon dunkel. Lasst uns hier rasten«, schlug ich vor, und keiner widersprach. Als wir unser Lager aufschlugen, bemerkte ich verwirrte und besorgte Blicke von Haze und Kyran. Und ängstliche von Taro.

*

Sobald die Sonne am nächsten Morgen aufgegangen war, setzten wir unseren Marsch fort. »Es war meine Magie. Ich muss lernen, besser damit umzugehen«, war die einzige Erklärung, die ich den anderen geben konnte, und sie akzeptierten es.

Es war ein langer anstrengender Aufstieg. Bald klebte mein Oberteil an meinem schweißnassen Rücken. Der Hang wurde steiniger, und immer wieder löste sich Geröll unter unseren Füßen.

»Vorsicht.« Taro schenkte mir sein sanftes Lächeln und reichte mir die Hand, als ich stolperte. Dabei zögerte er kurz: Mein Anfall gestern Abend hatte ihn sichtlich erschreckt, und er wusste wohl nicht so recht, was er von mir halten sollte. Trotzdem vergewisserte er sich, dass es mir gut ging, bevor er weiterging.

Nachdenklich betrachtete ich ihn von hinten. Es war so nett, dass er mitgekommen war, um zu helfen. *Doch warum?* Bestimmt mochte er Yamoro, vielleicht auch Naya, und wollte sich deswegen nützlich machen. Oder? Ich sollte seine Motive nicht anzweifeln, aber da lag irgendetwas in seinem Blick, das mich irritierte. Seufzend schüttelte ich den Gedanken ab und setzte meinen Weg fort. Was änderte es schon, dass er uns begleitete? Wichtig war einzig und allein, dass wir Erfolg hatten.

Nach einiger Zeit wurde die wenige karge Vegetation noch spärlicher, und nur noch einzelne Gräser und knochentrockene dürre Sträucher reckten sich dem Licht entgegen. Der Wind blies kälter. Der Gipfel rückte näher, ich konnte ihn sehen.

Und dann, als wir eine felsige Kuppe erklommen, erblickte ich es vor mir: das Tor.

*

Wortlos stand ich da und ließ den Anblick auf mich wirken. Düster und unheilverkündend hob es sich vor dem blendend blauen Himmel ab. Der verwitterte moosbewachsene Fels, aus dem es gehauen war, war beinahe schwarz. Das Tor wirkte alt, so alt, dass ich mich einen Moment lang verwirrt fragte, ob es von Menschen geschaffen worden oder noch viel früher da gewesen war. Ob es immer schon ein Teil dieses Berges gewesen war. Zwei hohe zerklüftete Pfeiler aus rauem Stein, gekrönt von einem mächtigen steinernen Querbalken – mehr war es nicht.

Die ganze Zeit schon war der Boden steinig gewesen, doch ums Tor herum waren die umliegenden Felsbrocken riesig. Manche von ihnen ragten wie Säulen empor. Ich glaubte in ihnen eine stumme Warnung zu erkennen.

»Da steht etwas. Da ist etwas geschrieben.« Schriftzeichen waren in den Querbalken eingemeißelt. Kyran ging ein Stück näher heran, hielt aber weiterhin etwas Abstand. Er schien das Gleiche zu fühlen wie ich: ein merkwürdiges Unwohlsein, das uns allen zur Vorsicht riet.

»Tritt ein, dessen Seele frei von Schuld ist«, las Taro leise vor und übersetzte den Text damit für uns. »Oder ... reinen Herzens? Es ist schwer, die Dinge wortwörtlich zu übersetzen.«

Doch meine Aufmerksamkeit wurde von etwas anderem gefesselt. »Die Blume«, hauchte ich. »Seht doch, da ist sie.«

Jenseits des Tores wuchs eine zarte Blume aus dem felsigen Boden empor, eigentlich viel zu filigran, um in einer so rauen Umgebung zu existieren. Obwohl sie so klein und zart war, konnte man sie nicht übersehen. Es war, als bündelten die Sonnenstrahlen all ihre Kraft, um die Blüten zu wärmen und zu streicheln. Goldenes Licht fiel auf die Blume und ließ sie aus ihrem kargen Umfeld herausleuchten.

»*Der wahren Liebe Kuss*«, flüsterte Taro.

Es schien so einfach, auch noch die letzten Schritte zu überwinden, durch das Tor zu schreiten und die Pflanze zu pflücken, doch etwas hielt mich zurück. Mein Instinkt sagte mir, dass ich vorsichtig sein musste. Langsam tat ich einen Schritt auf das Tor zu, dann noch einen. Mein Blick wanderte über die großen Felsbrocken, die wie unregelmäßig geformte Säulen unter dem Tor standen. Etwas an ihrem Anblick irritierte mich, doch erst, als ich näher heranging, begriff ich, was es war.

»Das sind ... Statuen«, meinte ich stirnrunzelnd. »Statuen von Menschen.«

Wie realistisch sie aussahen! Ein unglaublich talentierter Künstler musste hier am Werk gewesen sein. Die fein gemeißelten Gesichter, die weich fallenden Gewänder, die Körperhaltungen – als seien Menschen mitten in ihren Bewegungen eingefangen worden. Obwohl ich noch ein Stück entfernt war, sah ich jedes noch so kleine Detail. Wenn sich die steinernen Haare im Wind bewegt hätten, wäre ich nicht einmal erstaunt gewesen. Die Menschenstatuen sahen so echt aus, als könnten sie jeden Moment lebendig werden.

Weil sie einst lebendig waren.

»Nein!«, krächzte ich fassungslos und schlug mir die Hand vor den Mund, als mich die Erkenntnis wie ein Hammerschlag mitten in den Magen traf.

»Was? Was ist?«, rief Haze alarmiert.

Ich brachte kein weiteres Wort hervor, sondern streckte nur meine zitternde Hand aus und deutete auf die Steinsäulen. Es dauerte einen Augenblick, doch dann verstand jeder von uns, was los war. Ich merkte es an der Art, wie einer nach dem anderen neben mir scharf einatmete.

»Menschen, die das Tor passieren wollten. Es ... Es hat sie versteinert.« Kyrans Stimme war tonlos.

Mir war auf einmal eiskalt. Das schweißnasse Oberteil, das

an mir klebte, ließ mich frösteln. Ich schlang die Arme um meinen Oberkörper und wartete darauf, dass das Schwindelgefühl nachließ, das von mir Besitz ergriffen hatte.

Tritt ein, dessen Seele frei von Schuld ist.

War es das, was diesen armen Menschen zum Verhängnis geworden war? Was für eine finstere Form der Magie war das? Konnte sie einem in die Seele blicken, in Erinnerungen wühlen und die dunklen schmutzigen Momente der Schuld ans Tageslicht bringen? Was mochten all diese Menschen getan haben, was ihnen ein so grausames Ende beschert hatte?

»Die Kleider, die sie tragen … die sind alt«, flüsterte Taro, als hätte er Angst, etwas zu wecken, wenn er zu laut sprach. »Altmodisch. So etwas haben die Leute hier früher getragen, vor vielen Jahren. Ich … Ich habe schon lange nicht mehr mitbekommen, dass sich jemand auf den Weg zum Berg gemacht hat, außer Yamoro. Und niemand, von dem ich je gehört habe, ist weit gekommen. Die wenigen, die den Versuch unternahmen, sind schon beim Anblick des Nebels umgekehrt. Aber man erzählt sich, dass früher manchmal Menschen versucht haben, zur Blume zu gelangen. Es war eine Mutprobe, versteht ihr? Manche sind nicht zurückgekehrt.«

Und hier waren sie gelandet. Hier standen sie seit vielen Jahren, auf ewig in der Pose gefangen, in der das Tor sie festgehalten hatte.

Haze' Räuspern durchbrach das betretene Schweigen, das sich nach Taros Worten über uns gelegt hatte. Er zuckte mit den Schultern und ging mit festen Schritten auf das Tor zu – nein, außen herum. Er spähte auf die andere Seite und zuckte erneut mit den Schultern, diesmal ratlos. »Da ist keine Blume. Nur felsiger Boden.«

Ich musste es mit eigenen Augen sehen, lief in großem Ab-

317

stand um das Tor herum und schaute auf die andere Seite, aber Haze hatte recht. Kahl und schroff lag der Felsboden da und machte nicht den Anschein, als könnte irgendetwas darauf wachsen. Als ich erneut durch das Tor blickte, sah ich die Blume wieder.

»Wäre auch zu einfach gewesen«, kommentierte Haze.

Ich nickte und versuchte tapfer zu sein. »Es wird uns wohl nichts anderes übrig bleiben.« *Sollte das jetzt das Ende sein? Würde es ein Fehler sein, hindurchzutreten? Wer hatte denn schon ein wirklich reines Herz? Gab es Menschen, die noch nichts Böses getan hatten?* Ich wünschte, ich könnte so über mich selbst denken, aber natürlich war ich nicht perfekt. Niemand war das.

»Das ist doch Wahnsinn«, protestierte Kyran in diesem Moment heftig und sprach damit meine Gedanken aus. »Jeder hat schon irgendeine Form von Schuld auf sich geladen. Das Tor ist eine Falle.«

»Es muss möglich sein! Ich bin sicher, dass es machbar ist.« Ich wünschte, ich wäre davon wirklich absolut überzeugt. Es war mehr ein Gefühl als wirkliches Wissen. Aber ich bekam Nayas blasses Gesicht und Yamoros gramgebeugte Haltung nicht aus dem Kopf. Wir mussten es einfach versuchen, auch wenn Yamoro uns in Vael dennoch nicht unterstützen würde.

»Ich gehe da nicht durch!«, stieß Taro so heftig hervor, dass ich erschrak. Seine Wangen hatten jede Farbe verloren, die mandelförmigen Augen waren weit aufgerissen, und sein Kinn zitterte. Blanke Panik stand ihm in sein sanftes jungenhaftes Gesicht geschrieben. »Niemals. Ohne mich. Ich warte hier auf euch. Es reicht, wenn ihr auf die andere Seite geht.«

Durch seine heftige Abwehrreaktion wurde mir eins klar: Er musste etwas Schlimmes getan haben. So schlimm, dass er davon ausging, vom Tor versteinert zu werden. Und ich wusste mit einem Mal, was das war.

*

»*Du* warst es«, sagte ich leise. Ich war auf einmal absolut sicher. Da lag etwas in seinem Blick, was mir sagte, dass ich richtiglag. Die ganze Zeit schon hatte mich etwas an ihm irritiert, ohne dass ich es so richtig greifen konnte, doch jetzt fiel es mir wie Schuppen von den Augen.

Schuld.

Das, was ich in seinen Augen gelesen hatte, war Schuld.

»Was war er?« Haze hatte den kurzen Wortwechsel verständnislos mitangesehen.

»Ich weiß nicht, was du meinst«, presste Taro hervor. Seine Stimme bebte.

Ich sah ihm fest in die Augen. »Naya. *Du* hast den Fluch auf sie gelegt.« Der Vorwurf wog so schwer, dass es mich Überwindung kostete, ihn auszusprechen. Aber ich hatte keinerlei Zweifel. »Du hast ihr das angetan?«

»Nein! Nein«, keuchte er. Sein Gesicht wechselte die Farbe, wurde tiefrot und dann wieder totenbleich. Abwehrend hob er die Arme und rang nach Luft. »Nein, bist du verrückt? Ich würde ihr nie etwas antun.«

Haze und Kyran waren an meine Seiten getreten und betrachteten die wilde Gegenwehr des Jungen interessiert. Taros Reaktion sagte so viel mehr, als Worte es gekonnt hätten.

»Ich könnte nie ... ich ...« Er ließ die Schultern schlaff hängen. »Ich liebe sie doch.«

»Deswegen hast du es getan, nicht wahr?«, fragte ich leise.

319

Er tat mir leid, trotz allem. »Und darum hilfst du uns jetzt, weil dich die Reue gepackt hat.«

Kyran schnaubte. »Zauberhaft. Was ist passiert, Taro? Hat sie deine Liebe nicht erwidert? Und da wolltest du sie bestrafen?«

Noch einmal schüttelte Taro den Kopf, doch dann ging eine Veränderung in ihm vor. »Sie hat mich abgewiesen!«, brüllte er, und plötzlich erinnerte nichts mehr an den unschuldigen Jungen mit dem sanften Gemüt. Wut verzerrte seine Gesichtszüge. »Monatelang habe ich um sie geworben. Wollte ihr ein guter Mann sein. Sie hat gesagt, ich wäre nicht der Richtige für sie und sie nicht die Richtige für mich. Ich war ihr nicht gut genug! Ich habe gebettelt, sogar vor ihr gekniet, aber könnt ihr euch vorstellen, was sie mir da an den Kopf geworfen hat? Sie würde lieber für immer allein sein, als mit mir das Bett zu teilen!«

Er hatte sich so sehr in Rage geschrien, dass Speichel von seinen Lippen sprühte. Jetzt wischte er sich schwer atmend mit den Händen übers Gesicht und sammelte sich.

»Ich war es nicht.« Er hatte sich wieder unter Kontrolle, halbwegs zumindest, doch alles in seinem Gesicht verriet, dass er log. Sein Blick, seine Miene und seine ganze Körperhaltung sagten es so deutlich, als hätte er seine Tat gestanden. »Ich war es nicht. Ich bin doch nicht wahnsinnig! Yamoros Kind – ich würde doch nicht die Rache des Schattengängers auf mich ziehen.«

Und als er bemerkte, dass wir ihm nicht glaubten, fuhr er plötzlich herum. Er ballte die Hände zu Fäusten, als er seinen ganzen Mut zusammennahm.

»Wenn ich es schaffe, wisst ihr, dass ich die Wahrheit sage.

Dann gibt es keinen Grund, Yamoro zu sagen, dass ... dass ich ...«

»Taro!« Ich streckte die Hand nach ihm aus, um ihn aufzuhalten, aber ich war zu langsam. Er stürmte los – geradewegs auf das Tor zu.

»Idiot«, presste Kyran zwischen zusammengebissenen Zähnen hindurch und rief dann: »Lass den Schwachsinn! Was du auch getan hast, das hier löst rein gar nichts. Rede mit Yamoro. Wenn du unschuldig bist, wirst du nichts zu befürchten haben.«

Taro war genau unter dem Tor, und ich begann zu glauben, dass er es schaffen würde. Nichts geschah. Mit gesenktem Kopf lief er weiter.

Doch dann veränderte sich etwas. Seine Schritte wurden langsamer, die Bewegungen eckiger und schwerfälliger. Ein verängstigter Schrei entrang sich seiner Kehle.

»Bei den Monden – seine Beine!«, stieß Haze hervor.

An seinen Schuhen und seiner Hose sah ich es zuerst. Leder und Stoff wurden mit einem Mal grau und unbeweglich. Taro stolperte fast und ruderte mit den Armen, um sein Gleichgewicht zu bewahren. Noch ein Schritt, dann blieb er wie angewurzelt stehen. Seine Arme reckten sich verzweifelt in die Richtung, in die er gerannt war, sein Oberkörper wand sich vor Anstrengung, doch von der Hüfte abwärts war er wie gelähmt.

So gut er konnte, drehte er sich um und schaute über die Schulter zurück zu uns. Panik und blankes Entsetzen verzerrten sein Gesicht, sein Blick flehte uns um Hilfe an.

Die graue Verfärbung befiel nun seine Hände, kroch langsam an seinem Hals empor, breitete sich immer weiter aus und griff nach seinem Gesicht. Er wimmerte Worte, die ich nicht verstand und die Kyran nicht übersetzte. Ein entsetzliches

Knacken, das mir durch Mark und Bein ging, hallte über den Berggipfel, mischte sich in das Heulen des Windes, der tosend über das Plateau fuhr und kleinere Steine vor sich hertrieb. So ein Geräusch hatte ich noch nie gehört, und ich wusste, ich würde es niemals wieder vergessen können.

Und dann war es vorbei. Taros verängstigtes Gesicht war in Stein gefangen, zur Reglosigkeit verdammt. Für immer.

Tränen schossen mir in die Augen, meine Knie gaben unter mir nach, und zitternd sank ich zu Boden. Es gelang mir nicht, den Blick von Taro abzuwenden. Auch wenn er etwas Schreckliches getan hatte, hatte er das nicht verdient. *Niemand* hatte so etwas verdient.

Haze legte mir eine Hand auf die Schulter, sagte jedoch kein Wort. Wir alle schwiegen, während der Wind uns traurige Geschichten erzählte.

*

Kyrans Blick bekam etwas Lauerndes, wie der einer Dämmerkatze, die zum Sprung ansetzte. »So. Wer von uns Hübschen geht als Nächster?«

Haze schnaubte. »Ich überlasse dir gerne den Vortritt.«

Mühsam richtete ich mich auf und befeuchtete meine trockenen Lippen mit der Zunge. »Lasst den Quatsch. Nur einer von uns muss gehen. Solange einer von uns die Blume holen kann, reicht das aus. Ich werde das tun.«

Haze runzelte die Stirn. »Warum ausgerechnet du? Warum solltest du *das* freiwillig wollen?« Er deutete auf die versteinerten Gestalten.

»Ich ... Ich habe keine Angst.« Die Wahrheit war, dass ich sehr wohl Angst hatte, und wie. Und trotzdem fühlte ich mich irgendwie verantwortlich. Vielleicht lag es an dem Wissen, dass meine Mutter die rechtmäßige Herrscherin Vaels war. Machte das sie – und jetzt auch mich – nicht verantwortlich für all die Menschen, die dort lebten? Es war ein erdrückender Gedanke. Wenn einer von uns sein Leben riskierte, dann sollte ich das sein.

Energisch schüttelte Haze den Kopf. »Auf keinen Fall. Du bist zu wichtig, Lelani!« Und während ich mich noch fragte, ob ich als rechtmäßige Prinzessin zu wichtig für die Thronfolge war oder ob ich *ihm* zu wichtig war, fügte er finster hinzu: »Er sollte gehen. Na los, Goldjunge. Beweise uns, wie vertrauenswürdig du bist.«

Freudlos lachte Kyran auf. »Das hättest du gerne. Na los, warum gehen wir nicht Hand in Hand? Ich wäre gespannt, wen von uns beiden es zuerst erwischt. Die Chance, dein versteinertes Gesicht zu sehen, wäre mir das Risiko wert. Andererseits würdest du keine so hübsche Statue abgeben.«

»Nichts als hohle Worte«, knurrte Haze. »Lass Taten sprechen. Statt Lelani mit süßen Worten einzulullen, zeig ihr doch, was du wirklich bist: ein hinterhältiger Mistkerl, der Dreck am Stecken hat.«

Kyrans Grinsen entblößte seine wölfisch spitzen Eckzähne. »Darum geht es also? Du hoffst, dass sie sich in deine Arme flüchtet? Träum weiter. Du wirst nie der Mann sein, der ihr Herz gewinnt. Ein Feigling, der du bist!«

Ich schnappte nach Luft. »Habt ihr den Verstand verloren?«, herrschte ich die beiden an. »Ist das euer Ernst? Statt euch auf die wichtigen Dinge zu konzentrieren, plustert ihr euch auf wie zwei Gockel und geht einander an die Kehle? Ich fasse es nicht! Und wagt es nicht, mich zum Anlass für eure idiotischen Machtspielchen zu nehmen!«

Haze wandte den Blick nicht von Kyran ab. »Lass ihn gehen, Lelani«, knurrte er wutbebend. »Du weißt, wie ich über ihn denke. Man kann ihm kein Stück weit über den Weg trauen! Soll er doch beweisen, dass er ein guter Kerl ist! Aber das wird er nicht tun, nicht wahr? Weil das Tor in seine miese verdorbene Seele sehen und ihm das geben würde, was er verdient hat.«

»Niemand muss irgendetwas beweisen!« Meine Stimme überschlug sich.

Aber Haze war nicht zu stoppen. All die aufgestaute Wut brach aus ihm heraus wie ein Sturzbach. »Sieh ihn dir doch an, mit seinem selbstgefälligen Grinsen und bereit, jedem ein Messer in den Rücken zu rammen, der gerade nicht damit rechnet. Eine giftige Natter, die man zertreten sollte, bevor sie einen beißt. Er ist ein …«

»Ein was?«, fiel Kyran ihm scharf ins Wort, ohne sein Grinsen vom Gesicht zu nehmen. »Immer raus mit der Sprache, friss nichts in dich hinein. Was bin ich? All das, was du gerne wärst? Privilegiert geboren und mit Talenten gesegnet, von denen ein armer Tropf wie du nur träumen kann?«

Ich wusste, dass er Haze damit getroffen hatte, noch bevor mein bester Freund erbleichte und die Hände zu Fäusten ballte. Zielgenau hatte er seinen wunden Punkt erwischt.

»Aller Reichtum ändert nichts daran, dass du ein erbärmlicher, bemitleidenswerter Wurm bist. Um nichts in der Welt würde ich mit dir tauschen wollen.« Seine Stimme zitterte vor unterdrücktem Zorn, ebenso wie seine Fäuste. Ich konnte sie spüren, diese Wut, die von ihm ausging wie Hitze von einem Fieberkranken.

Kyran lachte unbeschwert, doch seine Katzenaugen waren zu Schlitzen verengt und taxierten Haze. Jede Silbe troff vor

Spott. »So? Wen willst du überzeugen – dich selbst? Dein Neid spricht aus jedem Wort und jedem Blick. Du bist völlig zerfressen davon. Und weißt du was? Ich kann es dir nicht verübeln. Wenn ich du wäre, würde mich das auch fertigmachen. Und wen willst du überhaupt mit deinen Fäustchen beeindrucken?«

»Halt den Mund!«, kreischte ich in dem Moment, in dem Haze mit einem Wutschrei nach vorne schnellte.

Kyran lachte so sehr, dass er nicht einmal auswich, als Haze' Faust mitten in sein Gesicht traf. Ich warf mich gegen die beiden, schob sie grob auseinander, so gut ich konnte, doch Haze wollte noch einmal zuschlagen.

»Nein!« Ein gellender Schrei.

Mit ausgebreiteten Armen stellte ich mich Haze entgegen – stellte mich vor Kyran. Schwer atmend, die Augen weit aufgerissen und fest entschlossen, diesem Wahnsinn ein Ende zu setzen.

»Nein«, sagte ich noch einmal und legte alle Autorität, die ich aufbringen konnte, in meine Stimme.

Minutenlang standen sie einander so gegenüber und ich in ihrer Mitte. Haze keuchte zwischen zusammengebissenen Zähnen, mit der geduckten Haltung erinnerte er an ein angriffslustiges Tier. Seine Augen wirkten fast schwarz, und ich erschrak vor dem blanken Hass darin.

Kyran bot einen ebenso unheimlichen Anblick. Blut rann aus seiner Nase, doch immer noch lag dieses wolfsähnliche Grinsen auf seinem Gesicht und erinnerte mich entfernt an ein Zähnefletschen.

Langsam ließ Haze die geballte Faust sinken. »Du stellst dich auf seine Seite«, sagte er voll Bitterkeit.

Ich wollte widersprechen. Ich war auf gar keiner Seite, ich

wollte nur, dass dieser verdammte Schwachsinn ein Ende hatte! Statt aufeinander loszugehen, mussten wir uns um ganz andere Dinge kümmern. Es ging um Leben und Tod! Und plötzlich bekam ich Angst, dass es auch zwischen Haze und Kyran genau darum ging. Dass sie gleich ihre Waffen ziehen und einander verletzen würden. Kurz war ich sogar absolut davon überzeugt, dass es gleich passieren würde.

Doch bevor ich noch etwas sagen oder tun konnte, wandte Haze sich ab. Mit großen Schritten eilte er davon, den Kopf gesenkt, die Schultern hochgezogen, und blickte nicht zu uns zurück. Doch seine Worte hallten in mir nach: ›*Du stellst dich auf seine Seite.*‹

Kapitel 21

Schuld

»Du verdammter Idiot!« Grob stieß ich meine Hände gegen
Kyrans Brust, sodass er einen Schritt zurückstolperte.

Zu meiner Überraschung machte er keinen weiteren Scherz,
er widersprach auch nicht. Das Grinsen verschwand von seinem Gesicht, und er wischte sich mit dem Handrücken über
Nase und Mund, was das Blut nur noch mehr verteilte.

»Ja, bin ich wohl«, antwortete er leise. »Oder ... vielleicht
bin ich auch einfach nur eifersüchtig.«

Fassungslos schaute ich ihn an. Es war kein Witz gewesen,
kein bloßer Versuch, mich aus der Reserve zu locken und sich
über mich lustig zu machen. Seine Miene war so offen, so ver-
wundbar, dass ich wusste, dass es ihm ernst war. Ein nervöses
Flattern breitete sich in meiner Brust und meinem Bauch aus
und ließ meine Fingerspitzen zittern.

»Eifersüchtig? Aber ... warum?«, flüsterte ich.

Einen Moment lang hielt er meinem Blick stand, dann
schaute er an mir vorbei, fuhr sich ruppig mit der Hand durchs
Haar und atmete schwer. Als er mich wieder ansah, verzog er
den Mund zu etwas, was ein Lächeln hätte sein können und
doch keines war.

»Weil ihr euch nahesteht, Lelani. Weil er dir so unendlich

nah ist. Weil er dich kennt wie kein Zweiter und weil er ein Teil deines Lebens ist. Ist das wirklich so schwer zu begreifen? Ist das nicht offensichtlich?«

»Aber du ...«, stammelte ich, ohne zu wissen, was ich sagen wollte.

»Ja, ich«, murmelte er, schüttelte dann den Kopf und setzte dem Thema mit einer barschen Geste ein Ende. »Es spielt keine Rolle. Nicht jetzt. Wir haben hier noch etwas zu tun.«

Es fiel mir unsagbar schwer, meinen Blick von seinen Augen loszureißen, in deren klarem, hellem Grün ein Wirbelsturm tobte und mich nur noch mehr verwirrte. Aber er hatte recht, natürlich. Wir waren nicht hierhergekommen, um zu reden. *Aber würde es überhaupt ein Später geben?*

Seite an Seite standen wir vor dem Tor, so nah beisammen, dass ich die Wärme von Kyrans Arm spüren konnte. Nur eine winzige Bewegung meiner Hand wäre notwendig gewesen, und ich hätte seine ergreifen können.

Düster und unheilverkündend ragte das Felskonstrukt vor uns auf. Die Inschrift war eine einzige Warnung. Die Sonne stand bereits tief am Himmel, als rot glühende Scheibe sank sie dem Horizont entgegen und tauchte das Tor in ein unheilverkündendes Licht. Von Haze fehlte nach wie vor jede Spur, doch ich wusste, dass er jetzt allein sein wollte. Diesen entscheidenden Schritt musste ich ohne ihn tun, auch wenn es ungewohnt war, ihn nicht an meiner Seite zu haben.

War es das? Würde ich mich nun gleich langsam und qualvoll zu Stein verwandeln? Ich wollte noch so vieles sagen, dass ich das Gefühl hatte, meine Brust müsste zerbersten. Wenn das mein Ende war, wo sollten dann all diese Worte hin, die ich nicht gesagt, und die Fragen, die ich nicht gestellt hatte? All die Gefühle, die ich in mir verschlossen, und die Wünsche und Träume, die ich nicht gelebt hatte? Das alles aufzugeben, weil ich mich dem Tor stellte, schien unvorstellbar.

Die Worte platzten einfach aus mir heraus. »Kyran! Die Narbe auf deinem Rücken ... woher stammt sie?« Der Abend, an dem ich ihn mit nacktem Oberkörper in einem Weiher beobachtet hatte, schien schon Hunderte Jahre her zu sein. Es war eines der unzähligen Dinge, die ich erfahren wollte, bevor ich womöglich nie wieder die Möglichkeit dazu hatte.

Ich sah ihm die Überraschung an, hatte ihn mit meinen Worten überrumpelt. Er schluckte schwer.

»Du musst es mir nicht erzählen«, beeilte ich mich zu sagen.

Er zögerte. »Ich habe dir doch erzählt, dass mein Vater der Meinung war, ich müsste ... gezähmt werden. Er hat es auf seine Weise versucht.« Plötzlich wirkte er nervös und begann mit den Fingerspitzen an seiner Nagelhaut zu knibbeln. Seine Hände fanden keine Ruhe, ebenso wenig wie sein Blick, der unruhig hin und her wanderte.

Ein ungutes Gefühl machte sich in meinem Bauch breit. »Bitte sag, dass er das nicht war. Nicht dein eigener Vater.«

Er antwortete nicht.

Ein Gedanke drängte sich mir auf. »Kyran ... Was hast du im Nebel gesehen?«

Sein Zucken gab mir die Antwort, die er nicht aussprechen konnte. Die Schauergestalt, die ihm der Nebel vorgegaukelt hatte, war sein Vater gewesen.

»Es war, nachdem ich die Kutsche überfallen und den Wächter getötet hatte.« Er erzählte es seltsam teilnahmslos, als beträfe es ihn überhaupt nicht. »Mein Vater macht sich sonst selten persönlich die Hände schmutzig, aber in diesem Fall wollte er, dass die Strafe korrekt ausgeführt wird. Kein Gemetzel, und vor allem kein falsches Mitleid. Die Messerklinge war sauber und glühend heiß, der Schnitt kerzengerade. Ich ... Lelani, was ...«

Meine Hände bewegten sich, noch bevor ich einen klaren Gedanken fassen konnte. Er schnappte nach Luft und wurde ganz starr, als ich plötzlich nach der Schnürung seines Hemdes fasste, aber er hinderte mich nicht daran. Schlagartig lag ein Prickeln in der Luft, das ich nicht zu deuten vermochte. Ich spürte den glatten kühlen Stoff unter meinen Fingerspitzen – und dann heiße Haut, als ich die Schnürung löste und ihm das Hemd langsam von den Schultern schob.

Kyrans *nackte* Haut.

Was um alles in der Welt tat ich da? Ich wusste es selbst nicht. Mein Körper handelte, als hätte er einen eigenen Willen. Meine Hände zitterten, und ich konnte kaum atmen. Das Hemd fiel zu Boden, doch keiner von uns beachtete es.

»Bitte dreh dich um«, wisperte ich.

Sein Mund war leicht geöffnet, seine Pupillen geweitet. Brust und Schultern hoben und senkten sich bei jedem seiner schweren Atemzüge, und er beobachtete mich stumm. Versuchte einzuschätzen, was ich vorhatte. Er war überrascht über meine unvermittelte Handlung – aber ich war es ebenso sehr. Doch ich musste es einfach sehen. Ich musste die Narbe noch einmal mit eigenen Augen sehen.

Nach einem endlos scheinenden Moment drehte er sich schließlich langsam um, sodass ich seinen Rücken sehen konnte. Ein silberweißer Streifen durchzog seine gold-schimmernde Haut, begann an seinem Nacken und führte zwischen seinen Schulterblättern hindurch. Die Sorgfalt, mit der ihm die Wunde zugefügt worden war, machte alles irgendwie noch schlimmer. Es machte die Grausamkeit, die ihm widerfahren war, noch schwerer zu ertragen. Was für ein Vater tat so etwas?

Setzte ein Messer auf den Rücken seines Kindes und schnitt tief in seine Haut, so ruhig und kontrolliert?

»Es tut mir so leid«, flüsterte ich.

Er schüttelte den Kopf. »Sag das nicht. Ich habe es verdient. Ich hätte noch so viel Schlimmeres verdient für das, was ich getan habe.«

Meine Hände hatten einen eigenen Willen. Eine Gänsehaut bildete sich auf Kyrans Rücken, und er atmete schneller, als meine Fingerspitzen ganz sachte seine weichen Haare beiseiteschoben, die ihm inzwischen bis über seine breiten Schultern fielen und über die Narbe strichen – so leicht, dass ich die Berührung kaum spürte. Ein Schauer lief durch seinen Körper, und ich fühlte die verkrampften straffen Muskeln unter seiner goldbraunen Haut. Ein Laut, eine Art Seufzen oder Aufatmen, kam über seine Lippen, und die Anspannung ließ nach. Er lehnte sich gegen meine Berührung und ließ den Kopf hängen. Meine Hand glitt zärtlich über seinen Nacken, die muskulösen Schultern und dann die Narbe entlang über seinen Rücken.

Er war mir nahe und doch nicht nah genug. Vorsichtig schlang ich von hinten die Arme um ihn und schmiegte meine Wange gegen seinen Rücken. Die Wärme und der Duft seiner Haut waren alles, was ich wahrnahm, und alles, was ich in diesem kurzen Moment brauchte. Der Rest der Welt schien vollkommen zu verschwimmen. Ich spürte, wie er zögerte, doch dann ergriff er meine Arme und hielt sie fest. Er zitterte – oder war es mein eigenes Zittern, das ich da spürte? Ich schloss die Augen und umarmte Kyran, als wollte ich ihn nie wieder loslassen.

Langsam versank auch der letzte Sonnenstrahl am Horizont und machte Platz für die fünf Monde. Meine Mondmagie leuchtete heller auf, ich fühlte mich stark und ruhte ganz in mir. Dieses Mal waren die Schmerzen meiner beiden aufeinandertreffenden Kräfte ausgeblieben, ich spürte nur ein leichtes Ziehen in meiner Seele, als Monde und Sonne gleichzeitig am Himmel standen und meine Magie auf ihren Ruf antwortete.

»Lass uns weggehen.« Seine Stimme klang mit einem Mal brüchig, und seine Hände schlossen sich fester um meine Unterarme. »Egal, wohin. Lass uns hier nicht sterben. Und auch nicht in Vael, bei diesem aussichtslosen Versuch, allein gegen eine Herrscherin und ihre riesige Armee zu kämpfen. Gehen wir weg, lassen das alles hinter uns.«

Ich kniff die Augen fester zu, lehnte meine Stirn gegen seinen Rücken und wünschte, ich könnte die Zeit anhalten.

»Nein«, flüsterte ich, obwohl alles in mir danach schrie, *Ja* zu sagen. Noch nie war es mir so schwergefallen, die richtigen Worte zu finden. »Das können wir nicht machen. Es gibt Leute, die uns brauchen.«

Ein tiefer Atemzug ging wie ein Beben durch seinen Körper. »Ich weiß.«

Langsam ließ ich meine Arme sinken. Einen Augenblick lang hielt er sie noch fest, dann ließ er los und trat einen Schritt von mir weg. Ich senkte den Blick und atmete tief durch, um meinen rasenden Puls zu beruhigen, während er schweigend sein Hemd anzog.

*

»Lelani.«

Ich schaute über die Schulter zurück zu Kyran.

Er sagte nichts weiter, aber sein Lächeln traf mich mitten ins Herz und schenkte mir Mut. Ich straffte die Schultern, blickte wieder nach vorne zu meinem Ziel und gab mir einen

Ruck. Langsam setzte ich einen Fuß vor den anderen. Das Tor und die Steinstatuen rückten näher.

Ich war so angespannt, dass jeder Muskel in meinem Körper schmerzte. Meine Hände krampften sich in den Stoff der langen Ärmel. Starr fixierte ich die Blume und versuchte weder nach links noch nach rechts zu schauen, doch als ich die erste Statue passierte, konnte ich einfach nicht anders als hinzusehen.

Eine Frau. Ihre Hände waren in einer verzweifelten Geste emporgereckt, und Panik zeichnete sich auf ihrem Gesicht ab. Wind und Wetter hatten ihre Spuren hinterlassen, an manchen Stellen wirkte der Stein verwittert.

Ob diese Menschen gestorben waren? War ihr Bewusstsein erloschen? Oder waren sie im Inneren dieses steinernen Gefängnisses noch lebendig, konnten denken und fühlen, ohne zur kleinsten Bewegung fähig zu sein? Rannten sie brüllend gegen die Fesseln an, die ihren Körper lähmten? Waren sie hinter diesen starren Gesichtern und leblosen Augen wach und verloren allmählich den Verstand?

Bei dieser Vorstellung drehte sich fast mein Magen um. Panik stieg wie eiskaltes Wasser in mir empor und drohte jeden klaren Gedanken wegzuspülen.

Ich will das nicht, ich will hier weg!

Meine Schritte wurden langsamer und schwerfälliger, meine Füße fühlten sich plötzlich kalt an. War das die Magie des Tors? Begann ich zu versteinern, so wie Taro?

Ich wollte Monde und Sonne um Hilfe anrufen, aber ich spürte instinktiv, dass sie mir diesmal nicht helfen konnten. Das, was hier in der Luft lag, war eine ganz andere Form von Magie. Eine ältere, mächtigere. Das Einzige, was mir helfen konnte, das Tor unbeschadet zu passieren, war ein reines Herz.

Aber wer hat das schon?, dachte ich panisch. Jeder hatte schon Dinge in seinem Leben getan, die vielleicht nicht in Ordnung gewesen waren! Lauter kleine Alltagsschwindeleien kamen mir in den Sinn. Momente, in denen ich Aphra geärgert oder Streit angezettelt hatte. Ich musste an Haze denken und daran, wie er sich wohl fühlen würde, wenn er wüsste, was für einen Emotionssturm Kyran in mir auslöste, und die Schuld lastete tonnenschwer auf meinen Schultern.

Hektisch verdrängte ich all diese Gedanken und verbannte sie in den hintersten, finstersten Winkel meines Kopfes, als könnte ich sie so vor dem Tor verbergen. Doch ich wusste, dass dieser dunklen Magie nichts entging. Sie war allgegenwärtig.

Ängstlich ließ ich den Blick über die anderen versteinerten Figuren schweifen. Aus der Nähe sahen sie noch beängstigender aus, noch lebensechter. Die Gefühle, die sie mit Gesichtsausdrücken und Körperhaltungen ausdrückten, erschreckten mich: Schrecken, Entsetzen, Schmerz, Trauer. Manche von ihnen waren so verwittert, dass sie eher unförmigen Statuen als Menschen ähnelten und dass man ihre Gesichter kaum erkennen konnte, und nur die Monde wussten, vor wie vielen Generationen sie hierhergekommen waren, um *Der wahren Liebe Kuss* zu finden.

Tränen schossen mir in die Augen, als ich an Taro vorbeikam. Verschmähte Liebe, gekränkte Eitelkeit und krankhafter Zorn hatten ihn einen schrecklichen Fehler begehen lassen. Dennoch schien er Reue verspürt zu haben, schließlich hatte er uns begleitet. Er hatte gewollt, dass Naya geheilt wurde. Aber ich ahnte, dass er nicht aus Heldenmut auf das Tor zugestürmt war. Nicht, um seinen Fehler zu korrigieren und seine geliebte Naya zu retten. Sondern weil seine Furcht vor der Rache des

Schattengängers noch größer gewesen war als die Angst, versteinert zu werden. Er war alles andere als mutig gewesen und vielleicht gar kein sonderlich guter Mensch, doch ich konnte nichts als Mitleid für ihn empfinden.

Ich berührte seine rundliche, eiskalte Wange, die nichts Lebendiges mehr an sich hatte.

»Ruhe sanft, Taro«, flüsterte ich ihm zu. »Mögen die Monde für dich scheinen.«

»Es ist nicht mehr weit, Rabenmädchen.« Ich spürte Kyrans Blick in meinem Rücken. »Du hast es fast geschafft.«

Die wenigen Meter erschienen mir unendlich weit. Schritt für Schritt und Herzschlag für Herzschlag kämpfte ich mich vorwärts, und nach jedem einzelnen fragte ich mich, ob ich den nächsten schaffen würde.

Und dann war es vorbei. Ich hatte das Tor unbeschadet passiert. Ein Teil von mir glaubte, dass das nicht wahr sein konnte – dass es nur ein lausiger Traum war, den mein Geist hatte, während mein Körper längst versteinert unter dem Felsentor stand.

Doch es war kein Traum. Ich hatte es tatsächlich geschafft.

Schwer atmend und zitternd sank ich auf den harten Boden, wandte mein schweißnasses Gesicht dem Himmel zu und schloss die Augen. Erleichterung durchströmte mich wie eine warme Woge.

Als ich die Augen wieder aufschlug, sah ich Kyran, der auf das Tor zuging.

*

»Nein«, hauchte ich so leise, dass der Wind die Silbe verschluckte, und dann rief ich es aus Leibeskräften: »Nein! Kyran, bleib stehen! Du musst das nicht tun. Es reicht, wenn einer von uns auf der anderen Seite ist! Ich hole die Blume.«

Doch er blieb nicht stehen. Langsam und steifbeinig kam er mir entgegen. Von der üblichen Geschmeidigkeit seiner Bewegungen war nichts zu sehen, ebenso wenig wie von der wilden Furchtlosigkeit. Sein Gesicht war aschfahl und die Pupillen so groß, dass sie fast das ganze Grün verdrängten.

Er hatte Angst – und ich hatte Panik um ihn. Noch nie hatte ich so etwas empfunden, nicht so stark, dass es jede andere Empfindung einfach auslöschte. Ich wusste nicht, was ich täte, wenn er zu Stein wurde. Die bloße Vorstellung ließ etwas in mir fast zerbrechen, etwas in meinem Herzen, was plötzlich so höllisch schmerzte, als müsste ich sterben. Mein Gesicht erstarrte zur Maske, doch in mir tobte ein Wirbelsturm aus schrecklichen Bildern. Die Angst war spitz und scharfkantig, sie schmerzte und bohrte sich tief in meinen Kopf.

Kyran! Ihm durfte nichts geschehen.

Ich erinnerte mich an alles, was er mir erzählt hatte. *Nur wer frei von Schuld war, konnte passieren ...* Aber Kyran hatte doch schon Schuld auf sich geladen! So gern ich ihn auch davon freisprechen wollte, er hatte es getan. Nichts und niemand konnte seine Taten ungeschehen machen, und es könnte ihn in diesem Moment *alles* kosten. Ihn zu verlieren war das Schlimmste, was ich mir in diesem Augenblick vorstellen konnte. *Er bedeutete mir etwas.*

Sein Blick bohrte sich in meinen und nahm ihn ganz gefangen. Ich sah ihm an, dass er ähnliche Sorgen hatte wie ich, und trotzdem ging er weiter, ohne den Blick von mir abzuwenden.

Schritt für Schritt kam er voran. Ich streckte ihm die Hände entgegen.

Ein raues Schluchzen brach aus mir heraus, als er das Tor

und die versteinerten Menschen passiert hatte. Ich kam stolpernd auf die Beine, warf mich ihm entgegen, und wir gingen gemeinsam zu Boden. Wie zwei Ertrinkende klammerten wir uns aneinander. Ich vergrub mein Gesicht in seiner Halsbeuge, meine Tränen sickerten in sein Hemd, und seine Haare kitzelten meine Wangen. Er presste die Lippen auf meine Stirn.

«Warum?«, stammelte ich weinend. »Warum bei allen fünf Monden hast du das getan, du verdammter Idiot?«

Doch er schüttelte nur den Kopf, gab mir keine Antwort und drückte mich so fest, dass es beinahe wehtat.

*

»*Der wahren Liebe Kuss*«, flüsterte ich. »Wie schön sie ist.«

Die Nacht war inzwischen vollständig über Kuraigan hereingebrochen. Die Monde badeten die Blume in ihrem sanften Licht, doch die zartblauen Blütenblätter leuchteten von innen heraus. Inmitten des kargen Felsbodens erinnerte sie an ein unwirkliches Traumbild, zu fragil für die Realität.

Ich kniete nieder und beugte mich über die Pflanze. Unwillkürlich hielt ich den Atem an und verlangsamte meine Bewegungen. Sie war so zart, dass ich glaubte, ein zu starker Lufthauch könnte sie einfach umknicken. Doch dann wurde mir klar, dass sie schon seit langer Zeit hier jedem Sturm zu trotzen schien, und ich entspannte mich wieder etwas.

Die Blüten wiegten sich sachte im Wind. Ein filigranes Adernetz durchzog sie, und als ich mit dem Gesicht ganz nah heranging, fiel mir ein leichtes Pulsieren auf.

Lyris Worte kamen mir in den Sinn: *Der Geruch der Pflanze sei für jeden anders und erinnerte an den Menschen, den man am meisten liebte.*

337

Ich kniff die Augen zusammen und ballte die Hände so fest zu Fäusten, dass sich meine Fingernägel schmerzhaft in die Handballen bohrten. Es stimmte. Die Blüten verströmten den zarten Duft von sonnenwarmer Haut, der mein Herz höherschlagen ließ und ein Kribbeln in meinen Bauch zauberte. War da eine Note von Sandelholz? Und etwas dezent Fruchtiges?

Und mehr als das: Die Blume erweckte *Bilder* in meinem Kopf. Ich hatte plötzlich den Geschmack eines Kusses auf den Lippen, glaubte einen zärtlichen Mund auf meinem zu spüren. Haut unter meinen Händen, ein Körper an meinem.

Mein Atem beschleunigte sich. Ich versuchte die Bilder abzuwehren und nicht darüber nachzudenken, wessen Duft es war, den ich da roch, und wessen Haut ich zu fühlen meinte. Es war zu verwirrend.

Kyran kniete sich neben mich. Fasziniert begutachtete er die Blume und atmete tiefer ein. Ich sah sein Gesicht und fragte mich einmal mehr, wie ein Mensch nur so schön sein konnte – als hätte ein begnadeter Künstler es mit höchster Sorgfalt aus kostbarem Marmor herausgemeißelt. Seine Fingerspitzen berührten seine vollen Lippen, und ich fragte mich, ob auch er gerade von Küssen fantasierte. Doch dann verdunkelte sich sein Blick, und ich hätte alles dafür gegeben, seine Gedanken lesen zu können.

Ich räusperte mich und versuchte mich auf das Wesentliche zu konzentrieren.

»Die Blume selbst ist die letzte Prüfung«, erinnerte ich mich laut an Lyris Worte. *Aber was sollte das bedeuten?*

»Sollen wir sie einfach pflücken? Es fühlt sich irgendwie … nicht richtig an«, meinte Kyran.

Ich wusste, was er meinte. Es wäre so simpel gewesen, die Pflanze einfach aus dem Boden zu reißen, aber alles in mir sträubte sich dagegen. *Der wahren Liebe Kuss* musste hier seit unzähligen Jahren wachsen. Ihre heilsamen Kräfte hatten schon in der Vergangenheit Menschen geholfen, und auch nach Naya würde es Leute geben, die auf sie angewiesen waren. Sie gewaltsam zu entwenden konnte nicht die Lösung sein.

Jinx kletterte aus meiner Tasche, flatterte wild mit den Feenflügeln und erhob sich in den nächtlichen Himmel. Wie die Polle eines Löwenzahns schwebte sie durch die Luft, dann ließ sie sich langsam auf die Blume herab und berührte mit ihrer winzigen Hand die Knospen neben der bläulichen Blüte. Auch von ihnen ging ein feiner Schimmer aus.

Ich spürte das Leben, das die Pflanze ausstrahlte. Doch es war nicht meine Mondmagie, die beim Anblick der fünf Himmelskörper erwacht war – sondern die Sonnenmagie, die sich wie so oft beim Sonnenuntergang tiefer in meinem Herzen vergraben hatte. Wärmend und hell erfüllte sie mich jetzt, wenngleich das Licht der Monde sie auch dämpfte.

Ich schloss meine Augen und ließ einfach los. Ließ die Kraft der Sonne das tun, wonach sie verlangte. Meine Hand streckte sich nach den Knospen aus und berührte sie sanft. Die Magie floss aus meinen Fingerspitzen in die Blume und rief ein Echo hervor: Staunend spürte nun auch ich die Kraft der Blume. Ich fühlte ihre Blüten, den filigranen, verästelten Stängel und die Wurzeln, die tief in den Felsuntergrund reichten. Mit jedem Ausatmen fühlte ich mich tiefer in das Gewächs hinein, folgte mit meiner Magie jeder einzelnen Verzweigung und erfühlte jede ihrer Zellen. Sie ließ mich gewähren. Als ich meine Augen wieder öffnete, sah ich, wie ihr hellblaues Leuchten sich verstärkte – und auch meine Hand hatte zu strahlen begonnen. Ein warmer goldener Schein ging von meiner Haut aus.

«Deine Augen», flüsterte Kyran fasziniert. »Du wirkst Sonnenmagie, nicht wahr? Ich habe das schon einmal an dir gesehen. Es ist so anders, als wenn du auf Mondmagie zurückgreifst. Die Monde lassen dich ganz kühl und blass erstrahlen, und deine Haut und Augen werden ganz weiß. Aber jetzt bist du das blühende Leben. Deine Wangen sind rosig, deine Haut schimmert wie flüssiges Gold, und deine Augen ... auch sie leuchten golden. Das ist wirklich unglaublich.«

Ich nickte nur und war zu keiner Antwort fähig, meine ganze Aufmerksamkeit galt der magischen Blume. Je weiter ich den Wurzeln nachspürte, desto mehr wurde mir ihr Ausmaß bewusst. Sie durchzogen den gesamten Berg, bohrten sich durch den harten Stein, reichten kilometerweit in die Tiefe. Es war atemberaubend.

Die Pflanze war vollständig von dieser sanften wohltuenden Macht erfüllt, die ein Lächeln auf meine Lippen zauberte. Doch es gab Stellen, die besonders hell erstrahlten, und das waren weder die Wurzeln noch die wunderhübschen Blüten. Die Knospen waren es, in denen ich ihre größte Kraft spürte.

Wortlos gab ich der Blume zu verstehen, dass ich ihre Hilfe brauchte. Ich nahm nicht einfach, was ich wollte, sondern bat darum. Das Pulsieren der Adern, die ihren Leib durchzogen, wurde stärker, und eine der Knospen öffnete sich.

Ehe ich reagieren und das Samenkorn auffangen konnte, das die Blume uns schenkte, war Jinx schon losgeflattert. Behutsam hielt sie es in ihren winzigen Händen und betrachtete es einen Moment lang beinahe zärtlich, bevor sie es in meine Tasche legte.

Ich atmete auf und wandte mich an Kyran. »Wir haben, was wir brauchen, um Naya zu helfen. Lass uns Haze suchen und zu Yamoro zurückkehren, so schnell wie möglich.«

Der Schattengänger saß an seinem bodennahen Tisch, die Hände auf der Holzplatte verschränkt. Durch das Fenster sah er sein Kind. Naya fegte die Veranda, so wie sie es früher regelmäßig getan hatte. Nach ihrem Erwachen war sie zum Alltag übergegangen, so als sei nie etwas geschehen. So als hätte sie nicht in einem viel zu lange andauernden Schlaf gelegen. Es schien fast so, als hätte sie es vergessen oder gar nicht richtig wahrgenommen, doch Yamoro wusste, dass er es nie vergessen würde. Sie so lebendig zu sehen, erschien ihm wie ein Wunder, und es war ihm fast unmöglich, den Blick von ihr abzuwenden.

Und doch würde er ihr bald beibringen müssen, dass er sie verließ. Goka war die Stadt, in der Lelani, Kyran und Haze mit ihrem Kapitän verabredet waren. Von dort sollte die Seereise nach Vael beginnen.

Taro. Yamoro hatte den sanftmütigen Jungen gemocht, obwohl er ihn nie als einen starken Charakter empfunden hatte. Dass er viel für Naya empfand, hatte Yamoro geahnt, und auch, dass sie diese Gefühle nicht erwidern konnte. Er hatte sich dagegen gesträubt, ihn zu beschuldigen, obwohl die Schatten es ihm geflüstert hatten. Er hatte ihre wispernden Worte und Bilder ignoriert.

Doch die Schatten hatten immer recht, sie sprachen stets die Wahrheit. Das hätte er wissen müssen, und tief in seinem Herzen hatte er das auch.

In diesem Moment sprachen sie wieder zu ihm, umflossen ihn wie dunkle Seide, krochen über seine Haut und flüsterten in seine Ohren.

»Du wirst nicht zurückkehren«, hauchten sie. »Wenn du deine Heimat erneut verlässt, ist das dein Ende.«

DRITTER
TEIL

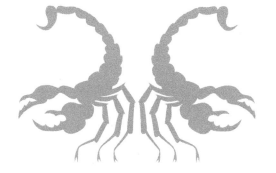

Kapitel 22

Ruß und Asche

Unermüdlich hatte die Spinne an ihrem Netz gearbeitet, sorgsam Faden um Faden gesponnen, jeden Knoten mit Sorgfalt geknüpft. Nun war es vollkommen und umspannte, was ihr relevant erschien. Zufrieden und reglos saß sie im Zentrum. Von hier aus konnte sie alles überblicken.

Sie hatte die vollkommene Kontrolle. Immer. Nicht die geringste Regung entging ihr. Gleichmütig betrachtete sie die unzähligen Kreaturen, die an den klebrigen Fäden zappelten, ohne es überhaupt zu bemerken. Jede noch so kleine Bewegung verursachte Schwingungen im Netz, und die Spinne behielt den Überblick über sie alle.

Sie wartete.

Sie beobachtete die Entwicklungen in ihrem Netz voll Interesse, ohne jedoch einzugreifen. Der Moment, aktiv zu werden, würde kommen, und sie würde ihn nicht verpassen. Noch war er nicht da.

Ein altbekannter Hunger rührte sich und wuchs in ihr heran. Sie kannte ihn. Seit sie denken konnte, war er ein Teil von ihr. Er nagte an ihr, doch er war nicht so drängend, dass er sie zu voreiligen Handlungen verleiten konnte.

Sie würde ihn stillen, diesen Hunger. Aber erst dann, wenn der richtige Moment gekommen war.

Und er würde kommen.

*

Blendend weiß erstrahlte das Schloss im Sonnenlicht. Schlank wie Schwanenhälse ragten seine Türme in den azurblauen Himmel empor, gekrönt von spitzen Dächern. Umgeben von den einfachen Stadthäusern Navalonas wirkte es wie ein Fremdkörper. Zu schön, zu elegant, zu magisch stach es aus seiner Umgebung heraus. Ich erinnerte mich an die Geschichten, die Aphra mir früher erzählt hatte, über Paläste, die von Feen und anderen Fabelwesen bevölkert waren.

Betrachtete man es von der anderen Seite, vom Meer aus, entfaltete es jedoch erst seinen ganzen Zauber. Dort, wo der Ozean tosend gegen die Skallardklippen anstürmte – eingehüllt von hochsprühender Gischt und umschwirrt von unzähligen Möwen, deren Kreischen nie zu enden schien. Es sah aus, als könnte ein starker Windstoß das Schloss einfach von der Kante der Klippe stoßen und der tobenden See in den Rachen werfen. Und doch überdauerte es Generation über Generation von Mondmagiern, die hier über ganz Vael regierten.

Dort hätte ich in den letzten achtzehn Jahren als Prinzessin aufwachsen und leben können, wenn Serpia ihre Schwester nicht verraten hätte. Dieses Märchenschloss wäre der Mittelpunkt meines Lebens gewesen. Der Gedanke daran löste in mir gemischte Gefühle aus, die ich selbst nicht so recht einordnen konnte. Die Vergangenheit ließ sich ohnehin nicht mehr ändern, doch wir waren hier, um den Verlauf der Zukunft zu beeinflussen.

Ich stand auf der einstigen *Goldschwalbe*, die nach den Reparaturarbeiten nicht wiederzuerkennen war. Der leicht exo-

tisch anmutende Baustil Kuraigans fand sich auch im Schiffs-
bau wieder. Das Wort *Albdrossel* prangte auf dem jetzt schwarz
gestrichenen Bug. Mit grimmigem Stolz steuerte Mercier das
Schiff geradewegs auf den Hafen Navalonas zu: eine waghalsi-
ge, vielleicht sogar unvernünftige Entscheidung, aber wir hatten sie alle gemeinsam getroffen. Wir zählten darauf, dass Serpia uns nicht hier, direkt vor ihrer Nase, vermuten würde.
Außerdem stand die Sonnenfinsternis kurz bevor und damit
das Fest der Schwarzen Sonne. Im damit verbundenen Tumult
unterzutauchen, sollte ein Kinderspiel sein. Schon von Weitem
sahen wir die unzähligen Schiffe, die im Hafen lagen.

Langsam zogen wir am Schloss vorbei. Ich erblickte den
ausgebrannten Westflügel. Einer verkohlten Wunde gleich,
klaffte er im strahlenden Weiß des übrigen Schlosses. Dort
hatten früher die Gemächer meiner Mutter gelegen. Dort war
mein Vater ums Leben gekommen, dahingestreckt von einem
Mann, der durch die Schatten wandeln konnte. Als Mahnmal
sollte der Anblick jetzt erinnern – an die angebliche Gefähr-
lichkeit der Sonnenmagier. Doch damit war jetzt Schluss. Wir
wollten ein für alle Mal diese bittere Lüge aus dem Weg räumen.

Der Moment rückte näher, und ich spürte es mit jeder Faser
meines Körpers und meiner Seele.

*

Eine fiebrige Erwartungshaltung lag über Navalona, ein vor-
freudiges Kribbeln. Unzählige Menschen waren durch die Tore
in die Stadt geströmt, und sie alle warteten auf den Moment,
in dem die Monde die Sonne verdunkelten. Überschwänglich
zelebrierten die Menschen das Fest der Schwarzen Sonne. Na-

valona barst förmlich vor Leben. Menschenmassen schoben sich durch Straßen und über Plätze, ein Stimmengewirr und eine bunte Mischung der unterschiedlichsten Gerüche erfüllten die Luft: Schweiß und Schmalzgebäck, Apfelpasteten und Pferdemist, an Spießen geröstetes Fleisch, Honigwein und der Urin von Männern, die sich einfach ungeniert in den Gassen erleichterten, um direkt weitertrinken zu können. Auf zahlreichen Plätzen waren Stände und kleine Holzbühnen aufgebaut worden. Kinder lachten über ein Handpuppentheater, Erwachsene über einen plump vorgeführten Schaukampf mit Holzwaffen. Tanzpaare drehten sich zur Musik eines Dudelsacks und wirbelten wild durcheinander.

Aber die Stimmung hatte noch eine andere Nuance, die mir nicht entging. Unzählige Wächter marschierten durch die Straßen und sahen sich mit finsterem Blick um. Es war nicht schwer zu erraten, nach wem sie Ausschau hielten.

Seit Serpia wusste, dass Ashwind auf freiem Fuß und ich am Leben war, musste sie sich in ständiger Alarmbereitschaft befinden. Snow hatte uns bereits erzählt, dass die Suchaktionen kein Ende nahmen. Vermutlich ging Serpia davon aus, dass wir das Land verlassen hatten, vor ihr geflohen waren und nicht zurückkehren würden, doch solange sie das nicht mit absoluter Gewissheit wusste, würde sie keine ruhige Minute finden.

Und auch die Bewohner Vaels wurden mittlerweile unruhig. Sie fragten sich allmählich, wer diese gesuchten Personen waren, auf deren Köpfe so hohe Belohnungen ausgesetzt waren.

Bald schon würden sie es erfahren.

Doch die Soldaten konnten uns nichts anhaben, und ungesehen schlüpften wir durch die Stadt. Niemand beachtete uns oder schaute einem von uns länger ins Gesicht. Das hatten wir Yamoro zu verdanken, der die Schatten wie ein Tuch über uns legte, uns darin einhüllte und nahezu unsichtbar machte. Sie waberten um unsere Füße wie Rauch, nein, wie graues trübes Wasser, durch das wir stapften. Sie kletterten an uns hoch und umspielten unsere Körper.

Ohne den Schattengänger wären wir vermutlich nicht einmal in die Stadt gelangt. Er hatte uns vor jeglichen Blicken verborgen, als wir das Schiff verlassen hatten und vorübergehend in den düsteren Randbezirken der Stadt untertauchten. Und er war es auch gewesen, der Snow und die anderen in die Stadt geschleust hatte, die – von unserem Raben benachrichtigt – aus Lorell angereist waren.

Wir bewegten uns durch düstere Gassen, schoben uns nah an den Mauern entlang, nutzten den Schutz dunkler Ecken und hielten uns vom direkten Sonnenlicht fern. Wir trugen lange Kapuzenumhänge in Grau. Schattengrau. Das machte es Yamoro leichter, uns vor den Blicken der Wachen zu verbergen. Darunter knisterte mein neues, flammend rotes Kleid. Und darunter schlug wiederum mein rasendes Herz.

Das aus feinster Seide bestehende Kleid hatte Ashwind in Lorell für mich anfertigen lassen. Wenn ich an ihrer Seite vor die Bürger Vaels trat, sollte ich nicht gekleidet sein wie ein Mädchen von einem fernen Kontinent. Sondern wie die Prinzessin, die ich war. Es war so rot wie die untergehende Sonne.

Und so rot wie Blut.

Auf der Stirn spürte ich noch den Abschiedskuss, den Aphra mir gegeben hatte. Ein erneuter Abschied von ihr, nachdem wir uns nur so kurz wiedergesehen hatten. Ich versuchte nicht daran zu denken, dass es das letzte Mal gewesen sein könnte.

Auf dem großen gepflasterten Platz vor dem Schloss hatten sich bereits die ersten Menschen versammelt, die von hier aus die Sonnenfinsternis, die Rede der High Lady und das Feuerwerk beobachten wollten. Nicht mehr lange, und all die vielen Menschen, die sich gerade in den Straßen tummelten und das Ereignis feierten, würden hierher strömen und sich eng an eng drängen. Ich blickte hoch zur offenen Galerie, die außen um das gesamte Schloss herumführte. Kurz bevor die Sonne von Umbra, dem größten Mond, verdunkelt wurde, wollte Serpia dort oben stehen, auf ihre Stadt – *Ashwinds Stadt* – herabblicken und die feierliche Rede halten. Doch sie würde nicht alleine sein. Diesen Moment wollten wir abwarten, um aus den Schatten zu treten und die Wahrheit vor dem Volk Vaels aufzudecken.

Hoffentlich ging alles gut.

*

Natürlich nahmen wir nicht das Haupttor, um in den inneren Kern der Stadt zu gelangen. Hier standen zu viele Wachen, und trotz Yamoros Kräften wollten wir kein unnötiges Risiko eingehen und direkt vor ihren Augen ins Schloss spazieren. Doch eine von uns kannte die verborgenen Wege wie kaum eine Zweite, schließlich war sie hier aufgewachsen: Ashwind.

»Links vom Tor, den schmalen Weg hinab«, wisperte sie und schob sich an Yamoro vorbei, um den Weg zu weisen. Kurz sah ich sie als graue Gestalt auftauchen, dann hatten die Schatten sie wieder verschluckt und machten sie beinahe unsichtbar. »Immer an der Fassade entlang bis dorthin, wo der Westflügel beginnt. Da ist ein Eingang, der früher von den Lieferanten genutzt wurde. Aber jetzt inzwischen ist dieser Teil wie ausgestorben. Die Tür ist mit Sicherheit abgeschlossen, aber das sollte für uns kein Problem sein.«

Entschlossen ging sie voran und zögerte keine Sekunde. Wenn es ihr schwerfiel, an den Ort zurückzukehren, der so lange ihr Zuhause, ihr Regierungssitz und der Schauplatz ihres schlimmsten Verlusts gewesen war, ließ sie es sich nicht anmerken. Seit wir aus Kuraigan zurückgekehrt waren, wirkte sie verändert. Sie schien sich langsam von den Strapazen der langen Gefangenschaft zu erholen und vor allem ihre Magie zu regenerieren.

Und sie war stark. Noch stärker, als ich es erwartet hätte. Die Kraft der Monde strahlte aus ihren Augen und erfüllte sie gänzlich. Trotz des Umhangs und obwohl sie sich wie eine Diebin in ihr eigenes Schloss stahl, hatte sie etwas so Majestätisches an sich, dass man mit bloßem Auge sehen konnte, was sie war: eine Herrscherin. Die High Lady.

Die eisenbeschlagene Holztür an der Seite des Schlosses war so schmal und niedrig, dass man sie fast übersehen konnte. Es war ein praktischer einfacher Eingang, um Lebensmittel, Kohle und Feuerholz in den Küchentrakt zu bringen. Das strahlende Weiß der Schlossmauer ging hier in ein düsteres Grau über, und nur wenige Meter weiter war alles schwarz und verkohlt: die Überreste der Verwüstungen, die das Feuer damals angerichtet hatte.

Während sich vor dem Schloss die Menschenmassen tummelten, war es hier an der Westseite wie ausgestorben. Kein Wunder, was sollte man hier auch wollen? Hier gab es keine festlichen Darbietungen, die Rede der High Lady würde man von dieser Position aus auch nicht sehen, und der Blick auf das geplante Feuerwerk wäre einem durch die ausgebrannten, zerklüfteten Türme verstellt. Aber es schien noch mehr als das zu sein. Die Leute schienen diese Seite des Schlosses instinktiv zu meiden, als fürchteten sie sich vor den damaligen Ereignissen.

Wie vermutet war die Tür verriegelt, doch Yamoro zögerte keine Sekunde. Gerade sah ich ihn noch, dann wurde er plötzlich eins mit den Schatten und war verschwunden. Jenseits der Tür wurden schwere Riegel und Balken beiseitegeschoben, dann schwang sie mit einem leisen Quietschen auf.

»Danke, Yamoro«, flüsterte ich in die Schatten. Mir war bewusst, wie schwer es ihm gefallen war, sein Kind nach alldem zurückzulassen. Ich hatte ihm versprochen, dass wir seine Unterstützung nicht länger als unbedingt nötig in Anspruch nehmen würden und dass er so bald wie möglich nach Kuraigan zurückkehren konnte, doch er hatte nur traurig gelächelt.

Bevor ich den anderen durch die Tür folgte, wandte sich mein Blick noch einmal dem Himmel zu. Strahlend hell schien die Sonne herab und nichts ließ darauf schließen, dass die Monde gleich ihr Licht verdecken würden. Doch ich konnte es fühlen, jede Zelle meines Körpers sagte es mir. Auch wenn die Monde im Moment nicht zu sehen waren, spürte ich ihre exakte Position. Da waren die Zwillingsmonde Lua und Mar zur Rechten der Sonne. Links von ihr standen Lagan und Dalon. Und der größte, Umbra, schob sich unaufhaltsam auf die Sonne zu.

Wie auf ein gemeinsames Kommando drehten sich Haze und Kyran zu mir um, um zu sehen, wo ich blieb. Einmal mehr drängte sich mir der Gedanke auf, wie gegensätzlich die beiden doch waren. Kyran mit der goldenen Haut und dem goldenen Haar, den hellgrünen Augen, die an durchscheinenden geschliffenen Turmalin erinnerten, und dem sorglosen Lächeln, hinter dem sich so viel mehr verbarg, als man auf den ersten Blick ahnte. Und Haze mit seinen breiten Schultern, dem kohleschwarzen Haar und dem warmen Schimmer in seinen dunklen Augen. Mit seinen starken Händen, die mich so oft aufgefangen hatten und deren Berührung sich in letzter Zeit manchmal verwirrend angefühlt hatte.

Während unserer gesamten Rückreise aus Kuraigan hatte ich es vermieden, darüber nachzudenken, wo ich nun mit welchem der Männer stand. Wir hatten kaum geredet und alle drei Zeit für uns allein gesucht. Ich schob es darauf, dass es im Moment dringendere Dinge gab, um die man sich den Kopf zerbrechen musste, als Herzensangelegenheiten.

Aber die Wahrheit war, dass ich Angst hatte. Jeder der beiden bedeutete mir unsagbar viel. Und wenn ich nicht ganz blind war, bedeutete ich ihnen auch eine Menge. Das hieß, einem von ihnen würde ich wehtun müssen, ihn vielleicht sogar für immer verlieren. Und ich hatte das Gefühl, dass ich eigentlich schon eine Ahnung hatte, wer das sein würde.

»Kommst du?«, fragte Haze leise und streckte mir die Hand entgegen. Ich blickte ihn an, ergriff seine Hand, spürte die Wärme seiner Berührung und ließ mich von ihm in die Schatten ziehen.

*

Das Erste, was ich wahrnahm, war der beißende Geruch von Rauch und schwelendem Brand, der sich in den Wänden festgesetzt hatte. Sobald wir die Tür sorgfältig geschlossen hatten, umfing uns eine tiefe Stille. Den Lärm und Tumult der Stadt hatten wir ausgesperrt, nur das Tosen des Meeres und unsere eigenen Schritte waren noch zu hören.

»Man hört den Ozean hier immer, in jedem Raum des Schlosses.« Ashwinds Stimme hallte durch die unheimliche Ruhe. »Es findet niemals Frieden.«

Der schmale Gang, in dem wir uns nun befanden, führte an

Zimmern der Dienerschaft und einer großen Küche vorbei. Auch hier wirkte alles wie ausgestorben.

»Der gesamte Flügel steht leer«, murmelte Ashwind. »Serpia hat es mir erzählt, wenn sie mich im Turm besucht hat, aber es ist trotzdem seltsam, das so zu sehen. Hier war immer so viel los. Als Kind bin ich manchmal hierhergekommen, um Apfelpasteten zu stibitzen. Aber jetzt sollte man dafür wohl eher den Küchentrakt im Ostflügel aufsuchen.«

»Du magst Apfelpasteten auch so gerne?« Ich musste über diese Gemeinsamkeit zwischen mir und meiner Mutter schmunzeln.

Sie erwiderte das Lächeln. »Ich habe sie *geliebt*. Mittlerweile weiß ich nicht einmal mehr, wie sie schmecken.«

In diesem unteren Stockwerk, das früher den Bediensteten vorbehalten gewesen war, waren die Zerstörungen noch nicht so sichtbar, doch je weiter wir ins Schloss vordrangen, desto deutlicher wurde das Ausmaß des Feuers, das damals gewütet hatte. Wir stiegen Treppen empor, betraten breitere Korridore und durchquerten Räume, die einst elegant gewesen sein mussten. Der Gestank wurde immer unerträglicher, brannte in der Nase und kratzte im Hals. Verkohlte Überreste von Möbeln erinnerten daran, wie es früher einmal ausgesehen haben musste. Eine dicke Schicht aus Asche bedeckte den Boden und wirbelte bei jedem unserer Schritte auf.

Ich bemerkte die Veränderung, die in Ashwind vorging. Waren ihre Schritte vorhin noch schnell und entschlossen gewesen, wurden sie jetzt immer langsamer, und ihr Gesichtsausdruck war entrückt, als sei sie ganz in ihren Erinnerungen gefangen.

Vor einer breiten Doppelflügeltür, die nur halb in den Angeln hing und deren massives dickes Holz sich größtenteils in pechschwarze Kohle verwandelt hatte, blieb sie schließlich stehen. Ihre schmale weiße Hand, die sie aufs verbrannte Holz legte, zitterte leicht.

»Hinter dieser Tür befanden sich meine Privatgemächer. Wie gut bewacht sie waren! Ich hätte mich sicher fühlen sollen, aber ich schlief unruhiger, seit ich durch meinen Betrug Serpias Zorn auf mich gezogen hatte. Etwas sagte mir, dass sie sich auch von stabilen Toren und bewaffneten Wachen nicht aufhalten lassen würde. Und in dir, Yamoro, hat sie einen Weg gefunden, diese Hürden zu umgehen und Rache zu üben.«

Sie sagte es ohne jeden Vorwurf in der Stimme, doch demütig senkte der Schattengänger sein Haupt. Auch in seinen dunklen Augen las man Erinnerungen an jene fernen Tage, als er seinem Auftrag nachkam und eine Frau, einen Mann und ein Baby attackierte.

Wir alle hatten es für eine gute Idee gehalten, uns in diesen Gemächern bis kurz vor Serpias Rede versteckt zu halten. Wo konnte man besser untertauchen als direkt vor den Augen des Feindes? Serpia würde nicht ahnen, wie unsagbar nah wir ihr waren. Und da der Westflügel leer stand, konnte uns niemand durch Zufall entdecken. Doch jetzt wünschte ich beinahe, wir wären irgendwo anders. Die Last der traurigen Erinnerungen, die hier in der Luft hingen, war erdrückend.

Doch in diesem Moment stieß Ashwind entschlossen das, was von der Flügeltür übrig war, auf. Mir war beklommen zumute, als ich ihr in die dahinter liegenden Räumlichkeiten folgte.

»Wie prunkvoll es hier gewesen sein muss.« Bewundernd ließ Haze den Blick schweifen.

Ich musste daran denken, dass es immer sein Traum gewesen war, in einem Palast zu leben und all die Annehmlichkeiten zu genießen, die Macht und Reichtum mit sich brachten, statt als Jägerssohn in einem unbedeutenden Dorf zu wohnen und Tag für Tag durch die Wälder zu ziehen. Ich versuchte mir vorzustellen, wie es gewesen wäre, hier im Schloss groß zu werden.

Die Räume waren so gigantisch, dass Aphras gesamte Hütte mit Leichtigkeit in jeden von ihnen gepasst hätte. Obwohl die dicke Schicht aus Asche alle Geräusche dämpfte, ließ der Marmorboden unsere Schritte dumpf hallen. Riesige Fenster ließen das Sonnenlicht herein, in dessen goldenen Strahlen Staub- und Aschekörner wie dunkler Feenstaub tanzten. Verkohlte Reste von Wandteppichen hingen an den Wänden – an manchen Stellen ließ nur noch ein rechteckiger tiefschwarzer Umriss darauf schließen, dass sich hier einst ein Teppich oder Gemälde befunden hatte. An der lang gestreckten Tafel mussten Dutzende von Gästen Platz gefunden haben. Als ich mit der Hand über die Wand strich, färbten sich meine Fingerspitzen schwarz.

Meine Mutter wirkte wie in Trance. Einer Schlafwandlerin gleich schritt sie langsam durch die Räume, gefangen in zahllosen Erinnerungen. Sie nahm die Kapuze ab und schlug den grauen Umhang über die Schultern zurück. Seidig fiel das Rabenhaar über ihren Rücken, die helle Strähne schimmerte im Licht wie Perlmutt. Der schwere tintenschwarze Stoff ihres Kleides reichte bis zum Boden und verbarg die festen Stiefel, die sie darunter trug. Ebenso schwarz war der eng anliegende Brustpanzer aus stabilem Leder.

Ihre Stimme klang seltsam tonlos und abwesend, als sie das Wort ergriff. »Hier habe ich gelebt. Dieser Haufen verkohlten Holzes war das Bett mit den deckenhohen Pfosten. Das, Lelani, ist die Wiege, in der du friedlich geschlummert hast, während ich dir Schlaflieder gesungen habe. Und dort ... genau da befand sich dein Vater Rowan, als er in meinen Armen starb.«

Ich kämpfte gegen den Kloß in meiner Kehle an. Die Wiege war wie durch ein Wunder besser erhalten als die meisten Möbel, doch als ich sie sachte anschaukelte, zerbröckelte das verkohlte Holz unter meinen Fingern.

Etwas stimmte hier nicht.

Ein ungutes Gefühl flammte so heftig in mir auf, dass ich mir unwillkürlich eine Hand aufs Herz presste. Alarmiert sah ich mich um, wild wie ein witterndes Tier, aber da war nichts. Und doch schrie mir mein Instinkt zu, dass irgendetwas nicht in Ordnung war. Mein Puls beschleunigte sich, und mein Magen zog sich zu einem schmerzhaften Klumpen zusammen.

Ich kniff die Augen zu und ballte die Hände zu Fäusten. *Es wird alles gut. Bisher verläuft alles nach Plan.*

Ich war sicher einfach nur nervös, ganz entsetzlich nervös, weil *alles* auf dem Spiel stand und der große Moment immer näher rückte. Wir befanden uns in der Höhle des Löwen und schwebten allesamt in Lebensgefahr, darüber machte ich mir keine Illusionen. Meine Reaktion war ganz natürlich.

Als ich meine Augen wieder öffnete, blickte ich unschlüssig die Überreste der ausgebrannten Babywiege an. *Es würde alles gut gehen.* Ich suchte erst Haze', dann Kyrans Blick, doch beide schienen in ihren eigenen Gedanken versunken.

Ashwind trat neben mich und legte mir eine Hand auf die Schulter. Ganz leicht lehnte sie die Stirn gegen meine. »So vieles ist hier geschehen. Ich sehe die Erinnerungen klar vor meinen Augen. Aber du lebst, mein Kind, und nur darauf kommt es an«, flüsterte sie. Dann atmete sie durch, straffte die Schultern, und der abwesende Gesichtsausdruck legte sich ein wenig. »Seht, in dem Raum nebenan habe ich früher vertraulichere

Empfänge und Besprechungen abgehalten.« Sie schluckte. »Das war natürlich, bevor sich die Lage mit Serpia so weit zugespitzt hat, dass ich niemandem mehr den Zutritt zu meinen Räumlichkeiten gewähren konnte, außer Rowan, meiner persönlichen Zofe und einer Handvoll ausgewählter Wachen. Sonst konnte ich niemandem mehr trauen.«

Yamoro war der Erste, der den großen Saal betrat und bis in die Mitte schritt. Ashwind blieb noch einen Moment an der Wiege stehen. Haze, Kyran und ich folgten dem Schattengänger langsamer, blieben in der Tür stehen und betrachteten die zahlreichen baumstammdicken Säulen mit den filigranen Verzierungen, die die Decke stützten. Diese Halle war für *kleine* Versammlungen vorgesehen gewesen? Alle Menschen aus meinem Dorf und den umliegenden Ortschaften hätten sich hier versammeln können!

Das Gefühl, dass etwas nicht stimmte, wurde immer stärker. Es kribbelte unerträglich in meinem Kopf, kroch meine Wirbelsäule empor und schnürte mir die Kehle zusammen. Meine Handflächen wurden schweißnass. Der Warnruf in meinem Kopf wurde immer schriller und drängender.

Alles wird gut gehen, dachte ich mit aller Macht. Erst als Kyran und Haze mich seltsam ansahen, bemerkte ich, dass ich die Worte laut ausgesprochen hatte.

Doch dann nahm ich die Bewegung ganz hinten im Saal wahr und erkannte, was mein Instinkt mir sagen wollte. Dass wirklich überhaupt nichts in Ordnung war. Dass wir nicht allein hier waren.

Dass das hier eine Falle war.

Kapitel 23
Licht und Schatten

Gift troff aus den Beißklauen der Spinne. Ihre Geduld war nahezu endlos, doch nun, da ihr Ziel zum Greifen nah war, fühlte sie sich von Erregung erfasst. Die Beute ging ihr ins Netz, verfing sich in den klebrigen Fäden. Die Zeit, um zuzuschlagen, war ganz nah.

*

Eine Gänsehaut breitete sich auf meinem Rücken, meinem Nacken, meinem gesamten Körper aus. Die Luft schien schlagartig jeglichen Sauerstoff verloren zu haben, und so verzweifelt ich sie auch in meine Lungen sog, konnte ich doch nicht richtig atmen. Blankes Entsetzen stieg unaufhaltsam in mir empor, bis ich das Gefühl hatte, in mir selbst zu ertrinken.

Eine schmale Gestalt saß auf dem Fensterbrett, erhob sich nun langsam und sah uns entgegen. Ihre Augen waren hell und milchig wie zwei Monde, mit Pupillen so winzig und scharf, dass ich sie zunächst nicht wahrnahm. Die silbrig blonden Haare schienen wie von einem unsichtbaren Wind bewegt, nur eine Strähne nahe beim Gesicht war schwarz glänzend wie das Gefieder eines Raben.

Sie war wie das verdrehte Spiegelbild meiner Mutter, so

gleich und doch ganz anders, verfälscht, ins Gegenteil gekehrt. Und einen winzigen Augenblick lang stand ich einfach nur stocksteif da und starrte sie an.

Bläuliche Adern zeichneten sich unter der Haut ab, die weiß und dünn wie Papier war. Hohle, eingefallene Wangen und dünne Handgelenke, die aus den weiten Ärmeln ihres Kleides ragten, ließen sie so zerbrechlich wirken, als könnte ein Windstoß sie knicken, doch gleichzeitig strahlte sie eine Stärke aus, die mich förmlich überwältigte.

Das Kleid aus schneeweißer Seide, geschmückt von silbernen Monden, umfloss ihren feingliedrigen Körper und reichte bis zum Boden. Ihr Haupt zierte ein zierliches Diadem, so filigran und kunstvoll gearbeitet, dass es nicht wie von dieser Welt schien. Im Zentrum des Diadems, über der Stirn, saß ein schimmernder Mondstein.

Ich hatte sie schon einmal gesehen, doch damals hatte ich nur einen raschen Blick auf sie erhascht, als sie auf einem Pferd herangeprescht kam wie ein todbringender Rachegeist und ich nichts als meine Flucht im Sinn gehabt hatte. Nun sah ich sie zum ersten Mal aus der Nähe.

Die Schwester meiner Mutter.

Die Frau, die den Mord an mir befohlen hatte, als ich noch ein Baby war.

Meine Feindin.

»Serpia«, flüsterte ich.

Ihr Lächeln zeigte zu viele Zähne und hatte etwas zutiefst Beunruhigendes an sich. Es erreichte ihre Augen nicht, die uns stechend fixierten, einen nach dem anderen.

Das Rasseln von Kettenhemden. Das Scharren von Stahl, als Schwerter gezogen wurden. Bewaffnete Männer und Frauen, die das Mondsichelwappen auf ihren Uniformen trugen, traten hinter den Säulen hervor.

Und dann ging alles so rasant, dass ich keine Chance hatte einzugreifen.

*

Nie hatte ich jemanden gesehen, der sich so schnell bewegte wie Yamoro. Aus dem Stand schoss er auf eine der Wachen zu, so schnell, dass er vor meinen Augen verschwamm. Er duckte sich geschmeidig wie eine Katze unter dem Schwerthieb des Wächters hindurch, seine Hand zuckte nach vorne, etwas Helles blitzte darin auf: ein schlichtes Messer mit kurzer Klinge. Im ersten Moment glaubte ich, es wäre nichts geschehen, doch dann trat Ungläubigkeit in das Gesicht des Wächters, er ließ das Schwert fallen, und seine Hände fuhren hoch zu seiner Kehle. Dunkles Blut quoll zwischen seinen Fingern hervor. Noch ehe das Schwert auf dem Marmorboden auftraf, erkannte ich an der Art, wie sein Blick brach, dass er starb. Es klirrte, als sein Schwert auf den Marmorboden prallte. Dann stürzte er hart auf seine Knie und fiel vornüber.

Yamoro, dem das Töten so sehr widerstrebte und der dieses Kapitel seines Lebens für immer hinter sich lassen wollte – er hatte es wieder getan. *Für uns.* Die Schuld traf mich wie ein Faustschlag.

Sämtliche Schatten im Raum – in den Ecken, unter Möbeln – wurden schlagartig länger und schnellten auf Yamoro zu, wanden sich an ihm empor und waberten wie dunkler Nebel um seinen Körper. Er wirbelte herum – und da, wo er gerade noch gestanden hatte, schlug das Schwert einer Wächterin so kraftvoll auf den Boden, dass ich glaubte, die Klinge würde zersplittern. Hätte Yamoro noch da gestanden, hätte der Hieb ihn zweifellos getötet, doch plötzlich befand er sich hinter der Wächterin. Ihr Wutschrei ging in ein Gurgeln über. Verständnislos starrte ich die schwarze Spitze an, die auf einmal aus ihrer Kehle ragte, bis ich begriff, was es war: purer Schatten. Ein Schatten, der in Yamoros Hand zu fester Materie geworden war, sich zu einem nadelspitzen Speer geformt hatte und sich jetzt in schwarzen Rauch auflöste, der sich im Raum verlor.

Yamoro war überall und nirgendwo. Ich hatte von der Macht dieser Magie gewusst, doch *das* hatte ich mir nicht vorstellen können. Ein Schritt in den Schatten, und schon war er ganz woanders, formte ihn nach seinem Belieben.

Sie dienten ihm. Sie schützten ihn. Und sie töteten für ihn.

All das spielte sich in Sekundenbruchteilen ab – so schnell, dass ich kaum verfolgen konnte, was geschah, geschweige denn eingreifen. Hitze breitete sich in meiner Brust und meinem Bauch aus und strahlte von dort bis in meinen ganzen Körper: meine Sonnenmagie flammte auf. Ich spürte, dass sich Haze und Kyran neben mir anspannten, vermutlich wollten sie zu ihren Waffen greifen, doch dazu kam es gar nicht mehr.

»Umbra, Lua, Lagan, Dalon, Mar«, murmelte Ashwind, die neben mir aufgetaucht war, beschwörend. Rief sie die Monde um Beistand an? Yamoros Schatten flüsterten ein gespenstisches Echo ihrer Worte aus allen Ecken des Raums, wie ein Zauberspruch hallten die Namen der Monde von den Wänden wider, und ich hatte den Eindruck, sie krochen weiter und weiter, durch Ritzen und Türschlösser, unaufhaltsam durch das gesamte Schloss.

Yamoro ging blitzschnell in die Knie, drehte sich herum, durchtrennte in der Bewegung einem weiteren Wächter die Achillessehnen mit einer düsteren Klinge. Seine Augen waren

362

tiefschwarz, keinerlei Licht spiegelte sich in ihnen, kein Weiß war mehr zu sehen. Die Schatten um ihn herum loderten auf wie dunkles Feuer, als er sich Serpia zuwandte.

Und plötzlich war alles so hell, dass ich geblendet die Augen schloss. So hell, als sei die Sonne mitten in diesem großen Säulensaal aufgegangen, und doch war es kühles, blasses Mondlicht. Ich schirmte meine Augen ab und blinzelte mühsam gegen die Helligkeit an. Ich konnte es nur ertragen, weil auch ich Mondmagie in mir trug. Haze und Kyran hingegen pressten sich die Hände auf ihre Augen und krümmten sich vor Schmerz zusammen.

Immer noch lächelte Serpia ihr beunruhigendes Lächeln, das mir in Kombination mit ihren kalten Augen einen Schauer über den Rücken jagte. Langsam schritt sie auf Yamoro zu, der auf die Knie gebrochen war. Das Licht kam aus allen Richtungen gleichzeitig, der ganze Raum war davon erfüllt – ähnlich dem grünlich leuchtenden Nebel auf Kuraigan, doch noch viel greller. Es gab keinerlei Schatten mehr, der helle Schein löschte sie alle aus. Und damit war Yamoro machtlos.

»Serpia.« Ashwind trat einen Schritt nach vorne. Starr blickte sie geradeaus auf ihre Schwester. Es musste entsetzlich sein, ihrer Peinigerin wieder gegenüberzustehen, doch ihre Miene verriet keine Regung. Sie hatte den Kopf hocherhoben, und nur, weil sie mir so nah war, bemerkte ich, dass ihre Hände zitterten.

Serpias Lächeln wurde noch breiter. »Meine Schwester. Wie schön, dass du zu mir zurückkehrst. Dass du mich einfach verlassen hast, hat mir das Herz gebrochen, aber schlussendlich sind wir doch eine Familie, und Familienbande währen bis zum Tod.«

Kalter, blanker Stahl legte sich vor meine Kehle, ich spürte einen Körper in harter Rüstung hinter mir. Eine falsche Bewegung, und die geschliffene Klinge würde durch meine Haut und mein Fleisch gleiten. Die Sonnenmagie in meinem Herzen heulte wütend auf, ließ mein Herz vor Zorn rasen und schrie nach Kampf. Alles in mir verlangte danach, diese flammende Energie einfach auf denjenigen loszulassen, der mich gerade festhielt, und endlich auf Serpia loszugehen. Mühsam kämpfte ich gegen diesen Wunsch an. Die kühle Rationalität der Monde half mir, klar zu denken. Diesmal schaffte ich es, sie nur im Hintergrund agieren zu lassen, sodass sie nicht mit der Sonnenmagie in mir kämpfte, um vollständig an die Oberfläche zu gelangen. Ich durfte jetzt nicht die Kontrolle verlieren! Nicht nur an meiner Kehle lag eine scharfe Klinge, sondern auch Ashwind, Haze und Kyran waren von Wachen in Gewahrsam genommen worden. Eine falsche Bewegung von einem von uns konnte alle anderen das Leben kosten.

*

Zwei Männer hielten Yamoro fest, während Serpia auf ihn zuschritt. Ohne seine Schatten war er schwach, er konnte sich nicht zur Wehr setzen. Das Licht schien ihm körperliche Schmerzen zu bereiten, geblendet kniff er die Augen zu und drehte das Gesicht hin und her, doch in welche Richtung er es auch wandte, Serpias Mondlicht war überall, und er konnte ihm nicht entgehen.

»*Du.* Der Mann aus den Schatten, der mir einst zu Diensten war. Eine Schande, dass du jetzt auf der anderen Seite stehst. Jemand wie du ist ein nützliches Werkzeug.«

Der Mondstein in ihrem Diadem war wie ein einziger Lichtball, leuchtend und voller Macht. Sie stand Yamoro gegenüber, ergriff grob sein Gesicht und drehte es mit einer Kraft, die man so einer hageren Gestalt nicht zugetraut hätte, zu sich. Ein gequälter Schrei bahnte sich den Weg aus seiner Kehle, rau und ungezügelt. So viel Schmerz lag darin, dass ich alle Vernunft in den Wind schlug. In mir legte sich ein Schalter um, und ich musste handeln. Es führte kein Weg daran vorbei.

Ich konzentrierte mich auf die Schwertklinge an meinem Hals, bündelte meine Kraft und ließ sie in das kühle Metall fließen. Ich musste mich nicht einmal anstrengen, es gelang wie von selbst. Die Sonne in meinem Herzen brannte darauf, freigesetzt zu werden, und als ich dieses Ventil öffnete, strömte sie wie wild aus mir heraus.

Der Schrei der Wächterin hinter mir mischte sich in Yamoros Schmerzensschrei, und sie ließ das Schwert fallen, das plötzlich glühend heiß geworden war. Rot leuchtende Adern durchzogen es, als hätte man es gerade erst aus dem Schmiedefeuer geholt. Der Gestank verbrannten Fleisches breitete sich aus, und die Wächterin presste ihre Hand auf die Haut, auf der sich Brandblasen bildeten. Doch ich ignorierte sie.

Mein Verstand arbeitete auf Hochtouren. Nur zwei Dinge hatten gerade in meinem Kopf Platz: Yamoro zu schützen und mich Serpia entgegenzustellen. Ich hatte so vieles in der letzten Zeit bewältigt, hatte einen verfluchten Blutwolf, einen Riesenkraken und sogar ein monströses Wächterwesen aus purer Mondmagie besiegt! Ich hatte mithilfe der Kräfte, die in mir schlummerten, die Hürden bewältigt, die den Weg zur magischen Blume Kuraigans verbauten. Die Erinnerungen an diese Momente ließen mich noch mal stärker werden. Ich fühlte mich beinahe unbesiegbar. Die Sonnenmagie loderte hell in mir, und für einen Moment spürte ich sogar kaum meine Mondmagie.

Ich konnte es schaffen. Ich konnte High Lady Serpia Einhalt gebieten. Mutig trat ich einen Schritt auf sie und Yamoro zu.

Und in diesem Moment begriff ich, wie entsetzlich falsch ich gelegen hatte.

Sie musste mich nicht einmal ansehen, hob nur kurz die Hand in meine Richtung, und ich konnte mich nicht mehr rühren. Überrumpelt schnappte ich nach Luft. Mondmagie legte sich wie ein Spinnennetz aus hauchfeinen Fäden um mich, unsichtbar, doch so eisig, dass ich fröstelte. Mehr tat Serpia nicht, sie hielt mich einfach nur fest, doch ich war absolut handlungsunfähig.

Hatte ich wirklich geglaubt, ich könne ihr Einhalt gebieten? Die Erkenntnis, wie naiv ich gewesen war, erschütterte mich. Verglichen mit der High Lady war ich ein *Nichts*, meine Magie nur ein Funke im Wind.

Das Netz, das sie um mich gewoben hatte, war formvollendet. Trotz allem bemerkte ich die vielen Details, die geometrische Makellosigkeit. Das war es, wovon Mondmagie lebte und was sie stark machte. Und das war etwas, was über Talent und Intuition weit hinausging und erst durch jahrelange Übung wahre Größe erlangte. Es war mir, als hätte ich die Natur der Mondmagie erst in diesem Moment so richtig erfasst.

Die Kraft der Sonne, die gerade noch so heiß gelodert hatte, zog sich als winzige Flamme in mein Herz zurück. Meine eigene Mondmagie war angesichts von Serpias Kraft verschwindend gering, auch wenn sie sich langsam in mir zu regen schien. Tatenlos musste ich zusehen, wie Yamoros Schrei sich zu einem Heulen steigerte, in dem eine solche Qual lag, dass mir Tränen über die Wangen rannen. Serpias Licht folterte ihn, vertrieb seine Schatten und brannte sich tief in seine Augen.

Und dann war es vorbei, so schlagartig, dass ich erst gar nicht begriff, was geschehen war. Die Männer, die Yamoro festgehalten hatten, ließen ihn jetzt los, doch von ihm hatte die High Lady keine Gefahr mehr zu befürchten. Er fiel kraftlos auf die Knie und kippte einfach zur Seite, wo er wimmernd liegen blieb. Die Haut um seine Augen, die er immer noch zugekniffen hatte, war gerötet. Und als er die Augen öffnete, entfuhr mir ein Schreckensschrei. Ein milchiger Schleier hatte sich über das Schwarz gelegt: Yamoro war erblindet.

*

»Wer hätte gedacht, dass es so leicht ist, einen Schattengänger aus dem Weg zu räumen?« Serpia sprach emotionslos und völlig gleichgültig.

Das gleißende Licht verschwand, es war nun unbrauchbar. Die Schatten kehrten zurück, doch jetzt war nichts Übernatürliches mehr an ihnen. Sie schmiegten sich nicht um Yamoro, und er sprach nicht mit ihnen.

Als Serpia sich mir zuwandte, lief mir ein eiskalter Schauer über den Körper. Das Lächeln war so plötzlich von ihrem Gesicht verschwunden, als hätte sie eine Maske abgenommen, und mehr als das war es ohnehin nicht gewesen. Ihr Statuengesicht zeigte keinerlei Gefühl. War sie so mit der Macht der Monde verschmolzen, dass sie aufgehört hatte zu fühlen? Die feinen Härchen in meinem Nacken stellten sich auf. Dass zwei Wachen hinter mich traten und meine Arme festhielten, nahm ich kaum wahr.

Nur aus den Augenwinkeln bemerkte ich, dass auch Ashwind, Kyran und Haze ganz starr standen. Auch hinter sie waren Wächter getreten. Hatte Serpia auch sie eingesponnen? Gut möglich.

»Das Mädchen«, sagte sie leise, und so verrückt es auch war, vermeinte ich doch ein Echo ihrer Worte zu hören, so als hallten sie von den Wänden wider. »Das *Baby*. Ashwinds und Rowans Kind. Dass du die Kräfte von Sonne und Monden in dir vereinst, ist ... höchst interessant. Und auch, dass du wirklich geglaubt hast, dich mir entgegenstellen zu können. Die Tendenz zur Selbstüberschätzung hast du von deinem Vater, ebenso wie die ignorante Art, das zu verfolgen, was du für den richtigen Weg hältst. Andere würden von Dummheit sprechen. Und ebenso wie ihm wird dir das jetzt zum Verhängnis werden.«

Das Magienetz, mit dem sie mich festgehalten hatte, ließ nach. Sie hielt mich wohl für so schwach, dass sie es nicht mehr für nötig erachtete. Kraftlos hing ich im festen Griff der Wächter.

Ihre Finger, kalt und dünn wie die eines Skeletts, legten sich unter mein Kinn und hoben es leicht an, sodass sie mir besser ins Gesicht sehen konnte. Bei der Berührung drehte sich mir fast der Magen um. Yamoros schmerzerfülltes Wimmern hing noch immer in der Luft. Wenige Augenblicke in Serpias Gewalt hatten ausgereicht, um aus ihm einen gebrochenen Mann zu machen.

Das Schlimmste aber war, dass sie nicht einmal unrecht hatte. Ich *hatte* mich überschätzt. Hatte ihre Macht unterschätzt. Und trotzdem durften wir nicht aufgeben, jetzt weniger denn je. Es war unsere letzte, unsere einzige Chance.

Mit einem Mal durchströmte mich unbändige Wut und verdrängte meine Furcht. Wut über Yamoros Schicksal. Wut über die verdammte Übermacht der High Lady. Und Wut darüber, was mir und Ashwind genommen worden war.

Ich lehnte mich gegen den Klammergriff der Wächter auf, zuckte blitzschnell auf Serpia zu, soweit ich konnte, und schnappte nach ihrer Hand. Sie erschrak nicht, man merkte ihr überhaupt keine Reaktion an. Sie zog einfach die Hand aus meiner Reichweite und sah mir weiterhin unbewegt ins Gesicht.

»Du erinnerst mich an mich selbst, als ich jünger war. So feurig und ungezähmt. Bevor ich gelernt habe, diese Wildheit zu besiegen. Fast fände ich es regelrecht schade um dich ... Aber du bist nun mal das widerwärtige Produkt einer unmoralischen Verbindung.«

»Lass sie los.« In jeder von Ashwinds Silben klirrte Eis. »Wehe, du rührst sie an.«

Serpia wandte sich nun ihrer Schwester zu. Langsam trat sie näher, und es schien fast, als hätte sie mich schon wieder vergessen. Ein winziges hellblaues Licht glomm in ihren mondsteinblassen Augen.

Obwohl sie ganz leise sprach, hallten ihre Worte durch den ganzen Raum. »Ich habe befürchtet, ich hätte dich verloren, liebste Schwester. Und dabei hast du noch nicht zur Genüge für deine Taten gebüßt.«

Ashwind überging ihre Worte. Ihre Lippen bewegten sich, als sie erneut flüsterte: »Umbra, Lua, Lagan, Dalon, Mar.«

Immer wieder sprach sie diese Worte, wisperte sie wie eine Beschwörung. Auf einmal schien es mir, als käme die Stimme nicht nur aus ihrer Richtung, sondern aus jedem Winkel des Raums.

Umbra, Lua, Lagan, Dalon, Mar.

Zischend hallten die Worte durch den Raum, krochen an den Wänden entlang und entwickelten ein Eigenleben.

Die Schatten.

Yamoro war erblindet und gebrochen, doch er lebte noch. Auf dem Boden liegend kam er Ashwind zu Hilfe. Seine Schatten trugen ihre Worte weit über diesen Raum hinaus, durch die Mauern und über die Korridore des Schlosses.

Es dauerte einen Moment, bis ich begriff, dass meine Mutter nicht die Monde um Hilfe anrief und es auch vorhin nicht getan hatte. Sondern die fünf Lords, die nach ihnen benannt waren.

Kapitel 24
Rabenhaar und Silberglanz

Sie waren im Schloss, *natürlich* waren sie das. Jeder Mensch mit Einfluss befand sich am Tag der schwarzen Sonne hier, und die fünf Mondlords waren nach der High Lady die bedeutsamsten Menschen Vaels.

Zum ersten Mal sah ich echte Emotion in Serpias Gesicht aufblitzen: *Wut.* Sie holte weit aus, und laut klatschend traf ihre Hand auf Ashwinds Wange. Ihre Reaktion zeigte, was sie wohl lieber verborgen hätte: Es war uns gelungen, sie zu überrumpeln.

Woher hatte sie überhaupt gewusst, dass wir kommen würden? Dass sie uns hier abfangen konnte? Sie war noch mächtiger, als ich geahnt hatte. Mit Leichtigkeit hatte sie unseren Plan durchschaut, wie auch immer ihr das geglückt war. Jeden unserer Schritte musste sie vorhergesehen haben.

Energisch schob ich den Gedanken beiseite. Über so etwas durfte ich jetzt nicht nachdenken. Dass Serpia Bescheid gewusst hatte, hatte unseren ursprünglichen Plan vereitelt, doch noch waren wir am Leben. Und solange wir lebten, konnten wir kämpfen – für unsere Ziele und für jene Menschen, die uns wichtig waren.

Ein Schritt nach dem anderen, sagte mir mein von Mondmagie beherrschter Verstand.

Jetzt gerade, in diesem Moment, spielte es keine Rolle, wie Serpia von unserem Vorhaben erfahren hatte. Damit würde ich mich auseinandersetzen, wenn ich das alles überlebte. Falls ich es überlebte. Sehr viel wichtiger war jedoch gerade, womit Serpia *nicht* gerechnet hatte, denn das konnte uns zum Vorteil werden.

Sie wollte die Mondlords ganz eindeutig nicht hier haben und hätte Ashwind am liebsten die Augen ausgekratzt, weil diese nach ihnen rief. Sie hatte kein Problem damit, dass die hier anwesenden Wächter jedes Wort hörten und somit erfuhren, dass die rechtmäßige Herrscherin Ashwind am Leben war – vielleicht waren sie ihr treu ergeben, vielleicht waren sie durch Angst beherrscht – und womöglich würden diese Soldaten den nächsten Tag sowieso nicht überleben. Doch die Mondlords durften nichts mitbekommen. Und das ließ nur einen Schluss zu: Sie hatten keine Ahnung, was Serpia getan hatte, und die falsche High Lady saß auf dem Thron. Ein Hoffnungsschimmer regte sich in mir. Vielleicht lag hier unser Schlupfloch.

Zweifellos hatte Serpia sichergestellt, dass sie gerade in einem völlig anderen Teil des Schlosses beschäftigt waren, damit sie nichts von dem erfuhren, was hier im ausgebrannten, verlassenen Westflügel vor sich ging. Doch Ashwinds Ruf wurde von Yamoros Schatten weitergetragen. Und er fand sein Ziel.

*

Ich hatte geglaubt, die Mondlords und ihre Provinzen seien nur nach den Monden benannt, doch als die fünf elegant gekleideten Männer den Raum betraten, begriff ich erst, dass eine Verbindung zwischen ihnen und den Himmelskörpern bestand. Auf Anhieb wusste ich, welcher dieser Männer welchen Namen trug.

Mar und Lua standen nah beisammen. So gegensätzlich sie äußerlich auch sein mochten, der zarte Mar und der opulente Lua: Zwischen ihnen gab es eine Verbindung, so als bewegte sich einer stets in der Umlaufbahn des anderen.

Dalon hatte ein warmes helles Strahlen an sich. Ich wusste nicht, wer der Mann mit dem bernsteinfarbenen Haar war, der deutlich jünger als die anderen war, doch er musste ein Verwandter von Rowan Dalon sein. Und somit ein Verwandter von mir.

Lagan hielt sich im Hintergrund, ebenso wie auch Mond Lagan selten heraussstach. Unbehaglich sah er sich um und rückte seinen Kragen zurecht.

Als Letzter betrat Lord Umbra den Raum: ein hagerer Mann, in schlichtem Grau gekleidet. *Kyrans Vater.* Unwillkürlich suchte ich in seinen asketischen Gesichtszügen nach irgendeiner Ähnlichkeit, einem Hinweis auf Verwandtschaft, doch ich konnte nichts von Kyran in seinem Vater erkennen. Stechend wanderte der Blick seiner blassen Augen über mich und die anderen, und ich hatte das unwohle Gefühl, er könnte mir bis in die Seele schauen.

Die Lords waren nicht alleine gekommen, sondern wurden von einer Entourage begleitet – ihren Gardetruppen. Auf einen Blick nahm ich alles wahr: das Metall von Degen- und Schwertgriffen, die aus der Kleidung hervorblitzten. Die Konturen von Handarmbrüsten, die sich unter Stoff abzeichneten. Die Mondwappen der einzelnen Lords.

»Rowan.« Ashwinds Stimme brach, als sie Lord Dalon sah.

Langsam kam er auf sie zu. Auf seinem glatten freundlichen Gesicht zeichneten sich seine Gedanken und Gefühle so deutlich ab, als stünden sie da mit Tinte geschrieben: Verwirrung. Vorsichtige Erkenntnis. Dann Schrecken, als ihm der Verdacht, der sich ihm aufdrängte, einfach zu absurd schien, um wahr zu sein.

»Nein, nicht Rowan. Sein Bruder Maycliff Dalon«, sagte er leise.

*

Kein Wort durchbrach die Stille, nachdem Mondlord Maycliff Dalon gesprochen hatte. Nur das Heulen des Sturms und das Tosen der Brandung erfüllten den Raum. Eine Brise, die zum Fenster hereinstob, wirbelte Asche auf. Atemlos blickte ich in die Gesichter der Mondlords. Von ihrer Reaktion hing jetzt alles ab.

Ashwind und Serpia standen einander gegenüber, und nur ein Blinder hätte übersehen können, dass sie als Zwillingsschwestern geboren worden waren. Der Wind fuhr durch Ashwinds Rabenhaar und Serpias Silberhaar, blähte Ashwinds schwarzen Rock und Serpias schneeweißes Seidenkleid. Brausend wühlte er die Vergangenheit auf und flüsterte längst vergangene Geschichten von Schmerz, Verrat und einem unheilbaren Zerwürfnis.

Die Mondlords wussten auf Anhieb, wen sie vor sich hatten. Alle außer Maycliff mussten auch damals schon, vor achtzehn Jahren, im Amt gewesen sein und Ashwind gedient haben. Sie *mussten* wissen, dass ihre rechtmäßige Herrscherin vor ihnen stand! Und doch sah ich das Zögern in ihren Mienen.

Seit achtzehn Jahren war Serpia ihre High Lady, und ich nahm an, ebenso lange hatten sie das nicht hinterfragt.

»Nehmt sie fest.« Scharf wie geschliffener Stahl durchschnitt Serpias Stimme das Schweigen. »Was diese Frau auch sagt: Vergesst nicht, wer eure High Lady ist.« Ihre Augen wurden noch heller und kälter, waren nun fast völlig weiß. Die nadelstichgroßen Pupillen verliehen ihrem Blick etwas so Durchdringendes, dass ich ihm kaum standhalten konnte, als er mich streifte. Die Warnung in ihrem Tonfall war nicht zu überhören: Wer auch nur eine Sekunde lang zögerte, sich auf ihre Seite zu stellen, würde dafür teuer bezahlen.

Doch auf Ashwinds Lippen trat ein Lächeln. Der Blick aus ihren Augen, tiefblau wie der Abendhimmel, wanderte von Gesicht zu Gesicht.

»Meine Mondlords, viele Jahre lang haben wir einander nicht gesehen. Ich bin nicht ohne Grund verschwunden, und ganz gewiss nicht freiwillig. Für Euch muss es eine Überraschung sein, mich so plötzlich wiederzusehen, nachdem Serpia mich hintergangen, gefangen gehalten und die Macht ergriffen hat. Nicht nur ich stehe vor euch, sondern auch meine Tochter. Sie wurde vor achtzehn Jahren im Schloss geboren, ist aber versteckt in einem weit entfernten Dorf aufgewachsen.« Sie verlieh ihrer Stimme mehr Nachdruck. »Weil Serpia damals, vor achtzehn Jahren, den Mord an einem unschuldigen Baby befahl, um jeden aus dem Weg zu räumen, der zwischen ihr und dem Thron stand. Es ist eine lange Geschichte, die hinter alldem steht, aber für den Moment zählt nur eines: Ich bin die rechtmäßige High Lady Vaels. Meine Tochter Lelani ist Eure Prinzessin und meine Thronfolgerin. Und die Frau, die euch achtzehn Jahre lang regiert hat, ist nichts weiter als eine Verräterin.«

Meine Hände krampften sich in den rubinroten Seidenstoff meines Kleides. Die Stimmung war zum Zerreißen gespannt. Ich wünschte, ich könnte lesen, was in den Köpfen der Lords vor sich ging.

So viele Jahre lang hatten sie Serpia als Herrscherin akzeptiert und waren ihr treu ergeben gefolgt. Würden sie sich nun gegen sie stellen? Sie wussten sicherlich, wie skrupellos Serpia war und wie brutal ihre Strafen ausfielen.

Ich hielt den Atem an, als Maycliff Ashwind nachdenklich ansah. Er wirkte erschüttert, entsetzt. Aber nicht so überrascht, wie er hätte sein sollen, nachdem sich etwas, woran er den größten Teil seines Lebens geglaubt hatte, als Lüge entpuppt hatte. Hatte er geahnt, dass an der Geschichte vom Tod seines Bruders etwas faul war?

Dann, als ich glaubte, die Anspannung nicht länger aushalten zu können, beugte er plötzlich das Knie vor Ashwind und neigte demütig das Haupt. »Meine High Lady.«

*

Eine Bewegung ging durch den Raum. Lord Umbra stellte sich demonstrativ an Serpias Seite: Er hatte seine Wahl getroffen. Sein Blick ruhte jetzt auf Kyran, der betreten zu Boden starrte und nichts von dem unbeschwerten Draufgänger erkennen ließ, als den ich ihn kennengelernt hatte.

Lua und Mar tauschten einen Blick aus, in dem eine ganze Unterhaltung zu liegen schien. Als sie sich schließlich zu Lord Dalon gesellten, fiel mir ein Stein vom Herzen. Ich hätte vor Erleichterung laut jauchzen können.

Lord Lagan war blass geworden, bis auf die nervösen roten Flecken auf seinen Wangen. Er hatte den nervösen Blick eines aufgeschreckten Tieres, das nicht wusste, in welche Richtung es fliehen sollte. Haltsuchend schaute er die anderen Lords an, sichtlich hin und her gerissen und ängstlich darauf bedacht, keinen folgenschweren Fehler zu begehen. Als ich sah, wie er sich zu Serpia und Lord Umbra wendete, wurde mir klar, dass wir nicht auf ihn zählen konnten. Mit gesenktem Blick stellte er sich halb hinter Umbra.

Die Fronten waren geklärt, die Seiten eingenommen.

»Ihr werdet für eure Abtrünnigkeit bezahlen.« Ein Flüstern aus Serpias Mund, kalt und leise wie der Nachtwind, sodass ich fröstelte, obwohl die Sonne zum Fenster hereinschien.

Ashwind und Serpia standen sich gegenüber, keine wandte den Blick ab. Sie waren tintenschwarz und blütenweiß, Rabenhaar und Silberhaar, Regentin und Verräterin.

Und dann brach die Hölle los.

*

Eine Hand schloss sich fest wie eine Eisenklammer um meinen Arm und zog mich grob rückwärts. Instinktiv riss ich meinen Dolch aus dem Gürtel und fuhr herum, um mich zu verteidigen, doch es war Haze, der sich aus den Händen des Wächters hatte befreien können und mich jetzt aus dem Kampfgetümmel und gegen die Wand drängte. Die Klinge des Mannes, der ihn festgehalten hatte, hinterließ noch immer einen roten Striemen auf seinem Hals.

Stahl prallte klirrend auf Stahl, so kraftvoll, dass Funken hochstieben. Die Soldaten der Lords, die sich auf Ashwinds Seite geschlagen hatten, scharten sich schützend um sie, Serpia wurde von ihren eigenen Wachen und den Kämpfern Umbras und Lagans verteidigt. Noch nie hatte es eine solche Auseinandersetzung zwischen den einzelnen Provinzen gegeben.

Ich presste mich mit dem Rücken an die kalte Mauer und klammerte mich an Haze' Arm. Aus aufgerissenen Augen starrte ich auf das Geschehen. Keiner dieser Männer und Frauen hatte den Kampf gewollt, doch sie alle befolgten die Befehle ihrer Herrscher. Die aufgewirbelte Asche vernebelte die Sicht, doch blanke Klingen blitzten zwischen alldem auf, schlugen zu, fanden ihr Ziel. Drangen durch Rüstungen und durchtrennten Stoff. Bohrten sich in Fleisch.

Mir wurde schwindelig. Das Schlimmste waren die Geräusche, diese Schmerzens- und Wutschreie, das Klirren gekreuzter Klingen. Innerhalb weniger Augenblicke herrschte in dem riesigen Säulensaal ein solches Chaos, dass ich keine Ahnung mehr hatte, welche Seite die Überhand hatte und welcher Kämpfer wem zugehörig war. Es war ein Kampf zwischen den Königinnen, doch sterben mussten die Soldaten, die ihn austrugen.

Jemand rannte mit erhobenem Schwert auf mich zu. Schützend stand Haze vor mir, doch der Mann kam gar nicht erst bis zu uns. Wie aus dem Nichts war Kyran aufgetaucht, warf sich zwischen uns und den Soldaten und parierte den Hieb. Jetzt erst bekam ich eine Ahnung von der Ausbildung, die er als Sohn eines Lords genossen hatte. Sein Kampfstil war reine Perfektion und geradezu elegant. Jeder Schritt, jede Bewegung saß. Den schlichten dunkelgrauen Umhang, mit dem er sich wie wir alle unbemerkt durch die Stadt bewegt hatte, hatte er abgelegt. Mit dem tiefen Nackenzopf, der eleganten dunklen Kleidung und den Stulpenstiefeln ähnelte er mehr denn je einem Prinzen aus einer alten Geschichte.

Mit Leichtigkeit wich er einem groben Schlag aus, parierte

378

den nächsten, ließ die Klinge seines Gegenübers einfach an seiner eigenen abgleiten, und es schien ihm noch nicht einmal Mühe zu bereiten. Ein letztes Mal zuckte sein Schwert vorwärts und fand die kleinste Lücke in der Deckung seines Gegners. Mit einem schmerzerfüllten Stöhnen sank der Soldat auf die Knie und presste sich die Hand auf die Seite, verletzt, aber nicht tödlich verwundet.

Kyran schaute über die Schulter zurück zu mir und zwinkerte mir grinsend zu, als sei das alles nichts weiter als ein großer Spaß, aber mir entging das grimmige Funkeln in seinen Augenwinkeln nicht.

»Yamoro«, stieß ich hervor. »Wir müssen ihm helfen.«

Reglos lag der Schattengänger in der Asche, während um ihn herum der Kampf tobte. Wie durch ein Wunder hatte ihn bisher niemand übertrampelt oder attackiert – die Kämpfer schienen ihn gar nicht wahrzunehmen, so als schützten ihn die Schatten auch jetzt noch, legten sich um ihn und verbargen ihn vor der Aufmerksamkeit der Soldaten. Dennoch mussten wir ihn hier rausbringen. Um jeden Preis. Nur unseretwegen war er überhaupt inmitten dieses Tumults.

»Warte hier«, forderte Haze, doch ich stürmte bereits los. Ich konnte Yamoro jetzt nicht im Stich lassen. Ein Luftzug streifte meine Haut, als eine Schwertklinge haarscharf an mir vorbeizischte.

»Prinzessin, bleibt zurück!« Ich erkannte Maycliff Dalon. Rowans Bruder – und somit mein Onkel. Sorge stand in seinen freundlichen Augen. Er machte den Eindruck, als begreife er immer noch nicht so recht, was los war – aber es stand außer Frage, wem seine Loyalität gehörte.

Doch ich hielt nicht an, sondern hetzte weiter, presste mich an Kämpfern vorbei, wich aus und sprang über auf dem Boden liegende Körper hinweg.

»Yamoro.« Ich fiel neben ihm auf die Knie. Er hob den Kopf, doch sein Blick war nach wie vor verschleiert. Es zerriss mir das Herz, seine milchigen, trüben Augen und die lädierte Haut rundherum zu sehen. Er war tatsächlich blind. Serpias grelles Licht hatte ihm das Sehvermögen geraubt, unwiederbringlich und gnadenlos hatte es sich tief in seine Augen gebrannt.

Mir war zum Heulen zumute – weil er litt, weil er nie wieder derselbe sein würde und weil das meine Schuld war. Ich atmete tief durch und schluckte meine Emotionen hinunter. Jetzt war nicht die Zeit, sich ihnen hinzugeben. Ich musste stark sein. So lange, bis dieser Albtraum ein Ende fand.

Seinen Bewegungen fehlte die übliche Geschmeidigkeit. Schwerfällig richtete er sich auf und stützte sich dabei schwer auf mich. Auf einmal war Haze da und stützte Yamoro von der anderen Seite. Kyran schirmte uns ab, während wir den Schattengänger Richtung Tür schleppten. Schwer atmend ließen wir ihn zu Boden sinken, sobald wir einen Winkel gefunden hatten, in dem er sicher zu sein schien, vorerst zumindest. Doch ich hatte keine Gelegenheit, erleichtert zu sein.

»Meine Mutter!«, schrie ich entsetzt auf, sah mich immer hektischer um und riss die Augen noch weiter auf. »Wo ist sie? Wo ist Ashwind?«

Das Herz schlug mir bis zum Hals, Angst und Sorge wirbelten in meinem Kopf durcheinander. Ich sah schmerz- und wutverzerrte Gesichter, spiegelblanke Rüstungen und blutige Schwerter, kämpfende und fallende Menschen, all das eingehüllt in einen Schleier aus wirbelnder Asche.

Doch Ashwind war wie vom Erdboden verschluckt, ebenso wie Serpia.

Kapitel 25
Königinnen

»Ich habe vollbracht, wozu du zu schwach und feige warst.« Der Lady gelang es kaum, ihre Emotionen im Zaum zu halten. Ihr ganzes Leben lang hatte sie sich anhören müssen, sie sei zu unbeherrscht, zu impulsiv, um eine perfekte Mondmagierin abzugeben. Jahr für Jahr hatte sie sich gedrillt, hatte unermüdlich an ihrer Selbstbeherrschung gefeilt und daran gearbeitet, jegliche Gefühlsregung zu unterdrücken. Kühl und klar musste ihr Verstand sein, um die Macht der Monde zu meistern, und dieses Ziel hatte sie erreicht. Sie beherrschte nicht nur ein ganzes Land, sondern auch sich selbst, und das war ihre größte Errungenschaft.

Doch ihre Schwester ließ diese Beherrschung bröckeln. Seit Ashwind aus dem Sonnenturm entkommen war, begannen die Dinge Serpia zu entgleiten, und ihre unberechenbaren Emotionen lehnten sich gegen das starre Korsett auf, das sie ihnen angelegt hatte.

Die Lady verlor die absolute Kontrolle. Allein dafür hätte sie Ashwind anspringen und ihr das Gesicht mit den bloßen Fingernägeln zerkratzen, ihr die Kehle herausreißen und ihr die Haut mit einem Messer abziehen können. Wilder Zorn tobte wie ein heulender Sturm in ihrem Inneren, tauchte die Welt um sie in einen Rotschleier und drängte mit aller Macht darum, aus ihr herauszubersten.

Ihre Stimme hatte über die Jahre jeglichen lebhaften Klang ver-
loren, war kalt und ruhig wie ein gefrorener Bergsee geworden,
doch jetzt vibrierte ihre Anspannung zwischen den Silben. »Ich
habe Vael von der falschen Art der Magie gesäubert, weil du das
niemals zustande gebracht hättest. Niemals werde ich zulassen,
dass du das, was ich geschaffen habe, zerstörst. Weder du noch das
Gör, das Rowan dir in den Leib gepflanzt hat! Du hättest fliehen
sollen, Ashwind, solange du noch konntest.«

Ashwinds große tiefblaue Augen waren mild und voller Mitge-
fühl. Immer schon war sie die Sanftere von ihnen gewesen. Hatte
Entscheidungen reiflich durchdacht und dann zum Wohle aller ent-
schieden, statt sich von ihren Gefühlen mitreißen zu lassen.

Serpia verachtete sie dafür, hatte sie seit jeher verachtet. Ash-
wind war schwach, zaghaft, zögerlich. Sie besaß nicht die nötige
Entschlossenheit, um ein Königreich zu regieren. Eine High Lady
musste aggressiv handeln, wenn die Situation es erforderte. Sie
musste jedes Übel mit der Wurzel ausreißen, jede zweifelhafte Ent-
wicklung im Keim ersticken.

Das war es, was die Lady sich Tag für Tag sagte und woran sie
geglaubt hatte, seit sie ein Kind gewesen war. Doch eine schrille
Stimme in ihrem Hinterkopf flüsterte ihr hämisch zu, dass sie Ash-
wind beneidete und immer beneidet hatte. Nicht, weil ihre Schwes-
ter die Erstgeborene war. Nicht, weil diese wenigen Minuten Un-
terschied Ashwind zur Herrscherin erhoben hatten und Serpia zu
einem Leben in Bedeutungslosigkeit verdammten, bis sie ihr
Schicksal selbst in die Hand nahm.

Sondern weil sie sich nichts sehnlicher wünschte als die Seelen-
ruhe, die Ashwind in sich trug. Wo Ashwind einem klaren See
ähnelte, fühlte sich Serpia wie ein ungezügelter reißender Strom,
und keine jahrelange Übung konnte etwas daran ändern, dass die
Stromschnellen immer noch in ihr lauerten. Aufgewühltes Wasser

spiegelte das Licht der Monde nur unvollkommen, eine glatte Oberfläche war jedoch wie ein Spiegel. In Ashwinds Ruhe lag das Geheimnis ihrer magischen Kraft, und am liebsten hätte Serpia ihr diese Gelassenheit gewaltsam aus dem Herzen gerissen.

»Serpia, es geht hier nicht um die Lichtsäuberung und im Grunde genommen nicht einmal um den Thron. Das wissen wir beide.« Ashwind stand ihr aufrecht und mit hocherhobenem Haupt gegenüber. Im Turm war sie ein Schatten ihrer selbst gewesen, und es hatte Serpia unglaubliche Befriedigung verschafft, sie so zu sehen. Abgemagert und schwach und von Schmerzen gebeugt. Doch jetzt waren Ashwind die Entbehrungen kaum mehr anzumerken. Ihre Haare glänzten wie Ebenholz, die schneeweiße Haut war glatt und ebenmäßig. Auch ohne das Mondsteindiadem wirkte sie würdevoller, als Serpia sich jemals fühlen würde. Ruhig sah sie Serpia in die Augen. »Es geht hier um gebrochene Herzen und verletzten Stolz. Es geht um den Schmerz, den ich dir zugefügt habe, und es geht um Rowan.«

Wie ein getroffenes Tier zuckte die Lady bei seinem Namen zusammen und ballte die Hände so fest zu Fäusten, dass sich die Fingernägel tief in ihr Fleisch bohrten und das Blut warm und feucht über ihre Finger lief. Es würde tiefrote Flecken auf dem weißen Kleid hinterlassen, aber der Schmerz war das Einzige, was jetzt noch durch ihre blinde Wut drang und sie zur Besinnung brachte.

»Sprich seinen Namen nicht aus. Sprich diesen Namen nie wieder aus«, fauchte sie und verfluchte sich für ihre Unbeherrschtheit. Doch Rowans Namen aus Ashwinds Mund zu hören, ging ihr unter die Haut. Es rief Erinnerungen wach, die wie tausend Nadeln stachen und auch nach all den Jahren nichts von ihrer Schärfe verloren hatten. Bilder von Ashwind und Rowan, die einander tiefe Blicke zuwarfen, die Serpia alles sagten, was sie wissen musste.

Das Gefühl, ihr Herz würde mit einem glühenden Messer aus ihrer Brust geschnitten, war noch genauso präsent wie damals.

Jetzt bündelte sie ihre Mondmagie, konzentrierte sich auf den stetigen Fluss des Lichts in ihren Adern und machte sich die Kraft der Himmelskörper zunutze. Sie beherrschte dieses Instrument meisterlich, selbst in Momenten wie diesem, in denen ihre Gefühle ihr im Wege standen. Jeder Gedanke und jede Handlung diente jetzt einem einzigen Zweck, auf den sie sich mit aller Kraft fokussierte: Ashwind ein für alle Mal zu vernichten.

Äußerlich blieb Serpia ganz ruhig, während sie unzählige Fäden wob, hauchfein und doch stärker als Eisenketten. Wie Schlangen schnellten die Lichtfäden auf Ashwind zu, bereit, sich um sie zu legen und sich dann erbarmungslos zuzuziehen, immer enger, bis Ashwinds Rippen brachen und sie an ihrem eigenen Blut erstickte. Bei der Vorstellung trat ein dünnes Lächeln auf Serpias Lippen.

Sie wusste, wie stark sie war. Ihr war klar, dass sie jeden normalen Menschen und so gut wie jeden Mondmagier mit Leichtigkeit besiegen konnte. Doch Ashwind zuckte nicht einmal mit einer Wimper, als sie den Angriff abwehrte. Wirkungslos prallte Serpias Magie an einem glatten Wall aus Mondlicht ab. Diese erstickte den Frustschrei in ihrer Kehle. Diese Blöße würde sie sich nicht geben.

»Serpia.« In Ashwinds sanfter Stimme lag etwas, was Serpia mehr als alles andere widerstrebte: Mitleid. »Ich bin gekommen, um meinen rechtmäßigen Platz einzunehmen, den du mir geraubt hast. Und ja, ich will Rache für all das, was du Rowan, Lelani und mir angetan hast. Aber auch ich bin nicht ohne Schuld. Der Schmerz, den ich dir zugefügt habe, tut mir aufrichtig leid. Ich habe dir Unrecht zugefügt, und das bedaure ich zutiefst.«

›Spar dir deine Entschuldigungen, spar dir jedes einzelne Wort‹, wollte die Lady brüllen.

385

Sie wollte ihrer Schwester die schweren Vorwürfe, die ihr auf der Zunge brannten, wie Felsbrocken entgegenschleudern und sie darunter begraben. Sie griff so fest nach ihrer Magie, dass diese zwischen ihren Fingern hindurchfloss wie loser Sand. Der Zorn flammte noch höher auf – ein zerstörerisches, verzehrendes Feuer. Sie würde nicht die Kontrolle verlieren, nicht jetzt! Nicht in diesem Moment, in dem es auf alles ankam.

Nochmals unterwarf sie die Kraft der Monde mit aller Macht ihrem Willen. Ein Schrei entlud sich aus ihrer Kehle, ebenso explosiv wie der reißende Strom aus Mondlicht, den sie auf ihre Schwester losließ.

Diesmal geriet Ashwind leicht ins Wanken. Sie hob die Hand, wieder bildete sich eine Wand aus blassem Mondschein – diesmal so stark, dass sie deutlich sichtbar war. Ein gleißender Schild, der Serpias Angriff abgleiten ließ. Sie war gescheitert – wieder.

Das Mitgefühl im Blick ihrer Schwester nahm zu und trieb Serpia zur Weißglut. Ein Fauchen wie das eines wilden Tieres drang aus ihrem Mund, als sie sich bückte und eine Handvoll Ruß in Ashwinds Gesicht schleuderte. Ashwind taumelte zurück, presste sich beide Hände auf die Augen und sog scharf die Luft ein.

Sie war abgelenkt, ihre Konzentration war durchbrochen. Und Serpia zögerte keine Sekunde, diese Schwäche auszunutzen.

*

Schockiert schlug ich mir die Hände vor den Mund. Ich spürte die Magie schon, bevor ich um die Ecke schlitterte und Ashwind und Serpia erblickte. Die Luft war förmlich aufgeladen, knisterte, und die feinen Härchen auf meinen Armen und meinem Nacken stellten sich auf. Das Licht der Monde in meinen eigenen Adern reagierte wie ein Echo darauf, schwoll an und ließ mein Herz schneller schlagen.

»Ashwind«, hauchte ich entsetzt.

Ich hatte nicht lange suchen müssen. Die Schwestern waren im benachbarten Schlafgemach, dem Raum, in dem das Leben meiner Mutter damals in tausend Scherben zerbrochen war.

Ein Wirbelsturm aus Asche hatte sich erhoben und raubte mir die Sicht. Mondlicht flackerte wie ein Gewirr aus schimmernden Blitzen. Und im Zentrum des Sturms standen die kämpfenden Königinnen.

Serpias Augen waren knochenweiß, die Pupillen vollends verschwunden. Der Sturm ließ ihr Haar lodern wie eine helle Flamme. Ihr Gesicht war von Hass und Zorn zur Grimasse verzerrt und kaum erkennbar. Wie Klauen hatte sie die Hände vor den Körper gestreckt, mit gleißendem Mondlicht griff sie Ashwind an.

Da war nichts Sanftes, Mildes an diesem Schein. Kyran und Haze wandten neben mir schmerzhaft stöhnend die Köpfe ab und bedeckten ihre Augen, doch ich konnte geradewegs ins Zentrum des Lichts blicken.

Ashwind wankte unter der Kraft von Serpias Magie. Sie wehrte sich verbissen, doch ich bemerkte auf Anhieb, dass irgendetwas sie zurückhielt. Nach allem, was geschehen war, war Serpia noch immer ihre Schwester. Familienbande und Schuldgefühle hinderten Ashwind daran, ihre volle Macht zu entfachen.

Ohne nachzudenken, sprintete ich los. Meine Füße berührten den Boden kaum, die Macht der Monde verlieh mir eine Leichtigkeit, die ich zuvor noch nie so intensiv wahrgenommen hatte. Ich musste etwas tun, musste meine Mutter retten, ganz gleich, was der Preis dafür war.

Doch ich hatte keine Chance. Serpia wandte sich mir zu und schenkte mir wieder dieses geisterhafte Lächeln, das unheimlicher wirkte als die Grimasse des Zorns. Eine ihrer Hände war weiterhin auf Ashwind gerichtet, die andere streckte sie nun mir entgegen – eine kleine, beiläufige Geste, die beinahe harmlos wirkte.

Doch ich rannte weiter, völlig unfähig, jetzt anzuhalten. Seit sich mein Amulett geöffnet hatte und meine Magie freigesetzt wurde, folgte ich meiner Bestimmung. Unaufhaltsam beschritt ich einen Weg, den ich für mein Schicksal hielt, ungeachtet aller Gefahren und ohne zu wissen, wohin er mich führte. Ich würde nicht auf den letzten Metern anhalten oder kehrtmachen, selbst wenn das Ziel dieses Schicksalswegs im Zentrum von Serpias vernichtendem Licht lag. Nicht einmal dann, wenn dies mein Ende bedeutete.

Sonne und Monde erwachten zeitgleich in mir, leuchteten aus meinem Herzen und meinem Blut, und in diesem Augenblick war ich mehr Magie als Mensch. *Und doch werde ich zu schwach sein.* Es war mehr eine Vorahnung, aber das, was Serpia da aufbaute, war gigantisch. Unheimliche Lichter tanzten über ihr Gesicht.

»Lelani, *nein!* Verschwinde!«, schrie mir Ashwind entgegen.

Aber selbst wenn ich gewollt hätte, hätte ich es nicht gekonnt. Es war zu spät. Serpia ließ los – und setzte damit die geballte Macht ihrer Mondmagie frei.

*

Einer mächtigen Lawine gleich rollte das Licht auf mich zu. Instinktiv riss ich die Arme vor mein Gesicht und flehte die Monde an, mich zu schützen, doch es war aussichtslos. Nichts

388

in mir war stark genug, um es mit Serpia aufzunehmen. Es würde mich zerschmettern, und alles, was mir blieb, war dieser letzte Moment.

Mein Blick suchte Ashwinds. Ihre großen Augen waren tränenfeucht und die Pupillen so weit, dass sie das Tiefblau fast verdrängten. Ihre Haare flatterten im Aschesturm wie Rabenflügel. Ihre Lippen bewegten sich, und obwohl ich nicht hörte, was sie sagte, verstand ich es: Sie liebte mich. Ihr Gesicht war das Letzte, was ich sah, bevor Serpias Mondmagie gleißend aufloderte und die Welt um mich herum verschlang.

Etwas prallte gegen mich, riss mich von den Füßen und begrub mich unter sich. Hart knallte ich auf den Boden. Ein warmer Körper war über mir, hielt mich fest und schirmte mich gegen die Wucht der Lichtlawine ab. Der Marmorboden unter mir vibrierte, und Asche drang mir in Mund und Nase und ließ mich würgen.

Einen Moment lang konnte ich mich nicht rühren, mein ganzer Körper war wie gelähmt. Die Wucht der Magie raubte mir den Atem und ließ mein Herz stillstehen, für einen schrecklichen Augenblick, bevor es weiterschlug.

Zunächst glaubte ich, ich sei blind geworden. Der grelle Schein ließ nach, und anfangs sah ich nur Schwärze und flirrende Punkte. Doch dann schälten sich wieder Konturen aus der Dunkelheit, als ich vorsichtig unter meiner menschlichen Deckung hervorblinzelte.

Sobald ich mich wieder rühren konnte, wand ich mich unter dem warmen schweren Körper hervor.

»Yamoro!«, entfuhr es mir.

Im letzten Moment hatte sich der Schattengänger vor mich geworfen und mich beschützt. Er hatte mich vor dem sicheren Tod bewahrt. Einem Tod, der jetzt ihn ereilte.

Meine Kehle war wie zugeschnürt, und jeder Atemzug trieb mir weitere Tränen in die Augen, bis die Welt vor mir verschwamm. Es gab keine Zweifel. Ein Blick auf ihn reichte, um zu erkennen, dass er starb.

Behutsam drehte ich ihn auf den Rücken und nahm sein Gesicht in beide Hände. »Es tut mir so leid«, brachte ich erstickt hervor. Tränen rannen mir über die Wangen und tropften auf seine Haut.

Das alles war meine Schuld. Hätte ich ihn nicht überredet, mit uns nach Vael zu kommen, dann wäre er jetzt in seiner Heimat bei seiner Tochter. Stattdessen war er zu einem gewaltsamen Tod, weit entfernt von Kuraigan, verdammt, inmitten all dessen, was er so verzweifelt hinter sich lassen wollte: Gewalt, Blutvergießen, Brutalität.

Seine blinden milchigen Augen blickten an mir vorbei ins Leere, aber er lächelte. »Nichts muss dir leidtun.«

»Doch, natürlich«, brachte ich erstickt und unter Schluchzen hervor. »Wenn ich nicht gewesen wäre …«

»Und wenn ich nicht gewesen wäre, wäre dein Vater womöglich noch am Leben, deine Mutter wäre nicht in Gefangenschaft geraten und du wärst im Schloss als Prinzessin aufgewachsen, Lelani.«

»Das war nicht deine Schuld«, schniefte ich.

Seine Stimme war schwach und brüchig, als strömte mit jedem Atemzug das Leben aus ihm heraus. »Ebenso wenig wie es deine Schuld ist, dass ich hier bin. Du hattest keine andere Wahl, als zu mir zu kommen und mich um Hilfe zu bitten. Und ich hatte keine Wahl, als dir zurück an den Ort zu folgen, an dem ich zum Mörder wurde. Es ist, was unsere Schicksalswege für uns vorgesehen hatten. Und hier, an diesem Ort, endet der Weg für mich.«

Heftig schüttelte ich den Kopf, obwohl ich wusste, dass er recht hatte. Als könnte mein Kopfschütteln irgendetwas an der Situation ändern. Serpias Magie, die mich hätte zerstören sollen, hatte ihn schwer verletzt.

»Die Schatten«, flüsterte er, und ich musste mich über ihn beugen, um ihn überhaupt verstehen zu können. »Sie haben mich geleitet und mir gesagt, wo du dich befindest und dass du Hilfe brauchst. Und noch etwas haben sie mir zugeflüstert: dass ich nicht nach Kuraigan zurückkehren werde. Ich habe Abschied von Naya genommen und akzeptiert, dass dies mein Weg ist. Es ist in Ordnung, Prinzessin.«

Weinend hielt ich seine Hand und blieb an seiner Seite, doch meine Tränen konnten nicht verhindern, dass das Leben schließlich seinen Körper verließ.

*

Taumelnd kam ich auf die Beine und wischte mir mit dem Handrücken die Tränen von den Wangen. Yamoros lebloser Körper lag neben den zerschmetterten Überresten der verkohlten Wiege, von der kaum mehr etwas übrig war. Der magische Sturm hatte unbarmherzig gewütet, die verbrannten Möbel vollends vernichtet und alles im Raum mit der aufgewirbelten Asche bedeckt: nicht nur den Boden, sondern auch Serpia, Ashwind, Haze und Kyran. Ich selbst hatte einen bitteren Geschmack im Mund, meine Haut war von einem unangenehmen Film bedeckt, und meine Augen waren von Asche ganz verklebt.

Irgendetwas stimmte nicht mit mir. Yamoro hatte mich geschützt, aber trotzdem hatte mich Serpias Angriff so hart getroffen, dass sich alles um mich drehte und der Boden bedrohlich schwankte. Hinter meiner Stirn tobte ein Gewitter, und ich sah verschwommen. Aber was kümmerte mich das? Ich musste herausfinden, ob es meinen Freunden gut ging!

Haze und Kyran – sie waren am Leben. Sie waren weit genug von Serpia entfernt gewesen, um nicht die volle Wucht ihres Vernichtungsschlags abzubekommen. Benommen kauerten beide auf dem Boden und richteten sich jetzt langsam auf.

Doch als ich Ashwind sah, entfuhr mir ein Schrei. Reglos lag sie auf dem Boden, das dunkle Haar um ihr schneeweißes Gesicht auf dem Marmorboden ausgebreitet. Auch sie war mit einer Ascheschicht bedeckt. *War sie tot?* Nein, das durfte nicht sein. Sie konnte nicht gestorben sein. Nicht sie.

Ein trockenes Schluchzen kam mir über die Lippen, zitternd schleppte ich mich einen Schritt auf sie zu, dann noch einen und brach auf die Knie, bevor ich sie erreicht hatte.

Ein flacher Atemzug hob und senkte ihre Brust, und nie zuvor hatte mich solche Erleichterung durchflutet. *Sie war am Leben!*

Doch Serpia stand über ihr, bereit, ihrem Leben ein Ende zu setzen. Die hasserfüllte Grimasse war verschwunden und hatte wieder der emotionslosen Maske Platz gemacht, doch das Lodern in ihren weißen Augen verriet ihren wilden Triumph. Blutflecken entstellten das helle Seidenkleid, gräuliche Asche bedeckte ihre Haare und ihre Haut, doch das Mondsteindiadem auf ihrem Haupt glänzte wie frisch poliert.

Ein blasser Schein drang von innen heraus durch ihre Haut, ließ sie leuchten und verlieh ihr ein gespenstisches Aussehen.

Da war ... ein *Sog*. Er zog an meiner Magie, und ich spürte, wie sie langsam aus meinem Körper wich. Es war ein entsetzliches, unnatürliches Gefühl. Mit aller Macht versuchte sich mein Körper an die Magie zu klammern, die doch ein Teil von mir war und die nun gewaltsam aus mir herausgezogen wurde. Und dabei war ich gar nicht das Opfer dieser Attacke, ich wurde nur davon gestreift. Meine Augen weiteten sich, als ich begriff, *was* Serpia tat.

Sie versuchte Ashwinds Magie auszusaugen, bis auf den letzten Funken. Bis sie nur noch eine leere Hülle war. In Ashwinds Schrei lag eine solche Qual, dass mir übel wurde.

Meine Hand tastete nach dem Dolch, den Haze mir geschenkt hatte. Mit meiner eigenen Magie war ich Serpia hoffnungslos unterlegen – hatte ich so vielleicht eine Chance gegen sie? Doch meine Hand zitterte so stark, dass ich die Waffe kaum festzuhalten vermochte. Und konnte schnödes Metall überhaupt etwas gegen eine so mächtige Magierin ausrichten? Ich bezweifelte es.

Langsame Schritte hallten über den Boden und wurden von den marmornen Wänden als Echo zurückgeworfen. Eine hochgewachsene Gestalt schritt auf Serpia zu und stellte sich neben sie: Mondlord Umbra. Der schattengraue schmucklose Mantel reichte fast bis zum Boden. Die grauen Augen des Mannes waren wässrig und blass, doch in ihnen lag eine Härte, die mich schaudern ließ. Kyrans Worte kamen mir in den Sinn, und beklommen fragte ich mich, was für ein Mensch der Lord sein mochte.

Der Hauch eines Lächelns umspielte Serpias Mundwinkel. «Mein Vertrauter. Immer an meiner Seite. Auch jetzt, in diesem bedeutsamen Moment.»

Er nickte, ohne eine Miene zu verziehen. Seine Stimme war so kühl wie das Rauschen des Skallardmeeres. »So ist es, meine High Lady. Ich werde immer hinter Euch stehen.«

Als sich etwas in ihrem Gesicht veränderte, begriff ich zunächst gar nicht, was geschehen war. Ihre Augen weiteten sich, wurden dunkler, und das helle Blau kehrte zurück. Ihr Mund öffnete und schloss sich wieder. Der emotionslose Ausdruck bröckelte wie eine zersplitternde Porzellanmaske von ihrem Gesicht, und als diese Mauer fiel, waren ihr die Gefühle so deutlich anzumerken, als stünden sie mit Tinte auf Papier geschrieben: *Schock. Fassungslosigkeit. Verletzlichkeit.*

Die Hand, die sie angriffsbereit über die bewusstlose Ashwind gehalten hatte, sank zitternd hinab, dann tastete sie damit nach Lord Umbras Kragen. Ihre Finger krampften sich in den grauen Stoff seines Mantels, sie hielt sich an ihm fest und lehnte sich an ihn.

Ohne eine Miene zu verziehen, hielt er sie fest, als ihre Beine beinahe unter ihr nachgaben. Ihre Atemzüge hatten plötzlich einen rasselnden, pfeifenden Klang angenommen, und es schien ihr immer schwerer zu fallen, nach Luft zu ringen.

Ihre Augen wurden schmaler, fielen fast gänzlich zu, und jetzt legte sie sogar den Kopf an seine Brust. Sie sahen wie ein Liebespaar aus, der graue Lord und die weiße Lady, inmitten des aschebedeckten zerstörten Marmorsaals. Nur ein Detail zerstörte die Illusion: der Dolch aus dunklem Metall, der aus ihrem Rücken ragte und von dem sich ein tiefroter Fleck auf der schneeweißen Seide ihres Kleides ausbreitete.

»Du«, flüsterte sie mit brechender Stimme.

»Ich stehe immer hinter euch, meine High Lady«, erwiderte er erneut und strich beinahe zärtlich mit der Hand über ihr Haar. Die Tatsache, dass er ihr gerade einen Dolch in den Rücken gerammt hatte, verdrehte seine Worte zur Karikatur.

Ihre Beine gaben unter ihrem Körper nach, das Leben verschwand aus ihrem Blick. Achtlos ließ der Lord sie fallen, doch etwas blieb in seiner Hand zurück: das Mondsteindiadem.

Mit der anderen Hand zog er den Dolch aus Serpias Rücken und wischte die blutige Klinge sorgfältig an einem Tuch ab, das er aus seiner Manteltasche zog.

»Schwarzsilber«, sagte er leise, mehr zu sich selbst als zu irgendjemandem sonst, und verstaute die Waffe sorgfältig.

Ich fühlte mich wie in einem surrealen Traum gefangen und versuchte zu realisieren, was eben geschehen war. Als der Blick des Lords von Umbra auf mich fiel, vergaß ich fast zu atmen. Mit langsamen, geradezu feierlichen Schritten kam er auf mich zu. Ich wusste nicht, was ich denken sollte – mein Kopf war völlig leer, und als ich mich schwerfällig aufrichtete, konnte ich mich kaum auf den Beinen halten.

Als er mich erreicht hatte, kniete er vor mir nieder und beugte das Haupt. In einer demütigen Geste bot er mir das Diadem dar, hob es auf beiden Handflächen zu mir empor. Der Schimmer des Mondsteins zog mich in seinen Bann, und mir wurde schwindelig.

»Meine Prinzessin«, sagte der Lord.

Kapitel 26
Die schwarze Sonne

Die Welt fühlte sich nicht real an. Die nächsten Minuten nahm ich wie durch einen Schleier wahr. Es schien, als sei ich nicht mehr in meinem Körper, sondern schwebte über ihm, nur durch eine dünne Schnur mit mir selbst verbunden.

Ich fühlte Haze und Kyran zu meinen Seiten mehr, als dass ich sie sah. Sie waren wohlauf. Ashwind war bewusstlos, doch sie lebte. Das war alles, worauf es mir im Moment ankam.

Nur am Rande realisierte ich Lord Umbras Worte: Er habe damals nicht geahnt, zu welchem Zweck Serpia sein Geschenk, den Schattengänger, einsetzen wollte. Als er erkennen musste, dass sie ihre Schwester, seine rechtmäßige High Lady, verraten hatte, habe sein Entsetzen keine Grenzen gekannt. Die Schuld habe tonnenschwer auf ihm gelastet, all die Jahre. Aus Pflichtbewusstsein sei er an der Seite seiner neuen Herrscherin geblieben, und aus Pflichtbewusstsein würde er nun uns dienen, jetzt, da seine wahre Königin noch am Leben war. Dass er sich im ersten Moment mitsamt seinen Soldaten auf Serpias Seite geschlagen hatte, habe angeblich nur dem Zweck gedient, sie in Sicherheit zu wiegen.

Konnte ich ihm trauen? Ich wusste es nicht, aber ich war zu entkräftet, um wirklich darüber nachzudenken. Er war mir unheimlich und schien alles andere als ein guter Vater zu sein, aber wenn er eines war, dann pflichtbewusst. Zumindest schien es so. Seiner High Lady diente er bedingungslos, ganz gleich, in welche Abgründe ihn das führte.

Und doch hatte er ihr eine scharfe Klinge in den Rücken gerammt.

Wie passte das zusammen? Wie konnte man sich auf einen Mann verlassen, der jene Frau hinterrücks ermordete, die ihm vertraut und der er achtzehn Jahre lang gedient hatte? *Aber vielleicht war gerade das ein Zeichen seiner Loyalität.* Trotz all der Zeit, die vergangen war, zögerte er nicht, sich auf die Seite seiner wahren Herrscherin zu schlagen.

Ich kniete vor Ashwind auf dem Boden nieder, bettete ihren Kopf behutsam in meinen Schoß und streichelte mit den Fingerspitzen über ihre Stirn, ganz vorsichtig, um sie nicht noch weiter zu verletzen. Sie wachte nicht auf und war so blass, dass ich sie für tot gehalten hätte, wenn ich nicht die flachen Bewegungen ihres Brustkorbs wahrgenommen hätte.

Serpias letzte Attacke war unglaublich mächtig gewesen, sie hatte all ihre Kraft in diesen einen, endgültigen Schlag gelegt. Ich fragte mich, ob meine Mutter bis zuletzt bezweifelt hatte, dass Serpia sie tatsächlich töten wollte – ob sie trotz der unmenschlichen Folter, die sie achtzehn Jahre lang erlitten hatte, wider alle Vernunft noch an das Gute in ihrer Schwester geglaubt hatte. Doch im Gegensatz zu Ashwind kannte Serpia keine Gnade. Wenn einst ein barmherziger Funke in ihrem Herzen geschlummert hatte, so war dieser vor vielen Jahren erfroren – als der einzige Mensch, den sie je geliebt hatte, Betrug an ihr verübte.

»Die Leute«, flüsterte ich, als mir die Menschenmenge einfiel, die sich vor dem Schloss versammelt hatte. Sie warteten mir Sicherheit gerade auf die Ansprache der High Lady. All diese Menschen hatten nicht die geringste Ahnung, was hier vor sich ging. »Man muss mit ihnen reden. Ihnen erzählen, was geschehen ist. Sie müssen begreifen, was ... Sie müssen *alles* begreifen.«

Doch wer sollte das Volk aufklären? Ashwinds Zustand war so kritisch, dass ich nicht einmal wusste, ob sie überleben würde. Und ich? War das meine Aufgabe? Nahm ich jetzt tatsächlich die Rolle der Prinzessin Vaels ein? Das erschien mir unsagbar surreal. Es war das Ziel gewesen, dem ich hinterhergejagt war, aber nun, da es so weit war, konnte ich es nicht glauben. Ich war immer noch ich selbst, dieselbe Person. Und doch lastete mit einem Mal eine Verantwortung auf mir, die mich fast zu Boden drückte. Ich konnte mir nicht vorstellen, vor all diese Menschen zu treten. Ich hatte keine Ahnung, welche Worte ich an sie richten sollte. Auf einmal fühlte ich mich so schwach, bedeutungslos und klein wie niemals zuvor.

»Habt keine Sorge, Prinzessin.« Lord Umbras Stimme war weich wie Samt. »Ihr müsst Euch um nichts kümmern. Nicht jetzt. Ihr habt fünf Lords in eurem Rücken, die euch zu Diensten stehen. Betrachtet uns als Euer Werkzeug. Ich werde das Volk informieren und beruhigen.«

Ich schnappte nach seinen Worten wie ein verhungernder Fisch nach einem Köder. Nichts war gerade verführerischer als jemand, der mir diese tonnenschwere Verantwortung abnahm – zumindest für den Moment. Alles, was ich wirklich wollte, war, mich in ein Bett zu legen, mir die Decke über den Kopf zu ziehen und diese viel zu große Welt auszusperren. Noch nie hatte ich mich so sehr nach der vertrauten Heimeligkeit von Aphras Hütte gesehnt, nach dem allgegenwärtigen

Kräuterduft, dem Halbdunkel, dem gemütlichen dunklen Holz.

Ich erblickte die übrigen Lords, die sich nun langsam näherten. Die Lords von Dalon, Lua und Mar wirkten betreten, Lagan schwitzte Blut und Wasser. Ich hatte nicht vor, ihn dafür zu bestrafen, dass er sich im Kampf auf Serpias Seite geschlagen hatte – er war sichtlich überfordert gewesen und hatte nur getan, was er für richtig gehalten hatte. Ob Ashwind das auch so sah, würde sich allerdings erst herausstellen, wenn sie aufwachte. *Falls sie wieder aufwachte.* Ich verbot mir, darüber nachzudenken, was wäre, wenn sie es nicht tat.

»Prinzessin.« Die Wärme in Maycliff Dalons Stimme war echt. »Ihr müsst euch erholen. Verzeiht meine Direktheit, aber Ihr macht den Eindruck, als könntet Ihr jeden Augenblick die Besinnung verlieren. Ich werde auf der Stelle veranlassen, dass Ihr in standesgemäße Gemächer geführt werdet, die Ihr vorübergehend beziehen könnt. Ich hoffe, das ist zu Eurer Zufriedenheit.«

Ich zögerte. Seine Worte klangen vernünftig, aber sogar diese kleine Entscheidung überforderte mich. Ich wollte jetzt nicht allein in irgendeinem Raum in diesem riesigen Schloss sein, allein mit meinen Gedanken über all die vergangenen Ereignisse – und die zukünftigen. Haltsuchend tasteten meine Hände nach Haze' und Kyrans. Die Berührung war das Einzige auf der Welt, woran ich mich gerade festhalten konnte.

»Und du, mein Sohn.« Da lauerte etwas Scharfes unter Lord Umbras samtiger Stimme, wie eine Klinge, die in ein weiches Tuch gewickelt war. »Ich denke, du hast dir genügend Abenteuer gegönnt. Jetzt ist es an der Zeit, dich deinen Verpflichtungen bei Hofe zu widmen.«

Die Worte schienen nicht unfreundlich, doch Kyran zuckte

zusammen, als habe man ihn mit einer Rute geschlagen. Kurz drückte ich seine Finger, bevor wir einander losließen und er steifbeinig aufstand, um zu seinem Vater zu gehen. Sein Blick war ausdruckslos, und in diesem Moment war er mir auf einmal fremd.

Nur Haze war an meiner Seite. Wie schon immer.

»Ich möchte, dass Haze mit mir kommt!«, platzte es aus mir heraus.

Siedend heiß fiel mir gleich darauf ein, dass das vielleicht keine gute Idee gewesen war. War es unangebracht, dass ich einen Freund in meiner Nähe haben wollte? Erschien ich diesen erwachsenen, gestandenen Männern um mich herum wie ein dummes kleines Landmädchen? Und war ich nicht genau das? Eine Prinzessin sollte wissen, wie sie sich zu benehmen hatte. Souverän sollte sie die Dinge in die Hand nehmen, statt sich wie ein Kind ins Bett schicken zu lassen und dabei nach der Gesellschaft eines Freundes zu verlangen. Mir war zum Heulen zumute.

»Es ist in Ordnung«, sagte Haze leise. »Wir sind jetzt in Sicherheit.«

Maycliffs Blick war mitfühlend. »Selbstverständlich werde ich Sorge dafür tragen, dass Euer ... Gefährte Gemächer neben den Euren beziehen kann.«

Dankbar nickte ich ihm zu. Wäre doch nur Ashwind wieder bei Bewusstsein! Sie wüsste, was zu tun war. Sie würde sich hier nicht wie ein Fremdkörper fühlen. Doch sie lag da wie eine Tote, und ich hatte entsetzliche Angst, dass sie einfach aufhören würde zu atmen.

»Meine Mutter«, sagte ich leise. »Sie braucht Hilfe.«

Als Reaktion winkte Lord Umbra einen seiner Männer herbei und gab ihm mit unterdrückter Stimme Anweisungen, die ich nicht verstand.

Die Kämpfe hatten schlagartig geendet, doch die Folgen waren nicht zu übersehen. Die Uniform des Mannes, die die Insignien von Umbras Leibgarde aufwies, war blutbespritzt, und er schonte beim Gehen sein linkes Bein. Seite an Seite standen die Soldaten der Lords und der verstorbenen High Lady, die einander gerade noch bekämpft hatten. Die ganze Situation war so unwirklich, als hielte das ganze Schloss die Luft an und wartete darauf, wie es weitergehen würde. Serpia lag tot auf dem Boden, Ashwind war bewusstlos, und in so manchem Gesicht las ich Unglaube, Entsetzen und Verwirrung.

Panik wallte in mir auf, als die Soldaten nach Ashwind griffen. Mit einem Mal kamen unbewaffnete Leute herangeeilt, und ich konnte nur vermuten, dass es sich um Heiler handelte. Vorsichtig hoben sie Ashwind auf eine Trage.

»Wohin bringt ihr sie?« Mein Aufschrei gellte durch den Raum, hastig griff ich nach Ashwinds kalter, schlaffer Hand und sah mich hektisch um.

Konnte man Lord Umbra wirklich vertrauen? Einem Königinnenmörder? Die Vorstellung, dass er meine Mutter wegschaffen ließ, wohin auch immer, bereitete mir Bauchschmerzen. Jedes bisschen Kontrolle wurde mir aus den Händen genommen und lief langsam zwischen meinen Fingern hindurch wie Sand.

»Meine Prinzessin, ihre Majestät, die High Lady, ist am Leben, aber ich fürchte, ihr Zustand ist kritisch«, erklärte Lord Umbra ruhig, als spräche er mit einem störrischen Kind. »Die Heiler im Schloss haben Möglichkeiten, sie am Leben zu erhalten, während sie alles in ihrer Macht Stehende tun, um sie zu versorgen. Natürlich kann sie dazu aber nicht auf dem nackten Marmorboden im Schmutz liegen bleiben.«

»Natürlich«, wiederholte ich leise. Es klang schlüssig, aber am liebsten hätte ich mich heulend an meine Mutter geklammert, damit man sie nicht von mir trennte.

Haze legte mir seine warme Hand auf die Schulter. »Es ist gut, hab keine Angst«, sagte er. »Jetzt ist alles in Ordnung.«

Ich atmete tief durch, während die Wärme seiner Berührung durch meinen Körper strömte. Dann riss ich mich zusammen, nickte und sah mit an, wie auch Serpias lebloser Körper auf eine Trage gelegt wurde. Seite an Seite wurden die Zwillinge aus dem Raum getragen.

*

»Mutter«, flüsterte ich.

Die ganze Zeit hatte ich mich geweigert, sie so zu nennen, und sie stattdessen mit ihrem Namen angesprochen. Weil sie mir fremd war und es sich seltsam angefühlt hätte. Sie hatte mich geboren, aber ich hatte sie damals nicht gekannt.

Doch jetzt ging mir das Wort leicht von den Lippen. Ashwind *war* meine Mutter, und nichts änderte daran etwas. Es nahm auch Aphra nichts von ihrer Wichtigkeit, sie beide waren meine Mütter. Wir hatten achtzehn gemeinsame Jahre verpasst, doch die Zukunft hielt noch unzählige Jahre für uns bereit.

Wenn sie wieder aufwachte.

Ungeweinte Tränen saßen mir wie ein Kloß in der Kehle. Ich war inzwischen allein und hätte ihnen ungehemmt freien Lauf lassen können, doch ich fühlte mich seltsam leer und tot, und die Tränen wollten einfach nicht kommen.

Meine Hand berührte die kühle Glasscheibe, hinter der Ashwind lag. Es war kein normales Glas, das verriet der irisierende Schimmer. Die Heiler sagten, es würde sie am Leben erhalten, während sie fieberhaft nach Behandlungsmethoden suchten. Es schützte sie und bewahrte sie vor Unheil.

Ich hasste es, sie so zu sehen. Es sah aus, als läge sie in einem gläsernen Sarg. Ebenso wie Naya vor nicht allzu langer Zeit, wirkte sie wie eine Tote, die hier aufgebahrt lag.

Ihre Haut war so weiß wie frisch gefallener Schnee, ganz unberührt am frühen Morgen, bevor die ersten Fußspuren ihn verunstalteten. Seidig lag ihr schwarzes Haar auf dem Kissen ausgebreitet. Das Rot ihrer Lippen erinnerte mich an die Blutflecken auf Serpias Kleid, und ich erschauderte.

Starr blickte ich vor mich hin und bemerkte erst nach einer Weile, dass meine Zähne leicht klapperten. Fröstelnd schlang ich die Arme um mich und stand langsam auf.

Vor der Tür warteten Wachen, die Lord Umbra dort zu meinem Schutz abgestellt hatte. Sie sollten mich auf mein Gemach zurückgeleiten, wann immer ich bereit dazu war, doch ich konnte mich nicht überwinden, dorthin zurückzukehren. Meine Räumlichkeiten waren mit dicken weichen Teppichen, glänzenden Holzmöbeln mit filigranen Schnitzereien sowie Kerzenleuchtern aus Silber ausgestattet, das Himmelbett war breit genug für eine ganze Familie, und nie zuvor hatte ich so ein luxuriöses Zimmer gesehen. Doch ich hatte es dort keine zwei Minuten ausgehalten, bis die Unruhe mich in den Krankenflügel zu meiner Mutter führte. Egal wie oft ich mir sagte, dass die Wachen nur meinem Schutz dienten: Ich hatte doch das Gefühl, dass sie mich gefangen hielten.

Ich spürte die Nervosität wie lange Krallen, die an meiner Kopfhaut und meinen Knochen kratzten. Ich hörte sie als schrilles Surren in meinen Ohren und schmeckte sie bitter und säuerlich mit jedem Atemzug. Es war ein widerliches Gefühl, das mich nicht zur Ruhe kommen ließ.

Irgendetwas stimmte nicht.

Es war dasselbe Gefühl wie vorhin, kurz vor Serpias Angriff. Nun war doch alles gut, oder nicht? Haze hatte recht, ich konnte mich entspannen. Aber das unwohle Gefühl ließ nicht nach, ganz im Gegenteil wurde es immer stärker, bis mich das nervöse Kribbeln fast verrückt machte.

Jinx kam zum Fenster hereingeschwirrt, und im ersten Moment hätte ich sie im Tageslicht fast übersehen. Ich hatte ursprünglich vorgehabt, sie bei Aphra und Snow in der Taverne zu lassen, doch niemand konnte einer Pixie vorschreiben, was sie zu tun hatte. Wie durch ein Wunder fand sie mich immer, ganz gleich, wo ich war. Und sie war die gesamte Reise an unserer Seite geblieben. Als kirschblütenrosafarbener Funke flog sie auf mich zu, und ihr Licht spiegelte sich in Ashwinds schützendem Glas.

Tief seufzte ich. »Was meinst du, Jinx? Was hältst du von alldem?« Doch natürlich erhielt ich keine Antwort.

Lord Heathorn Umbra war es, der mich besonders beunruhigte, das wurde mir nun klar. Er hatte meine Mutter gerettet und mir seine Loyalität zugesichert, und doch fiel es mir schwer, ihm zu vertrauen. Er ging mir unter die Haut, und sein kalter Blick verursachte mir Unbehagen.

Ich schüttelte so heftig den Kopf über mich selbst und meine Gedanken, dass Jinx erschrocken aufflog und mich umschwirrte. Er war ein unterkühlter, ernster Mann, doch das hieß noch lange nicht, dass er nicht vertrauenswürdig war. Dass er mir so unheimlich war, mochte an Kyrans Erzählungen liegen. Aber Haze machte einen so entspannten Eindruck, dass er auch mich damit beruhigte. Er hatte sich in seine Gemächer zurückgezogen, um sich zu erholen, und ich hatte es nicht geschafft, ihm zu sagen, dass ich ihn jetzt gerade lieber bei mir gehabt hätte.

Langsam trat ich ans Fenster. Von hier aus konnte ich die Menschenmenge nicht sehen, die sich vor dem Schloss versammelte, doch ich erkannte am tosenden Applaus, der plötzlich aufbrandete und für einen Moment sogar das Rauschen des Meeres übertönte, dass Mondlord Heathorn Umbra gerade auf die offene Galerie hinaustrat. Welche Worte richtete er an die Menschen Vaels? Ich wollte es wissen, und gleichzeitig wollte ich es auch nicht.

Ich lehnte mich aus dem Fenster und hob meinen Blick zum Himmel. Der raue Seewind trug den Duft des Meeres heran. Er zerrte an mir, als wollte er mich aus dem Fenster in die Tiefe werfen. Ich konnte geradewegs in die gleißende Sonne schauen, ohne zu blinzeln. Meine Magie schützte mich, denn die Sonne war ein Teil von mir.

In diesem Moment schob sich ein tiefschwarzer Schemen vor das strahlende Licht. Gänsehaut breitete sich auf meinem ganzen Körper aus, und mein Herz pochte, als wollte es zerspringen. Ein dunkler Kreis vor der grellen Lichtquelle, der mehr und mehr davon einnahm, bis von der Sonne nur noch eine schmale Sichel blieb, und dann nicht einmal mehr das. Und als Mond Umbra die Sonne verdeckte, wurde es auf der Welt mitten am Tag für einen Moment Nacht.

Kapitel 27

Gier.

Hunger.

Diese Gefühle waren der Spinne seit jeher bekannt, sie waren ein Teil von ihr, seit sie denken konnte, doch jetzt wurden sie übermächtig. Geduldig hatte sie gewartet, bis der richtige Moment gekommen war. Der Moment, in dem all die kleinen Kreaturen in den klebrigen Fäden ihres Netzes zappelten. Der richtige Moment, um zuzuschlagen.

Und das tat sie nun.

*

Endlose Korridore, in denen man sich verlaufen konnte. Weiß glänzende Marmorböden, von silbrigen Schlieren durchzogen, über die man die Schritte unendlich weit hallen hörte. Zierliche Ornamente in der Form von Mondsicheln. Schimmernde Mondsteine und kühl glänzendes Silber reflektierten das Licht.

Und über alldem das stetige Tosen des Meeres.

Es war fremdartig und einschüchternd, aber aus irgendeinem Grund liebte ich das Schloss, so als könnte sich ein Teil von mir daran erinnern, dass ich hier geboren worden war. Dass ich dazu bestimmt war, hier zu leben, und dass ich wirklich hierher gehörte.

Während des gestrigen Tages hatte ich die Schönheit meiner Umgebung gar nicht wahrnehmen können, doch jetzt ließ ich den Blick schweifen. Ein Hoffnungsfunke war in mir erwacht und drang wärmend durch die eisige Trostlosigkeit, die mich umklammert hatte. Die düsteren Traumbilder, die mich durch die Nacht gejagt hatten, versuchte ich aus meinem Kopf zu verdrängen. Serpia war tot. Meine Feindin konnte mir nichts mehr anhaben, und das unheimliche Licht in ihren Mondsteinaugen war für immer erloschen, wenngleich sie in meinen Träumen als Schatten ihrer selbst aus dem Totenreich zurückgekehrt war, um mich heimzusuchen. *Es war vorbei.*

Meine Mutter befand sich auf dem Weg der Besserung, das war das Erste, was ich heute Morgen in Erfahrung gebracht hatte. Noch in der Nacht war nach den besten Heilern Vaels geschickt worden, die sich nach Kräften um sie bemühten. Ashwind lag zwar weiterhin in tiefer Bewusstlosigkeit, doch ihre Wangen hatten wieder einen Hauch Farbe bekommen, und ihr Atem ging kräftiger und gleichmäßiger. *Sie würde es schaffen. Sie würde wieder aufwachen.*

Noch immer konnte ich mir kaum vorstellen, wie meine Zukunft aussehen würde – mein Leben würde sich drastisch verändern, so viel schien sicher. Aber allmählich machte sich auch eine vorsichtige Zuversicht in mir breit. Der Glaube daran, dass ich alle Herausforderungen bezwingen würde, die auf mich zukommen mochten.

»Worum es in der Besprechung wohl gehen wird?«, überlegte ich laut, während ich an Haze' Seite den breiten Korridor entlangging, wieder flankiert von Wachen.

»Was?« Er war so sehr in Gedanken versunken gewesen, dass er gar nicht zugehört hatte.

»Lord Umbra. Was denkst du, will er wohl mit uns besprechen?« Der Mondlord hatte um eine Unterredung am frühen Morgen gebeten, und ich nahm an, dass es unzählige organisatorische Dinge zu erledigen gab.

»Mit *dir*«, betonte er. »*Du* bist die Prinzessin Vaels, nicht ich.«

Er lächelte, wirkte dabei aber seltsam geistesabwesend. Ich konnte nicht genau festmachen, woran es lag, aber seit wir im Schloss waren, wirkte er verändert. Irgendetwas schien ihn zu beschäftigen. Nachdenklich sah ich ihn von der Seite an.

»Eine Schande, dabei würdest du eine hinreißende Prinzessin abgeben«, versuchte ich mit einem schwachen Scherz die Stimmung aufzulockern. Doch er lächelte nicht einmal, sondern blickte nur starr geradeaus auf die Tür am Ende des Ganges.

Jeder der fünf Mondlords verfügte über Räumlichkeiten und ein Büro im Schloss, da sie häufig aus ihren Provinzen an den Hof gerufen wurden. Dass Lord Umbra Serpias besonderes Vertrauen genossen hatte, war bekannt, darum wunderte es mich, dass seine Tür nicht doppelflügelig und mit Schnitzereien verziert war so wie die der anderen, sondern viel bescheidener gestaltet: schlicht und aus dunklem Holz. Einer der Wächter übernahm es, anzuklopfen und uns anzukündigen.

Der Lord blickte von seinem Schreibtisch auf, als wir eintraten. Man hätte ihn für einen einfachen Sekretär halten können, in seinem schlichten grauen Mantel, dem hageren Gesicht, das nichts herausragend Elegantes an sich hatte, und dem Aktenberg auf seinem Tisch. In dem Licht sah ich, dass sein grau meliertes Haar erste Anzeichen zeigte, schütter zu werden.

Alles im Raum war schlicht und zweckmäßig gehalten: der

dunkle Schreibtisch, der ungepolsterte Stuhl, die deckenhohe Regalwand, die aus einfachen Holzbrettern gezimmert war.

Vermutlich hätte das Zimmer beengt gewirkt, wären da nicht die großen Fenster gewesen, durch die man den tobenden Ozean sah und hörte. Der Wind jagte graue Wolken über den Himmel und peitschte eine Mischung aus Nieselregen und Gischt herein, doch Lord Umbra schien nicht zu stören, dass der Boden vor dem Fenster feucht war.

Er legte seine Schreibfeder beiseite, stand auf und kam mir entgegen. Er verbeugte sich, dann nickte er den Wachen knapp zu, die sich daraufhin zurückzogen. Die Tür fiel hinter ihnen ins Schloss.

»Meine Prinzessin.« Seine schmeichelnde Stimme klang samtig, doch sie brachte etwas in meinem Hinterkopf zum Schrillen. »Ich danke Euch für die Zeit, die Ihr erübrigen könnt.« Obwohl er nicht laut sprach, drang seine Stimme klar und deutlich durch das Tosen des Meeres.

Ich erblickte Kyran, der stocksteif neben dem Schreibtisch stand und sich kaum regte. Ich versuchte seinen Blick einzufangen, doch vergebens. Seine Miene war ausdruckslos. Nicht nur zwischen Haze und mir stand heute eine Mauer, sondern auch zwischen Kyran und mir.

Ich unterdrückte ein Seufzen und wandte mich an den Lord. »Sehr gerne. Was wolltet Ihr mit mir besprechen?«

Ein schmallippiges Lächeln. »Die Einzelheiten meiner Thronbesteigung, meine Liebe.«

*

Es klang so absurd, dass ich kurz auflachte. Er hatte es so emotionslos hervorgebracht, als spräche er über das Wetter. Doch das Schrillen in meinem Hinterkopf verstärkte sich und wurde lauter, bis ich kaum mehr etwas anderes hörte. Es sagte mir, dass dieser Mann *niemals* scherzte.

Ich hatte es gewusst. Ein Teil von mir hatte es gewusst, die ganze Zeit über. Meine Intuition hatte mir Warnungen zugeschrien, doch ich hatte nicht hingehört und sie zum Schweigen gebracht.

Einen endlos scheinenden Augenblick lang starrte ich ihn an, und er erwiderte meinen Blick. Seine blassen Augen waren gefühllos wie die eines Reptils, doch dahinter war noch etwas – ein Funke. Eine Flamme. Etwas, wofür auch er brannte.

»High Lady Ashwind wird nach ihrem Erwachen nicht erfreut sein über die geschmacklosen Scherze, die Ihr Euch erlaubt«, rief ich gegen das Meeresrauschen an, obwohl ich tief in meinem Herzen wusste, dass jede seiner Silben ernst gemeint war. Ich zwang mich zu einem kühlen Tonfall und senkte den Blick nicht.

Er seufzte und besaß die Unverschämtheit, eine bekümmerte Miene aufzusetzen. »Deine Mutter wird nicht aufwachen, Prinzessin.«

Bisher hatte ich ihm ungläubig zugehört, zu überrumpelt, um irgendeine Empfindung zuzulassen, doch jetzt schlug die Angst zu. Angst und Zorn. Meine Hände ballten sich wie von selbst zu Fäusten, mein Herzschlag beschleunigte sich.

»Ich will kein weiteres Wort mehr hören«, fauchte ich und wollte die Tür öffnen – vergeblich. Sie war verriegelt.

Kalter Schweiß brach in mir aus, doch ich ließ keine Schwäche zu, als ich mich hocherhobenen Hauptes zum Mondlord umdrehte.

»Ihr habt das geplant«, sagte ich so leise, dass ich gar nicht wusste, ob er mich hören konnte. »Das alles – Ihr hattet es auf lange Sicht geplant.«

»Geplant. Im Hintergrund die Fäden gezogen. Aber in erster Linie gewartet.« Hatte ich gedacht, er sei völlig emotionslos? Ich hatte mich geirrt. Er wirkte selbstzufrieden. Ich hatte die richtigen Worte gefunden und ihn bei seiner Eitelkeit gepackt, die ich diesem unscheinbaren Mann nicht zugetraut hätte. »Es war interessant zu sehen, wie sich die Dinge entwickelt haben. Gelegentlich war ein kleiner Anstoß nötig, und schon setzte sich eine Lawine mit komplexen Folgen in Gang.«

»Ein kleiner Anstoß wie ... Yamoro?«

»Yamoro?« Der Name schien ihm nichts zu sagen, und ich begriff, warum nicht. Er hatte den Schattengänger nie als Person betrachtet, sondern stets nur als Werkzeug, als praktische Waffe. Dass sich hinter diesem Werkzeug ein Mensch mit Gefühlen, einer Vergangenheit und einer Familie verbarg, bedeutete ihm nicht das Geringste.

»Der Schattengänger. Jener Mann, der meinen Vater ermordet hat. Ihr habt ihn als Sklaven erstanden!«

»Eine Rarität, die jeden Preis wert war, den ich gezahlt habe.« Ein dünnes Lächeln huschte über sein Gesicht. »Er hat mir gute Dienste geleistet. Natürlich wusste ich, was Serpia tun würde, als ich ihr den Schattengänger für einen letzten Auftrag lieh. Ich wusste alles über sie, kannte ihre finstersten Gedanken, die sie nur mir anvertraute. Sie war zerfressen von ihrem Hass, völlig unfähig, sich dieser Emotion zu entziehen. Ich gab ihr, was sie sich wünschte: Rache. Und sicherte mir damit ihren Dank und endgültig ihr grenzenloses Vertrauen.«

»Doch keiner von euch wusste, dass Yamoro den Auftrag nicht vollständig ausgeführt hatte. Dass er Ashwinds Wunsch erfüllte und mich aus dem Schloss schaffte.« Aber sobald ich die Worte ausgesprochen hatte, verriet mir sein Blick, wie sehr ich danebenlag. Meine Augen weiteten sich, und ich flüsterte: »*Oh*. Ihr wusstet es. Ihr wusstet es die ganze Zeit über.«

»Der Mann aus Kuraigan hatte keine Wahl. Er war an seinen Kodex und an seinen Ring gebunden. Nach jedem Auftrag musste er seinem Besitzer Bericht erstatten. Nicht Serpia, die ihm den letzten Befehl gab, sondern mir, dem Eigentümer des Rings. Mit dem Baby auf dem Arm stand er hier in meinem Büro, genau da, wo du jetzt stehst, Lelani. Wie arglos deine großen blauen Augen mich ansahen! Du ahntest nicht, was deinen Eltern wenige Augenblicke zuvor widerfahren war. Ich sagte ihm, er solle das Kind in Sicherheit bringen.«

Fassungslos schüttelte ich den Kopf. »All die Jahre *wusstet* Ihr, dass ich am Leben war? Und Ihr habt Serpia nichts davon gesagt, nicht ein einziges Wort. Bis zu dem Zeitpunkt, als meine Magie erwachte, war sie ahnungslos.«

Er nickte. »Es war interessant, die Entwicklungen zu verfolgen«, sagte er erneut. »Ein sanfter Stoß in die richtige Richtung hat ausgereicht, um den Stein ins Rollen zu bringen. Ich blieb an Serpias Seite, genoss ihr Vertrauen, diente als ihr Ratgeber. Führte ganz Vael an, wenn sie zu sehr in ihren verworrenen Emotionen gefangen war, um ihre Pflicht zu erfüllen. Und wartete geduldig ab, wie sich die Dinge entwickelten.«

Der graue Schatten im Hintergrund. Das unscheinbare blasse Gesicht hinter der High Lady. Der Mann, der mehr wusste als jeder andere und dieses Wissen für sich arbeiten ließ. Ich hatte nur Serpia als Feindin erkannt und dabei den Feind übersehen, der hinter ihrem Rücken die Fäden zog.

Wie eine Spinne, die abwartend in ihrem Netz saß. Seine Skrupellosigkeit raubte mir den Atem, entsetzt starrte ich ihn an und schüttelte ungläubig den Kopf.

»Aber wozu?«, brachte ich krächzend hervor. »Wozu das alles? Erst habt ihr hinter Serpia gestanden und sie dabei unterstützt, meiner Familie unsagbares Leid zuzufügen. Viele Jahre lang habt Ihr an ihrer Seite ausgeharrt – nur, um ihr im Moment ihres Triumphs eine Klinge in den Rücken zu rammen. Ihr habt Euch auf Ashwinds Seite geschlagen, und wozu? Um sie einen Tag später im Schlaf zu ermorden und ihre Tochter auszulöschen?«

»Wozu?« Er fragte es geradezu sanft. »Liegt das denn nicht auf der Hand?«

Ich sah ihm in die Augen, diesem unscheinbaren blassen Mann, dessen einziges Interesse es zu sein schien, seiner Herrscherin zu dienen, und auf einmal traf mich die Erkenntnis wie ein Fausthieb. »*Nein*«, flüsterte ich.

»Doch, natürlich.« Er zuckte mit den Schultern. »Schlussendlich geht es doch immer darum, oder nicht? Um Macht. Um Kontrolle. Darum, die Fäden zu ziehen.«

»Es reicht Euch nicht, der einflussreichste Mann des Königreichs zu sein, der mächtigste Mensch nach der High Lady. Ihr wollt den Thron für Euch allein.«

»Und ich werde ihn bekommen. Kein ausgefeilter Plan hätte mir den Weg effektiver ebnen können als die Verrücktheit meiner Vorgängerin.« Er faltete die langen schlanken Finger. »Serpia selbst hat mir die perfekte Erklärung für das Volk geliefert. Die anderen Lords waren Zeugen ihrer Enthüllung. Das Entsetzen auf ihren Gesichtern, als sie erfahren haben, dass Ashwind lebt, war echt. All die Jahre wussten sie von nichts. Zu erkennen, was ihre High Lady getan hatte, hat sie schockiert. Das ganze Land wird ebenso schockiert sein. Und an genau dem Punkt kann ich mit der Argumentation ansetzen, die Serpia selbst genutzt hat, um die Lichtsäuberung durchzusetzen.«

»Magie verändert denjenigen, der sie wirkt«, sagte ich leise, als ich begriff, worauf er hinauswollte. »Sonnenmagie macht den Magier zu emotional, impulsiv, gefährlich. Und Mondmagie? Sie dämpft die Gefühle. Macht kühl und rational. *Das* wollt ihr dem Volk verkaufen: Die Magie hat Serpia verrückt gemacht, wenn auch auf andere Weise, als Sonnenmagie es getan hätte. Sie hat ihre Gefühle zerstört und sie zu einem eiskalten skrupellosen Monster gemacht, das nicht davor zurückschreckt, die eigene Schwester zu foltern. Die anderen Lords werden diese Darstellung unterschreiben, waren sie doch dabei, als Ashwind gestern im Schloss auftauchte. Sie werden bestätigen, dass Ihr gezwungen wart, Serpia zu töten, um Ashwind zu retten. Mit diesem Mord würdet Ihr durchkommen. Aber nicht mit einem Mord an Ashwind!«

Er seufzte tadelnd. »Niemand wird wissen, dass ich es bin, der ihr Leben beendet. Ich werde dafür sorgen, dass sie nie wieder aufwacht. Es ist so einfach – fast *zu* einfach.«

»Aber – ich!«, stieß ich atemlos hervor. »Ich bin am Leben. Meint Ihr nicht, dass es Fragen aufwirft, wenn ich in Euer Büro gehe und hier wenig später mit einem Dolch im Rücken vorgefunden werde?«

»Nicht im Geringsten.« Er ließ sich nicht aus der Ruhe bringen. »Du, Prinzessin, trägst beide Formen der Magie in dir. Mit dem Wissen im Hinterkopf, wozu die Macht der Monde Serpia getrieben hat, wird jeder bereitwillig glauben, dass auch du den Verstand verloren hast. Zerrissen zwischen den kühlen Monden und der heißen Sonne, bist du verrückt geworden und hast mich attackiert. Mir blieb nichts anders übrig, als dich in Notwehr gefangen zu nehmen und in den Kerker zu werfen.«

»Und dann wollt Ihr den Thron besteigen.« Verächtlich schüttelte ich den Kopf. »Das ist Wahnsinn.«

»Es ist die einzige logische Konsequenz«, erklärte er gelassen. »Was haben diese Magierinnen getan? Benebelt von ihrer Magie, haben sie sich gegeneinander gewandt und einander zerfleischt, statt sich um die wahren Belange Vaels zu kümmern. Mondmagier löschten Sonnenmagier aus, eine Schwester folterte die andere. Eine junge Prinzessin richtete die Kraft von Sonne und Monden auf den Lord, der ihr lediglich treu dienen wollte. Wer dabei auf der Strecke bleibt, ist das gewöhnliche Volk.«

Es widerte mich an, wie genüsslich er all das vor mir ausbreitete. Nichts davon hätte er mir erzählen müssen, wenn er doch ohnehin vorhatte, mich loszuwerden. Keinen Moment lang glaubte ich, dass er mich lediglich gefangen nehmen würde: Wenn es nach ihm ging, würde ich das Licht des nächsten Tages nicht mehr erleben. Dass er mir dennoch alle Details erzählte, lag an seinem krankhaften Stolz. Mit niemandem sonst konnte er seine Meisterleistung teilen, doch ich sollte sein Geheimnis mit ins Grab nehmen.

Das Schlimmste war, dass er damit durchkommen würde. Wenn es ihm gelang, Ashwind und mich auszulöschen, stand er dem Thron am nächsten. Inmitten dieses Chaos würde er sich als Stimme der Vernunft inszenieren, als klar denkenden Mann, dem das Wohl des Volkes am Herzen lag und der nicht von Magie in den Wahnsinn getrieben würde. Die Menschen würden ihm Glauben schenken. Wer wäre besser dazu geeignet, über Vael zu regieren, als der Mann, der seit vielen Jahren in die Regierungsgeschäfte eingebunden war?

»Es gibt Zeugen«, stieß ich hervor. »Kyran und Haze haben jedes Wort mitangehört. Sie wissen, was Ihr getan habt und was Ihr tun wollt. Und wenn Ihr mich tötet, können sie ganz Vael erzählen, dass Ihr ein unschuldiges Mädchen auf dem Gewissen habt.«

Ich verstand das träge Grinsen nicht, das jetzt auf sein Gesicht trat. Wie konnte es sein, dass ein so kluger Mann die offensichtliche Lücke in seinem Plan nicht sah? Ich hatte meine Freunde an meiner Seite! Sie konnten nicht nur als Zeugen fungieren, sondern mich auch unterstützen, falls der Lord es auf einen Kampf ankommen ließ. Wir waren in der Überzahl. Also warum wirkte er so siegessicher? Wieso ließ er sich nicht aus der Ruhe bringen?

Und warum sagten und taten Haze und Kyran nichts? Sie hatten bisher kein Wort gesagt. Kyran stand immer noch da wie zur Salzsäule erstarrt. Der leere Gesichtsausdruck erschreckte mich. Und Haze? Er stand neben mir, doch jetzt wich er meinem Blick offensichtlich aus.

Lord Umbra genoss es sichtlich, die Verwirrung auf meinem Gesicht zu sehen. Er zelebrierte jede einzelne Silbe, als er sagte: »Niemand steht auf deiner Seite, Prinzessin. Du bist ganz *allein.*«

Mir wurde eiskalt. *Kyran war der Sohn des Lords. Also hatte er mich doch belogen?* Alles in mir wehrte sich dagegen, diesen Gedanken auch nur zuzulassen. Und wie hatte er es dann geschafft, in Kuraigan durch das Tor zu schreiten? In Gedanken flehte ich ihn an, mich zumindest anzusehen – ich sehnte mich nach einem Blick von ihm, doch er starrte nur geradeaus.

Und Haze? Hatte der Lord ihn bedroht? Würde er mich im Stich lassen, um sein eigenes Leben zu retten? Oder würde er an meiner Seite untergehen, wenn es darauf ankam?

Ich begann zu zittern – nicht nur vor Angst, die mich schlagartig ergriffen hatte, sondern auch vor Zorn. Niemals würde ich zulassen, dass Heathorn Umbra einem der beiden Menschen, die mir so wichtig waren, etwas antat. Ich würde sie schützen, mit allem, was ich hatte.

Ein glühend heißes Feuer erwachte in meiner Brust, ließ mein Herz rasen und loderte immer stärker und stärker, bis ich die Hitze sogar in meinen Fingerspitzen spürte. Entschlossen blickte ich auf den Lord. *Er* war der wahre Feind. Er war derjenige, den ich auslöschen musste, um meine Freunde, meine Mutter und mich selbst zu schützen.

Die Sonne in meinem Herzen brannte gleißender als jene am Himmel. Ich spürte ihre Macht, die in mir anschwoll, bis meine Brust zu bersten schien, und ihr Pulsieren, das sich mit meinem rasenden Herzschlag mischte und eins mit ihm wurde. Blinde Wut vernebelte mir die Sicht.

Ich wollte *vernichten*. Wollte jenen töten, der die Menschen bedrohte, die ich liebte. Wollte der Macht freien Lauf lassen und zerstören, was sich mir in den Weg stellte. Das Verlangen, einfach loszulassen, wurde übermächtig. Ein blendend heller goldener Schein umhüllte meine Hände, als ich sie schwer atmend erhob und in Lord Umbras Richtung streckte. In diesem Moment regte sich etwas an meiner Seite.

Blitzschnell fuhren Haze' Hände zu meiner Kehle.

Und mit einem Mal stand die Welt in Flammen, doch es hatte nicht das Geringste mit meiner Magie zu tun. Die Schmerzen flammten so grell und brutal auf, dass mir schwarz vor Augen wurde. Ich konnte nicht atmen, nicht sehen, nicht klar denken. Alles, was ich wahrnahm, war dieser Schmerz, der stärker war als alles, was ich je erlitten hatte.

Kapitel 28
Verrat

Haze.

Nicht Haze.

Von allen Menschen auf der Welt – *nicht Haze.*

Es durfte nicht sein. Das hier war ein Albtraum. Nichts von dem, was ich da wahrnahm, konnte real sein.

Und doch sah mich mein bester Freund ungerührt an und trat einen Schritt zurück, während ich mich in Qualen krümmte. Ein Schrei brach sich gewaltsam den Weg aus meiner Kehle, rau und unkontrolliert, wie der eines wilden Tieres. Tränen schossen mir in die Augen und strömten ungehindert über meine Wangen. Wie von selbst fuhren meine Hände zum metallischen Halsreif, den mir mein bester Freund angelegt hatte, zerrten daran, kratzten mir den Hals blutig.

Es brannte heiß, so unglaublich heiß, doch es hatte nichts mit der Sonne in meinem Herzen zu tun. Flüssiges Feuer und Eiswasser schienen abwechselnd über meine Haut zu fließen. Meine Magie brodelte in meinen Adern und versengte mich von innen heraus, dann zog sie sich tief in mich zurück und fiel schließlich gänzlich in sich zusammen. Ich taumelte, brach auf die Knie, schluchzte rau.

Schwarzsilber. Ich erkannte den Schmerz, den ich gefühlt

hatte, als ich die Ketten damals im Sonnenturm berührt hatte. Das Metall, mit dem man Magier besiegte. Das Magie bannte und unerträgliche Qualen verursachte.

Ich verstand es nicht. Ich begriff nicht, was hier passierte. Auf dem Boden kauernd streckte ich hilflos die Hand nach Haze aus, doch er wich noch einen Schritt zurück.

Und der Schmerz, der durch meine Brust schoss, tat noch mehr weh als der des Schwarzsilbers. Mein Herz zersplitterte, so brutal, dass ich glaubte, ich müsste sterben. Schluchzend schlang ich die Arme um meinen Körper und versuchte die Bruchstücke meines Herzens zusammenzuhalten, die sich spitz und unbarmherzig in mein Fleisch bohrten.

»Warum?«, brachte ich rau hervor.

Doch Haze antwortete nicht. Stattdessen hörte ich Lord Umbras leises Lachen, das mir durch Mark und Bein ging.

»Dummes Mädchen«, sagte er mit sanftem Tadel. »Hast du geglaubt, ich würde dich aus den Augen lassen? Ein Mitglied der Königsfamilie, das all die Jahre am Leben war, ohne dass Serpia etwas davon wusste? Ich ahnte, dass du noch eine Rolle in diesem Spiel haben würdest, wenngleich ich nicht wusste, auf welche Weise. Nie wäre ich das Risiko eingegangen, dich aus den Augen zu lassen und blind abzuwarten, was aus deinem Leben werden würde. Keiner deiner Schritte entging mir. Jede noch so kleine Entwicklung bekam ich mit. *Du*, Prinzessin, warst von deiner Geburt an eine der wichtigsten Figuren Vaels, ohne es selbst zu ahnen. Mein Blick verfolgte dich auf Schritt und Tritt.«

Die Schmerzen beutelten mich. Ein schwaches Wimmern kam mir über die Lippen. »Aber ... wie ... Haze ... wie«, flüsterte ich. Die Erkenntnis stürzte mich in einen unermesslich tiefen, bodenlosen Abgrund. Ich fiel, ohne jeglichen Halt zu finden, und es war mir egal. Nichts spielte mehr eine Rolle.

«Zuerst Haze' Vater, der Jäger», erklärte der Lord kühl. »Doch schnell stellte sich heraus, dass niemand besser dazu geeignet war, dich im Blick zu behalten, als der Junge in deinem Alter, der sich mit dir anfreundete. Du hast ihm alles anvertraut. Er blieb in deiner Nähe, informierte mich über jeden deiner Schritte, flüsterte seiner Silberschale deine Geheimnisse zu, und ich hörte aufmerksam zu.«

Haze.

All die Jahre hatte er mich hintergangen. Es war ein Albtraum, aus dem ich nicht erwachen konnte. Mein Verstand sträubte sich mit aller Macht dagegen, die Wahrheit zu erkennen, doch ein Teil von mir wusste, dass es stimmen musste.

Ich hatte ihn für meinen besten Freund gehalten, hatte ihm bedingungslos vertraut und mich auf ihn verlassen. Er war mein sicherer Hafen gewesen, mein Fels in der Brandung.

Und der Spion, der mir nur folgte, um meinem Feind Bericht zu erstatten.

Ich wusste von Silberschalen, die mit Magie belegt wurden und durch die man mit weit entfernten Menschen sprechen konnte, doch so einen Gegenstand hatte ich noch nie gesehen. *Darum* hatte der Lord also alles gewusst.

»Warum?«, schluchzte ich noch einmal, obwohl ich wusste, dass keine Begründung auf der Welt seinen Verrat rechtfertigen konnte.

Endlich sprach er. Seine Hand fuhr in seine Tasche, und er holte etwas hervor, was ich aus der Entfernung nicht genau erkennen konnte.

»Ich kann *mehr* sein, Lelani. Mehr als das, was ich immer war. Ich kann mehr haben, als das Leben je für mich bereitgehalten hätte.« Seine Worte klangen seltsam hohl. »Ich kann mich über das erheben, was das Schicksal für mich vorgesehen hatte.«

»Du hast dich verkauft«, krächzte ich ungläubig. »Er hat dir etwas angeboten, und du hast dich verführen lassen.« Das Entsetzen ließ mich für einen Moment sogar den schmerzhaften Halsring aus Schwarzsilber vergessen.

Haze' Tonfall nahm etwas Beschwörendes an. »Er hat mir nicht *etwas* geboten. Er hat mir *alles* geboten. All das, was ich immer wollte und niemals aus eigener Kraft erreicht hätte.«

»Reichtum«, murmelte ich. Ich hatte immer gewusst, dass Unzufriedenheit in Haze schlummerte. Dass ihm sein Leben als Jägerssohn nicht ausreichte. Dass da dieser drängende Wunsch nach *mehr* war, nach einem Leben in Wohlstand, Luxus, Bedeutsamkeit. Aber nie hätte ich mir träumen lassen, dass er dafür so weit gehen würde.

»Mehr als das, Lelani«, flüsterte er. »Sondern das, was ich am meisten will.«

Und jetzt erkannte ich auch, was er in der Hand hielt: die geschnitzte Holzfigur der jungen Frau, für die er schwärmte, seit ich denken konnte. So oft hatte Haze durchblicken lassen, dass er Lady Tulip wollte, doch ich hatte das nicht ernst genommen. Eine Frau, die man nicht einmal kannte, konnte man nicht lieben! Haze hatte sich völlig verrannt: in seine Besessenheit, hoch hinauszuwollen. Den größten Reichtum zu besitzen. Die schönste Frau Vaels an seiner Seite zu haben. Wie er sagte: *alles*.

Beinahe hätte ich aufgelacht, schrill und humorlos. Glaubte er wirklich, der Lord würde ihm die Hand seiner Tochter geben? Ihm, einem Jägerssohn aus einem Dorf? Wenn ich etwas über Lord Umbra gelernt hatte, dann, dass er nicht die geringsten Hemmungen hatte, Menschen als Werkzeuge zu benutzen. Lady Tulip würde sinnvoll verheiratet werden. Doch solange er sie Haze in Aussicht stellte, konnte er alles von ihm verlangen.

»Genug.« Wie eine Klinge aus Eis durchschnitt Lord Umbras Stimme die Luft. »Niemand wird dir beistehen, Prinzessin. Nicht mein Sohn. Und auch nicht der, den du für einen Freund hieltest.«

Und ich verstand, dass er recht hatte. Ich war allein. Sowohl Haze als auch Kyran waren Werkzeuge des Lords. Sie würden jedes Wort bestätigen, das er an die Öffentlichkeit richtete, und hinter ihm stehen, wenn er den Thron bestieg. Tiefe Hoffnungslosigkeit erfüllte mich. Immer noch auf dem Boden kniend erwartete ich mein Schicksal.

Haze hat mich verraten, hämmerte es immer wieder durch meinen Kopf. *Er war nie mein Freund, niemals, all die Jahre nicht.*

»Fessle sie«, wandte sich der Lord knapp an Haze. »Nimm sie fest.«

Haze zuckte zusammen, doch dann nahm er gehorsam die Fesseln entgegen, die Umbra ihm reichte, und kam wieder auf mich zu. Beschwörend sah ich ihm in die Augen. Diese jahrelange Freundschaft konnte doch nicht bloß vorgespielt gewesen sein! War Haze ein so hervorragender Schauspieler, dass er derart überzeugende Gefühle vorgetäuscht hatte? Schlummerte da nicht wenigstens ein winziger Funke Zuneigung in ihm?

»Bitte«, murmelte ich so leise, dass es über dem Meeresrauschen kaum zu hören war. »Bitte, Haze! Glaubst du wirklich, er lässt mich am Leben? Denkst du, er würde riskieren, dass ein Mitglied der Königsfamilie weiterlebt? Er wird mich umbringen!«

»Der Mondlord ist ein Mann, der sein Wort hält.« Es klang seltsam tonlos, wie auswendig gelernt. Vermutlich hatte er es sich selbst unzählige Male vorgebetet, um seine Handlungen vor sich selbst zu rechtfertigen. Und so leise, dass ich ihn nur schwer verstand, fügte er hinzu: »Bitte, Lelani. Mach es nicht noch schlimmer, als es ist. Ergib dich einfach.«

Mich ergeben? Er wusste, dass ich allen Gefahren auf unserem bisherigen Weg getrotzt hatte ohne aufzugeben – ihm musste klar sein, dass ich auch jetzt nicht einfach kapitulieren würde. Doch ich sah in Haze' Augen, dass er mich nicht verschonen würde. Er beugte sich den Befehlen seines Lords. Keine Freundschaftsbande hielten ihn zurück, und als ich in seine dunklen Augen blickte, die jetzt an seelenlose schwarze Löcher erinnerten, machte mir die Vorstellung des nahenden Todes nichts aus. Die Schmerzen in meiner Brust kämpften mit jenen an meinem Hals um die Wette.

Ich erkannte meinen besten Freund nicht wieder, als er vor mir stand und auf mich herabblickte.

»Gib mir deine Hände«, forderte er, doch obwohl mich das Schwarzsilber vor Schmerz zittern ließ, wich ich zurück und funkelte ihn zornig an. Er versuchte nach mir zu greifen, aber ich schlug seine Hände weg.

»Wieso dauert das so lange?« Verärgerung schlich sich in die Stimme des Lords. »Nimm das Schwert. Hilf mit der Waffe nach, wenn sie nicht spurt.«

Einen Moment lang stand Haze nur da, mit hängenden Schultern und gesenktem Blick. Gerade lang genug, um mich erneut Hoffnung schöpfen zu lassen. Doch dann nahm Haze das Kurzschwert, auf das der Lord deutete, und alle Hoffnung zerstob.

Wäre er bereit, meinem Leben ein Ende zu setzen, wenn es

darauf ankam und der Lord es befahl – für versprochene Reichtü-
mer und die Aussicht auf eine schöne Frau? Ich schloss die Augen
und wartete auf den vernichtenden Schlag.

*

Doch ich spürte weder Fesseln noch die Klinge eines Schwerts.
Ich hörte ein Keuchen, fühlte einen Luftzug direkt vor meinem
Gesicht und riss die Augen auf. Klirrend schlug Metall auf
Metall. Und ich sah Kyran, der sich vor mich gestellt hatte. In
seiner Hand glänzte das Schwert, mit dem er Haze von mir
wegdrängte.

Ärger lag in der weichen Stimme des Lords, etwas Beißen-
des lag lauernd darunter. »Schluss mit dem Unsinn, Kyran. Du
warst immer ein Ärgernis, aber in letzter Zeit treibst du es zu
weit. Du musst lernen, dich deiner Position entsprechend zu
benehmen.«

Ich hörte die Drohung, die in seinen Worten lag. Das Versprechen auf Schmerz. Kyran würde leiden, wenn er sich seinem Vater widersetzte, der schon zuvor versucht hatte, ihn mit
Gewalt zu brechen und zu zähmen.

Doch Kyran lachte nur – dieses Lachen, das ich schon so oft
von ihm gehört hatte und das über alle Gefahren auf der Welt
spottete.

»Gib dir keine Mühe, alter Mann. Die Zeiten, in denen ich
als dein Werkzeug diente, sind lange vorbei.« Da war eine
Kraft in seiner Stimme, die mich glauben ließ, er fürchtete
nichts und niemanden. Und hätte ich nicht erlebt, wie ihn der
bloße Gedanke an seinen Vater zittern ließ, hätte ich ihm vielleicht sogar geglaubt.

»Aus dem Weg«, knurrte Haze in diesem Moment.

424

Kyran schnaubte nur verächtlich. »Du hast gerade dein Todesurteil unterschrieben.«

Eine Bewegung, so schnell, dass ich ihr kaum mit den Augen folgen konnte. Ein weiteres ohrenbetäubendes Klirren. Haze hatte Kyran attackiert – doch diesmal schlug dieser sofort zurück, blitzschnell zuckte seine Klinge auf Haze zu.

Als ich zum Lord blickte, wurde mir klar, dass das die eine Sache war, die er nicht bedacht hatte. Das Einzige, womit er nie gerechnet hatte: dass sich eines seiner Werkzeuge gegen ihn stellen könnte.

*

Immer schneller folgten die Schwerthiebe aufeinander. Haze' dunkle Augen blitzten zornig, seine Zähne waren gefletscht wie die eines wilden Tieres. Er war zu allem entschlossen. Er hatte seine Entscheidung getroffen, schon vor langer Zeit, und war bereit, es zu Ende zu bringen. Auf Kyrans Lippen lag ein grimmiges Lächeln. Er ließ sich keine Anstrengung anmerken, während er Haze' wilde Schläge geschmeidig parierte und immer wieder so rasant zustach, dass Haze sich nur mit einem großen Satz in Sicherheit bringen konnte.

Doch ich hatte keine Gelegenheit, den Kampf zu verfolgen oder gar einzugreifen. Heathorn Umbra hatte sich von seiner Überraschung erholt. Gemächlich holte er einen Dolch aus der Schublade seines Schreibtischs und kam auf mich zu. Er würde beenden, was Haze nicht geschafft hatte, und mir eigenhändig die Kehle durchtrennen.

Kyrans Eingreifen hatte mir neuen Mut verliehen. Zitternd kam ich auf die Beine und wich vor dem Lord zurück. Der Schmerz zwang mich fast in die Knie, doch verbissen kämpfte

425

ich dagegen an. Das Schwarzsilber brannte sich in meine Haut und ließ mich taumeln, doch ich *musste* mich dem Lord entgegenstellen.

»Mach es dir nicht schwerer als nötig«, sagte er beinahe gelangweilt.

Ich verzog den Mund zu einem herausfordernden Grinsen, das dem Kyrans ähnelte. Er dachte, er hätte leichtes Spiel mit mir. Meine Magie krümmte sich nutzlos in meinem Inneren, das Schwarzsilber versengte sie. Doch auch ohne Magie würde ich alles in meiner Macht Stehende tun, um den Lord aufzuhalten. Ich war nicht länger die naive kleine Lelani aus dem Dorf. Seit unserer Reise hatte ich mich verändert. War mutiger geworden und an den Aufgaben gereift. Haze' Verrat hatte dem Ganzen einen harten Schlag verpasst. Doch damit war jetzt Schluss.

Mein Dolch blitzte in meiner Hand auf, fest schloss sich meine Hand um den Griff. Ein Fauchen kam mir über die Lippen, als ich damit nach dem Lord stach.

Verblüfft zog er die Augenbrauen hoch. Er hatte nicht damit gerechnet, dass noch Kampfgeist in mir schlummerte. Er hatte sicherlich geglaubt, dass ich ihm ohne meine Magie hilflos ausgeliefert war.

Sorgfältig schob er seine Ärmel hoch. Kühl musterten die hellgrauen Augen mein Gesicht, bevor er einen überraschend schnellen Angriff startete. Ich keuchte auf, stolperte einen Schritt zurück und wimmerte, als die Schmerzen an meinem Hals mir beinahe den Atem raubten.

Ich hatte ihn nicht für einen Kämpfer gehalten, doch das war er. Mit Leichtigkeit trieb er mich vor sich her, immer weiter aufs Fenster zu. Die Schmerzen lähmten meine Bewegungen und verlangsamten meine Reflexe. Immer wieder konnte ich im letzten Moment ausweichen, wenn seine Klinge nach mir stieß.

Ich schrie auf, stieß mich ab und warf mich rückwärts, als der Dolch auf mich zu schnellte. Ein brennender Schmerz schoss durch meinen Arm – doch ich kam nicht dazu festzustellen, wie schwer Lord Umbra mich erwischt hatte. Mein Fuß trat ins Leere, mein Herz setzte einen Schlag aus, und abrupt riss mein Schreckensschrei ab.

Fest wie eine Stahlklammer schloss sich die Hand des Lords um mein Handgelenk. Sein Griff war das Einzige, was mich hielt. Unter mir stürmte der Ozean tosend gegen die Klippe an. Kalte hochsprühende Gischt benetzte meine Haut. Das Meer schien gierig nach mir zu greifen und hungrig seinen Schlund aufzureißen, um mich zu verschlingen. Der Sturm peitschte mir die Haare ins Gesicht, und mein Schrei ging im schrillen Lachen der Möwen unter.

Ein unheilvolles Licht glomm in Lord Umbras blassen Augen, und ich sah die unstillbare Gier in ihnen flackern. Er gab sich kühl und beherrscht, doch unter der glatten Oberfläche lauerte wilde Begierde. Er wollte *alles*. Sein Ehrgeiz übertraf den von Haze, den von Serpia. Er würde sich erst zufriedengeben, wenn er sich ganz Vael einverleibt hatte. Seelenruhig hatte er auf den richtigen Moment gewartet, um zuzuschlagen. Um sich das zu nehmen, was er wollte: den Thron.

»Lelani, nein!«, brüllte Kyran entsetzt, als er mich am Fenster sah.

Über die Schulter des Lords hinweg erhaschte ich einen Blick auf ihn. Er hatte Haze zurückgedrängt und ihm die Klinge an die Kehle gepresst, doch mein Anblick hatte ihn abgelenkt. Den winzigen Moment des Zögerns nutzte Haze, schlug Kyrans Schwert mit einem Aufbrüllen weg und attackierte ihn erneut. Die Melodie der klirrenden Klingen ging im Rauschen des Meeres unter – und in einem weiteren Geräusch, das sich jetzt erhob und mir eine Gänsehaut über den Körper jagte.

Ein an- und abschwellender Gesang, lieblich und grausam zugleich. Kurz blinzelte ich in die Tiefe. Dunkel und aufgewühlt focht die Brandung ihren endlosen Kampf gegen die Skallardklippen aus, doch zwischen den Schaumkronen sah ich etwas aufblitzen: hell glänzende Leiber. Wehende Mähnen und wirbelnde Hufe. Übernatürlich schöne Frauengesichter mit gefletschten spitzen Zähnen.

Die Kelpies waren hier, und sie hatten Hunger. Meine Mutter war nicht hier, um zu ihnen zu sprechen, mit ihnen zu singen und sie um ihren Beistand zu bitten. Sie hatten uns in der Vergangenheit geholfen, doch sie waren und blieben das, was sie immer gewesen waren: unberechenbare, gefährliche Wesen, die Menschen verschlangen und keinerlei Reue verspürten. Wie Haie kreisten sie dort unten im Wasser und blickten aus ihren schimmernden, türkisblauen Augen empor.

Wilder Triumph stand dem Lord ins Gesicht geschrieben. Er kostete seinen Sieg aus – den Moment, auf den er so lange gewartet hatte. Den Augenblick, der ihm den Thron einbringen würde. Seine Lippen teilten sich zu einem euphorischen Grinsen, als er einen Finger nach dem anderen von meinem Handgelenk löste – und mich dann abrupt von sich stieß. Der Schrei blieb mir in der Kehle stecken, als ich jeglichen Halt verlor und fiel.

*

Der Gesang der Kelpies wurde lauter und drängender. Vor Anstrengung zitterte ich, als ich mich verzweifelt an den Mauervorsprung klammerte, den ich zu fassen gekriegt hatte. Unzählige Male war ich als Kind durch die Wälder gelaufen und hatte Bäume erklommen. Das kam mir jetzt zugute. Ich hatte nur eine Hand zur Verfügung, um mich festzuhalten, mit der anderen hielt ich den Dolch fest umklammert. Der glitschige Stein, nass von der Gischt, bot mir kaum Halt. Langsam glitten meine Finger ab. Wenn ich jetzt losließe, wäre alles vorbei. Einen Sturz auf die zerklüfteten Felsen, ins aufgewühlte Meer und in die Arme der Kelpies konnte man nicht überleben.

Lord Umbras Gesicht tauchte über mir auf. Eine steile Falte bildete sich zwischen seinen Augenbrauen, als er auf mich herabblickte. »Du hängst an deinem Leben, Prinzessin. Ich würde dich für deine Zielstrebigkeit bewundern, mit der du durchs Leben gehst, wenn du nicht so *lästig* wärst.«

Der Dolch in seiner Hand reflektierte das Licht. Der Wind zerrte an seinem grauen Mantel, als er sich aus dem Fenster und zu mir hinabbeugte. Mein Herz raste so sehr, dass das wilde Hämmern in meinen Ohren alle anderen Geräusche verdrängte. Der Lord verzog das Gesicht und beugte sich noch etwas weiter vor. Seine Klinge bewegte sich auf meine Hand zu, und wenn er mich erreichte, wäre alles vorbei. Dann hatte ich keine Chance mehr, mich festzuhalten.

Ein letztes Mal flammte wilde Entschlossenheit in mir auf. *Ich wollte leben!*

Meine Magie konnte mir gerade nicht helfen, doch ich war so viel mehr als das. Ich war stark, wendig, schnell. Ich konnte klettern wie eine Dämmerkatze. Ich gab nicht so einfach auf. Und ich besaß einen scharfen Dolch, den Haze mir geschenkt und dessen Gebrauch mich Kyran gelehrt hatte.

Ich konnte es. Ich brauchte die Magie nicht.

Ich hielt die Waffe locker zwischen den Fingern und holte

tief Luft. Mein Herzschlag beruhigte sich, mein Atem ging wieder gleichmäßig. Ich blendete alles um mich herum aus, alles außer Lord Umbra. Und dann holte ich aus.

Er bemerkte die Veränderung, die in mir vorging, wollte sich irritiert aufrichten und sich zurückziehen. Doch wie aus dem Nichts tauchte jetzt Jinx auf, schoss wie eine giftige Hornisse auf ihn zu und surrte so wild, dass er erschrak und mich einen winzigen Moment lang aus den Augen ließ, um nach der Pixie zu schlagen.

Gestochen scharf sah ich ihn über mir. Es gab keine zweite Chance, keinen weiteren Versuch. Auch ohne die klare Energie der Monde sah ich die Bahn vor mir, die der Wurfdolch nehmen musste. Meine Hand schnellte nach vorne, und dann ließ ich los. Wie ein silberner Schemen löste sich der Dolch aus meinen Fingern – und der Lord griff sich an die Brust. Fassungslos blickte er an sich hinab und umfasste den Dolchgriff, der aus seinem Körper ragte.

Etwas in seinem Blick veränderte sich. Er starrte mich an und öffnete den Mund, um etwas zu sagen, doch kein Wort kam über seine schmalen Lippen. Einen Herzschlag lang wankte er im Sturm, dann kippte er langsam nach vorne aus dem Fenster, in genau dem Moment, als meine Finger endgültig abrutschten.

Doch meine andere Hand, jetzt frei, schnappte nach oben und bekam den Vorsprung zu fassen. Ich presste mich eng an die Wand, hielt den Atem an und glitt ein Stück beiseite. Gerade noch rechtzeitig, sonst hätte mich der Lord bei seinem Sturz mit in die Tiefe gerissen. Der Stoff seines Mantels streifte meine Haut, und einen schrecklichen Moment lang glaubte ich, er würde nach mir greifen und mich festhalten, doch kraftlos glitten seine Hände an mir ab.

Atemlos schaute ich nach unten, wo die Fluten seine graue schmale Gestalt verschlangen, dann wollte ich mich hochziehen, aufs Fenster zu. Doch ich hatte keine Kraft mehr. Da war einfach nichts mehr übrig. Ich hatte alles gegeben, was ich besaß.

Doch auf einmal war da Kyran. Sein Gesicht tauchte über mir auf, er streckte mir die Hände entgegen. Ich wusste nicht, wie ich es schaffte, seine Hand zu ergreifen, doch irgendwie gelang es mir. Er hielt mich fest und zog mich mit einem Ruck nach oben.

Währenddessen steigerte sich der Gesang der Kelpies tief unter mir zu einem schaurigen Heulen.

Kapitel 29
Das Flüstern der Monde

Ich blickte in das Gesicht, das mir seit meiner Kindheit vertraut war. In die dunklen Augen, hinter denen sich mehr Geheimnisse verborgen hatten, als ich je geahnt hätte.

»Du hast deine Rolle gut gespielt«, sagte ich leise. »Ich habe dir tatsächlich geglaubt, du wärst mein bester Freund. All die Jahre habe ich nie an dir gezweifelt.«

Ich wusste nicht, was für eine Antwort ich mir erhoffte. Vielleicht, dass er mir glaubwürdig weismachte, da sei trotz allem immer echte Freundschaft gewesen und er hätte mich gerngehabt. Er wäre hin- und hergerissen gewesen zwischen seinem Auftrag und den Gefühlen, die er für mich hatte. Oder dass er mich unter Tränen anflehte, ihm zu vergeben.

Doch Haze sagte gar nichts. Ich versuchte eine Antwort im Dunkelbraun seiner Augen zu lesen und fand keine.

Als er sich bewegte, griffen die Wachen hinter mir zu ihren Waffen, doch ich gab ihnen einen Wink, und nach einem kurzen Moment des Zögerns entfernten sie sich und ließen uns allein.

»War es das wert?«, fragte ich bitter. »Die Dinge, die er dir in Aussicht gestellt hat – waren die einen solchen Verrat wert?«

Ich dachte schon, er würde auch diesmal nicht antworten, doch dann murmelte er: »Das dachte ich zumindest.«

Es war ein Abschied, vermutlich für immer. Die Vorstellung, Haze nie wiederzusehen, schnürte mir die Kehle zu. Ich musste an unsere gemeinsame Kindheit denken, an Wettrennen durch den Wald und ausgeheckte Streiche, an Sommertage im Dorf und die Bilder, die wir in Wolken suchten, während wir nebeneinander im weichen Gras lagen. Ich dachte an wispernd ausgetauschte Geheimnisse, erdachte Abenteuergeschichten, Streits und Umarmungen und meine Hand in seiner. An die Haselnüsse, mit denen er mich manchmal aus dem Hinterhalt bewarf, um mich zu ärgern und sich danach kaputtzulachen. Die Sehnsucht in seinem Blick, wenn er von einer luxuriösen Zukunft träumte. An den Geruch von Tannennadeln, Moos und Leder, der ihm stets anhaftete, und daran, wie er mich inmitten duftender Waldbeeren an sich gezogen und seine Lippen fest auf meine gepresst hatte. Und an den reißenden Schmerz in meiner Brust, als er mein Herz brach.

Ich würde nicht weinen, diese Genugtuung wollte ich ihm nicht verschaffen. Doch meine Augen brannten von all den zurückgehaltenen Tränen, und meine Lippen waren zu einem schmalen Strich zusammengepresst, weil ich befürchtete, sonst zu schluchzen.

»Dann war es das also«, brachte ich rau hervor. »Mach es gut, Haze. Ich hoffe, du findest irgendwo dort draußen dein Glück. Das hoffe ich wirklich.«

Ich hatte es nicht übers Herz gebracht, ihn für seinen Verrat hinrichten zu lassen. Auch wenn die wilde Sonnenmagie in mir immer wieder hochbrodelte und nach seinem Blut verlangte.

Eine Woche war es nun her. Eine Woche, in der ich versucht hatte, mich in mein neues Leben einzufühlen. Maycliff

Dalon war mir dabei eine unschätzbare Stütze. Er war es auch gewesen, der schließlich herbeigeeilt war und die Wachen verständigt hatte. Ich wäre gar nicht mehr in der Lage gewesen, mich darum zu kümmern. Das Schwarzsilber und der Kampf hatten mich in die Knie gezwungen. Ich hatte nur noch Kyrans kühle Finger gespürt, die das glühende, magiebannende Metall von meinem Hals entfernten, bevor ich vor Erschöpfung zusammengebrochen war.

Geistesabwesend berührte ich meinen Hals, der noch die Verletzungen durch das Schwarzsilber aufwies. Verletzungen, die mir der Freund zugefügt hatte, der in Wirklichkeit mein Feind gewesen war. Mein Blick fixierte Haze.

Er hatte freiwillig angeboten, Vael zu verlassen und niemals zurückzukehren, und so geschah es nun. Er trug Reisekleidung, ein braunes Lederwams über einem Leinenhemd und einen großen Rucksack mit all seinen Habseligkeiten. Die silberne Schale, mit deren Hilfe er Lord Heathorn Umbra regelmäßig Bericht erstattet hatte, wurde konfisziert, doch den Bogen hatte ich ihm gelassen. Als Jäger würde er ihn brauchen, wohin seine Reise ihn jenseits der Grenzen Vaels auch verschlug.

Er schien kurz mit sich zu ringen, bevor er zu einer Frage ansetzte: »Lady Tulip …?«

Einen Moment lang überlegte ich, ob ich darauf überhaupt antworten sollte. Sie war der Hauptgrund, warum Haze mich hintergangen hatte, und bei dem Gedanken breitete sich ein bitterer Geschmack in meinem Mund aus.

»Ist geflohen«, erwiderte ich dann knapp. Die Nachricht vom Tod ihres Vaters schien sich noch schneller als erwartet im Schloss verbreitet zu haben. Ich hatte nicht vorgehabt, sie in irgendeiner Form für die Taten ihres Vaters verantwortlich zu machen, doch ich war nicht einmal dazu gekommen, mit ihr zu sprechen. Die Lady war spurlos aus ihren Gemächern und dem Schloss verschwunden. Irgendwo dort draußen musste sie sein, verbarg sich entweder in einem Winkel Vaels oder war über die Landesgrenzen geflohen.

Haze' Blick war nachdenklich, als er nickte. Ich fragte mich, ob er nach ihr suchen wollte, doch wenn er das vorhatte, dann musste er es außerhalb des Königreichs tun. Drei Tage und drei Nächte hatte er, um Vael zu verlassen, dann wurde er für vogelfrei erklärt.

Er sah mich an, als wollte er noch etwas sagen, doch dann wandte er sich seufzend ab. »Mach es gut, Dämmerkatze.«

Ich starrte ihm hinterher, bis meine Augen schmerzten und er nur noch als dunkler Umriss in der Ferne zu erkennen war. Tief in mir drin wusste ich, dass das Loch, das er in meinem Herzen hinterlassen hatte, niemals ganz verheilen würde. Doch ich wusste auch, dass ich mein Leben fortführen und stark sein konnte – ohne ihn.

*

Das Schloss war so groß, dass ich mich immer wieder in den schier endlosen Korridoren verlief, doch die Streifzüge halfen mir, mein aufgewühltes Herz zu beruhigen. Der Innenhof war auf Anhieb zu meinem Lieblingsort geworden. Ich wurde von ihm irgendwie magisch angezogen. Säulen umringten ihn, und in seinem Zentrum befand sich ein kreisrundes Wasserbecken, welches das Licht der Sonne und der Monde reflektierte.

Ich setzte mich an den Rand und beugte mich über die makellos glatte Oberfläche. Der Wind konnte ihr hier nichts anhaben. Wie in einem Spiegel sah ich mich darin: die blauen Augen, die denen meiner Mutter so stark ähnelten. Die schwarzen Haare, die schon wieder ein kleines Stückchen gewachsen waren und die ich nie so recht zu bändigen vermochte. Bis sie wieder zu meiner Taille fielen, so wie früher, würde noch viel Zeit vergehen. Und vermutlich auch, bis mein Gesicht nicht mehr ständig diesen alarmbereiten Ausdruck hatte, wie der eines aufgeschreckten wilden Tieres, das stets damit rechnete, angegriffen zu werden.

Jinx schwirrte herbei, tanzte wie eine Libelle über die Oberfläche und entlockte mir damit ein Lächeln.

»Du hast es gewusst, nicht wahr?«, fragte ich leise. »Du hast gemerkt, dass man Kyran trauen kann und Haze nicht. Ich habe nicht verstanden, was du mir sagen wolltest, aber im Nachhinein ergibt alles Sinn.«

Natürlich bekam ich keine Antwort. Sie umkreiste mich einmal, dann stieg sie höher in den Himmel empor.

Ich tauchte meine Fingerspitzen ins eiskalte Wasser, und kreisförmige Wellen breiteten sich aus. Ein schwaches schimmerndes Licht ging von meiner Hand aus. Ich fühlte, dass mir dieses Wasser Dinge zeigen konnte und dass sich eine ganz eigene Magie darin verbarg. Die Kraft der Monde schien aus meinen Adern durch die Fingerspitzen ins Becken zu fließen und wieder zurück.

»Zeig mir, wessen Duft ich an der Blume auf Kuraigan wahrgenommen habe«, flüsterte ich, und unter meinem Atem kräuselte sich das Wasser.

Ein Gesicht kristallisierte sich neben meinem heraus, und kurz wusste ich nicht, ob das Wasserbecken mir das Bild zeigte oder ob Kyran tatsächlich neben mir aufgetaucht war.

Der leichte Duft von Sandelholz, Zitrusfrüchten und frisch gefallenem Schnee beantwortete meine Frage. Der Duft, den die magische Blume für mich verströmt hatte. Der Duft des

Menschen, den ich liebte. Ich schloss für einen Moment die Augen und atmete tiefer ein und aus, in der Hoffnung, das Schwindelgefühl würde sich dann verflüchtigen.

»Hoffst du, dass ich verschwinde, wenn du die Augen zumachst und in Gedanken bis zehn zählst?« Kyran klang belustigt. »So wie man es als Kind macht, wenn man noch an Monster unter dem Bett glaubt?«

Verlegen räusperte ich mich. »So oder so ähnlich. Scheint nicht geklappt zu haben.«

Er zog eine gespielt beleidigte Miene. »Noch nicht. Gib mir eine Sekunde.«

Als er Anstalten machte, wieder zu gehen, drehte ich mich im Sitzen zu ihm um, meine Hand schnellte wie von selbst nach vorne und griff nach seiner. »Bleib«, bat ich leise und bemerkte selbst, wie dünn meine Stimme klang.

Er blickte sich um und so direkt in mein Gesicht, dass ich nervös wurde. Ohne jede Scheu sah er mir in die Augen und zog mich hoch. Sein Daumen strich leicht über meinen Handrücken, und ein heißes Prickeln schoss von dieser zarten Berührung ausgehend durch meinen ganzen Körper. Es raubte mir den Atem.

»Kyran ... Was ist das zwischen uns? Was ist das, was wir da haben?« Die Frage war über meine Lippen gekommen, ehe ich darüber nachdenken konnte, und ließ sich nicht zurücknehmen.

Die goldflirrenden Sprenkel, die im klaren Turmalingrün seiner Augen tanzten, zogen mich in ihren Bann. Sie hatten etwas Hypnotisches an sich, was mein Herz stärker durcheinanderwirbelte, als die Magie von Monden und Sonne es je vermochte.

»Es ist das, was ich mehr will als alles andere, Rabenmädchen«, sagte er leise. Seine andere Hand hob sich zu meinem Gesicht, und hauchzart glitten seine Fingerspitzen über meine Haut, als wagte er kaum, mich zu berühren. Mein Herz schlug schneller, immer schneller, und der Boden unter meinen Füßen schien zu schwanken. »Es ist ein Abenteuer. Und es ist echt.«

Ich wusste nicht, was genau als Nächstes geschah, und es spielte auch überhaupt keine Rolle. Was zählte, war, dass Kyran mich an sich zog, als sei ich das Kostbarste, was er je gesehen hatte. Dass ich mich an ihm festhielt wie eine Ertrinkende. Und dass unsere Lippen einander suchten und fanden.

Sein Kuss schmeckte nach Honig und rauer See, und ich wollte nie wieder etwas anderes auf meinen Lippen spüren. Flüssiges Feuer strömte durch meine Adern und verbrannte mich von innen heraus, und es war nicht die Macht der Sonne, die ich in diesem Moment spürte.

Ich wusste nicht, wo mein Herzschlag endete und seiner begann. Wir küssten uns, als wollten wir einander verschlingen, und Kyrans Lippen auf meinen ließen mich für einen Moment vergessen, dass es auf der Welt noch mehr gab als seine Berührung. Für einen Augenblick existierten nur wir beide, und alles andere versank in tiefen Schatten.

Meine Hände vergruben sich in seinem weichen Haar, und ein überraschter Laut kam über seine Lippen – ein Laut, den ich mit meinem Mund auffing. Mein Herz schlug nicht länger nur in meiner Brust, es pochte in meinem Bauch, meiner Kehle, meinen Fingerspitzen. Ich spürte seinen Körper an meinem und hatte das Gefühl, seine Berührung würde mich in Flammen setzen – doch wenn es so war, dann wollte ich in seinen Armen zu Asche werden.

Ein Raunen ging durch die Menge, als Ashwind nach vorne trat. Nichts ließ mehr darauf schließen, dass sie erst vor wenigen Tagen aus ihrer tiefen Bewusstlosigkeit erwacht war. Der Wind wirbelte ihr tiefschwarzes Haar auf und trug den herben Duft des Skallardmeeres heran. Voll und rund standen die Monde am Nachthimmel und warfen ihr sanftes bleiches Licht auf Navalona herab.

Unwillkürlich hielt ich den Atem an, als ich auf die Stadt hinabblickte – auf dieses Gewirr aus Straßen, Gassen und Häusern und auf die unzähligen Menschen, die zu uns emporblickten. Das Mondlicht spiegelte sich in ihren erwartungsvollen Augen. Aus allen Ecken Vaels waren sie herbeigeströmt, um dem bedeutungsvollen Moment beizuwohnen. Das Volk hatte die Wahrheit erfahren und empfing seine High Lady mit offenen Armen und Herzen.

Während Ashwind die Stimme erhob, ließ ich den Blick schweifen: über die Stadt, dann über die Grenzen der Stadtmauern hinaus in die Ferne. Dort draußen lag so vieles, was ich noch nicht gesehen hatte. So vieles, was es noch zu entdecken gab.

Und so vieles, wofür ich als Thronfolgerin eines Tages die Verantwortung tragen würde. Die Vorstellung machte mich noch immer nervös, doch sie erfüllte mich auch mit Zuversicht und Tatendrang. Dies war mein Schicksal. Mein Weg. Und ich würde ihn furchtlos weiter beschreiten, ohne mich aufhalten zu lassen.

Ich fing Aphras Blick auf. Nichts und niemand hatte sie dazu bewegen können, ein elegantes Seidenkleid mit Corsage und anderem *albernem Firlefanz*, wie sie es nannte, anzuziehen. In ihrem groben Leinenrock und der geschnürten Bluse trotzte sie dem feierlichen Anlass und entlockte mir damit ein

Schmunzeln. Ein warmer Schimmer lag in ihren Bernsteinaugen, als sie mir zuzwinkerte, und ich wusste, dass ich einfach alles schaffen konnte, solange ich sie als Konstante in meinem Leben hatte.

Snow und die sieben Räuber zählten ebenfalls zu den Menschen, die sich auf der Galerie des Schlosses versammelt hatten. In ihrer blutroten Robe, die einen starken Kontrast zum kurzen schwarzen Haar bildete, war Snow eine eindrucksvolle Erscheinung. Der Blick ihrer dunklen Augen war in die Ferne gerichtet, und ich wusste, worüber sie gerade nachdachte: die Zukunft. Darüber, ob sie und ihre Männer das Räuberdasein im Gitterwald fortsetzen oder den Versuch eines ehrbaren Lebens inmitten der Gesellschaft wagen sollten. Wie auch immer sie sich entscheiden würden, zwei Dinge waren mir klar: Snow und die Räuber mussten für ihre Unterstützung geehrt werden und Anerkennung erfahren. Und ich wollte sie als enge Freunde in meinem Leben behalten.

Dem Protokoll entsprechend hatten die Lords feierliche Worte an das Volk und die High Lady gerichtet. Jeder von ihnen hatte seine Erwartungen, Hoffnungen und Glückwünsche zum Amtseintritt der Herrscherin formuliert, und ihre Reden hallten in mir nach.

Ein Herrscher war neu in ihrer Runde: Lord Heathorn Umbras Nachfolger hatte das Erbe seines Vaters angetreten. Es war eine schwierige Rolle, die er einzunehmen hatte. Viel Unrecht war wiedergutzumachen, der Ruf des Hauses Umbra hatte gelitten.

Mein Herz schlug höher, als ich ihn betrachtete. Nie hatte ich ihm seine aristokratische Abstammung so sehr angemerkt wie in diesem Moment. Der Umhang aus schwerem nachtschwarzen Samt war mit silbernen Ornamenten an seinen

440

Schultern befestigt. Das elegante Wams aus Brokat und die schmal geschnittene Hose betonte seine schlanke hochgewachsene Statur, und er trug Stiefel aus feinstem tiefschwarzen Wildleder. Die goldblonden Haare waren im Nacken mit einer Silberschnalle zusammengefasst, nur ein paar Strähnen hatten sich aus dem Zopf gelöst und umspielten sein Gesicht.

Mit ernster nachdenklicher Miene lauschte er Ashwinds Worten, doch als hätte er meinen Blick gespürt, schaute er plötzlich zu mir. Mein Herz flatterte so wild in meiner Brust, dass mir schwindelig wurde, als ich in seine klaren Augen sah. *Mondlord Kyran Umbra.*

Doch das Lächeln, das er mir jetzt schenkte, war nicht das eines verantwortungsbewussten Mondlords, sondern das eines waghalsigen Helden, der den Kopf in den Wolken und das Herz voller Abenteuer hatte. Und in diesem Moment wusste ich, dass ich ihn nie wieder loslassen würde.

Der Nachtwind trug Ashwinds Stimme weit über die Stadt, und die Menschen hörten andächtig zu.

»Und so werden wir gemeinsam dafür sorgen, dass aus Vael ein besserer Ort wird. Einer, an dem Mond- und Sonnenmagie friedlich koexistieren können«, sagte sie gerade. Ein Mensch in der Menge begann zu klatschen, dann noch einer, und schließlich übertönte der tosende Applaus den stetigen Gesang des Skallardmeeres.

Maycliff Dalon hob das Mondsteindiadem empor und setzte es feierlich auf Ashwinds Haupt. Der Mondstein fing das Licht der Monde ein und begann von innen heraus sanft zu strahlen. Und auch Ashwind selbst strahlte, als sie sich wieder dem Volk zuwandte und den Kopf neigte. Entschlossenheit stand ihr ins Gesicht geschrieben: die Entschlossenheit, eine bessere High Lady zu sein als Serpia und eine bessere, als sie es selbst damals vor vielen Jahren gewesen war.

Eines Tages würde ich dieses Diadem tragen, und wenn es so weit war, würde ich dazu bereit sein. Der schlichte Silberreif mit der filigranen Mondsichel, der mich bis dahin als Prinzessin Vaels auswies, fühlte sich auf meiner Stirn ungewohnt und kühl an, doch ich trug ihn mit Stolz. Sanft zerzauste der Wind mein Haar. Lächelnd hob ich den Blick empor zum nächtlichen Himmel, und die fünf Monde flüsterten meinen Namen.

Ende

Danksagung

Das war es nun also.

Ich habe die letzten Worte getippt und den letzten Punkt gesetzt. Es fällt mir ein bisschen schwer, mich von Lelani und ihrer Welt zu verabschieden, aber ich freue mich auch ungemein darauf, die Geschichte in eure Hände zu übergeben! Nun bin ich gespannt auf eure Meinungen und hoffe, ihr habt die Reise nach Vael und Kuraigan genossen.

Ich bedanke mich aus ganzem Herzen bei allen, die dazu beigetragen haben, dass die „Shadow Tales"-Dilogie entstehen konnte: Eran für die Unterstützung in jeder Hinsicht und der kleinen Skadi für die liebe Gesellschaft beim Schreiben. Lari und Toni fürs Korrekturlesen und für die guten Ratschläge. Der lieben Anni vom One-Verlag, die mit mir gemeinsam am Manuskript gefeilt hat, und meinen Agentinnen Gesa und Kristina.

Und dir danke ich dafür, dass du mich mit Lelani auf der Reise durch Vael begleitet hast!

Gegensätze ziehen sich an ...

Isabell May
CLOSE TO YOU
432 Seiten
ISBN 978-3-8466-0057-3

Violet hat einen Plan: Sie will ihre Vergangenheit hinter sich lassen und neu beginnen. Ein Studium in Maine ist da genau richtig, und am College findet sie schnell Anschluss. Vor allem Aiden geht ihr bald nicht mehr aus dem Kopf. Denn auch wenn der Junge mit dem Bad-Boy-Image sich ihr gegenüber kalt und distanziert gibt, hat er etwas an sich, das Violet auf magische Weise anzieht. Aber soll sie sich wirklich auf ihn einlassen? Schließlich ist ihr Leben schon kompliziert genug. Doch ihr Herz sieht das scheinbar anders ...

ONE

„Ich hatte Flügel. Schwarze Flügel, ver-
dammt. Ich hatte noch nie von Celestials mit
schwarzen Flügeln gehört. Die waren immer

Leia Stone
CELESTIAL CITY -
AKADEMIE DER ENGEL
Jahr 1
Aus dem amerikanischen
Englisch von
Michael Krug
368 Seiten
ISBN 978-3-8466-0111-2

Seit Brielles Mutter ihre Seele an die Dämonen verkauft hat, ist auch das Schicksal der 18-Jährigen besiegelt. Deshalb erwartet sie bei ihrer Erweckungszeremonie, die über ihr weiteres Leben entscheidet, keine großen Überraschungen. Es ist klar, dass sie an der dämonischen Tainted Academy ausgebildet wird. Als dann jedoch pechschwarze Flügel aus ihrem Rücken wachsen, wird sie wider Erwarten an der Fallen Academy der Engel aufgenommen. Mit ihren schwarzen Flügeln ist Brielle dort allerdings eine Außenseiterin. Da hilft es auch nicht, dass der attraktive Lincoln Grey ihr das Leben noch schwerer macht – oder dass sie plötzlich Luzifer persönlich gegenübersteht.

ONE

Der Auftakt einer neuen fesselnden Dilogie von Erfolgsautorin Valentina Fast!

Valentina Fast
SECRET ACADEMY
Verborgene Gefühle
DEU
448 Seiten
ISBN 978-3-8466-0106-8

Als angehende Agentin der Londoner Secret Academy – einer Schule für Menschen mit außergewöhnlichen Begabungen – steht die 19-jährige Alexis im Dienst der Krone. Als sie jedoch erfährt, dass ihre kleine Schwester entführt wurde, wirkt auf einmal jeder in ihrem Umfeld verdächtig. Alexis kann niemandem mehr trauen. Nicht ihrem Mitschüler Dean, und erst recht nicht dem Neuen, der Ärger magisch anzuziehen scheint. Doch als ihr klar wird, dass es um mehr als die Rettung ihre Schwester geht, muss sie sich entscheiden. Für die Pflicht – oder für ihr Herz.

ONE

Du kannst von unseren Büchern nicht genug bekommen?

Folge ONE auf Instagram!
@one_verlag
#oneverlag